Le poison écarlate

Maria V. Snyder

Le poison écarlate

DARKISS

Titre original :
POISON STUDY

Traduction de l'américain par LUCIE PERINEAU

Photos de couverture
Papillons : © ZENSHUI/LAURENCE MOUTON/PLAINPICTURE
Volute de fumée : © BENJAMIN HARTE/ARCANGEL/PLAINPICTURE
Ciel étoilé : © ONIMAGE/PLAINPICTURE

83-85 boulevard Vincent-Auriol 75646 PARIS CEDEX 13.
www.harlequin.fr
ISBN 978-2-2808-1817-9

Loi n°49-956 du 16 juillet 1949 sur les publications destinées à la jeunesse.

1

L'obscurité m'enveloppait comme un linceul, et il n'y avait rien pour me distraire de mes souvenirs. Vifs, précis, ils m'assaillaient dès que mon esprit s'égarait.

Du fond des ténèbres surgirent une fois encore des images de flammes. Je sentis de nouveau la chaleur incandescente me lécher les joues, roussir mes cils et mes sourcils. J'eus un mouvement de recul instinctif, mais en vain : j'étais solidement ligotée à un poteau qui me meurtrissait le dos. Lorsque les premières cloques apparurent sur mon visage, il écarta la torche.

— Eteins les flammes ! aboya-t-il.

Les lèvres gercées, la bouche desséchée par la chaleur et la peur, je soufflai sur le feu de toutes mes forces.

— Pas en soufflant, idiote ! Avec ton esprit… Sers-toi de ton esprit pour éteindre les flammes.

Les yeux fermés, je me concentrai de toutes mes forces pour tenter de réduire le brasier. J'étais prête à tout, même à tenter l'impossible, pour qu'on cesse de me torturer.

— Essaie encore !

Et de nouveau la torche s'approcha de mon visage, m'aveuglant à travers mes paupières fermées.

— Enflamme ses cheveux, dit une voix plus jeune. Ça va lui donner envie de faire des efforts. Laisse-moi faire, père.

En reconnaissant cette seconde voix, je me raidis de terreur. Je me débattis pour me libérer, mes pensées se dispersèrent et, soudain, je sentis un bourdonnement sourd s'élever autour de moi. A ma grande surprise, cette vibration émanait de ma propre gorge. Elle ne cessait de s'intensifier, emplissait la pièce, étouffait les flammes…

Un claquement métallique interrompit le flot de mes souvenirs. Un faisceau jaune déchira l'obscurité, glissa sur les murs de la cellule ; la porte bascula sur ses gonds. Aveuglée par la lumière de la lanterne, je fermai les yeux et me prostrai dans un coin.

— Dépêche-toi, sale rat, si tu ne veux pas tâter du fouet !

Deux gardes du donjon accrochèrent une chaîne à mon collier de fer. Une douleur lancinante me brûla le cou, et je me redressai en titubant, les bras et les jambes alourdis par mes fers.

Détournant les yeux de la lumière de la lanterne, je suivis mes gardes le long du couloir principal de la prison. L'air était épais et vicié ; je pataugeai dans des flaques de nature incertaine.

Les gardes avançaient d'un bon pas, indifférents aux cris et aux injures qui s'élevaient sur notre passage.

— Oh, oh, oh ! J'en connais une qui ne va pas tarder à se balancer au bout d'une corde...

— Crac, boum, terminé, on n'en parle plus !

— Un rat de moins à nourrir.

— Emmenez-moi ! Je veux mourir aussi !

Ces paroles résonnaient en moi comme les tintements du glas... Nous nous arrêtâmes devant un escalier. Lorsque je tentai de gravir la première marche, je me pris les pieds dans mes chaînes et m'étalai de tout mon long. Les gardes me traînèrent jusqu'en haut de l'escalier. Les rebords des marches m'écorchèrent la peau et m'entaillèrent la chair des bras et des jambes. Après m'avoir fait franchir deux lourdes portes métalliques, on me laissa brusquement tomber sur le sol. Eblouie, je regardai autour de moi, et mes yeux se remplirent de larmes. Il y avait si longtemps que la lumière du jour ne s'était plus posée sur mon visage...

L'espace d'un instant, je fus prise de panique. « C'est la fin », me dis-je. Puis, me rappelant que la mort me délivrerait de cet enfer, je retrouvai mon calme.

Une vive impulsion sur mes chaînes m'obligea à me redresser. Je suivis les gardes aveuglément, les yeux fermés. A force de dormir sur la paille et d'être piquée par les puces, tout mon corps me démangeait, et je puais le rat. On ne me donnait qu'une maigre ration d'eau quotidienne, je ne la gaspillais pas à faire ma toilette.

Peu à peu, je m'habituai à la lumière, et regardai autour de moi. Les murs étaient nus. Où étaient passées les dorures et les tapisseries censées orner les couloirs du château ? Les dalles de pierre, sous mes pieds, étaient usées en leur milieu. Sans doute empruntions-nous les passages réservés aux gardes et aux domestiques. Soudain, nous passâmes devant une série de fenêtres ouvertes, et mon regard fut happé par le dehors.

L'intensité des couleurs me faisait mal aux yeux. L'herbe verte, les feuilles des arbres, les fleurs qui entouraient les allées et débordaient des jarres… tout était éclatant de beauté. J'inspirai profondément l'air frais venu du jardin. Comparé à la puanteur des excréments et de la transpiration, c'était un parfum délicieux, enivrant — quasiment un luxe. Une douce chaleur caressait mon corps habitué à l'atmosphère froide et humide du donjon.

A première vue, nous étions au début de la saison chaude. Ce qui signifiait que j'avais passé cinq saisons enfermée dans le donjon. Il ne faut que six saisons pour faire une année entière. Pourquoi avait-on attendu si longtemps pour m'exécuter ?

Essoufflée, j'entrai, tirée par mes gardes, dans un vaste bureau. Des cartes du Territoire d'Ixia et des pays voisins tapissaient les murs. Des piles de livres entassés partout rendaient la circulation difficile. Çà et là se dressaient des bougies à moitié consumées ; les papiers posés trop près étaient roussis par les flammes. Au centre de la pièce, une demi-douzaine de chaises entouraient une longue table de bois jonchée de papiers. Plus loin, près de la fenêtre, un homme était installé devant un petit secrétaire. Ses cheveux longs ondulaient dans la brise qui entrait par la fenêtre entrouverte.

Un frisson parcourut ma nuque. D'après les conversations des autres prisonniers, j'avais compris que, avant d'être exécutés, les condamnés à mort devaient confesser leurs crimes devant un fonctionnaire du palais.

Pantalon noir, chemise noire, col brodé de losanges rouges : l'homme portait l'uniforme des conseillers du Commandant. Son visage blême ne trahissait aucune émotion. Mais lorsqu'il leva le regard vers moi, le bleu limpide de ses yeux se troubla.

Prenant subitement conscience de mon apparence, je baissai les yeux, gênée. Mon uniforme était en loques, mes pieds nus couverts de cors. Mes longs cheveux noirs pendaient en touffes sales et emmêlées.

— Une femme ? Le prochain prisonnier à exécuter est une femme ? dit-il sur un ton incrédule.

En l'entendant prononcer le mot « exécuter », je fus prise de sueurs froides. Le calme que j'avais trouvé m'abandonna. Je me serais effondrée en sanglotant, si les gardes n'avaient pas été là. J'avais appris à ne jamais leur montrer de faiblesse.

L'homme se passa la main dans les cheveux.

— J'aurais dû prendre le temps de relire ton dossier.

Puis, levant les yeux vers les gardes :

— Vous pouvez disposer.

Nous restâmes seuls. L'homme en noir m'indiqua une chaise devant son bureau. Je m'installai avec précaution, dans un tintement de chaînes.

Il ouvrit un classeur et en feuilleta le contenu.

— Elena, c'est peut-être ton jour de chance, aujourd'hui.

Je ravalai une réplique sarcastique. Mon séjour en prison m'avait appris une leçon importante : ne jamais répondre à un supérieur. J'inclinai la tête et regardai mes pieds.

L'homme resta quelques instants silencieux.

— Polie et respectueuse, dit-il enfin. Ça me plaît.

Son bureau parfaitement rangé contrastait avec le désordre ambiant. Outre mon dossier et quelques plumes, on n'y voyait que deux statuettes noires veinées d'argent. Deux panthères qui, si elles n'avaient pas été aussi minuscules, auraient paru vraiment vivantes.

— Tu as été reconnue coupable du meurtre de Reyad, l'unique fils du général Brazell.

Il s'interrompit et se massa les tempes.

— Voilà qui explique la présence de Brazell au

château, et sa curiosité excessive pour le programme des exécutions.

Bien que ces propos ne me fussent pas vraiment adressés, le nom de Brazell me retourna le cœur. Mais aussitôt, je me rappelai que d'ici peu je ne craindrais plus rien ni personne.

En quinze ans, l'armée du Territoire d'Ixia avait eu le temps de mettre en place un ensemble de lois sévères, le Code de Conduite. En temps de paix — ce qui était le cas depuis le coup d'Etat —, rien n'excuse le fait de s'en prendre à la vie d'autrui. Tout meurtre est sanctionné de la peine capitale. Aucun cas de force majeure, aucun accident n'est reconnu. S'il est jugé coupable, l'accusé est emprisonné dans la geôle du Commandant en attendant d'être pendu sur la place publique.

— Je suppose que tu contestes le verdict, dit l'homme en soupirant. Tu vas me dire que c'était un cas de légitime défense, ou bien un coup monté.

— Non, dis-je d'une voix un peu éraillée. Je voulais le tuer.

Mon interlocuteur se redressa sur sa chaise et me lança un regard pénétrant. Puis il se mit à rire.

— En fin de compte, j'ai peut-être tiré le bon numéro. Elena, je t'offre un choix. Etre exécutée, ou entrer au service du Commandant Ambroise. Notre goûteur vient de mourir, il nous faut un remplaçant.

Je le dévisageai, bouche bée. Il ne pouvait s'agir que

d'une plaisanterie. Cela l'amusait sûrement de faire naître l'espérance sur le visage d'un condamné, puis de la voir disparaître lorsque le malheureux comprenait qu'il était toujours destiné à la potence.

Néanmoins, je jouai le jeu.

— Il faudrait être fou pour refuser.

— Réfléchis bien. Goûteur, c'est un poste à vie. L'apprentissage est très éprouvant ; beaucoup n'y survivent pas. Car pour identifier correctement les poisons, il faut les avoir goûtés.

Il remit en ordre les papiers de mon dossier.

— Tu auras ta propre chambre dans le château, mais tu passeras la plus grande partie de ton temps avec le Commandant. Aucun jour de repos. Interdiction de te marier ou d'avoir des enfants. Certains choisissent la mort. Ils préfèrent la voir venir une fois pour toutes… plutôt que de la craindre à chaque bouchée.

Son sourire prédateur révéla des dents blanches et régulières.

Cet homme ne plaisantait pas ! On m'accordait vraiment une chance de vivre… Je préférais de loin entrer au service du Commandant que pendre au bout d'une corde, ou passer le reste de mes jours à moisir dans le donjon. Les questions se bousculaient en moi : « Comment peuvent-ils faire confiance à une meurtrière ? Qu'est-ce qui m'empêche d'assassiner le Commandant ou de m'enfuir ? »

— Qui goûte les plats du Commandant, en attendant ?

Je n'osai poser les autres questions, de peur que cet homme ne s'aperçoive de son erreur et ne décide de me pendre.

— C'est moi. Tu comprends que je sois pressé de trouver un remplaçant. Par ailleurs, selon le Code de Conduite, le poste doit être attribué à quelqu'un qui a perdu son droit à la vie.

Incapable de rester assise, je repoussai ma chaise et me mis à claudiquer de long en large, traînant mes chaînes derrière moi. Les cartes épinglées au mur montraient des positions militaires stratégiques. Les livres qui débordaient des étagères et s'amoncelaient sur le parquet traitaient de la sécurité et des techniques d'espionnage. D'après le nombre et l'état des bougies, cet homme veillait tard toutes les nuits.

Je me retournai vers lui. Ce ne pouvait être que Valek, chef de la sécurité personnelle du Commandant et directeur du vaste réseau de renseignements du Territoire d'Ixia.

— Que dois-je dire au bourreau ? demanda-t-il.

— Dites-lui que je passe mon tour.

2

Valek referma le classeur d'un geste sec et se dirigea vers la porte. Sa démarche sinueuse me rappelait celle d'un guépard sur la banquise. Lorsque la porte s'ouvrit, les soldats se mirent brusquement au garde-à-vous. Valek murmura quelques mots, les deux hommes acquiescèrent. Puis l'un d'eux s'avança vers moi.

Je le dévisageai avec méfiance. Allait-il me ramener au donjon, malgré les promesses de Valek ? Dans ce cas, il était encore temps de m'enfuir. Tandis que je balayais la pièce du regard, cherchant une issue, le garde se glissa derrière moi et retira les chaînes et les fers que je portais depuis mon arrestation.

La chair de mes poignets était à vif. Je tâtai doucement la peau de mon cou, puis regardai mes doigts : ils étaient poisseux de sang. Chancelante, je m'appuyai contre le dossier d'une chaise. L'absence de chaînes, après tant de mois, me faisait un drôle d'effet. J'avais l'impression que j'allais m'envoler, ou bien m'évanouir. J'aspirai de grandes goulées d'air, et, peu à peu, retrouvai l'équilibre.

Valek était occupé à remplir deux verres posés sur son bureau. Il avait sorti une bouteille d'un petit cabinet mural contenant des rangées de fioles et de flacons multicolores. Une fois les verres pleins, il replaça la bouteille dans le cabinet et referma la porte à clé.

— En attendant l'arrivée de Margg, que dirais-tu d'un remontant ?

Il me tendit une flûte en étain remplie d'un liquide ambré, puis leva son propre verre.

— A toi, Elena, nouveau goûteur du Commandant. Puisses-tu vivre plus longtemps que ton prédécesseur.

Je me figeai, mon verre tout près de mes lèvres.

— Détends-toi, dit-il. C'est la formule consacrée.

J'avalai une grande gorgée à la fois suave et brûlante. Mon estomac se tordit — je n'avais bu que de l'eau depuis près d'un an — puis s'apaisa, calmé par l'alcool.

Avant que j'aie pu le questionner au sujet du goûteur précédent, Valek me demanda d'identifier les ingrédients de ma boisson. Je sirotai une petite gorgée.

— Des pêches… et du miel.

— Bien. Maintenant, reprends une gorgée et fais-la tourner sur ta langue.

Je m'exécutai, et détectai un parfum d'agrumes que je n'avais pas senti.

— De l'orange, je crois.

— Très bien. Maintenant, gargarise-toi.

— Me gargariser ?

Il hocha la tête. Me sentant ridicule, je laissai descendre le liquide jusque dans ma glotte, m'étranglai et faillis tout recracher.

— De l'orange pourrie !

De petites rides se creusèrent autour des yeux de Valek. Ses traits étaient froids et anguleux, comme taillés dans la pierre, mais ils s'adoucissaient lorsqu'il souriait. Il me tendit son verre et me demanda de refaire l'expérience.

A contrecœur, je goûtai la mixture et y trouvai le même parfum d'orange. Puis je me gargarisai un peu, après m'être préparée à sentir ce relent de fruits pourris. A mon grand soulagement, cela ne fit qu'intensifier le goût d'orange.

— C'est meilleur ? demanda Valek.

— Nettement meilleur.

Il s'installa derrière le bureau, rouvrit mon dossier et prit quelques notes.

— Elena, tu viens de prendre ta première leçon dans l'art de goûter. Ton verre contenait un poison que l'on appelle Poussière de Papillon. Le mien n'en contenait pas. La seule manière de détecter ce poison, c'est de se gargariser. Ce goût de fruits pourris, c'est celui du poison.

Je me levai d'un bond, furieuse.

— Est-il mortel ?

— A doses suffisantes, il achève sa victime en deux

jours. Les symptômes ne se déclarent qu'au cours du second jour. A ce moment-là, bien sûr, il est trop tard pour réagir.

— La dose que vous m'avez donnée… était-elle mortelle ?

— Oui. Sinon tu ne l'aurais pas détectée.

Un haut-le-cœur me plia en deux, et la bile envahit ma bouche. Je déglutis et tentai de me maîtriser. Je n'avais pas envie de m'humilier en vomissant sur le bureau de Valek.

Celui-ci leva vers moi un regard distrait puis, voyant mon malaise, m'examina plus attentivement.

— Je t'avais prévenue, la formation est dangereuse. Mais ne t'inquiète pas, ce serait idiot de ma part de te forcer à combattre un poison alors que tu souffres de malnutrition. Il existe un antidote à la Poussière de Papillon.

Il me montra une mince fiole contenant un liquide blanchâtre.

Je m'effondrai sur ma chaise et expirai lentement. Valek, quant à lui, avait repris son masque impassible.

— En réponse à la question que tu aurais dû me poser, voilà comment nous nous assurons que le goûteur ne s'évade pas.

Je le regardai sans comprendre.

— Elena, tu as avoué un meurtre. Il faudrait être insensé pour t'affecter au service du Commandant sans prendre de précautions. Puisqu'il est constamment entouré de gardes du corps, tu n'as presque aucune chance de le blesser avec une arme. Pour tout le reste, il y a la Poussière de Papillon.

Valek fit tournoyer la fiole entre ses doigts.

— Si tu souhaites continuer à vivre, il te faudra une dose quotidienne de cette mixture. Tant que tu te présenteras tous les matins à mon bureau, tout ira bien. Si un jour tu manques à l'appel, c'est la mort assurée, dès le lendemain. Si tu commets un délit, ou un acte de trahison, on te jette dans le donjon jusqu'à ce que le poison ait fait son travail. Entre nous, je te le déconseille. La Poussière de Papillon provoque de terribles crampes d'estomac et des vomissements incontrôlables.

Ces paroles faisaient encore leur chemin en moi lorsque Valek leva son regard vers la porte. Je me retournai ; une femme corpulente, vêtue d'un uniforme de gouvernante, se tenait sur le seuil. C'était Margg, m'apprit Valek. Elle était chargée de veiller à tous mes besoins personnels. Sans m'adresser un mot, la grosse femme pivota sur ses talons et s'éloigna.

Je lançai un coup d'œil en direction de la fiole.

— A demain, Elena. Margg t'indiquera le chemin.

De toute évidence, j'étais congédiée. Pourtant, je m'attardai un instant sur le seuil de la porte. Mille questions se pressaient sur mes lèvres. Mais je les ravalai et m'élançai derrière Margg, qui ne s'était pas arrêtée pour m'attendre.

Elle ne ralentit jamais son allure. Je fus bientôt hors d'haleine. Désespérant de m'orienter dans ce labyrinthe, je concentrai mon attention sur l'épaisse silhouette devant moi. Sa longue jupe noire semblait flotter au-dessus du sol. Les gouvernantes portaient une chemise noire et un grand tablier blanc noué à la taille, orné de deux rangées de losanges rouges. Elle tourna brusquement et passa une grande porte : celle des bains. Je m'accroupis et soufflai jusqu'à ce que ma tête ait cessé de tourner.

— Tu pues, dit Margg.

Une grimace de dégoût déformait son gros visage. Elle tendit le doigt vers l'autre bout de la pièce, d'un geste qui révélait son autorité.

— Savonne-toi bien avant de te mettre dans le bain. Je reviens avec des uniformes.

Le désir de me laver était si fort que j'en oubliai mon agacement. Arrachant mes haillons de prisonnière, je me précipitai vers les douches. Quand j'ouvris le conduit au-dessus de ma tête, des flots d'eau chaude se déversèrent sur moi. Elle était chauffée dans de grands réservoirs aménagés à l'étage au-dessus. Même le domaine de Brazell, pourtant extravagant, ne disposait pas de ce luxe.

Je restai longtemps sous la douche, espérant que le tambourinement de l'eau sur mon crâne chasserait mes idées noires. Puis je me récurai le corps et les cheveux. Le savon brûla les endroits écorchés par les fers, mais je ne tressaillis pas. Je passai un bon moment à frotter des taches sombres sur ma peau, avant de m'apercevoir que c'étaient des bleus.

Je me sentais étrangement divorcée d'avec ce corps que je lavais. Et cela ne datait pas de la veille. Certes, les privations et les souffrances physiques endurées dans la prison m'avaient sévèrement éprouvée. Mais mon âme avait déjà fui ce corps bien avant mon départ du manoir des orphelins.

Soudain, le fils mort de Brazell se matérialisa devant mes yeux, son beau visage déformé par la rage. D'instinct, je reculai et levai les bras pour le repousser. L'image s'effaça, me laissant frémissante d'horreur.

Avec effort, je me séchai et m'entourai d'une serviette. Essayant de réprimer les souvenirs que l'image de Reyad avait éveillés, je me mis en quête d'un peigne.

Si mes cheveux étaient propres, à présent, ils résistaient farouchement au démêlage. En cherchant une paire de ciseaux, j'aperçus quelqu'un qui rôdait à l'autre bout de la pièce. Je me tournai vers elle et la dévisageai. Elle soutint mon regard. La malheureuse était cadavérique. Seul signe de vie, les yeux verts qui brillaient dans son visage émacié. Ses jambes atrophiées semblaient incapables de soutenir son corps.

Ce squelette, c'était moi. Je détournai les yeux du miroir. Je n'avais aucune envie de m'attarder sur les dégâts.

« Poltronne », me dis-je en me forçant à regarder mon reflet. Et si la mort de Reyad avait délivré mon âme de ce refuge lointain où elle avait disparu ? L'espace d'un instant, je tentai de retrouver le lien avec mon corps. Peine perdue. Comment réintégrer un corps qui ne m'appartenait toujours pas ? Ce corps était maintenant la propriété du Commandant Ambroise, en tant qu'instrument de détection des poisons. Je me détournai de nouveau du miroir, écœurée.

Après avoir coupé les nœuds les plus retors, je tressai mes cheveux en une longue natte, puis me glissai dans le bassin d'eau chaude.

Dire que, ce matin, je ne rêvais que d'un uniforme propre pour mon exécution, et qu'à présent je me prélassais dans les fameux bains chauds du Commandant…

La voix de Margg me tira d'un demi-sommeil.

— Assez, grogna-t-elle. Voici ton uniforme. Sors de l'eau et habille-toi.

La désapprobation transpirait par tous les pores de sa peau. Je me séchai soigneusement, indifférente à son impatience.

L'uniforme du goûteur était constitué d'un pantalon noir, d'une large ceinture de soie rouge, et d'une chemise taillée dans la même étoffe, bordée d'un liseré de petits losanges noirs. Ces vêtements étaient manifestement destinés à un homme. Mourant de faim depuis un an, et mesurant à peine un mètre soixante, je ressemblais à une enfant portant les affaires de son père. La ceinture faisait trois fois le tour de ma taille, et je dus retrousser les jambes du pantalon pour ne pas m'y prendre les pieds.

Margg eut un petit rire méprisant.

— Il te faut des bottes. On va faire un détour par l'atelier de couture.

Dilana, la couturière, avait un visage en forme de cœur entouré d'un halo de boucles blondes, des yeux dorés et de très longs cils. Lorsqu'elle vit mon accoutrement, elle éclata d'un rire joyeux. Puis elle réprimanda Margg, qui n'avait pas pris le temps de chercher un uniforme à ma taille. La gouvernante ne fit que plisser les lèvres d'un air bougon.

— Ce n'est pourtant pas difficile, dit la couturière en retrouvant son sérieux. Les écuyers portent les mêmes pantalons, et les filles de cuisine, les mêmes chemises.

Dilana était aux petits soins pour moi. Bien qu'elle eût à peu près mon âge, elle s'agitait autour de moi comme une grand-mère dévouée. Immédiatement, je désirai devenir son amie. Les amis et les soupirants devaient se presser devant sa porte, pensai-je, attirés par ce havre de chaleur humaine au milieu d'un château lugubre.

Après avoir pris mes mesures, Dilana fouilla dans les piles de vêtements blancs, rouges et noirs entassés partout dans la pièce.

En Ixia, chaque corps de métier a son uniforme distinctif. Les domestiques du château et la garde du commandant portent un assortiment de vêtements blancs, rouges et noirs, ornés de rangées de losanges verticaux. Les conseillers et les officiers de haut rang sont vêtus de noir ; le nombre de losanges brodés sur leur col indique leur rang. Le port de l'uniforme fut imposé par le Commandant dès son arrivée au pouvoir, afin que chacun pût déterminer au premier coup d'œil à qui il avait affaire.

Le rouge et le noir sont les couleurs du Commandant Ambroise. Le Territoire d'Ixia est divisé en huit districts, chacun placé sous le contrôle d'un général. D'un district à l'autre, les couleurs des uniformes varient. Ainsi, une femme portant une robe noire à losanges violets ne peut être qu'une gouvernante du District Militaire 3, dit « DM-3 ».

— Tiens, essaie ça, me dit Dilana. Je crois que ce sera plus seyant.

Elle me tendit une pile de vêtements et m'indiqua un paravent dans un coin.

Pendant que je me changeais, je l'entendis dire :

— Ces jolies bottes vont lui aller à merveille, je le sens.

Ayant enfilé des vêtements à ma taille, je me sentis

un peu moins ridicule. Je sortis de derrière le paravent et donnai mon ancien uniforme à la couturière.

— Ce doit être celui d'Oscove, l'ancien goûteur, dit Dilana.

Une expression de tristesse assombrit son visage, puis elle secoua la tête comme pour chasser des pensées indésirables.

Mes désirs d'amitié s'évaporèrent aussitôt. Se lier avec le goûteur du Commandant comportait manifestement de gros risques émotionnels. Mon ventre se noua, et l'amertume envahit ma bouche.

La solitude me heurta de plein fouet. Des images indésirables flottèrent devant mes yeux : les visages de May et de Carra, mes amies, mes sœurs, restées dans le manoir de Brazell. Je me revis tresser les doux cheveux roux de Carra, rajuster la jupe de May, toujours de travers…

Revenant à la réalité, je me rendis compte que je serrais convulsivement un tas d'uniformes. Dilana me prit la main et me conduisit vers une chaise. Elle s'agenouilla devant moi, vêtit mes pieds de socquettes, puis les chaussa de bottes de cuir noires et souples qui m'arrivaient à mi-mollet. Après avoir rentré les jambes de mon pantalon dans mes bottes, elle m'aida à me relever.

Vivant pieds nus depuis presque un an, je m'attendais à ressentir une gêne terrible. Mais ces bottes doublées de cuir m'allaient à la perfection. Je n'en avais jamais possédé d'aussi belles ni d'aussi confortables. Je remerciai Dilana d'un grand sourire, et réussis à bannir de mon esprit les visages de May et de Carra.

La couturière sourit aussi.

— Je devine toujours la pointure des gens au premier coup d'œil.

Margg toussota d'un air sceptique.

— Tu n'as pas deviné celle du pauvre Rand. On dirait un pied-bot. Evidemment, il est trop entiché de toi pour oser se plaindre. Il préfère se traîner à cloche-pied dans la cuisine…

— Tu sais très bien que cela n'a rien à voir ! Ne l'écoute pas, Elena. Margg, tu n'as rien d'autre à faire ? Allez, du vent, maintenant… Sinon, je raccourcis tes jupes, comme la dernière fois.

Margg battit en retraite, m'entraînant avec elle. Nous repartîmes jusqu'au réfectoire des domestiques, où elle me servit de petites portions de soupe et de pain. Tout était délicieux ; après avoir dévoré mon dîner, j'en redemandai.

— Pas question. Tu risques d'être malade, se contenta-t-elle de rétorquer.

A grand regret, je la suivis vers ma chambre à coucher. Margg me quitta devant la porte.

— Je viendrai te chercher à l'aube. Sois prête.

Seule dans ma petite chambre, je fis l'inventaire de mes nouvelles possessions. Un étroit lit métallique surmonté d'un matelas taché, une armoire, un minuscule poêle à bois ; un petit bureau, une chaise, une lanterne. Un pot de chambre. Les murs étaient nus, les volets de la fenêtre fermés. Je testai le matelas ; il céda à peine sous mon poids. Par rapport à ma cellule de prison, c'était une immense amélioration, et pourtant je fus un peu déçue.

Rien, dans cette pièce, n'était empreint de douceur. Je ne demandais pas grand-chose : un oreiller, une couverture chaude… Quelque chose qui ne soit pas dur et coupant, qui me fasse oublier la froideur de Valek et la hargne de Margg…

Après avoir pendu mes uniformes dans l'armoire, je me dirigeai vers la fenêtre. Le rebord était assez large pour que je puisse m'y asseoir, et les volets s'ouvraient de l'intérieur. Les mains tremblantes, je poussai les loquets. La lumière du jour m'éblouit. La main au-dessus des yeux, je contemplai avec étonnement la vue qui s'offrait à moi.

Je me trouvais au rez-de-chaussée du château.

A peine un mètre me séparait du sol. Ma fenêtre ouvrait sur une petite cour coincée entre les écuries et le chenil du château. Ni les écuyers ni les maîtres-chiens ne feraient attention à moi, si je m'échappais. Il me suffirait de sauter par la fenêtre et de prendre mes jambes à mon cou pour être libre. Evidemment, je n'aurais que deux jours à vivre. Mais c'était une possibilité que j'aimais envisager.

3

Le fouet claqua, entailla ma chair, fit courir une lame de feu le long de mon dos.

— Bouge ! m'ordonna Reyad.

J'esquivai de mon mieux, retenue par une corde qui reliait mon poignet au poteau central.

— Plus vite ! Reste en mouvement !

Les claquements de fouet s'intensifièrent. Ma chemise déchirée n'offrait aucune protection contre la lanière de cuir. Soudain, une voix douce et apaisante se fit entendre en moi.

— Enfuis-toi, me dit-elle. Abandonne ton corps. Mets ton esprit en sécurité dans un endroit chaud et agréable…

Cette voix soyeuse n'appartenait ni à Reyad ni à Brazell. L'espace d'un instant, la fuite et l'abandon me tentèrent, puis je les refusai. Déterminée à résister, je me concentrai sur les mouvements du fouet. Quand l'épuisement vint, mon corps se mit à vibrer de son propre chef. Comme un insecte hystérique, je volai à travers la pièce, et le fouet ne m'atteignit plus.

*
* *

Je m'éveillai dans l'obscurité, entortillée dans mon uniforme, trempée de sueur. Le bourdonnement de mon rêve avait laissé place à des coups furieux à la porte. La veille, avant de m'endormir, j'avais calé une chaise sous la poignée.

— Je suis réveillée ! m'écriai-je.

Le tintamarre cessa brusquement. Quand j'ouvris la porte, je vis Margg, grimaçante, une lanterne à la main. Je m'empressai de mettre un uniforme propre et de la rejoindre dans le couloir.

— Vous aviez dit à l'aube.

— *C'est* l'aube.

Quelques instants plus tard, je m'enfonçais derrière elle dans les couloirs de service. Dehors, le ciel s'éclaircissait ; ma chambre, orientée à l'ouest, n'était pas exposée au soleil du matin. A l'instant où Margg éteignit sa lanterne, un parfum de crêpes sucrées flotta dans l'air.

— Nous allons prendre le petit déjeuner ?

Je me maudis ; malgré moi, une note de supplication s'était glissée dans ma voix.

— Non. Valek s'occupera de te donner à manger.

L'idée d'un petit déjeuner préparé par Valek me coupa l'appétit. La Poussière de Papillon me revint à l'esprit, et mon estomac se noua. Avant même d'être arrivée au bureau, j'étais persuadée de ressentir les premiers symptômes de l'empoisonnement. Il me fallait l'antidote de toute urgence ; j'étais sur le point de défaillir.

Je trouvai Valek en train de s'affairer au-dessus d'assiettes fumantes. Il avait déblayé une partie de la table de conférence, entassant les papiers en piles hasardeuses. Il m'indiqua une chaise, et je m'installai, cherchant du regard la fiole contenant l'antidote.

— J'espère que tu…

Valek s'interrompit et me dévisagea. Je soutins son regard, résolue à ne pas me laisser intimider.

— C'est fou la différence que peuvent faire un bain et un uniforme, dit-il enfin en grignotant une tranche de bacon. Il faudra que je m'en souvienne.

Puis il plaça devant moi deux assiettes d'œufs au bacon.

— Commençons.

— Je préférerais commencer par l'antidote.

De nouveau, un long silence de la part de Valek. Je ne pus m'empêcher de gigoter nerveusement.

— Normalement, tu ne devrais pas encore ressentir de symptômes. C'est beaucoup trop tôt.

Haussant les épaules, il se dirigea vers son cabinet à poisons. A l'aide d'une pipette, il préleva une dose de mixture blanche, puis referma le cabinet à clé. Mon intérêt pour l'emplacement de cette clé devait être évident, car Valek la fit disparaître par un tour de passe-passe. Il me tendit la pipette, puis se rassit face à moi.

— Bois vite. Je voudrais commencer la leçon.

Je fis couler le contenu de la pipette sur ma langue, et grimaçai, car la mixture était très amère. Valek reprit la pipette vide et posa un bocal devant moi.

— Sens ça, dit-il.

Le bocal contenait une poudre blanche semblable à du sucre, parfumée au bois de rose. Valek m'indiqua les deux assiettes qui refroidissaient devant moi, et me demanda de désigner celle qui contenait du poison. Je respirai le contenu des assiettes comme un chien flairant une trace. De faibles effluves épicés émanaient de celle de gauche.

— Bien. Si jamais tu retrouves cette odeur dans un plat du Commandant, élimine-le immédiatement. Un seul grain de Tigtus suffit à tuer un homme en moins d'une heure.

Valek fit disparaître l'assiette contaminée.

— Mange ton petit déjeuner, dit-il en m'indiquant la seconde assiette. Tu vas avoir besoin de forces.

En effet, je passai le reste de la journée à sentir des poisons. Maux de tête et vertiges ne tardèrent pas à se déclarer. Les heures passant, les noms et les odeurs des poisons se mélangeaient dans ma tête ; je fus obligée de demander du papier et une plume à Valek. Cette demande le laissa sans voix.

— Je ne devrais pas m'étonner, dit-il enfin. Chacun

sait que les orphelins du général Brazell reçoivent une excellente éducation.

Il me jeta un cahier relié, une plume et un encrier.

— Tu peux regagner ta chambre. La leçon est finie.

Tout en ramassant le matériel d'écriture, je me maudis d'avoir rappelé à Valek la raison de ma condamnation. Sous son expression implacable, ses pensées étaient faciles à deviner. Le général Brazell m'avait recueillie, nourrie, éduquée et, pour le remercier, je n'avais rien trouvé de mieux que d'assassiner son unique enfant. Je savais que Valek ne croirait jamais la vérité au sujet de Brazell et de Reyad.

L'orphelinat du général Brazell était tourné en ridicule par les autres généraux, lesquels estimaient que celui-ci s'était « ramolli » depuis le coup d'Etat militaire, quinze ans auparavant. Cette réputation convenait parfaitement à Brazell. Perçu comme un bienfaiteur un peu gâteux, il était libre de diriger à sa fantaisie le District Militaire 5.

A la sortie du bureau, je m'attardai un instant, observant les trois verrous de la lourde porte de bois. Puis, tout en passant les doigts dessus, je me retournai vers Valek.

— Qu'y a-t-il ?

— Je ne sais pas où est ma chambre.

— Demande à la première gouvernante ou fille

de cuisine que tu verras. Les couloirs grouillent de monde, à cette heure-ci. Dis-lui que ta chambre est au rez-de-chaussée de l'aile ouest des communs.

La fille de cuisine dont je sollicitai l'aide se révélant plus avenante que Margg, je mis à profit sa connaissance du palais. D'abord, nous nous rendîmes à la buanderie, où je me fournis en draps. Puis je lui demandai de me montrer le chemin des bains et de l'atelier de couture, afin de pouvoir m'y rendre seule, à l'avenir.

De retour dans ma chambre, j'ouvris les volets pour faire entrer les derniers rayons de soleil de la journée. Je m'installai à mon bureau et rédigeai des notes détaillées sur tout ce que j'avais appris pendant la journée. J'esquissai même un plan approximatif des couloirs de service. J'envisageai de ressortir vérifier quelques détails, mais Valek avait raison : j'avais besoin de prendre des forces. J'explorerais plus tard. D'abord, je devais me reposer.

Deux semaines se déroulèrent ainsi. Peu à peu, une routine s'installait. Tôt le matin, je me présentais chez Valek pour prendre ma leçon quotidienne. Après de longues heures passées à renifler des éprouvettes, mon odorat s'était sensiblement affiné. Un jour, Valek m'annonça que j'étais prête à goûter les poisons.

— Nous allons commencer par le plus violent, dit-il. Si tu lui résistes, les autres ne te tueront pas non plus. Je n'ai pas envie de passer un temps précieux à te former, pour te voir mourir à la dernière leçon.

Il plaça sur son bureau un flacon délicat rempli d'un liquide écarlate.

— Un poison terrible, dit-il. Il ravage instantanément l'organisme.

Une lueur presque admirative brillait dans ses yeux.

— On l'appelle Un Petit Verre, Mon Amour, ou tout simplement Mon Amour, car c'était autrefois le poison préféré des épouses insatisfaites.

Valek déposa deux gouttes de poison dans une tasse de liquide fumant.

— Une plus grande dose te serait fatale. Avec celle que je te donne, tu as des chances de survivre, mais tu vas souffrir d'hallucinations et de délires paranoïaques pendant quelques jours, ainsi que…

— Valek, pourquoi faut-il que je goûte Mon Amour, si ses résultats sont immédiats ? C'est à cela que sert un goûteur, non ? Je goûte un plat. Je m'écroule par terre, raide morte. Le Commandant ne touche pas à son repas, et on désigne un nouveau goûteur. Fin de l'histoire.

Je fis mine d'arpenter la pièce, mais les tas de livres me gênaient. Exaspérée, je donnai un grand coup de pied dans l'une des piles, éparpillant les volumes autour de moi. Valek me décocha un regard perçant qui m'empêcha de savourer ma rébellion.

— La fonction du goûteur est bien plus complexe que cela. Il doit être capable d'identifier le poison utilisé, pour m'aider à retrouver la trace de l'empoisonneur.

Valek me tendit la tasse.

— Si, pendant la fraction de seconde qui précède ta mort, tu es capable de t'écrier « Mon Amour », cela limitera la liste des suspects. Chaque poison a ses adeptes. Celui-ci, par exemple, provient d'une plante indigène du Territoire de Sitia. Depuis la fermeture des frontières, seule une poignée d'Ixiens sont assez riches pour s'en procurer.

Il contourna la table et se mit à ramasser les livres éparpillés. Ses mouvements étaient aussi fluides que ceux d'un danseur... ou d'un tueur professionnel.

— Elena, tu te prépares à occuper un poste extrêmement important. C'est pour cela que je te consacre autant de temps. Les assassins perspicaces savent repérer les habitudes du goûteur. Certains, par exemple, découpent toujours la viande en commençant par la gauche ; d'autres ne remuent jamais les boissons. Il existe des poisons qui se déposent immédiatement au fond d'un liquide. Si le goûteur se contente de siroter le dessus du thé, la tâche de l'assassin devient un jeu d'enfant.

Il finit de ramasser les livres. Les nouvelles piles étaient mieux organisées que les anciennes, et cela sembla l'inspirer à continuer dans la même veine. Il commença à dégager un chemin d'accès direct entre la porte et le bureau.

— Quand tu auras pris le poison, Margg te raccompagnera et prendra soin de toi. Je lui donnerai ta dose d'antidote pour les jours à venir.

Je regardai fixement la tasse fumante posée sur le bureau, puis la pris dans mes mains, réchauffant ma peau froide à son contact brûlant. Un coup résonna ; Margg était là. J'eus l'impression que le bourreau venait de monter sur l'estrade, et cherchait la manette qui ouvrirait la trappe sous mes pieds. Des picotements parcoururent mon corps, des points noirs dansèrent devant mes yeux. Je me rendis compte que j'avais cessé de respirer.

Essayant de prendre un air nonchalant, je levai mon verre et le vidai d'un trait.

— Pommes pourries, murmurai-je.

J'eus à peine le temps de voir Valek acquiescer, puis tout se mit à tourner. La silhouette de Margg se dressa au-dessus de moi, son corps grossit jusqu'à remplir toute la pièce, et sa tête se ratatina comme une pomme blette.

Un mouvement de houle m'emporta. Les murs gris s'emparèrent de moi, m'utilisant comme arme dans leur bataille contre le parquet. De petits esprits malveillants se matérialisèrent sous mes pieds et voletèrent autour de moi en me pinçant et en ricanant. J'essayai de repousser Margg la géante, mais elle me retenait de sa poigne puissante. Sa voix heurta mes tempes et s'infiltra dans ma conscience.

— Criminelle ! Sale petite meurtrière ! Je parie que tu l'as égorgé dans son sommeil, pas vrai ? Ah, c'est trop facile ! Je parie que tu es restée à le regarder se vider de…

Je me tournai en direction de la voix pour essayer de la faire taire, mais Margg avait disparu, remplacée par de petits soldats noirs et verts.

— Si le poison ne la tue pas, elle est à vous, dit la géante.

On me poussa dans un gouffre noir, et je m'abîmai dans les ténèbres.

Quand je revins à moi, une odeur d'urine et d'excréments me prit à la gorge. Cette infection ne pouvait signifier qu'une seule chose : on m'avait remise dans le donjon. Comment était-ce arrivé ? Je me redressai et fus aussitôt prise d'un violent haut-le-cœur. En cherchant le pot de chambre, ma main heurta le pied d'un lit. C'était bon signe ; en prison, il n'y avait pas de lits. Je m'y accrochai quelques instants, le temps que mon estomac s'apaise. Puis je m'adossai au mur, soulagée de reconnaître ma petite chambre dans l'aile des domestiques.

Rassemblant mes dernières forces, je me levai, trouvai ma lanterne, et l'allumai. Ma peau était couverte de vomi séché ; ma chemise et mon pantalon, trempés et puants. Des flaques nauséabondes s'étalaient sur le sol.

« Ah ! Margg, tu as bien pris soin de moi... », pensai-je avec amertume. Au moins, elle avait eu l'esprit pratique ; si elle m'avait laissée sur le lit, plutôt qu'à même le sol, mon matelas eût été ruiné.

Je remerciai la bonne étoile qui m'avait permis de survivre à ce cauchemar empoisonné, et, incapable de supporter plus longtemps le contact de mon uniforme mouillé, me précipitai vers les bains.

A mon retour, juste avant de m'engager dans le petit couloir menant à ma chambre, j'entendis des voix. Je me figeai sur place, éteignis ma lanterne et avançai mon nez jusqu'au coin du mur. Devant ma porte, deux soldats bavardaient. La lumière de leur lanterne éclairait leurs uniformes vert et noir. C'étaient des hommes de Brazell.

4

— On va voir si elle est morte ? proposa l'un des gardes.

Il brandit sa lanterne en direction de ma porte ; sa lourde ceinture d'armes cliqueta bruyamment.

— Non. La gouvernante y rentre tous les matins pour lui donner une potion. Quand elle claquera, on sera les premiers avertis. En plus, ça sent drôlement mauvais, là-dedans.

— C'est sûr. Un vrai tue-l'amour. Sans parler de cet uniforme couvert de vomi. Mais, au fait…

Le garde caressa les menottes qui pendaient à sa ceinture.

— On pourrait l'amener aux bains, la passer au jet et nous amuser un peu tant qu'elle est encore vivante.

— Trop risqué. Si elle survit, on aura tout le temps de se débarrasser de ses vêtements et de la débarbouiller. Imagine-toi un paquet-cadeau géant…

Riant tous deux, ils me tournèrent le dos et s'éloignèrent vers le bout du couloir. Je m'appuyai contre le mur en me demandant si je pouvais me fier à mes yeux et à mes oreilles. Etait-ce une nouvelle hallucination ? Je ne parvenais pas à réfléchir sérieusement ; mon cerveau s'était ramolli, et j'étais assaillie par des nausées et des vertiges.

Un long moment s'écoula avant que je n'ose regagner ma chambre. D'un geste brusque, j'ouvris grand la porte et levai ma lanterne pour inonder de lumière tous les recoins de la pièce. Je regardai même sous le lit. Ma chambre était vide. Seule une odeur âcre et violente m'y attendait. Je poussai le verrou des volets et ouvris les fenêtres pour faire entrer l'air frais de la nuit.

Je regardai les flaques sur le plancher. La dernière chose dont j'avais envie, c'était de faire le ménage, mais je savais que je ne réussirais pas à m'endormir dans cette atmosphère fétide. Je partis donc à la buanderie chercher du matériel de nettoyage et me mis au travail. Régulièrement, quand la nausée devenait trop forte, je faisais de petites pauses. Enfin, ma chambre fut à peu près propre.

Epuisée, je m'écroulai sur mon lit. Le matelas était plein de bosses. Je me retournai plusieurs fois, cherchant une position confortable. Et si les soldats de Brazell revenaient ? Endormie dans mon lit, je constituais une proie des plus faciles. Circonstances aggravantes : je venais de prendre un bain, la pièce ne sentait plus le vomi mais le désinfectant, et j'avais oublié de coincer une chaise sous la poignée de la porte.

Mon imagination s'emballa ; je me vis menottée aux

pieds du lit, tandis que les gardes me déshabillaient en se délectant de ma peur… Je bondis du lit et me précipitai dehors, m'attendant à trouver les hommes de Brazell derrière ma porte. Mais le couloir était désert.

Quand je voulus rentrer dans ma chambre, un mur invisible se dressa devant moi. Impossible de franchir le seuil. Ma chambre était devenu un piège. Etait-ce l'effet hallucinatoire de Mon Amour, ou seulement du bon sens ? Indécise, j'arpentai le couloir ; d'un coup, mon ventre gargouilla, et je me rendis compte que je mourais de faim.

J'espérais trouver la cuisine déserte, mais ce ne fut pas le cas. Un homme de grande taille, vêtu d'un uniforme blanc orné de deux losanges noirs, y circulait d'un pas mal assuré en marmonnant à mi-voix. Sa jambe gauche refusait de plier et traînait derrière l'autre. J'essayai de m'éclipser discrètement, mais n'en eus pas le temps.

— Tu cherches quelqu'un ? demanda-t-il.

— Non. Je… j'ai un peu faim.

S'appuyant de tout son poids sur sa jambe valide, il fronça les sourcils et m'examina. Trop maigre pour être cuisinier, pensai-je. Pourtant, il en portait l'uniforme ; et puis qui d'autre aurait été debout à cette heure matinale ? Ses yeux et ses cheveux d'un brun doux lui donnaient un charme un peu enfantin. S'agissait-il du fameux Rand, dont Margg avait parlé ?

— Sers-toi, dit-il en m'indiquant deux pains juste sortis du four. Tu viens de me faire gagner deux semaines de salaire.

— Excusez-moi, dis-je en me taillant une tranche épaisse, mais de quoi parlez-vous ?

— Tu es bien la nouvelle goûteuse du Commandant ?

J'acquiesçai.

— Tout le monde sait que Valek t'a donné une dose de Mon Amour. J'ai parié une semaine de salaire que tu survivrais.

Il se baissa pour sortir une nouvelle fournée de pain.

— Je risquais gros, tu sais ? Tu es plus petite et plus chétive que tous les goûteurs qu'on ait jamais eus. La plupart ont misé sur ta mort… y compris Margg.

Le cuisinier fouina dans les placards.

— Tiens, dit-il en me donnant du beurre. Pour fêter ça, je vais faire des crêpes.

Attrapant des ingrédients apparemment au hasard, il prépara une pâte en quelques coups de fouet.

— Combien de goûteurs y a-t-il eu depuis le coup d'Etat ? dis-je entre deux bouchées.

D'évidence, cet homme n'aimait pas la solitude. Il semblait ravi de pouvoir bavarder avec quelqu'un.

— Cinq, dit-il sans cesser de s'agiter. Valek adore les poisons. C'est comme ça qu'il s'est débarrassé de la plupart des ennemis du Commandant, et il aime bien s'entraîner, pour garder la main. En testant les goûteurs, par exemple, pour être sûr qu'ils ne relâchent pas leur attention.

Un frisson glacé parcourut ma colonne vertébrale.

— Pauvre Oscove, continua le cuisinier. Valek ne l'a jamais aimé. Il le mettait constamment à l'épreuve, souvent au point de le faire craquer. Selon la version officielle, il s'est suicidé ; pour moi, c'est Valek qui l'a tué.

D'un geste souple, le cuisinier retourna une petite crêpe sucrée.

Dire que je me souciais de Brazell et de ses soldats, quand il me suffirait de contrarier Valek et... hop ! adieu, Elena ! Il avait sans doute quelques poisons en réserve, au cas où l'envie lui prendrait de se débarrasser de moi. Je jetai un coup d'œil par-dessus mon épaule pour vérifier qu'il ne nous espionnait pas. Décidément, l'idée de la mort rôdait toujours autour de moi, refusant même de me laisser prendre mon petit déjeuner en paix.

A cet instant, le cuisinier me tendit une assiette pleine de crêpes dorées, puis se précipita pour sortir des pains du four. Ces crêpes sucrées étaient une gâterie si rare que j'en oubliai mes soucis et mon estomac dérangé, pour les engloutir le plus rapidement possible.

— Oscove était mon ami. Le meilleur goûteur que le Commandant ait jamais eu. Tous les matins, après le petit déjeuner, il venait en cuisine m'aider à inventer de nouvelles recettes. Quand on est cuisinier, il vaut mieux varier les plaisirs, si on ne veut pas perdre sa place. Tu vois ce que je veux dire ?

— Absolument, dis-je en essuyant le beurre fondu sur mon menton.

— Je m'appelle Rand, dit-il en me tendant la main.

— Et moi, Elena. Enchantée de faire votre connaissance.

Sur le chemin du bureau de Valek, je m'arrêtai quelques moments devant une fenêtre ouverte. Le soleil venait juste de se lever au-dessus des pics des Montagnes de l'Esprit. Le ciel ressemblait à une aquarelle détrempée, un lavis de rouge et de rose. Je respirai l'air frais tout en contemplant le spectacle de la nature. Dehors, tout était en fleurs ; bientôt la fraîcheur du matin laisserait place à une douce chaleur. Les journées torrides et les nuits oppressantes arriveraient plus tard dans la saison. Je me demandai combien de jours s'étaient écoulés depuis que j'avais pris Mon Amour.

M'arrachant à la vue du dehors, je me remis en route et arrivai devant le bureau de Valek à l'instant où celui-ci en sortait.

— Elena ! Tu as survécu ! s'exclama-t-il en souriant. Cela fait trois jours. Je commençais à m'inquiéter.

J'étudiai son visage. Il paraissait sincèrement réjoui de me revoir.

— Où est Margg ? demanda-t-il.

— Aucune idée.

— Alors, je vais te donner ton antidote, dit Valek en retournant vers son bureau

Une fois que j'eus avalé le liquide, Valek se dirigea vers la porte. Sur le seuil, il se retourna et me fit signe de le suivre.

— Je vais goûter le petit déjeuner du Commandant, expliqua-t-il en s'éloignant à toute vitesse.

Je me pressai derrière lui, déjà essoufflée.

— Il est grand temps que tu le rencontres, et que tu te familiarises avec le travail.

Nous débouchâmes dans le grand couloir central du palais. Valek continua sans hésiter, mais je tressaillis et réprimai une exclamation. Les fameuses tapisseries de l'époque royale étaient déchirées et maculées de peinture noire. A l'orphelinat, on nous avait appris que chacune d'entre elles représentait une province de l'ancien royaume. A présent, elles constituaient un témoignage saisissant sur la nature du nouveau régime.

Chacun connaissait le mépris du Commandant pour les excès, l'opulence et les injustices de l'ancien régime. Le passage de la monarchie au règne militaire s'était accompagné de changements radicaux. Certains avaient adopté avec enthousiasme les règles simples mais sévères du nouveau Code de Conduite ; d'autres s'étaient insurgés contre elles. D'autres enfin avaient profité de la confusion pour s'exiler en Sitia.

Le Code punissait sévèrement les écarts des insoumis. Toute personne ne portant pas l'uniforme était enchaînée pendant deux jours, nue, en place publique. Peu importait que l'accusé eût un motif légitime ; la sentence était toujours la même. Les citoyens d'Ixia avaient rapidement compris qu'il n'y aurait aucun recours possible. Les pots-de-vin et les relations ne servaient à rien : le Commandant était intransigeant. On respectait le Code de Conduite, ou l'on subissait les conséquences de ses écarts.

Je détournai mes yeux des tapisseries saccagées. Au bout du couloir, Valek passa sous une ouverture cintrée à colonnes sculptées. De grandes portes de bois fendues pendaient obliquement de leurs gonds ; l'on y distinguait encore des arbres et des oiseaux exotiques en bas relief. Autre chef-d'œuvre de l'ancien régime détruit par le nouveau pouvoir ; autre rappel de la volonté inflexible du Commandant.

Sur le seuil, je m'arrêtai, interdite. Je me trouvais dans l'ancienne salle du trône. A présent, c'était une pièce remplie de bureaux occupés par des conseillers et des officiers militaires de tous les districts du Territoire. L'atmosphère était celle d'une ruche en effervescence.

Il était difficile de distinguer des individus dans

cette foule, mais je reconnus la démarche souple de Valek au moment où il passait une porte au fond de la salle. Il me fallut quelques instants pour me frayer un passage jusqu'à cette porte, et, quand j'y arrivai enfin, ce fut pour entendre une voix d'homme se plaindre que ses crêpes étaient froides.

Le Commandant Ambroise était assis devant une table de bois. Comparé à celui de Valek, son bureau me parut austère, dépourvu d'affaires personnelles. Un seul objet échappait à cette règle : une petite statue en pierre noire représentant un guépard des neiges. Les yeux du félin étaient en argent, et des éclats de ce métal parsemaient la surface de la pierre.

Le Commandant portait un uniforme noir immaculé, parfaitement coupé, presque identique à celui de Valek. Seule différence notable : les diamants cousus sur son col, qui dardaient de pâles rayons dans la lumière blafarde. Les cheveux noirs du Commandant étaient parsemés de gris, et coupés si court qu'ils se dressaient sur sa tête.

Chez Brazell, on m'avait appris que le Commandant évitait les apparitions publiques et refusait que l'on fasse son portrait. Moins il était reconnaissable, moins il avait de risques d'être assassiné. Certains jugeaient cette attitude paranoïaque, mais, pour ma part, je trouvai cela normal, surtout venant d'un homme arrivé au pouvoir par l'assassinat et l'intrigue.

Néanmoins, je m'étais imaginée quelqu'un d'imposant, couvert d'armes et de médailles, avec une grande barbe… alors qu'il était mince, avec des traits d'une grande finesse et des joues parfaitement lisses.

— Commandant, je vous présente Elena, votre nouvelle goûteuse, dit Valek en me faisant signe d'entrer.

Les yeux dorés du Commandant, en forme d'amande, s'arrêtèrent sur moi. C'était un regard acéré, oppressant, qui me cloua sur place. Quand le Commandant tourna son regard vers Valek, je poussai un soupir de soulagement.

— Après ce qu'avait dit Brazell, dit Ambroise, je m'attendais à ce qu'elle crache des flammes.

Je me raidis en entendant prononcer ce nom. Si Brazell s'était plaint auprès du Commandant, je risquais de reprendre rapidement le chemin de la potence.

— Brazell est un imbécile, dit Valek. Il a voulu transformer la mort de son fils en une affaire d'Etat, avec pendaison publique. Alors qu'il aurait pu régler cette affaire lui-même, sans faire de bruit. Personne ne le lui aurait reproché.

Ma poitrine se serra, et j'éprouvai des difficultés à respirer.

— De toute façon, le Code de Conduite est très clair. Le poste de goûteur revient au premier sur la liste des pendaisons. Brazell est bien placé pour le savoir, il a participé à la rédaction du Code.

Valek préleva un morceau d'une crêpe au bord de

l'assiette, puis un deuxième au centre. Il mit les deux dans sa bouche, mastiqua lentement, puis tendit l'assiette au Commandant.

— Malgré tout, on comprend l'attitude de Brazell, dit le Commandant en regardant fixement le fond de sa tasse. Quand commence-t-elle, Valek ? Je suis fatigué de manger froid.

— Dans quelques jours.

— Bien.

Le commandant tourna son regard vers moi.

— Soyez là au moment où mes repas arrivent. Ne vous faites pas attendre. Compris ?

— Oui, Commandant.

— Avec vos fantaisies, Valek, j'ai déjà perdu du poids. Le déjeuner sera servi dans le salon militaire. Soyez ponctuel.

— Entendu, Commandant.

Valek se dirigea vers la porte, et je lui emboîtai le pas. Nous nous faufilâmes de nouveau entre les bureaux. Quand mon compagnon s'arrêta pour parler à un conseiller, j'en profitai pour jeter un coup d'œil à la ronde. Je remarquai une poignée de Conseillères, ainsi que deux femmes gradées — un colonel et un capitaine.

C'était l'un des avantages du règne militaire : le Commandant attribuait les postes en fonction de l'intelligence et des qualifications plutôt que du sexe. Tandis que la monarchie avait préféré cantonner les femmes à l'office, dans la cuisine ou au foyer, le nouveau régime leur permettait d'accéder à tous les métiers ou presque. Certaines avaient poursuivi leurs activités habituelles ; d'autres, surtout parmi la jeune génération, avaient profité de nouvelles opportunités.

Lorsque nous regagnâmes le bureau de Valek, Margg nous attendait. Elle était occupée à dépoussiérer les papiers sur la table de conférence. A vrai dire, j'eus plutôt l'impression qu'elle les lisait. Mais Valek ne parut s'apercevoir de rien. D'un coup, je me demandai quels services Margg lui rendait, en plus des tâches ménagères.

Devant Valek, la gouvernante était tout sourires, mais dès qu'il s'éloigna, elle me jeta un regard féroce. Me rappelant qu'elle avait dû perdre une coquette somme en misant sur ma mort, je la gratifiai d'un grand sourire. Elle détourna les yeux et reprit un masque faussement aimable.

— Elena, tu as l'air épuisée, dit Valek en revenant vers nous. Le simple fait de te regarder me fatigue. Va te reposer un peu. Nous reprendrons la leçon cet après-midi.

Je ne me sentais pas vraiment fatiguée, mais j'obéis. En réalité, plus j'approchai de ma chambre, plus je me rendis compte que j'étais à bout de forces. Bientôt je peinai à mettre un pied devant l'autre. Entièrement concentrée sur cet effort, je ne vis pas venir les gardes de Brazell.

— Tiens, tiens ! s'exclama l'un des hommes en m'agrippant le poignet. C'est notre petit rat…

— Bien joué, Wren, dit l'autre. Allons montrer notre prise au général Brazell.

— Le général n'aime pas les rats vivants. Surtout celui-ci.

Le garde me secoua si fort que mes mâchoires s'entrechoquèrent, et un éclair de douleur parcourut mon épaule et mon cou. Affolée, je balayai le couloir du regard. Il n'y avait personne pour me venir en aide.

— Ah ! Tu as raison. Il les préfère écorchés vifs.

J'en avais assez entendu. Je réagis comme tout rat qui se respecte : j'enfonçai mes dents dans la main du garde jusqu'à goûter son sang. Il poussa un cri aigu, suivi d'un chapelet de jurons, et relâcha mon poignet. Je lui décochai un coup de coude et pris mes jambes à mon cou.

5

Je ne fis que quelques mètres avant que les gardes de Brazell, remis de leur surprise, ne s'élancent à ma poursuite. Sans armes pour me ralentir, aiguillonnée par la terreur, j'avais un léger avantage, mais je n'allais pas tarder à le perdre. J'étais déjà à bout de souffle.

Les couloirs que je traversais en courant étaient étrangement déserts. De toute façon, même s'il y avait eu quelqu'un, me serait-il venu en aide ? Probablement pas. Tel un rat, je n'avais qu'une seule chance de m'en sortir : trouver un trou et m'y terrer.

Je courais sans me soucier de savoir où j'allais. Mon seul objectif était de semer les gardes. Bientôt j'eus l'impression de courir sur place, pendant que les couloirs défilaient autour de moi. Je ralentis un peu pour tenter de me repérer.

Je me trouvais dans un passage mal éclairé, dont le sol était recouvert d'une épaisse couche de poussière. De toute évidence, je me dirigeais vers une partie très isolée du château. Un endroit idéal pour un meurtre.

D'autant que je n'avais plus assez d'air dans mes poumons pour hurler.

Je virai brusquement à droite et m'engageai dans un corridor obscur. Echappant momentanément à la vue des gardes, je poussai la première porte sur ma droite. Elle grinça, s'entrebâilla un peu, puis se coinça. La fente était assez large pour laisser passer mon corps, mais pas ma tête. Entendant les pas des gardes résonner derrière moi, je me propulsai de toutes mes forces contre la porte. Elle céda de quelques centimètres, et je m'étalai de tout mon long sur le sol d'une pièce obscure.

J'eus à peine le temps de me redresser que déjà la porte grinçait. Les gardes m'avaient retrouvée. Il ne leur faudrait que quelques secondes pour enfoncer la porte. Dans l'obscurité, je distinguai des barriques vides et des sacs de grain moisis. Sous une petite fenêtre, des tapis étaient roulés contre le mur. Je me trouvais dans une remise abandonnée.

De nouveaux grincements me firent sursauter. Me précipitant à la fenêtre, je brisai la vitre d'un coup de coude, puis arrachai les éclats de verre et les éparpillai sur le sol. Mon bras était en sang, mais je ne sentis aucune douleur. Je me précipitai vers la porte, me plaquai contre le mur et m'efforçai de maîtriser ma respiration haletante.

Après un ultime grincement, la porte s'ouvrit

brutalement, pour s'immobiliser juste devant mon nez. Les gardes étaient entrés.

— Va voir à la fenêtre. Moi, je surveille la porte, dit Wren.

Je m'avançai furtivement et jetai un coup d'œil de l'autre côté de la porte. Le compagnon de Wren s'avança jusqu'à la fenêtre, écrasant les débris de verre sous ses bottes.

Mon plan n'allait pas fonctionner. Wren bloquait ma seule issue. La vitre brisée ne les distrairait que quelques instants.

— La fenêtre est trop petite, déclara le garde. Elle n'a pas pu sortir par là.

Ma respiration se fit de plus en plus saccadée. Ma tête se vida, et je fus prise de vertiges. Le piège s'était refermé sur moi. Le rat était pris.

Une foule d'images envahit mon esprit, et je dus m'agripper à ma porte pour ne pas tomber. Un bourdonnement incontrôlable s'échappa de ma gorge ; plus j'essayais de le réprimer, plus il devenait assourdissant.

Chancelante, je sortis de derrière la porte. Les vibrations emplissaient la pièce ; les gardes semblaient figés sur place. Ils ne jetèrent pas un regard dans ma direction.

Sur le point de suffoquer, j'aspirai de grandes bouffées d'air. Au moment où j'allais m'évanouir, les bourdonnements cessèrent d'un coup. Ils résonnaient encore dans la pièce, mais ils ne provenaient plus de moi.

Les gardes n'avaient toujours pas bougé. C'était très étrange, mais je n'avais pas le temps de résoudre ce mystère. Après avoir pris quelques profondes inspirations, je me jetai dehors et m'enfuis à toutes jambes.

Parvenue à l'autre bout du couloir, j'entendais encore des bourdonnements atténués. Le bruit ne s'estompa tout à fait que quelques minutes plus tard, lorsque je croisai enfin des gens. On me regardait d'un drôle d'air ; je me rendis compte que je ne devais pas avoir fière allure. Je me forçai à m'arrêter et à reprendre mon souffle.

Ma gorge était écorchée à force de haleter, mon uniforme couvert de taches. Des élancements de douleur parcouraient mon bras, et de grosses gouttelettes écarlates dégoulinaient de mes doigts. J'examinai mes mains ; elles étaient sillonnées de profondes entailles.

D'un coup, une idée me traversa l'esprit. Je me retournai ; une traînée de sang s'étendait derrière moi à perte de vue. Quelle idiote ! Je serrai mes bras autour de mon torse, frémissante… Trop tard. J'avais laissé une trace sanguinolente derrière moi, et les gardes de Brazell l'avaient suivie comme des chiens de chasse.

Ils surgirent au bout du couloir. Ils ne m'avaient pas encore repérée ; à présent, je devais éviter tout mouvement brusque. Je me joignis à un groupe de domestiques en espérant me fondre dans la masse. Mon cœur battait furieusement, faisant irradier la douleur à travers tout mon corps.

Arrivée au coin du couloir, je me risquai à jeter un coup d'œil derrière moi. Plantés à l'endroit où s'arrêtaient les traces de sang, les gardes se disputaient en gesticulant. Je tournai le coin, ni vue ni connue, et me retrouvai nez à nez avec Valek.

— Elena ! Que s'est-il passé ? s'exclama-t-il m'attrapant le bras.

Me voyant tressaillir de douleur, il me relâcha aussitôt.

— Je... je suis tombée... sur du verre.

Pas très convaincant, je m'en rendis compte.

— J'allais justement me débarbouiller un peu, dis-je d'un ton que j'espérais calme et posé.

Je tentai de passer devant Valek, mais il m'attrapa par l'épaule et me fit pivoter vers lui.

— Tu as besoin de voir un médecin.

— Oui, vous avez sans doute raison.

J'essayai une fois encore de m'échapper.

— L'infirmerie, ce n'est pas par là.

La main sur mon épaule, Valek me força à le suivre. Nous nous dirigeâmes tout droit vers le couloir où se trouvaient les gardes. Naïvement, j'espérais qu'ils ne me remarqueraient pas, mais ils nous laissèrent passer, puis nous emboîtèrent le pas d'un air malin.

Je lançai un regard en coin à Valek ; son visage était inexpressif. M'emmenait-il dans un coin reculé où ils me tueraient tous les trois ? Devais-je faire demi-tour et partir en courant ? Mais cela n'avait aucun sens. Si Valek voulait ma mort, il lui suffisait de me refuser ma dose d'antidote.

Nous arrivâmes dans cette partie déserte du château où je me trouvais tout à l'heure. Valek lâcha mon épaule et se retourna vers les gardes. Je me rangeai précipitamment derrière lui.

— Etes-vous perdus ? demanda-t-il.

— Non, Conseiller, répondit Wren.

Il dépassait Valek d'une bonne tête ; ses mains étaient plus grosses que ma tête.

— On veut juste récupérer notre prisonnière.

Il tenta de contourner Valek pour m'attraper.

Celui-ci bloqua sa main.

— *Votre* prisonnière ? répéta-t-il d'une voix sèche.

Les gardes échangèrent un regard en coin. Valek n'était pas armé. L'autre garde était un peu moins grand que Wren, mais nettement plus corpulent. Si Rand s'était trouvé ici, il aurait sûrement misé un mois de salaire sur l'issue de la bagarre. En faveur des gardes.

— La prisonnière du général Brazell, pour être exact, Conseiller. Maintenant, si vous voulez bien vous pousser…

— Vous pouvez dire à votre patron que *Valek* n'apprécie pas que l'on importune le goûteur du Commandant. Et que je compte sur lui pour que cela ne se reproduise pas.

De nouveau, les deux gardes se regardèrent d'un air crâne. Je commençais à croire qu'ils se partageaient un cerveau à deux. Ils écartèrent les jambes et mirent les mains sur les hanches.

— Nous avons l'ordre de lui ramener cette fille, dit Wren en dégainant son épée. Pas des messages.

Le second garde sortit son arme dans un grincement métallique. Une nouvelle fois, Wren fit signe à Valek de se ranger sur le côté. Face à ces deux gros hommes armés, que pouvait-il faire ? Prendre ses jambes à son cou, voilà ce que je préconisais. Je me préparai à détaler.

Le poignet droit de Valek pivota comme s'il faisait un petit salut militaire. L'instant d'après, il se glissait entre les gardes, les collant de si près que leurs épées ne leur étaient d'aucune utilité. Puis il s'accroupit, posa les mains sur le sol et tournoya comme une toupie. Ses jambes fauchèrent les deux hommes. J'entendis un fracas métallique, un halètement, un juron, puis les gardes s'écrasèrent sur le sol, inertes.

Abasourdie, je regardai Valek se redresser nonchalamment. A mi-voix, il compta jusqu'à dix, puis se pencha sur les gardes et retira deux minuscules fléchettes de leurs cous.

— Je n'aime pas me battre de cette façon, dit-il, mais je suis en retard pour le déjeuner.

6

Enjambant les soldats à terre, Valek prit mon bras blessé et l'examina.

— Bah ! Ce n'est pas si grave, après tout. Tu survivras. Passons d'abord chez le Commandant. Nous irons à l'infirmerie plus tard.

Nous traversâmes de nouveau le château. Valek avançait à toute allure, tandis que je traînais derrière. J'avais très mal au bras, et l'idée de revoir le faciès sévère du Commandant ne m'enthousiasmait guère. Me faire dorloter par des infirmières et puis, si possible, tremper dans un bain chaud étaient des perspectives bien plus alléchantes.

J'entrai à la suite de Valek dans le salon militaire du Commandant. C'était une vaste pièce ronde, dont les murs étaient occupés aux trois quarts par des vitraux s'étendant du sol au plafond. J'eus l'impression de me retrouver à l'intérieur d'un kaléidoscope, et je manquai trébucher — mais, à cet instant, j'aperçus quelque chose qui me figea sur place.

Au centre de la pièce se trouvait une longue table de bois. Tout au bout, flanqué de deux gardes, le

Commandant présidait. Ses sourcils, froncés presque au point de se rejoindre, témoignaient d'une exaspération extrême. Devant lui se trouvait un plateau chargé de victuailles intactes ; trois hommes déjeunaient à ses côtés. En nous apercevant, l'un d'eux s'était figé, la fourchette à la main. Cette main, je la connaissais bien. La teinte blanche de ses articulations signifiait que la colère grondait. Avec réticence, je levai les yeux vers le visage du général Brazell.

Il posa sa fourchette. Son visage était crispé, ses yeux lançaient des éclairs. La cible de sa rage, c'était moi. Comme un lapin pris à découvert, je me pétrifiai.

— Valek, vous êtes…, commença le Commandant Ambroise.

— En retard, je sais. Il y a eu une petite altercation, dit-il en me tirant plus près de lui.

Intrigués, les deux autres levèrent le nez de leurs assiettes. Je luttai contre mon instinct de fuite. C'étaient également des généraux ; je les reconnus à leur uniforme, non à leurs visages. Avant qu'on ne m'emmène jusqu'à la prison du Commandant, je n'avais jamais franchi les frontières du DM-5. Je n'avais jamais rencontré d'officier haut gradé, à l'exception de Brazell. Et pendant mes dix premières années à l'orphelinat, je n'avais qu'entraperçu Brazell et les membres de sa famille.

Malheureusement, après mon seizième anniversaire, Brazell et son fils, Reyad, étaient devenus mon cauchemar quotidien. Au début, j'avais été flattée par les attentions de mon généreux bienfaiteur. Avec son visage agréable, encadré de cheveux gris et d'une courte barbe, le petit général trapu constituait une figure de père idéal. Affirmant que j'étais la plus dégourdie de ses « enfants adoptifs », il m'avait demandé de l'assister dans ses expériences. J'avais tout de suite été d'accord.

Le simple fait d'y penser me donnait la nausée. Il y avait trois ans que tout avait commencé... A cette époque, j'étais aussi naïve et reconnaissante qu'un jeune chiot. Un chiot qui continue à agiter la queue alors même que le sac se referme autour de lui... J'avais souffert pendant deux longues années. Mais mon esprit se refusait encore à remonter le fil de ces souvenirs.

Plantée au milieu du salon militaire, j'affrontai Brazell du regard. Ses lèvres étaient pincées et ses mâchoires tremblaient, tant il peinait à contenir sa haine. Quant à moi, la tête me tournait de fatigue et de peur. Je clignai les yeux... et vis Reyad apparaître derrière son père.

Le sang dégoulinait de sa gorge et imprégnait sa chemise de nuit. Je me rappelai vaguement une légende selon laquelle les fantômes des morts hantaient leurs assassins jusqu'à obtenir vengeance... Je me frottai les yeux. Les autres avaient-ils aperçu le fantôme de Reyad ? Si c'était le cas, ils n'en laissaient rien paraître.

Je glissai un regard en direction de Valek. Etait-il hanté par ses victimes ? Si cette vieille légende était exacte, il devait être traqué par toute une cohorte de spectres furieux.

L'idée de n'en avoir pas fini avec Reyad m'inquiétait, mais je n'éprouvais pas le moindre remords. Je ne regrettais qu'une seule chose : ne pas avoir eu le courage de tuer Brazell quand j'en avais la possibilité. May, Carra et tous mes autres frères et sœurs orphelins étaient restés entre ses griffes. Je n'avais pas pu les aider à s'enfuir, ni même les prévenir du danger qu'ils couraient…

La voix du Commandant me ramena brusquement au présent.

— Une altercation, dites-vous ?

Il poussa un soupir.

— Combien de morts ?

— Aucun. Je trouvais injustifié d'éliminer des soldats qui se contentent d'exécuter les ordres du général Brazell. Des ordres consistant à suivre et à assassiner notre nouvelle goûteuse. De plus, ces hommes n'ont pas l'air très malins. Il semble qu'Elena ait été sur le point de les semer quand je l'ai rencontrée. Un heureux hasard, sans quoi je n'aurais peut-être jamais été informé de l'incident.

Le Commandant m'étudia quelques instants avant de se tourner vers Brazell.

Celui-ci, incapable de se contenir davantage, se redressa d'un bond et se mit à hurler :

— Elle devrait être morte ! Je veux qu'elle meure ! Elle a tué mon fils !

— Mais, dit Valek, le Code de Conduite…

— Au diable le Code ! Je suis général ! Elle a *tué le fils d'un général*, et voilà qu'elle est promue…

La voix de Brazell s'érailla sous l'émotion, et ses doigts tressaillirent, comme si cela le démangeait de m'étrangler sur-le-champ. Derrière lui planait le fantôme de Reyad, un sourire moqueur aux lèvres.

— Qu'elle soit encore en vie est un affront à ma personne, un déshonneur ! Donnez le poste de goûteur à un autre prisonnier. Je veux sa mort !

D'instinct, je me réfugiai derrière Valek. Les autres généraux hochaient la tête d'un air grave. Je n'osai même pas regarder le Commandant.

— Brazell n'a pas tort, dit-il.

Pas une trace d'émotion ne transparaissait dans sa voix.

— Vous n'avez jamais dévié du Code de Conduite, protesta Valek. Le faire aujourd'hui créerait un dangereux précédent. Et puis il serait dommage d'exécuter le goûteur le plus intelligent que nous ayons jamais eu. D'autant que sa formation est quasiment achevée.

D'un geste, il indiqua le déjeuner refroidi du Commandant.

Je glissai la tête devant Valek pour observer la réaction d'Ambroise. Il plissa les lèvres, pensif. Je croisai les bras et enfonçai mes ongles dans ma chair.

Sentant le vent tourner, Brazell s'avança vers le Commandant.

— Si elle est intelligente, c'est grâce à l'éducation que je lui ai donnée ! Vous n'allez pas vous ranger à l'avis de ce… ce parvenu… ce voleur sournois…

Brazell s'interrompit brusquement. Il était allé trop loin ; il avait insulté Valek. Chacun savait que le Commandant vouait une affection toute particulière à son conseiller personnel.

— Brazell, dit Ambroise, laissez ma goûteuse en paix.

Je recommençai à respirer.

Brazell fit mine de contester, mais, d'un geste, le Commandant le réduisit au silence.

— C'est un ordre. Vous pouvez commencer la construction de votre nouvelle manufacture. Votre permis est d'ores et déjà accordé.

Brazell parut hésiter devant cette carotte tendue par le Commandant, mettant visiblement en balance sa manufacture et ma mort.

Un lourd silence s'installa. Chacun attendait la réponse de Brazell. Il me lança un regard venimeux, mais le sourire triomphant du fantôme de Reyad m'indiqua que son père tenait à cette autorisation par-dessus tout. Bien plus qu'il ne voulait le montrer au Commandant. Il ne simulait pas la rage et l'indignation que lui inspirait mon exécution manquée, mais au fond, il préférait construire sa manufacture maintenant, et me tuer plus tard. Il savait où me trouver.

Il quitta la pièce sans ajouter un mot. « A plus tard », me lança son fils du bout des lèvres, avant de disparaître à son tour.

Dès qu'il eut passé la porte, les autres généraux se répandirent en protestations au sujet du permis accordé. Le Commandant les écoutait sans rien dire. Momentanément oubliée, j'en profitai pour observer les généraux. Leurs uniformes étaient semblables à celui du Commandant, sauf qu'ils portaient des vestes noires à boutons dorés. A la place des diamants qui ornaient le col du Commandant, cinq losanges étaient brodés sur le revers gauche de leur veste. Pas de médailles ni de rubans. Les militaires d'Ixia ne portaient que les insignes nécessaires à leur identification.

L'homme installé à côté du Commandant portait des losanges bleus sur son revers. Il s'agissait donc du général Hazal, responsable du District Militaire 6, longeant le district de Brazell sur sa frontière ouest.

Pour les grands projets — construction d'une manufacture, déboisement de terres cultivables, et ainsi de suite —, il faut une autorisation signée de la main du Commandant. Les projets plus modestes, comme l'installation d'un nouveau four à pain ou la construction d'une maison, sont approuvés par le général responsable du district concerné.

D'après les récriminations des deux autres généraux, je compris que le permis de Brazell n'en était qu'au stade de la négociation. Les discussions avec les districts voisins avaient été entamées, mais les services du Commandant n'avaient pas eu le temps d'examiner ni d'approuver les plans de la manufacture. En général, le Commandant ne signe le permis qu'après avis favorable des fonctionnaires. Mais le Code de Conduite exigeait seulement cette signature ; libre au Commandant de contourner les procédures qu'il avait mises en place.

Ce Code, je le connaissais par cœur. A l'orphelinat, ceux qui aspiraient au privilège de sortir faire les courses jusqu'au village devaient en réciter de larges extraits sans faute. Outre la lecture et l'écriture, l'éducation dispensée aux orphelins comprenait les mathématiques et l'histoire du coup d'Etat du général Ambroise.

Mon éducation, toutefois, avait pris un mauvais tournant dès l'instant où j'avais commencé à « assister » Brazell… Mais je n'avais pas envie d'y penser. Pas maintenant. Frémissante, je me forçai à revenir à la réalité. Les généraux avaient achevé leur plaidoyer contre Brazell. Valek goûta les plats froids du Commandant, puis fit glisser le plateau vers lui.

— Je prends note de vos arguments, mais je maintiens ma décision, dit le Commandant.

Puis il se tourna vers Valek.

— La nouvelle goûteuse devra se montrer à la hauteur de vos promesses. Au premier faux pas de sa part, vous serez réaffecté, Valek — après avoir formé un nouveau goûteur, bien sûr. Vous pouvez disposer.

Valek me prit par le bras et me conduisit hors de la pièce. Nous nous éloignâmes dans le couloir jusqu'à ce que la porte se referme derrière nous, puis Valek s'arrêta et se tourna vers moi. Son visage s'était figé en un masque de porcelaine.

— Elena…

— Ne dites rien. Pas de menaces, pas d'intimidation, s'il vous plaît. J'ai eu ma dose de tout cela chez Brazell. Je ferai de mon mieux pour être une goûteuse irréprochable, parce que je commence à m'habituer à l'idée de vivre. Et je n'ai pas envie d'offrir à Brazell la satisfaction de me voir morte. Cela vous suffit-il ?

Lasse de guetter les changements d'expression et d'intonation de Valek, de chercher perpétuellement des indices de son humeur, je m'éloignai. Il me suivit sans rien dire ; lorsque nous arrivâmes à un embranchement, il me prit le coude et me guida vers la gauche. Je l'entendis marmonner le mot

« médecin ». Sans lever une seule fois les yeux vers lui, je me laissai conduire jusqu'à l'infirmerie.

Tandis qu'on me conduisait vers une table d'examens libre, je scrutai l'uniforme blanc du médecin. Deux petits losanges rouges étaient brodés sur son col. J'étais si fatiguée et confuse qu'il me fallut un certain temps pour comprendre que le médecin était une femme. Un petit grognement de douleur m'échappa lorsque je m'allongeai sur la table.

Le médecin s'éloigna pour prendre ses instruments, et Valek se pencha pour me parler à mi-voix.

— Je posterai quelques gardes devant la porte, au cas où Brazell changerait d'avis.

Avant de quitter l'infirmerie, il murmura quelques mots au médecin ; celle-ci hocha la tête et me lança un regard curieux.

Elle revint avec un plateau couvert d'instruments médicaux, dont un pot rempli d'une sorte de gelée transparente. Puis elle désinfecta mon bras avec un coton imbibé d'alcool. Cela brûlait si fort que je dus me mordre la lèvre pour ne pas crier.

— Superficiel, tout ça, dit-elle. Sauf cette blessure.

Elle désigna une profonde entaille sur le coude avec lequel j'avais brisé la vitre.

— Celle-ci, il faudra la sceller.

— La sceller ? répétai-je, méfiante.

— Ne vous en faites pas, ce n'est pas douloureux.

C'est une nouvelle méthode pour traiter les coupures profondes. Nous utilisons cette colle pour garder la plaie fermée.

Elle désigna le pot de gelée incolore.

— Une fois la cicatrisation achevée, la colle est absorbée par le corps.

Du bout des doigts, elle prit une bonne quantité de colle et l'appliqua à la coupure.

Je tressaillis de douleur. Elle pinça les bords de l'entaille et serra fort. Des larmes s'échappèrent de mes yeux et dégoulinèrent le long de mes joues.

— C'est le cuisinier du Commandant qui a inventé cette colle, aussi incroyable que cela paraisse. Il n'y a aucun effet secondaire, et c'est délicieux dans le thé.

— Rand ? demandai-je, surprise.

Elle hocha la tête tout en maintenant la pression sur les bords de la plaie.

— Vous devrez porter un pansement pendant quelques jours et éviter de mouiller la plaie.

Elle souffla sur la coupure, relâcha la pression, puis m'entoura le coude d'un pansement.

— Valek veut que vous dormiez ici, ce soir. Je vais vous apporter quelque chose à manger, puis vous vous reposerez.

Je n'avais aucune envie de manger. Cela me semblait bien trop fatigant. Mais quand le médecin m'apporta un plateau fumant, je me rendis compte que je mourais de faim. L'instant d'après, cependant, j'eus l'appétit coupé.

Mon thé était empoisonné.

7

Je rappelai le médecin en gesticulant.

— Il y a quelque chose dans mon thé ! m'écriai-je. Appelez Valek !

La tête me tournait déjà. Il existait sûrement un antidote, tentai-je de me rassurer.

Le médecin me fixa de ses grands yeux marron.

— Ce sont des somnifères, dit-elle. Sur ordre de Valek.

Je poussai un soupir ; mes symptômes d'empoisonnement disparurent aussitôt. Le médecin me jeta un regard amusé, puis disparut. L'appétit coupé, je repoussai le plateau. Qu'avais-je besoin de somnifères, quand j'arrivais à peine à garder les yeux ouverts ?

Lorsque je rouvris les yeux, c'était le matin, et une forme blanche flottait au bout de mon lit. Je me redressai, me frottai les yeux et reconnus le médecin aux cheveux courts.

— Bien dormi ?

— Oui.

C'était vrai. Pour la première fois depuis très longtemps, je n'avais pas fait de cauchemars… même si ma tête était cotonneuse, et ma bouche remplie d'un goût âcre.

Le médecin vérifia mon pansement, émit un petit grognement évasif et m'informa que pour le petit déjeuner, il faudrait attendre un peu.

Je m'adossai à l'oreiller et regardai autour de moi. L'infirmerie contenait six lits symétriquement disposés autour d'un passage central. Les draps des lits inoccupés étaient tendus comme la corde d'un arc. Je ne me sentais pas à ma place, dans cette pièce parfaitement propre et ordonnée. Ayant perdu tout contrôle sur mon corps, mon âme et le monde qui m'entourait, je me faisais l'impression d'un vieux chiffon froissé. J'avais envie de sauter sur les lits, de lancer les oreillers contre les murs.

Je me trouvais dans le lit le plus éloigné de la porte. A l'autre bout de la pièce, trois patients dormaient tranquillement. Il n'y avait personne à qui parler. Les murs de pierres grises étaient nus. Ma cellule de prison était autrement plus intéressante ! Le seul avantage, c'était qu'ici, cela sentait moins mauvais. J'aspirai une grande bouffée d'air ; l'acidité de l'alcool et du désinfectant picota mes narines. Oui, c'était nettement préférable à la puanteur du donjon. Quoique… sous ces odeurs médicales flottait un relent désagréable. Je humai l'air de nouveau, et compris que cette odeur aigre émanait de mon propre corps. C'était l'odeur de la peur.

Selon toute logique, je n'aurais jamais dû survivre à l'épisode de la veille. Les gardes de Brazell me tenaient. Il n'y avait aucune issue possible. Pourtant, j'avais été sauvée par ce mystérieux bourdonnement, ce cri primaire qui avait surgi de ma gorge.

J'évitai la pensée de ce bourdonnement. Lui et moi étions de vieilles connaissances. Mais les souvenirs se pressaient en moi avec insistance.

Finalement, je décidai de leur faire face. Je passai en revue les trois dernières années de ma vie, me concentrant sur les circonstances qui avaient entouré l'irruption de ce bourdonnement, et tentant d'ignorer les émotions que ces souvenirs éveillaient en moi.

Pendant les premiers mois de ma collaboration avec Brazell, celui-ci n'avait fait que tester mes réflexes. Je devais esquiver le plus rapidement possible un ballon ou un bâton de bois. Des expériences inoffensives en soi — jusqu'à ce que le ballon eût été remplacé par un couteau, et le bâton par une lame.

Les battements de mon cœur s'accélérèrent. D'une main moite, je tâtai la grande cicatrice sur mon cou… « Pas d'émotions ! » m'intimai-je sévèrement, et je donnai une petite chiquenaude en l'air, comme pour repousser ma peur. « Imagine que tu es médecin, me dis-je, et que tu dois recueillir des informations sur toi-même. » En pensée, je me dédoublai, me vêtis de blanc et m'installai à côté de mon lit.

— Ensuite, que s'est-il passé ? demandai-je d'une voix calme.

— Des épreuves de force et d'endurance, répondit la patiente.

Au début, il s'agissait seulement de soulever des haltères, m'expliqua-t-elle. Plus tard, elle avait dû tenir de grosses pierres en équilibre au-dessus de sa tête, pendant des minutes puis des heures entières. Si elle lâchait la pierre avant l'heure prévue, elle était fouettée. D'autres fois, elle devait s'agripper à des chaînes qui pendaient du plafond, avec interdiction de poser les pieds au sol avant que Reyad ou Brazell ne lui en aient donné l'autorisation.

— Comment le bourdonnement s'est-il manifesté pour la première fois ? demandai-je.

Elle avait échoué à l'épreuve des chaînes plusieurs fois d'affilée, et Reyad était devenu furieux. Il l'avait forcée à passer par la fenêtre du sixième étage et à s'agripper au rebord, suspendue dans le vide.

— Essayons une dernière fois, lui avait dit Reyad. Maintenant que les enjeux sont plus importants, tu réussiras peut-être à tenir pendant une heure.

La patiente se tut.

— Racontez-moi ce qui s'est passé, lui dis-je.

Elle avait passé une bonne partie de la journée suspendue à des chaînes, et n'avait plus de force dans les bras. Ses mains étaient moites, ses muscles tremblants d'épuisement. Elle avait paniqué. Quand ses mains avaient glissé du rebord, elle avait hurlé comme un nouveau-né. Son hurlement s'était transformé, était devenu tangible, telle une substance qui l'enveloppait et la protégeait de tous les côtés. Elle avait eu l'impression de flotter dans une bulle de liquide tiède.

— Et puis ?

Elle ne se souvenait plus. Elle s'était retrouvée assise par terre, intacte. Elle avait levé les yeux vers la fenêtre ; Reyad la regardait, son visage coloré par l'excitation, ses beaux cheveux blonds ébouriffés, et il lui avait envoyé un baiser.

— Comment est-ce possible ?

La seule explication plausible, c'est la magie, dit la patiente.

— Non, objecta-t-elle, c'est faux. Absolument faux. Si elle a survécu à cette chute, c'est grâce à autre chose : un vent favorable, ou sa façon d'atterrir… Rien à voir avec la magie.

Depuis l'arrivée au pouvoir du Commandant Ambroise, la magie était un mot tabou, en Ixia. Tels des insectes porteurs d'une maladie contagieuse, les magiciens étaient pourchassés, piégés et exterminés. Il suffisait que l'on soupçonne quelqu'un de magie pour qu'il soit condamné à mort. La seule façon d'y échapper, c'était de fuir vers Sitia.

La patiente s'agitait de plus en plus. Les autres

malades se réveillaient et la dévisageaient avec curiosité… *Me* dévisageaient avec curiosité.

« Doucement, me dis-je, doucement. » Je devais affronter le passé à petites doses. L'épisode de la fenêtre s'était relativement bien terminé. Après tout, je ne m'étais pas blessée, et Reyad était redevenu gentil avec moi — pendant un certain temps. Les choses ne s'étaient gâtées que lorsque j'avais recommencé à échouer à ses épreuves.

Pour me changer les idées, je me calai au fond du lit et comptai les fissures au plafond. J'en étais à cinquante-six lorsque Valek apparut.

Il portait un plateau de nourriture dans une main, un dossier dans l'autre. Je regardai l'omelette fumante d'un œil méfiant.

— Qu'y a-t-il, là-dedans ? D'autres somnifères ? Ou bien du poison ?

Les muscles de mon corps étaient si raides que je ne parvenais plus à me redresser dans mon lit.

— Et si vous me donniez quelque chose de bon, pour une fois ?

— Et si je te donnais quelque chose pour te garder en vie ?

Valek m'aida à me redresser, cala un oreiller derrière ma tête et me tendit une pipette d'antidote. Puis il posa le plateau sur mes genoux.

— Le médecin m'a dit que tu avais détecté les somnifères dans ton thé, dit-il avec une note d'approbation. Goûte ton petit déjeuner, et dis-moi si tu permettrais au Commandant de le manger.

Valek n'exagérait pas, quand il avait dit que je n'aurais jamais un seul jour de repos. Poussant un soupir, je flairai l'omelette. Pas d'odeur alarmante. Je la découpai en huit et examinai chaque partie pour m'assurer qu'elle ne contenait pas de corps étrangers. Puis, prélevant un petit morceau de chaque partie, je les goûtai un à un. Je mâchai lentement et, après avoir avalé, attendis quelques instants. Pas d'arrière-goût suspect. Je respirai la vapeur du thé, le touillai, pris une petite gorgée. Je fis tourner le liquide sur ma langue : un peu sucré. Je l'avalai.

— Je ne vois rien à redire à ce petit déjeuner, sauf si le Commandant n'aime pas le miel dans son thé.

— Mange-le.

J'hésitai. S'agissait-il encore d'un piège ? A moins que Valek n'ait utilisé un poison que je ne connaissais pas, ce petit déjeuner était inoffensif. Je mangeai l'omelette entière et vidai ma tasse de thé sous son regard perçant.

— Pas mal, dit-il. Il n'y avait pas de poison… aujourd'hui.

Le médecin s'approcha, portant un autre plateau. Celui-ci était chargé de quatre tasses blanches contenant un liquide vert au parfum de menthe.

— Nous allons passer en revue quelques techniques

de dégustation, me dit Valek. Voici quatre tasses de thé à la menthe. Prends-en une et goûte-la.

Je pris une tasse au hasard et la portai à mes lèvres. Un parfum de menthe envahit ma bouche, si concentré que je toussotai et faillis m'étrangler.

Valek sourit.

— A part la menthe, que sens-tu ?

Je pris une deuxième gorgée, plus petite. La menthe dominait tout.

— Rien.

— Bon. Maintenant, pince-toi le nez et recommence.

Je levai maladroitement mon bras pansé et réussis à boire une gorgée tout en me pinçant le nez. Mes oreilles se débouchèrent. Le goût du thé était complètement différent.

— C'est sucré ! Et je ne sens blus la benthe…

Je relâchai la pression sur mes narines ; aussitôt, le parfum de menthe inonda mes papilles et masqua le goût sucré.

— Exact. Goûte les autres, s'il te plaît.

Dans la deuxième tasse, la menthe dissimulait un goût aigre ; dans la troisième, une amertume ; la dernière tasse était salée.

— Cette technique fonctionne pour tous les aliments, liquides ou non, dit Valek. Privé d'odorat, on ne distingue plus que quatre goûts : le sucré, le salé, l'aigre et l'amer. Certains poisons sont reconnaissables à l'un de ces quatre goûts.

Valek feuilleta son dossier.

— Voici la liste de tous les poisons mortels pour l'homme, et des goûts qui permettent de les reconnaître. Il existe cinquante-deux poisons connus.

Je parcourus l'inventaire des poisons. Certains m'étaient déjà familiers. Mon Amour, par exemple, se trouvait tout en haut de la liste. Si j'avais eu ce document dès le début, cela m'aurait évité de passer trois jours dans une flaque de vomi. Sans parler des maux de tête, vertiges, hallucinations, et tout le reste. Furieuse, je fusillai Valek du regard.

— Pourquoi ne m'avez-vous pas donné cette liste, au lieu de me faire goûter Mon Amour ?

Valek leva les yeux.

— Cette liste ne t'aurait rien appris du tout. Le Kattsgut, par exemple, a un goût sucré. D'accord, mais sucré comment ? Comme une pomme ? Comme du miel ? Chaque poison a son intensité de goût particulière. La seule façon de les connaître, c'est de les goûter. Je te donne cette liste uniquement parce que le Commandant est impatient de te voir commencer.

Il referma son dossier d'un geste sec.

— Cela ne te dispense pas de goûter ces poisons à l'avenir. En attendant, apprends cette liste par cœur. A ta sortie de l'infirmerie, je testerai tes connaissances. Si tu réussis le test, tu commenceras aussitôt à travailler.

— Et si j'échoue ?

— Je commencerai à former un nouveau goûteur.

C'était dit d'un ton plat et informatif, mais si implacable que mon cœur se serra dans ma poitrine.

— Brazell va passer encore deux semaines au château pour régler ses affaires. Comme je ne peux pas t'affecter une protection permanente, Margg est en train de te préparer une chambre dans mes appartements. Je reviendrai quand tu seras prête à sortir.

Je regardai Valek se glisser vers la porte, souple et athlétique… Hum ! Penser à Valek, c'était indubitablement la pire chose à faire. Mieux valait me concentrer sur cette liste de poisons serrée dans ma main. Je lissai la feuille de papier, espérant que ma transpiration n'avait pas fait couler l'encre… Le texte était encore lisible. Soulagée, je me mis à l'étudier.

Je remarquai à peine le passage du médecin venue examiner mon bras. Elle avait dû emporter les tasses de thé, car je m'aperçus, au bout d'un moment, qu'elles avaient disparu. J'avais si bien réussi à occulter les bruits et l'agitation de l'infirmerie que je sursautai violemment en voyant une assiette se matérialiser sous mon nez.

Elle contenait un gâteau. Le bras qui tenait l'assiette appartenait à Rand.

— Regarde ce que je t'ai apporté ! dit-il d'un ton joyeux. Ça n'a pas été facile de passer entre les mailles. Mange-le vite avant que « madame le Docteur » ne te le confisque.

La pâtisserie ronde et tiède sentait la cannelle. Un glaçage blanc coula sur les côtés et dégoulina sur mes doigts quand je soulevai le gâteau. Je l'examinai de près, respirai son parfum, en croquai un petit morceau, et découvris de multiples couches de pâte feuilletée saupoudrée de cannelle.

— Bonté divine ! Elena, tu ne crois tout de même pas que…

Si, c'était exactement ce que je soupçonnais… même si je n'allais pas l'admettre, de peur d'offenser le cuisinier. Les motifs de sa présence n'étaient pas clairs. Sous ses airs amicaux et chaleureux, il pouvait éprouver de la rancune contre moi, à cause de la mort de son ami Oscove. D'un autre côté, son amitié pouvait m'être utile… De quel côté devais-je me ranger ? Avec qui m'allier ? Rand, le cuisinier, qui me préparait tous les jours à manger, ou Valek, l'assassin, qui avait une fâcheuse tendance à glisser du poison dans mon assiette ?

— Déformation professionnelle, risquai-je.

Il émit un petit grognement sceptique. Je mordis dans le gâteau à pleines dents.

— C'est absolument délicieux, dis-je.

Son visage s'adoucit un peu.

— Vraiment ? C'est aussi mon avis. Elena, tu viens de goûter ma toute dernière invention. Pâte feuilletée, cannelle, glaçage à chaud. Ce qui me tracasse, c'est le nom. « Gâteau à la cannelle » ? « Roulade » ? « Tourbillon » ?

Rand ne s'interrompit que pour trouver une chaise. Après s'être contorsionné à cause de sa jambe rigide il s'installa enfin dans une position confortable.

— N'en parle pas au médecin, s'il te plaît. Elle n'aime pas que ses patients mangent autre chose que de la bouillie insipide. Elle dit que ça les aide à guérir !

Il leva les bras au ciel.

— C'est tellement dégoûtant que les malades feraient n'importe quoi pour sortir d'ici et trouver un repas correct !

Ses grands gestes inquiétaient mes compagnons d'infirmerie. Rand se pencha vers moi et me dit à mi-voix :

— Alors, Elena, comment te sens-tu ?

Il m'examina comme si j'étais un morceau de viande, et qu'il se demandait quelle partie conviendrait le mieux pour un rôti. La méfiance m'envahit. Pourquoi se souciait-il de ma santé ?

— Tu as encore parié sur moi, Rand ?

Il se renfonça dans sa chaise.

— Nous, les domestiques, nous passons notre temps à parier. Parier, colporter des ragots, qu'y a-t-il d'autre à faire ? Tu aurais dû voir l'excitation quand les hommes de main de Brazell t'ont coursée…

— Personne n'est venu à mon secours, dis-je, sidérée. Les couloirs étaient vides.

— Ah, mais nous ne nous mêlons jamais des affaires des autres. Ce n'est pas notre genre. Les domestiques sont comme des cafards, Elena ; dès qu'on allume la lumière… pouf ! disparus.

Moi, j'étais le cafard solitaire, piégé en pleine lumière, courant sans cesse devant la grosse botte qui menaçait de l'écraser.

— Bref, ta cote était au plus bas. La plupart ont perdu des sommes rondelettes. Seuls quelques-uns…

Rand marqua une petite pause dramatique.

— … ont décroché le gros lot.

— Puisque tu es ici, je suppose que tu appartiens à la seconde catégorie.

Un grand sourire éclaira son visage.

— Elena, je parierai toujours sur toi. Tu me fais penser aux terriers du Commandant. Des petits chiens de rien du tout, mais quand ils te mordent la jambe, ils ne te lâchent plus.

— Quelques gouttes de poison dans leur pâtée, et on n'en parle plus.

J'avais dû prendre un ton amer, car le sourire de Rand disparut.

— Tu as des ennuis, Elena ?

Donc le réseau de renseignements des domestiques

n'avait pas ouvert les paris sur l'issue de mon examen de passage. J'hésitai. Rand était trop bavard. Il risquait de me mettre en danger.

— Pas plus qu'un autre goûteur.

Rand hocha distraitement la tête, et le reste de l'après-midi se passa en discussions au sujet de nouvelles recettes.

Valek revint au crépuscule. L'apercevant, le cuisinier s'interrompit brusquement, pâlit, et marmonna quelque chose au sujet du dîner. Il bondit de sa chaise et se précipita vers la porte. Valek le regarda s'éloigner à pas chancelants.

— Que faisait-il ici ?

Le Conseiller arborait une expression neutre, mais il s'était figé sur place. J'eus l'impression qu'il était fâché. Je choisis soigneusement mes mots pour lui expliquer que Rand était simplement venu me rendre visite.

— Depuis quand le connais-tu ?

Une question banale, mais, là encore, je détectai un courant sous-jacent.

— Après avoir récupéré de Mon Amour, je suis allée chercher quelque chose à manger, et j'ai rencontré Rand dans la cuisine.

— Fais très attention à ce que tu dis devant lui. On ne peut pas lui faire confiance. J'ai voulu le réaffecter, mais le Conseiller refuse de s'en séparer. Evidemment, c'est un génie de la cuisine. Une sorte de prodige. Il a commencé à cuisiner très jeune pour l'ancien roi.

Valek me fixait de ses grands yeux bleus et froids. Etait-ce pour cette raison qu'il n'aimait pas Oscove ? L'amitié d'un protégé de l'ancien régime pouvait me valoir des ennuis. Mais je n'appréciais pas du tout cette tentative d'intimidation. Je soutins le regard de Valek d'un air que j'espérais indifférent.

Enfin, il détourna les yeux. Je jubilais. J'avais gagné cette manche — du moins le croyais-je.

— Tu quitteras l'infirmerie demain matin, dit Valek d'un ton sec. Tu te débarbouilleras et te présenteras à mon bureau à la première heure. Même si tu réussis l'examen, je ne te considérerais pas comme prête, mais le Commandant exige que tu sois à sa disposition dès demain midi.

Il secoua la tête, exaspéré.

— Ta formation n'est pas terminée. J'ai horreur des choses bâclées.

— Pourquoi ? Vous n'aurez plus à risquer votre propre vie.

Sitôt ces mots sortis de ma bouche, je regrettai de les avoir prononcés.

Valek me foudroya du regard.

— Dans mon expérience, la précipitation mène à la mort.

— C'est ce qui est arrivé à mon prédécesseur ? demandai-je, incapable de réprimer ma curiosité.

Valek allait-il démentir ou bien confirmer l'accusation de Rand ?

— Tu parles d'Oscove ?

Valek s'interrompit un instant, songeur.

— Il n'avait pas l'estomac assez solide.

8

Je tenais encore la liste de Valek à la main lorsque je me réveillai, le lendemain matin. Je révisai l'inventaire des poisons jusqu'à ce que le médecin m'annonçât que je pouvais me lever.

Je sortis du lit et fis quelques pas en direction de la porte, ignorant les protestations de mes muscles endoloris. J'aurais dû être ravie de quitter l'infirmerie, mais j'étais trop angoissée pour me réjouir. Un petit rongeur avait élu domicile dans mon estomac, où il creusait des galeries avec ses dents.

Apercevant les deux gardes devant la porte, j'eus un mouvement de recul… mais ils ne portaient pas les couleurs de Brazell. Un peu tardivement, je me rappelai que ces hommes avaient été envoyés par Valek pour m'escorter jusqu'à son bureau.

Je jetai un coup d'œil autour de moi pour essayer de m'orienter. Je n'avais aucune idée de la direction de ma chambre. Il y avait dix-huit jours que j'étais sortie de prison, mais je ne réussissais toujours pas à me repérer. La forme générale du château m'échappait, car je ne l'avais jamais vu de l'extérieur.

La voiture dans laquelle j'étais arrivée, l'année précédente, n'était qu'un cercueil percé de trous d'aération. J'avais refusé de coller mon œil à ces trous, comme un animal en cage. Puis j'avais fermé les yeux pendant qu'on me traînait, menottée, jusqu'au donjon. J'aurais pu chercher des moyens de m'évader, sans doute, mais j'avais tué un homme, et j'étais résignée à ma punition.

A présent, l'idée de demander mon chemin aux gardes m'horripilait, mais je n'avais pas le choix. Sans dire un mot, ils me guidèrent à travers les couloirs, un devant, un derrière. Le garde qui me précédait inspecta soigneusement ma chambre avant de m'autoriser à y pénétrer.

Une fois entrée, je fis un petit état des lieux. Mon lit était intact, et mes uniformes pendaient à leur place dans l'armoire. Mais, au lieu d'être caché dans un tiroir, mon journal traînait, ouvert, au milieu de mon bureau. Quelqu'un avait lu mes notes sur les poisons et mes réflexions personnelles. L'activité dans mon estomac laissa place à une sensation froide et dure. Le rongeur était mort. Et j'étais d'humeur massacrante.

Je soupçonnai aussitôt Valek. Il était certainement assez effronté pour fouiller dans mes papiers personnels. Sans doute s'était-il convaincu que c'était une question de devoir, au cas où je comploterais quelque chose. Après tout, je n'étais que la goûteuse du Commandant ; je n'avais aucun droit à l'intimité.

Je m'emparais de mon journal et d'un uniforme propre, et me dirigeai d'un pas furieux vers les bains. Les gardes attendirent dehors pendant que je me prélassais dans l'eau chaude. Je pris tout mon temps. Valek et son examen pouvaient attendre ; je refusais de me plier à ses désirs.

La tentative d'assassinat orchestrée par Brazell, l'horreur que j'avais endurée à la suite de l'ingestion de Mon Amour, les paris engagés sur mon dos par des domestiques cyniques… rien de tout cela ne m'avait enragée comme cette intrusion dans ma vie privée.

Arrivée au bureau de Valek, je coupai court à toute remarque acerbe de sa part.

— Il est prêt, votre examen ?

Le visage de Valek se teinta d'amusement. Il se leva de sa chaise et, d'un geste faussement dramatique, indiqua les assiettes et les verres disposés en deux rangées parallèles sur la table de conférence.

— Un seul de ces articles n'est pas empoisonné. Trouve-le. Et quand tu l'auras trouvé, mange-le… ou bois-le.

Je goûtai le contenu de chaque récipient. Je reniflai. Je me gargarisai. Je me bouchai le nez. Je pris de petites bouchées, les mastiquai et les recrachai aussitôt. L'épreuve me parut relativement facile. Les plats étaient si insipides que je détectais sans peine les goûts suspects. Dans les boissons, des parfums de fruits masquaient grossièrement les poisons.

Après avoir goûté le dernier article, je me retournai vers Valek, furieuse.

— Vous n'êtes qu'un tricheur. Tout est empoisonné.

Quel mauvais tour ! J'aurais dû me douter que le jeu serait truqué.

— En es-tu sûre ?

— Certaine.

Valek s'avança vers moi, le regard glacial.

— Je suis désolé, Elena. Tu as échoué.

Mon cœur s'abîma dans mon estomac. La petite souris ressuscita et sortit ses griffes. Je balayai la table du regard. Avais-je oublié quelque chose ?

Non. J'avais raison. Je défiai Valek de prouver le contraire.

Sans hésiter, il indiqua un verre.

— Celui-ci n'est pas empoisonné.

— Alors, buvez-le.

Je me rappelais parfaitement le goût de ce verre.

La main de Valek trembla imperceptiblement tandis qu'il en sirotait le contenu. Je me mordillai la lèvre. Peut-être avais-je confondu deux boissons entre elles. Sans me quitter des yeux, Valek fit tourner le liquide sur sa langue… et le recracha.

J'avais envie de sauter de joie, de crier, de chanter. Mais je me contentai de dire :

— Poison de mûres.

— En effet, répondit Valek d'un air distrait.

Il examina tour à tour le verre dans sa main et les rangées sur la table.

— J'ai réussi ?

Il acquiesça, songeur. Puis il se dirigea vers son bureau et, avec douceur, y posa son verre. Il ramassa des papiers, les regarda sans les lire, les reposa de nouveau.

— J'aurais dû me douter que vous me tendriez un piège.

Sans doute surpris par mon ton échauffé, Valek leva les yeux. Je regrettai aussitôt de ne pas avoir gardé le silence.

— Tu es hors de toi, Elena. Et ce n'est pas à cause du test. Explique-toi.

— M'expliquer ? Je n'ai pas d'explications à vous donner. C'est plutôt à vous de me dire pourquoi vous avez lu mon journal…

— Ton journal ?

Valek parut stupéfait.

— Je n'ai rien lu du tout. Mais si je l'avais fait, ç'aurait été parfaitement légitime de ma part.

— Pourquoi ?

L'incrédulité s'installa sur les traits de Valek. Il ouvrit et referma plusieurs fois la bouche avant de réussir à répondre.

— Elena, tu as commis un meurtre. On t'a trouvée agenouillée sur le cadavre de Reyad, un couteau ensanglanté à la main. J'ai eu beau chercher dans ton dossier, je n'ai trouvé aucun motif à ce crime. Il est seulement écrit que tu n'as voulu répondre à aucune question.

Valek s'approcha et baissa la voix.

— Je ne sais pas ce qui t'a poussée à tuer, Elena. Il m'est donc impossible d'évaluer les chances pour que tu récidives. Je n'ai aucune idée de ce qui déclenche tes pulsions meurtrières. Malgré cela, j'ai dû te nommer goûteuse. Le Code de Conduite me l'imposait.

Il prit une grande bouffée d'air et poursuivit.

— Tu es quelqu'un de dangereux, et tu vas être en contact quotidien avec le Commandant. Je te surveillerai jusqu'à ce que je puisse te faire confiance.

Peu à peu, ma colère se dissipait. Après tout, c'était plutôt normal qu'il se méfie de moi. D'ailleurs, c'était réciproque. Je me méfiais de lui comme de la peste.

— Que puis-je faire pour obtenir votre confiance ? demandai-je.

— Dis-moi pourquoi tu as tué Reyad.

— Vous n'êtes pas encore prêt à me croire.

Il détourna son regard, et je mis la main sur ma bouche. Pourquoi avais-je dit *pas encore* ? Comme s'il pouvait l'être un jour !

— Tu as raison, dit-il.

D'évidence, nous nous trouvions dans une impasse.

— J'ai réussi mon examen, dis-je. J'aimerais prendre mon antidote.

Valek sortit de sa rêverie, préleva une dose de mixture blanche et me la tendit.

— Et maintenant ? demandai-je.

— Le déjeuner du Commandant. Nous sommes très en retard.

Il me poussa vers la porte ; j'avalai l'antidote d'un trait.

A mesure que nous approchions de la salle du trône, un brouhaha de plus en plus intense se fit entendre. Deux conseillers du Commandant se disputaient vivement, entourés d'une foule de soldats et d'officiers pendus à leurs lèvres. Appuyé à un bureau, légèrement à l'écart, le Commandant les écoutait avec attention.

D'après ce que je compris, on débattait de la meilleure manière de retrouver et de capturer un fugitif. D'un côté, on insistait pour utiliser des hordes de soldats et de chiens ; de l'autre, on prétendait qu'une petite unité d'élite ferait l'affaire. Bref, la force brute contre l'intelligence.

Bien que menée à grand renfort de voix, la dispute manquait singulièrement de véhémence. Les gardes postés autour de la pièce ne montraient aucun signe d'inquiétude. Sans doute s'agissait-il d'une discussion récurrente, peut-être même d'un exercice concernant un hypothétique fugitif.

Valek s'approcha du Commandant, et je me rangeai

derrière lui, mal à l'aise. Je ne pouvais m'empêcher de m'imaginer à la place du malheureux fugitif.

Je me vis courant dans la forêt, hors d'haleine, guettant les bruits de pas. Impossible de me cacher dans une ville, car un visage inconnu aurait aussitôt alerté les patrouilles de soldats. Des soldats qui s'ennuyaient, qui n'avaient rien d'autre à faire que de surveiller les habitants du coin, qui connaissaient tous les visages par cœur…

Les citoyens d'Ixia peuvent changer de ville ou de district, mais c'est une procédure complexe. Un transfert complet exige l'accord du superviseur, et la preuve qu'un poste vous attend dans votre nouvelle destination. En l'absence de papiers officiels, tout citoyen se trouvant dans un quartier autre que le sien est immédiatement arrêté. Les visites sont tolérées, mais, là encore, il faut des autorisations spéciales, qu'on présente aux troupes dès son arrivée.

Quand je travaillais avec Reyad et Brazell, je rêvais sans cesse d'évasion. C'était devenu une obsession. Mieux valait rêver de liberté que m'attarder sur ma vie de rat de laboratoire. Puisque je n'avais ni famille ni amis en dehors du manoir, la seule solution était la fuite vers le sud — à supposer que je réussisse à traverser la frontière fortement surveillée.

Je me perdais en fantasmes de fuite vers Sitia, où j'aurais trouvé une famille adoptive et rencontré le grand amour. Niaiseries à l'eau de rose, tout cela

— mais elles étaient mon seul élixir. Tous les matins, au moment de commencer les expériences, je fixais mon esprit sur Sitia. Floues, colorées, pleines de tendresse et de chaleur, des images m'apparaissaient et me permettaient d'endurer les épreuves de Reyad.

En réalité, même si j'avais eu l'occasion de m'échapper, j'aurais hésité à la saisir. Il ne me restait aucun souvenir de ma véritable famille, mais j'en avais une autre, au sein du manoir : les enfants recueillis par le général Brazell. Mes sœurs, mes frères, mes enfants. Nous étudiions ensemble, nous jouions ensemble, je prenais soin d'eux. Comment aurais-je pu les abandonner ? L'idée que May ou Carra puissent subir à ma place les tourments inventés par Reyad m'était insupportable.

Je me mordis l'index jusqu'au sang pour revenir au présent. J'avais échappé à Brazell. Dans deux semaines, il partirait d'ici, et je ne le reverrais plus. Evidemment, une fois de retour chez lui, il entamerait sans doute une nouvelle série d'expériences sur un nouveau cobaye. Quelle que fût sa victime, je la plaignais de tout mon cœur. Brazell n'était pas un tendre ; celle-ci en verrait de toutes les couleurs.

J'écartai les doigts pour inspecter la morsure sur mon index : pas assez profonde pour laisser une trace. Du bout du doigt, je parcourus le réseau de cicatrices qui couvrait mes mains. Je levai subitement les yeux ;

Valek me regardait avec curiosité. Je croisai les mains derrière mon dos.

D'un geste, le Commandant imposa le silence.

— J'ai entendu d'excellents arguments des deux côtés. Aussi allons-nous confronter vos théories à la pratique. Il y aura deux équipes.

Il montra du doigt les principaux orateurs.

— Vous deux, je vous désigne capitaines. Formez vos équipes et mettez au point un plan d'attaque. Recrutez qui vous jugerez utile ; Valek se chargera de fournir le fugitif. Vous avez deux semaines pour vous préparer.

Le brouhaha s'éleva de nouveau tandis que le Commandant s'éloignait vers son bureau, Valek et moi sur ses talons.

Valek referma la porte derrière nous. Les bruits s'estompèrent.

— La fuite de Marrok en Sitia continue à vous tracasser, on dirait, dit Valek.

— Oui, dit le Commandant en fronçant les sourcils. Un beau gâchis, cette histoire. Marrok devait savoir que vous vous trouveriez dans le DM-8, à ce moment-là. Il faut absolument que vous vous décidiez à recruter un adjoint, Valek.

Son Conseiller lui jeta un regard d'horreur feinte.

— Mais alors, je ne serai plus indispensable !

Un bref sourire éclaira le visage du Commandant, puis il m'aperçut, rôdant près de la porte.

— Eh bien, Valek, vous aviez raison. Elle a survécu à votre examen.

Puis, se tournant vers moi :

— Venez ici.

Je m'approchai en essayant de dissimuler ma nervosité.

— En tant que goûteuse officielle, vous vous présenterez ici tous les matins à l'heure du petit déjeuner. Je vous communiquerai mon emploi du temps de la journée. Vous devrez être présente à tous mes repas. Aucun retard ne sera toléré. Entendu ?

— Oui, Commandant.

Il lança un regard en coin à Valek.

— Elle me semble un peu frêle. Etes-vous sûr qu'elle fera l'affaire ?

— J'en suis certain, Commandant.

Ambroise n'avait pas l'air convaincu. Ses yeux dorés se posaient tour à tour sur Valek puis sur moi, nous sondant tous deux. J'espérais qu'il ne cherchait pas un prétexte pour me démettre de mes fonctions sur-le-champ.

— Bien, dit-il enfin. Puisque je n'ai pas eu de déjeuner, Valek, nous dînerons ensemble, de bonne heure. Elena, vous commencerez demain.

— Bien, Commandant.

Nous prîmes congé. Après être passés par le bureau de Valek pour récupérer mes uniformes de rechange et mon journal, nous nous dirigeâmes vers les quartiers privés du Conseiller, situés au cœur du château. Avançant dans de grands couloirs lumineux et inconnus, je remarquai de nombreux rectangles pâles sur les murs. Une foule de tableaux devait autrefois orner ces lieux. Par les portes entrebâillées, j'apercevais de grandes salles vides et mornes ; des bureaux, sans doute, ou des quartiers de soldats.

Il me vint à l'esprit que le style austère et fonctionnel imposé par le Commandant avait privé le château de son âme. A présent, ce n'était plus qu'un tas de pierres grises qui ressemblait à un caveau.

J'étais trop jeune pour me rappeler l'époque d'avant le coup d'Etat, mais j'avais appris à l'école que la monarchie était corrompue et les citoyens malheureux. La prise du pouvoir par le Commandant s'était faite sans grande résistance. La majorité des soldats du roi étaient passés dans son camp, écœurés par un système qui privilégiait les liens du sang et les pots-de-vin plutôt que le travail honnête, et par les massacres de civils destinés à apaiser les mouvements d'humeur de l'élite.

Les partisans du Commandant avaient également ouvert leurs rangs aux femmes ; on s'était aperçu qu'elles constituaient d'excellentes espionnes. Valek, pour sa part, s'était chargé d'assassiner les principaux soutiens du roi. Lorsque celui-ci avait voulu lever une armée pour combattre celle du Commandant, il en avait été incapable. La prise du château s'était effectuée presque sans verser de sang. La plupart des nobles avaient réussi à rejoindre Sitia.

Nous arrivâmes devant une double porte massive, gardée par deux hommes. Valek leur expliqua que, à l'avenir, j'entrerai et sortirai à mon gré, puis nous pénétrâmes dans un petit couloir avec une porte à chaque mur. Valek ouvrit celle de droite. La deuxième, m'expliqua-t-il, menait aux appartements du Commandant.

Les quartiers de Valek se révélèrent spacieux. Débouchant du couloir obscur, je fus d'abord éblouie par la clarté du grand salon. Une multitude de meurtrières zébraient la pièce de soleil.

Sur toutes les tables et dans tous les recoins s'entassaient des livres et des minéraux : petites pierres sombres rayées de blanc ou cristaux multicolores. Çà et là se découpaient de minuscules statuettes mouchetées d'argent aux formes animales ou végétales. Délicates, mystérieuses, elles me rappelaient le couple de panthères sur le bureau de Valek.

Une vaste collection d'armes occupait les murs. Certaines, très anciennes, étaient couvertes de poussière, d'autres paraissaient flambant neuves. Sur la lame d'une longue et fine dague, je distinguai quelques gouttes de sang frais, et ces perles écarlates me donnèrent la chair de poule. Qui s'était trouvé à l'extrémité de cette lame ?

A gauche de l'entrée, il y avait un escalier ; à droite, trois portes. Valek m'indiqua la première.

— Cette chambre sera la tienne jusqu'au départ de Brazell. Je te conseille de te reposer un peu.

Il ramassa quelques livres posés sur un guéridon.

— A tout à l'heure. Ne sors pas d'ici, je t'apporterai ton dîner.

Sur le pas de la porte, il se retourna.

— Verrouille la porte derrière moi. Tu devrais être en sécurité, ici.

En sécurité, mon œil ! Quiconque savait crocheter une serrure pouvait entrer, faire son choix parmi les différentes armes et me découper en morceaux… Je regardai autour de moi. Les armes paraissaient tout de même solidement attachées au mur. A titre expérimental, je tiraillai sur une massue, et fus soulagée de ne pas arriver à la décrocher.

Autour de la porte menant à ma chambre, le désordre était total, et lorsque j'entrai dans la pièce, je compris tout de suite pourquoi. Parquet, lit et commode étaient couverts d'une épaisse couche de poussière, mais au sol se découpaient des rectangles propres et nets. Cette pièce avait servi de débarras, et au lieu de la nettoyer, Margg s'était contentée de déménager son contenu dans le salon.

C'était un rappel peu subtil de l'antipathie qu'elle éprouvait envers moi. Peut-être ferais-je mieux de l'éviter pendant quelques jours, pensai-je.

Les draps et les couvertures étaient crasseux, et une odeur de renfermé flottait dans l'air. J'éternuai, m'avançai jusqu'à la petite fenêtre et réussis à ouvrir les volets.

A la lumière du jour, je constatai que les meubles de ma chambre étaient en ébène ; de somptueux feuillages sculptés ornaient les barreaux des chaises et les tiroirs de la commode. Une fois dépoussiérée, la tête de lit révéla une scène champêtre avec fleurs et papillons en bas relief.

J'arrachai les draps du lit et m'étendis sur le matelas nu. J'avais pris Margg pour une ronchonne inoffensive, mais je l'avais manifestement sous-estimée.

Soudain, je crus apercevoir quelque chose sur le dessus du bureau. Une inscription tracée dans la poussière. Un message qui disait…

« Meurtrière, la potence t'attend. »

9

Je me relevai en sursautant. Une fois debout, je ne vis plus le message, mais je pouvais difficilement l'oublier. Margg avait-elle voulu me mettre en garde, ou bien me menacer ? D'après Rand, elle avait perdu beaucoup d'argent en pariant contre moi. Avait-elle l'intention de me vendre aux gardes de Brazell pour rentrer dans ses frais ?

Dans ce cas, elle ne se donnerait pas la peine de me prévenir, raisonnai-je. D'après ce que j'avais observé et entendu d'elle, ce vilain tour n'était destiné qu'à m'intimider. Une simple mesquinerie… Sans doute était-elle jalouse que Valek m'eût installée ici. Je décidai de faire semblant de n'avoir jamais vu ce message. Avec le recul, je compris que c'était également elle qui avait lu mon journal, et qui l'avait laissé ouvert sur mon bureau, juste pour m'irriter.

Valek m'avait conseillé de me reposer, mais je n'en avais plus aucune envie. Je retournai dans le salon. La méchante plaisanterie de Margg m'avait servi de rappel : je ne pouvais me fier qu'à moi-même, et à personne d'autre. Si je procédais ainsi, je n'aurais plus qu'à m'inquiéter des poisons dans les mets du Commandant… et des manigances de Brazell.

Ah ! Si seulement c'était aussi simple… Même si j'avais perdu mon innocence et ma confiance aux mains de Brazell et de Reyad, je m'accrochais encore, au fond, à l'espoir de trouver un véritable ami.

Même un rat a besoin d'amis. Jamais je n'avais éprouvé autant de sympathie pour ces petites créatures. Comme elles, je passais mon temps à courir, à regarder par-dessus mon épaule et à renifler des aliments empoisonnés.

A présent, je luttais pour survivre au jour le jour, mais bientôt je commencerais à chercher un moyen de m'enfuir. Science est puissance, comme chacun le sait. Je décidai donc de me tenir tranquille et d'ouvrir grands mes yeux et mes oreilles. Je commençai par fouiller le salon. Soulevant une pierre qui servait de presse-papiers, j'examinai les documents empilés sur une table, puis dans le reste de la pièce. Je m'en tins à ce qui se trouvait à découvert ; je soupçonnais Valek d'avoir piégé les tiroirs.

Je survolai quelques textes sur les poisons, intéressants à première vue, mais ne traitant, au fond, que d'intrigues et d'assassinats, non d'antidotes. J'ouvris un livre relié en cuir ; il était écrit dans une langue archaïque indéchiffrable. Soit Valek collectionnait les livres rares, soit il les volait dans la bibliothèque de l'ancien roi.

J'étais sur le point de monter l'escalier quand je remarquai quelque chose. Un plan du château. Il était coincé dans un cadre vide à gauche de l'escalier. Enfin quelque chose d'utile ! Je le sortis avec précaution et l'examinai. Ce fut comme si l'on venait de m'enlever un voile qui m'empêchait de voir clairement le bâtiment.

Remettant à plus tard l'inspection de l'étage supérieur, j'allai chercher mon journal. Cette carte était en évidence sur le mur ; Valek ne serait pas fâché que je la consulte. Il serait sans doute soulagé de ne plus devoir me donner d'instructions. Je dégageai une place sur le divan, m'y pelotonnai confortablement et commençai à recopier le plan.

Je m'éveillai en sursaut. Mon journal tomba de mes genoux et rebondit sur le parquet. Clignant les yeux dans la semi-pénombre, je balayai la pièce du regard. J'avais rêvé de rats. Des hordes de rats qui descendaient des murs, rampaient sur le parquet et remontaient vers moi. Une mer de rongeurs qui entaillaient mes vêtements de leurs dents et s'accrochaient à mes cheveux avec leurs petites griffes pointues.

Je me recroquevillai sur le divan, les pieds sous les jambes, et regardai de nouveau autour de moi. Aucun rat en vue, si ce n'était Valek. Il se trouvait à l'autre bout de la pièce, allumant une lanterne.

Je dus reconnaître qu'il ne ressemblait pas à un rat. Pas du tout. C'était plutôt un félin, et non des plus ordinaires… Un guépard, très précisément.

Le guépard des neiges est le plus redoutable prédateur du Territoire d'Ixia. D'un blanc immaculé, ce fauve fait deux fois la taille d'un gros chien. Rapide, agile et meurtrier, il achève sa proie avant même que celle-ci ait flairé le danger. On le trouve surtout au nord, dans les régions des neiges éternelles, mais il lui arrive de descendre vers le sud quand la nourriture devient trop rare.

Dans toute l'histoire d'Ixia, personne n'a jamais tué de guépard des neiges. Le félin repère les chasseurs avant qu'ils aient pu s'approcher d'assez près pour le tuer. Le pincement d'une corde d'arc le fait immédiatement fuir. Les habitants du Nord n'ont d'autre choix que de nourrir les guépards en espérant qu'ils resteront dans les hauteurs enneigées, loin des habitations.

Valek alluma la dernière lanterne et se retourna.

— As-tu un problème avec ta chambre ?

Il prit un plateau sur une table et me l'apporta.

— Non. Je n'arrivais pas à dormir.

Il eut un sourire ironique.

— Je vois ça. Malheureusement, ton dîner est froid. J'ai été retenu.

Je pris machinalement quelques petites cuillerées et les goûtai. Je jetai un coup d'œil à Valek, pour voir si cela l'avait offensé ; apparemment, non. Il gardait son expression enjouée. Entre deux bouchées, je lui demandai qui était en possession de la clé de ses appartements.

— Seulement le Commandant et Margg. Dormiras-tu plus tranquille, maintenant ?

J'ignorai sa question.

— Qui est Margg ? Votre gouvernante personnelle ?

— La mienne et celle du Commandant. Nous voulions une personne de confiance, quelqu'un d'immédiatement reconnaissable. Elle était dans notre camp avant le coup d'Etat ; sa loyauté est au-dessus de tout soupçon.

Valek s'installa à son écritoire, puis tourna sa chaise vers moi.

— Te rappelles-tu, Elena, le jour où nous sommes allés dans le salon militaire ?

Je ne voyais pas le rapport, mais j'acquiesçai.

— Trois généraux se trouvaient dans cette pièce. Brazell, tu le connaissais déjà. Mais serais-tu capable d'identifier les deux autres ?

— Tesso et Hazal, rétorquai-je fièrement.

— Peux-tu les décrire ? La couleur de leurs cheveux, de leurs yeux ?

Je cherchai dans ma mémoire, hésitante. Ils portaient des uniformes de généraux et ils déjeunaient, voilà tout ce dont je me souvenais.

— Je crois que le général Tesso a une barbe, dis-je.

— Tu les as reconnus à leurs uniformes, mais tu n'as pas vraiment regardé leurs visages.

— En effet.

— C'est tout le problème des uniformes. On devient paresseux. Un garde voit un uniforme de gouvernante, et aussitôt il suppose que cette gouvernante travaille au château. Il est trop facile pour des intrus de se fondre dans la masse. C'est pourquoi j'exige que le Commandant soit entouré à tout moment de personnes de confiance. Pour cette même raison, Margg est la seule personne autorisée à nettoyer mon appartement, mon bureau et la suite du Commandant.

Ce petit discours me donna l'impression d'être revenue dans une salle de classe.

— Pourquoi ne pas renvoyer les domestiques du château et les remplacer par des gens à vous ?

— Parce que nous n'en avons pas suffisamment. Avant la prise du pouvoir, nos rangs étaient surtout constitués de soldats. La plupart des civils qui nous ont rejoints avant la prise du pouvoir sont devenus Conseillers, ou occupent d'autres postes bureaucratiques. Parmi les employés du roi, certains étaient acquis à notre cause ; quant aux autres, nous avons doublé leurs salaires. Un domestique bien payé est un domestique heureux.

— Tous les employés du château touchent un salaire ?

— Oui.

— Y compris le goûteur ?

— Non.

— Pourquoi pas ?

Je n'y avais pas songé avant que Valek n'aborde le sujet.

— Parce qu'il est payé d'avance. Quelle valeur accordes-tu à ta vie, Elena ?

10

Sans attendre de réponse, Valek pivota sur sa chaise et me tourna le dos.

Il avait raison, dans un sens. Je terminai mon repas froid sans rien dire. Lorsque je posai le plateau et me levai pour regagner ma chambre, Valek se retourna.

— Que ferais-tu de l'argent ?

A ma grande surprise, une réponse me vint instantanément aux lèvres.

— J'achèterais une brosse à cheveux, des pyjamas, et je garderais un peu d'argent pour la Fête du Feu.

J'étais lasse de dormir en uniforme, mais je n'osais pas me déshabiller. Si l'on m'attaquait en pleine nuit, je n'avais pas envie de devoir me défendre en sous-vêtements.

Quant à la Fête du Feu annuelle, elle approchait à grands pas. Pour moi, c'était en quelque sorte un anniversaire. C'était pendant la Fête du Feu de l'année précédente que j'avais tué Reyad.

Bien que fermement opposé à toute manifestation religieuse, le Commandant tolérait les fêtes laïques, qui renforcent le moral des citoyens. Deux grandes fêtes annuelles étaient autorisées chaque année.

J'étais en prison pendant la dernière Fête de la Glace. C'est un événement local qui se déroule en intérieur, avec des expositions d'artistes, d'artisans et d'amateurs. Pendant la saison froide, il n'y a pas grand-chose d'autre à faire que se blottir au coin du feu et bricoler.

La Fête du Feu est entièrement différente. C'est un immense carnaval ambulant qui se promène de ville en ville tout au long de la saison chaude. Partant du nord du pays, où le beau temps ne dure que quelques semaines, il s'achemine lentement vers le sud.

Au milieu de la saison chaude, il s'arrête près du château du Commandant, et la semaine qu'il y passe est marquée par toutes sortes de spectacles et de concours exceptionnels. J'espérais bien obtenir l'autorisation de m'y rendre. Valek m'avait prévenue que mes après-midi seraient occupés par les leçons de dégustation, mais pour l'instant, le reste de mon temps était libre.

J'avais toujours adoré la Fête du Feu. A l'orphelinat, c'était l'événement le plus attendu de l'année. Pendant les cinq saisons restantes, nous nous entraînions dans l'espoir de nous qualifier aux divers concours, et nous économisions notre argent de poche pour payer les frais d'inscription.

La voix de Valek interrompit mes pensées.

— Demande des pyjamas à Dilana, la couturière. Elle aurait dû t'en donner en même temps que les uniformes. Quant au reste, je ne peux rien faire pour toi.

Valek essayait sans doute de me faire comprendre les réalités de ma nouvelle vie. Aucune distraction n'était prévue. Je pouvais me rendre à la Fête du Feu si je le voulais, mais il ne serait pas question de boire un verre de vin ni de m'inscrire à un concours.

Poussant un soupir, je ramassai mon journal et me dirigeai vers ma chambre. Une brise tiède et légère qui entrait par la fenêtre me caressait le visage. Je dépoussiérai les meubles et le sol, mais n'effaçai qu'à moitié le message de Margg. D'une certaine façon, elle avait raison. Quoi qu'il arrive, j'allais bientôt mourir. Aucune possibilité de vie normale ne se profilait à l'horizon. Ce vilain message servirait à me le rappeler.

De deux choses l'une : soit je cafouillerais dans mon travail et mourrais pendue, soit je préviendrais une tentative d'assassinat contre le Commandant et mourrais empoisonnée. A strictement parler, ce n'était pas forcément la potence qui m'attendait, mais les autres possibilités ne valaient guère mieux.

Le lendemain matin, très tôt, je m'arrêtais sur le seuil de l'atelier de couture. Dilana était assise dans un rayon de soleil, et cousait en chantonnant. Ses boucles blondes rayonnaient. J'hésitai à la déranger.

— Elena ? dit-elle soudain.

Je fis un pas vers elle.

— Entre, ma fille. Ne fais pas de manières. Tu es toujours la bienvenue.

Posant son ouvrage, elle m'indiqua une chaise libre tout près d'elle. Tandis que j'approchais, elle s'exclama :

— Tu es mince comme un fil ! Installe-toi, je vais t'apporter quelque chose à manger.

Malgré mes protestations, elle coupa une généreuse tranche de pain frais et la beurra.

— Rand m'envoie une miche de pain frais au miel tous les matins, dit-elle, ses yeux châtains brillant d'affection.

Je savais que je n'aurais aucun répit avant d'avoir mangé ma tartine. Aussi y mordis-je à pleines dents, sans chercher à savoir si elle contenait du poison. Je ne voulais surtout pas vexer Dilana.

— En quoi puis-je t'être utile ?

Entre chaque bouchée, je lui parlai de mon problème de pyjamas.

— Que je suis étourdie ! Comment ai-je pu les oublier ? Je suis désolée, ma chère.

Elle bondit de sa chaise et s'affaira parmi les tas de vêtements, rassemblant toute une collection de linge de nuit.

— Dilana, lui dis-je, je n'ai besoin que de quelques pyjamas.

— Pourquoi n'es-tu pas venue avant ? Margg aurait dû me dire quelque chose.

— Margg..., commençai-je.

Je m'interrompis aussitôt. Je n'étais pas sûre des sentiments que Dilana éprouvait pour elle.

— Margg est une vieille peste. Méchante, rancunière, et toujours prête à s'en prendre à plus faible qu'elle.

Je clignai les yeux.

— Elle tyrannise systématiquement les nouveaux, et empoisonne l'existence de tous les autres.

— Même la tienne ? demandai-je.

— A mon arrivée au château, elle m'a rendu la vie infernale. Finalement, je me suis glissée dans sa chambre et j'ai resserré tous ses uniformes à la taille. Il lui a fallu deux semaines d'inconfort pour comprendre ce qui lui arrivait. Comme elle est incapable de recoudre un bouton, elle a dû ravaler sa fierté et me demander de l'aide. Depuis, elle me respecte.

Dilana me prit la main.

— Malheureusement, tu es son nouveau souffre-douleur. Mais ne te laisse pas faire. Si elle te joue des mauvais tours, rends-lui la pareille. Quand elle verra que tu peux te défendre, elle perdra tout intérêt à ce jeu.

Je peinais à croire que cette femme adorable fût capable de duplicité. Mais le sourire qu'elle me lança étincelait de malice.

Elle drapa une pile de pyjamas sur mon bras et y ajouta un assortiment de rubans colorés.

— Pour la Fête du Feu, chère enfant, dit-elle en réponse à ma question muette. Pour mettre en valeur tes beaux cheveux noirs.

— Avez-vous trouvé quelqu'un pour jouer le rôle du fugitif, Valek ? demanda le Commandant.

Valek venait d'arriver pour déjeuner avec Ambroise, dont j'avais à l'instant goûté et approuvé le repas. Cela faisait dix jours que j'étais entrée dans mes fonctions, et je commençais tout juste à me sentir à l'aise en présence de l'intimidant Commandant.

— J'ai trouvé le candidat idéal, dit Valek en s'installant face à son chef.

— Qui est-ce ?

— Elena.

— Quoi ! m'exclamai-je, abandonnant tout simulacre de discrétion.

— Expliquez-vous, Valek.

Le Conseiller eut un sourire entendu, comme s'il avait prévu nos réactions.

— Mes hommes sont entraînés à éviter la capture, dit-il. Si je désignais l'un d'eux, ce serait injuste pour les équipes de recherche. Ce n'est pas un spécialiste de l'évasion qu'il nous faut, mais quelqu'un d'assez intelligent pour rendre l'exercice stimulant.

Valek se releva pour mieux poursuivre son explication.

— Le fugitif doit être motivé pour échapper aux poursuivants, et motivé pour revenir au château après l'exercice. Il est évidemment impossible d'utiliser un véritable prisonnier. Quant aux domestiques, ils n'ont aucune imagination. Il y a bien le médecin en chef, mais nous avons besoin d'elle en cas d'urgence. J'allais désigner l'un de vos soldats quand j'ai pensé à Elena.

Valek tendit les doigts de la main gauche et les rabattit en énumérant ses arguments.

— Elle est intelligente. Elle a une motivation pour s'investir dans l'exercice. Et elle a une bonne raison de revenir.

— De quoi parlez-vous ?

— Le goûteur n'est pas payé. Mais pour cette mission, et peut-être d'autres à l'avenir, nous pouvons la rémunérer. Plus longtemps elle échappera à ses poursuivants, plus elle gagnera d'argent. Quant à sa motivation pour revenir au château, elle me semble évidente.

De mon point de vue, en tout cas, ça l'était. J'avais besoin de ma dose quotidienne d'antidote. Si je ne revenais pas au château avant le lendemain de l'exercice, ce ne serait pas un fugitif que l'on rechercherait, mais un cadavre.

— Et si je refuse ?

— Je désignerai un soldat du Commandant. Mais je serais déçu. Je croyais que tu aimais les défis.

— Eh bien, vous…

— Assez, dit le Commandant d'une voix sèche. C'est absurde, Valek.

— Justement. Il n'y a rien de plus prévisible qu'un soldat. Elena sera l'inconnue de l'équation.

— Essayez-vous de saboter mon exercice, Valek ? Vous savez parfaitement que je l'ai organisé dans l'espoir de repérer quelqu'un qui puisse devenir votre adjoint. Pourquoi me rendez-vous la tâche aussi difficile ?

Le Commandant soupira.

— Valek, je répète, pourquoi sapez-vous tous mes efforts pour vous trouver un adjoint ?

— Parce que je n'approuve pas les candidats que vous m'avez proposés. Trouvez quelqu'un d'acceptable, et je me ferai un plaisir de le former.

Le Commandant jeta un coup d'œil au plateau que je tenais, prit les plats et m'ordonna d'aller chercher du thé chaud. Une ruse peu subtile pour se débarrasser de moi pendant qu'il se disputait avec Valek. Je ne demandais pas mieux.

Sur le chemin des cuisines, je réfléchis à la proposition de Valek. Ma première réaction avait été négative ; j'avais largement assez d'ennuis sans cela. Mais plus je réfléchissais, plus le défi d'échapper à des poursuivants, conjugué à la possibilité de gagner de l'argent, me paraissait intéressant. Arrivée dans la cuisine, ma décision était prise ; j'espérais que Valek l'emporterait sur le Commandant. La chance de passer une journée entière à l'air libre, loin du château, était irrésistible. Et puis l'expérience acquise pendant l'exercice pourrait peut-être me servir, plus tard…

— Y a-t-il un problème avec le déjeuner ? demanda Rand en se précipitant vers moi.

— Pas du tout. Je viens juste chercher du thé chaud.

Le soulagement se peignit sur son visage. Pourquoi était-il si nerveux ? Un instant, j'imaginai Rand plus jeune, sabotant les repas du Commandant par rébellion contre le nouveau régime. Bah ! c'était impossible. Rand ne se résoudrait jamais à cuisiner quelque chose de mauvais. Sa fierté ne le lui permettrait pas. Il devait y avoir autre chose entre lui et le Commandant. Mais je n'étais pas sûre que notre amitié naissante me permît de poser des questions personnelles sur des sujets sensibles.

Je connaissais Rand depuis presque deux semaines, mais je n'arrivais toujours pas à le cerner. Son humeur était volatile et changeante. Une chose était sûre : il adorait parler. Il dominait la plupart de nos conversations, ne me posait que rarement des questions personnelles, et attendait à peine ma réponse pour se lancer dans de nouvelles tirades.

— Puisque tu es là, dit-il en prenant un gâteau qui

refroidissait sur une grille, veux-tu goûter ça ? Tu me diras ce que tu en penses.

Il découpa une part et me la tendit. C'était un gâteau fourré aux framboises et à la crème pâtissière, nappé de crème Chantilly.

Je pris une petite bouchée, et la mâchai lentement, essayant de ne pas montrer ma méfiance.

— Un assemblage intéressant.

— Il y a quelque chose qui me gêne, mais je n'arrive pas à mettre le doigt dessus.

— La crème est un peu trop sucrée, dis-je en prenant une nouvelle bouchée. Et le biscuit, un peu trop sec.

— Bon, je vais en refaire un. Peux-tu revenir ce soir pour le goûter ?

— Oui, mais pourquoi ?

— Il me faut l'avis d'un expert. Je le présente au concours de gâteaux de la Fête du Feu. Y seras-tu ?

— Je ne sais pas.

Lors de notre conversation, l'autre soir, Valek ne m'avait pas interdit de m'y rendre.

— Avec ceux des cuisines, nous y allons tous ensemble, chaque année. Tu peux nous accompagner, si tu veux.

— Merci. Je vais réfléchir.

Tandis que je me dirigeais vers le bureau du Commandant, une pensée désagréable me traversa l'esprit. Si je logeais dans les appartements de Valek, c'était parce que Brazell était encore dans les parages. Il ne quitterait le château qu'après la Fête du Feu. Si je m'y rendais, je risquais de tomber nez à nez avec lui. Et s'il apprenait que je m'apprêtais à jouer le rôle du fugitif, ce serait encore pire.

Jusqu'au départ de Brazell, je n'avais pas intérêt à m'éloigner du château. Je décidai de refuser à la fois la proposition de Rand et celle de Valek.

Mais quand j'arrivai dans le bureau du Commandant, Valek avait déjà tout organisé. Avant que j'aie pu dire un mot, il m'annonça le montant de ma prime.

La somme qu'ils me proposaient, si je parvenais à échapper une journée entière à mes poursuivants, était considérable.

— La date de l'exercice tombe pendant la Fête du Feu, dit Valek. C'est une période où les soldats ont beaucoup à faire. Voulez-vous remettre l'exercice à plus tard ?

— Non. L'agitation ambiante constituera une difficulté supplémentaire.

— Eh bien, Elena, cela ne te laisse que quelques jours pour te préparer. Ce qui est assez logique, puisque certains prisonniers établissent un plan d'évasion, tandis que d'autres saisissent une occasion au vol. Veux-tu participer ?

— Oui !

Ce cri du cœur m'échappa avant que ma raison ait pu reprendre le dessus.

— A condition que Brazell n'en soit pas informé, ajoutai-je.

— Je t'ai donné une chambre dans ma suite personnelle. N'est-ce pas une preuve suffisante de l'importance que j'accorde à ta sécurité ?

Valek était visiblement froissé. Phénomène curieux : quand Rand s'offusquait, je m'empressais de me réconcilier avec lui. A présent qu'il s'agissait de Valek, je cherchais une réplique insolente pour le vexer davantage. Mais je n'eus pas le temps d'en trouver une.

— A propos, interrompit le Commandant, Brazell m'a offert un cadeau. Une confiserie inventée par son chef personnel.

Il ouvrit une boîte remplie de petits carrés de couleur brune. Le dessus des carrés était lisse et brillant, la tranche mate et irrégulière, comme si on les avait découpés avec un couteau émoussé.

Valek prit un morceau et le flaira.

— J'espère que vous n'en avez pas mangé.

— Ce serait trop flagrant, même de la part de Brazell, de les avoir empoisonnés. Mais rassurez-vous, je n'y ai pas goûté.

Valek me tendit la boîte.

— Elena, teste-les.

Je triai le contenu de la boîte et sélectionnai quatre carrés. Chacun était aussi gros qu'un ongle ; les quatre tenaient dans ma paume. Si on ne m'avait pas dit qu'il s'agissait d'une sucrerie, je les aurais pris pour des boulettes de cire marron. Mes doigts laissaient de légères traces mates sur le dessus des carrés, et restaient légèrement poisseux.

J'hésitai. Ces confiseries venaient de chez Brazell. Dans mon souvenir, son cuisinier n'était pas précisément inventif. Tout cela me paraissait très louche. Haussant les épaules, je refoulai ma peur. Je n'avais pas le choix.

Je m'attendais à ce que ces carrés cireux aient un goût de bougie. J'en croquai un, pensant qu'il allait s'effriter sous mes dents. Ce fut sans doute l'expression sur mon visage qui incita le Commandant à se lever, car je n'avais pas dit un mot. Mon extase était telle que je ne songeais pas à parler.

Au lieu de s'émietter, le dessert fondait sur ma langue, faisant naître dans ma bouche une cascade de saveurs : sucré, amer, fruits et noix... Au moment où je croyais avoir trouvé le parfum dominant, tous les autres se développaient de nouveau. Je n'avais jamais goûté une chose pareille. Sans réfléchir, j'engloutis les quatre carrés... et j'en voulais encore.

— Incroyable, dis-je enfin. De quoi s'agit-il ?

Valek et le Commandant échangèrent un regard perplexe.

— Brazell appelle cela du Criollo, dit le Commandant. Pourquoi ? Cela contient-il du poison ?

— Non. Pas du tout. C'est simplement que...

Je ne trouvais aucun mot pour décrire mes sensations.

— Goûtez-le vous-même, dis-je enfin.

Je regardai le Commandant croquer un carré. Ses yeux s'écarquillèrent et ses sourcils s'arquèrent. Sa langue se promena sur ses lèvres et sur ses dents pour recueillir les dernières bribes de saveur. Puis il prit un autre carré.

— C'est sucré, dit Valek, qui venait d'en goûter un. Assez original. Mais cela n'a rien d'extraordinaire.

Le Commandant et moi échangeâmes un regard entendu. A la différence de Valek, Ambroise appréciait les bonnes choses, et savait reconnaître l'excellence.

— Je parie que cette espèce de rat ne durera pas une heure.

Cette voix étouffée, derrière la porte de la cuisine, était celle de Margg. J'étais sur le point d'entrer quand je l'avais entendue.

— Je vous parie à cent contre un qu'elle ne réussira pas à les semer. Et à cinquante contre un qu'elle sera morte avant la fin de la journée.

Un vacarme s'éleva dans la cuisine ; chacun s'empressait de placer son pari.

Je n'en croyais pas mes oreilles. Margg ne pouvait pas être au courant… C'était impossible. Pourquoi Valek lui aurait-il parlé de cet exercice ? Avant le lendemain matin, le château tout entier serait informé. Et Brazell aussi.

— Je vous parie un mois de salaire qu'Elena sèmera ses poursuivants ! lança Rand, tonitruant.

Un silence accueillit cette déclaration. Je me sentais à la fois trahie et fière. Je n'arrivais pas à croire que Rand eût pu engager une telle somme ! Il avait davantage confiance en mes capacités que moi. Pour le coup, j'étais plutôt d'accord avec Margg.

Le rire de la gouvernante ricocha contre les murs carrelés.

— Tu passes trop de temps dans cette cuisine, Rand. Ton cerveau est complètement cuit. J'ai même l'impression que tu as un faible pour ce rat. Surveille tes couteaux, quand elle te rend visite, sinon…

— Bien, dit Rand. Le dîner est terminé. Tout le monde dehors.

Je m'éclipsai avant que la foule des domestiques fût sortie ; puis, comme j'avais promis à Rand de goûter son gâteau, je fis demi-tour et retournai vers la cuisine. Assis à une table, il hachait des noix. Une tranche de gâteau aux framboises attendait sur une assiette.

Lorsqu'il m'aperçut, il fit glisser l'assiette vers moi sans rien dire. Je le goûtai.

— C'est beaucoup mieux. Le biscuit est incroyablement moelleux. Qu'as-tu fait ?

— Ajouté de la crème à la pâte.

Contrairement à son habitude, Rand était plutôt

taciturne. Il ne mentionna pas les paris à mon sujet, et je n'abordai pas le sujet.

Il finit de hacher les noix en silence et nettoya la table.

— Je ferais mieux d'aller au lit, dit-il. Demain soir, nous allons à la Fête du Feu. Viendras-tu avec nous ?

— Qui est de la partie ? demandai-je pour gagner du temps.

Je n'avais pas envie de rater la soirée d'ouverture de la fête. Pas envie de laisser Brazell me priver d'une occasion de m'amuser. Mais si Margg y allait, j'étais prête à renoncer.

— Porter, Sammy, Liza… et peut-être Dilana.

Le regard las de Rand s'éclaircit un peu en prononçant ce dernier nom.

— A quelle heure partirez-vous ?

Une fois de plus, je cédais à une impulsion, refusant la voix de la raison… et de la sécurité.

— Après le dîner. C'est le seul moment où nous sommes tous libres. Le premier soir de la fête, le Commandant prend toujours un dîner simple, pour que les employés de cuisine puissent partir tôt. Si tu as envie de venir, retrouve-nous ici.

Rand se dirigea vers sa chambre privée, attenante à la cuisine, et je rejoignis la suite de Valek.

Ses appartements étaient plongés dans l'obscurité. Après avoir fermé la porte à clé, je cherchai à tâtons une pierre à feu et allumai les lanternes. Passant près du bureau de Valek, je remarquai un papier posé sur le dessus d'une pile. Je jetai un coup d'œil autour de moi, pour m'assurer que Valek ne rôdait pas dans l'ombre, et examinai la feuille. C'était une liste de noms rayés. Tout en bas de la feuille, mon nom apparaissait, entouré deux fois. En dessous, Valek avait noté que je convenais parfaitement pour jouer le rôle de fugitive.

Voilà sans doute comment Margg avait appris la nouvelle. Je l'avais déjà vue fouiner dans les papiers de Valek. Cette sorcière allait finir par me faire tuer. Si je survivais à l'exercice, j'allais devoir l'affronter. Pour l'heure, cependant, je n'en avais pas le temps.

Je devais mettre au point mon plan d'évasion. Me rappelant avoir aperçu des traités à ce sujet, je fouillai dans les piles de livres du salon. Bientôt j'en tenais deux sur les techniques de poursuite, et un troisième sur l'art d'éviter la capture. Personne ne m'avait interdit de faire des recherches. J'empruntai les trois livres, pris une lanterne et regagnai ma chambre.

J'étudiai les manuels jusqu'à ce que le texte devienne flou, puis j'enfilai un nouveau pyjama, soufflai la lanterne et m'effondrai dans mon lit.

Je m'éveillai en sursaut, terrifiée. Un intrus avait pénétré dans ma chambre. En l'espace d'un instant, mon corps entier se couvrit de sueur. Une forme sombre trônait au-dessus de moi. Des bras puissants m'arrachèrent au lit et me plaquèrent contre le mur. Mon cœur cessa de battre. Mais ensuite, rien. Silence. Mon agresseur ne daignait pas frapper, mais j'étais toujours clouée au mur.

M'habituant à l'obscurité, je reconnus mon agresseur.

— Valek ?

11

A quelques centimètres de moi, le visage de Valek ressemblait à celui d'une statue. Froid, figé, sans trace d'émotion. Un rayon de lumière se faufilait par la porte entrouverte, mais cela ne réchauffait pas le regard bleu de mon attaquant.

— Qu'est-ce qui se passe, Valek ?

Sans m'avertir, il me lâcha. Je me rendis compte, trop tard, qu'il me tenait loin au-dessus du sol, et je m'écroulai à ses pieds. Sans dire un mot, il pivota sur ses talons et quitta la pièce. Je me levai en chancelant et le poursuivit jusqu'au salon. Debout devant son bureau, il me tournait le dos.

— Si c'est à cause des livres…, commençai-je.

Il fit volte-face.

— Les livres ? De quels livres parles-tu ?

Sa voix marquée par l'étonnement se fit froide et sèche.

— Tu m'as trompé, Elena. Depuis le début, je n'ai pas cessé d'admirer ton cran, ton intelligence, ton instinct de survie. Et maintenant…

Il s'interrompit et parcourut la pièce des yeux, cherchant ses mots.

— J'ai entendu des domestiques parler de l'exercice d'évasion. Ils faisaient des paris sur toi. Comment as-tu pu être aussi stupide, aussi indiscrète ? Ma première réaction a été de te tuer moi-même, pour m'épargner la peine de chercher ton cadavre dans la nature.

— Je n'en ai parlé à personne ! dis-je d'une voix teintée de colère. Pourquoi mettrais-je ma vie en péril ?

— Pourquoi est-ce que je te croirais ? Tu es la seule, à part le Commandant, qui soit au courant.

— Eh bien, monsieur l'expert en espionnage, est-il vraiment impossible qu'on ait surpris notre conversation ? Ou qu'on soit entré ici ? Vos notes étaient à la disposition du premier venu.

Avant qu'il puisse m'accuser de l'espionner, je m'empressai de me justifier.

— Elles sont en évidence sur votre bureau. Si je les ai remarquées au premier coup d'œil, elles n'ont pas pu échapper à un intrus cherchant des informations.

— Où veux-tu en venir ? Qui accuses-tu ?

Les sourcils de Valek se rapprochèrent ; une crête se forma au-dessus de son nez. L'inquiétude assombrit son visage, puis s'estompa rapidement derrière son habituel masque impassible. Cette expression fugace m'éclaira considérablement. Soit Valek, convaincu de ma culpabilité, avait oublié d'envisager d'autres hypothèses ; soit il refusait d'admettre la possibilité d'une faille dans sa sécurité personnelle. Quoi qu'il en fût, je l'avais pris au dépourvu, et j'en éprouvai une grande satisfaction.

— J'ai des soupçons, dis-je. Mais je n'ai pas de preuves, alors je n'accuse personne. Ce serait injuste… et puis qui me croirait ?

— Personne !

Valek prit une pierre grise sur son bureau et la jeta vers moi.

Abasourdie, j'esquivai de justesse. La pierre s'écrasa sur le mur derrière moi, faisant voler une pluie de petits éclats tranchants.

— Sauf moi, ajouta-t-il en se laissant tomber dans un fauteuil. Soit je commence à prendre goût au danger, soit tu as raison, et nous avons une fuite. Un indicateur. Si c'est le cas, il faut le retrouver.

— Ou *la* retrouver.

Valek fronça les sourcils.

— Que faire ? Annuler l'exercice ? Trouver un autre fugitif ? Ou continuer comme prévu, et t'utiliser à la fois comme fugitive et comme appât… en encourageant notre espion à se démasquer.

Il fit une petite grimace, puis ajouta :

— Ou notre espionne.

— Et Brazell ?

— Ne t'inquiète pas trop pour lui. Au fond, je pense qu'il ne tentera rien de sérieux avant que sa manufacture ne soit achevée. C'est à ce moment-là que les choses vont devenir intéressantes.

— Vous me rassurez, dis-je d'un ton sarcastique. Je commençais à m'ennuyer ferme.

Seul Valek était capable de considérer un complot contre ma vie comme un divertissement fascinant.

Il ignora complètement ma remarque.

— C'est à toi de choisir, Elena.

Aucun des deux scénarios ne me faisait envie. Si j'avais vraiment eu le choix, je me serais réfugiée dans un endroit où ma vie n'aurait plus été en danger, où je n'aurais plus travaillé pour un tueur professionnel, où je n'aurais pas à craindre les manigances d'espions inconnus. J'aurais choisi la liberté.

Je poussai un gros soupir. La solution la moins dangereuse était tentante, mais vaine. J'avais été à dure école, et je savais qu'il était inutile de fuir les problèmes. La fuite et la dissimulation étaient mes premiers réflexes, mais chaque fois, je me trouvais acculée, et n'avais d'autre recours que d'attaquer aveuglément.

Ce qui n'était pas une stratégie particulièrement payante. Si je m'en étais sortie, jusqu'ici, c'était uniquement à cause de mon étrange instinct de survie. Ce bourdonnement qui semblait posséder sa propre volonté, indépendamment de ma raison. Cette *magie*. Le mot me traversa l'esprit, puis je le repoussai. C'était impossible. Quelqu'un l'aurait remarqué. On m'aurait dénoncée. Quoique… s'agissant de Brazell ou de Reyad, comment en être certaine ?

Je secouai la tête, refusant de m'engager sur cette pente. De toute façon, c'était du passé. J'avais des problèmes plus urgents à résoudre.

— D'accord, dis-je. Je servirai d'appât, et on verra bien qui mordra. Mais qui tiendra le filet ?

— Moi.

J'expirai lentement ; les pincements d'angoisse dans mon ventre s'apaisèrent un peu.

— Ne modifie surtout pas tes plans. Je m'occupe de tout.

Valek prit la feuille sur laquelle figurait mon nom. Il la fit glisser dans une lanterne et l'enflamma.

— Il vaudrait mieux que je te suive à la Fête du Feu, demain. A moins que tu aies décidé de refuser la proposition de Rand.

Il laissa échapper le papier en flammes, lequel flotta lentement jusqu'au sol.

— Comment savez-vous…

Je ne terminai pas ma phrase. Je n'avais pas envie de lui demander d'explications. Valek se méfiait de Rand, et possédait un informateur en cuisine, voilà tout.

Il ne m'avait pas interdit d'aller à la fête. Je pris ma décision.

— J'y vais. C'est un risque… et alors ? Je risque ma vie chaque fois que je goûte le thé du Commandant.

Au moins, cette fois, j'ai une petite chance de m'amuser.

— C'est difficile de s'amuser sans argent.

Valek écrasa sous son talon les restes carbonisés du papier.

— Je me débrouillerai.

— Veux-tu une avance sur ton salaire de fugitive ?

— Non. J'attendrai de l'avoir gagné.

Je ne voulais aucun traitement de faveur de la part de Valek. A vrai dire, sa prévenance me désarçonnait. Notre antagonisme permanent me convenait parfaitement, et je ne voulais pas le modifier. En outre, il aurait été extrêmement dangereux pour moi d'entretenir des sentiments positifs envers Valek. J'admirais son habileté, et j'étais soulagée qu'il fût de mon côté, plutôt que contre moi. Mais les rats ne peuvent aimer les chats. Ce genre d'histoire finit toujours de la même manière. Par la mort du rat.

— Comme tu voudras, répondit-il. Si tu changes d'avis, tu peux me le dire. Quant aux livres, ne t'inquiète pas pour ça. Tu peux en emprunter autant que tu voudras.

Sur le seuil de ma porte, la main sur la poignée, je m'arrêtai.

— Merci, dis-je en regardant la porte, refusant de faire face à Valek.

— Pour les livres ?

— Non. Pour la proposition.

Je fixai obstinément le grain du bois.

— Je t'en prie, Elena.

Le château bourdonnait comme une ruche. Des domestiques surexcités se pressaient dans les couloirs, des rires ricochaient contre les murs de pierres. Ce soir, c'était l'inauguration de la Fête du Feu ; les employés du château se hâtaient d'accomplir leurs tâches pour assister à la cérémonie d'ouverture. Et même si j'avais passé la nuit à m'inquiéter plutôt qu'à dormir, je me sentis gagnée par leur enthousiasme. Refusant de m'attarder sur l'idée d'être traquée par des espions, je savourai d'avance la soirée de liberté qui s'offrait à moi.

Cet après-midi-là, ma leçon avec Valek me parut interminable. Elle portait sur l'art de repérer une filature. Pour l'essentiel, ses conseils se réduisaient au simple bon sens, et à quelques techniques dont j'avais déjà entendu parler dans l'un de ses livres. Mes pensées vagabondaient ; je n'avais pas l'intention de passer la soirée à regarder par-dessus mon épaule. Finalement, s'apercevant de mon impatience, Valek abrégea la leçon.

Bientôt je me dirigeai vers les bains, munie d'un uniforme propre et des rubans colorés offerts par Dilana. A cette heure de la journée, les bassins d'eau chaude étaient déserts. Je me lavai rapidement et me laissai glisser dans le grand bain. Poussant de petites exclamations, je m'immergeai lentement dans l'eau bouillante jusqu'à ce qu'elle atteigne mon menton.

Lorsque la peau de mes doigts fut tout à fait fripée, je me décidai à sortir du bain. Depuis un certain temps, j'évitais les miroirs, mais ce jour-là, j'examinai mon reflet avec curiosité.

Je n'étais plus aussi squelettique qu'avant, même si je restais très maigre : joues creuses, côtes saillantes. En revanche, mes cheveux autrefois ternes et broussailleux étaient devenus lisses et brillants. La cicatrice sur mon coude droit était passée de l'écarlate au mauve pâle.

J'avalai ma salive et me regardai droit dans les yeux. Mon âme était-elle revenue ? Non. Ce qui était revenu, c'était le fantôme de Reyad, qui me souriait d'un air suffisant. Lorsque je me retournai, il avait disparu. Que voulait-il ? Se venger, sans doute... Mais comment un fantôme pouvait-il obtenir vengeance ? Je décidai de réfléchir à cette question plus tard.

Après avoir enfilé un uniforme propre, je tressai les rubans dans mes cheveux, laissant les extrémités retomber sur mes épaules.

Lorsque je me présentai dans le bureau du Commandant pour goûter son dîner, je redoutais une remarque acerbe au sujet de ma coiffure non réglementaire, mais Ambroise se contenta de hausser un sourcil.

Après le dîner, je me précipitai vers la cuisine. En me voyant apparaître, Rand me gratifia d'un immense sourire. Le personnel était occupé à ranger la cuisine ; pour ne pas rester sans rien faire, je les aidai à récurer les plans de travail et à laver le sol. Rand se montrait intransigeant au sujet de l'hygiène, et le personnel ne fut libéré qu'une fois la cuisine impeccable.

Tandis que Rand s'habillait dans sa chambre, j'observai de loin le petit groupe qui l'attendait en bavardant. De temps à autre, l'un d'eux jetait un regard hostile dans ma direction. Réprimant un soupir, je m'intimai l'ordre de ne pas me formaliser. Ils savaient tous que j'avais tué Reyad.

Sans jamais leur avoir adressé la parole, je les connaissais de vue et de réputation. Porter, le plus âgé du groupe, était le chef du chenil du Commandant. Lui aussi était un survivant de l'ancien régime, trop précieux pour être remplacé. Une sinistre grimace lui tenait lieu de sourire, et il n'avait qu'un seul ami : Rand. Celui-ci n'accordait aucun crédit aux rumeurs circulant sur le maître dresseur, selon lesquelles il avait des liens télépathiques avec ses chiens.

Il est vrai que les chiens le comprenaient et réagissaient à ses ordres d'une façon très curieuse, presque magique. Les soupçons qui pesaient sur lui avaient fait de Porter un paria, évité de tous, comme s'il avait été atteint d'une maladie contagieuse. Aucune preuve, toutefois, n'appuyait ces rumeurs, et les rapports privilégiés de Porter avec les animaux étaient fort appréciés par le Commandant.

Sammy, un petit gamin maigre d'une dizaine d'années, était le grouillot de Rand. Son travail consistait à aller chercher en courant tout ce dont le cuisinier avait besoin. J'avais souvent vu Rand hurler dans ses oreilles, puis, l'instant d'après, lui passer la main dans les cheveux.

Liza, une femme discrète, à peine plus âgée que moi, était responsable du cellier. A présent, elle parlait à Porter tout en tirant nerveusement sur les manches de son uniforme. Je devinai qu'elle n'affectionnait guère le maître-chien, mais elle préférait encore sa compagnie à la mienne.

Quand Rand revint de ses quartiers privés, nous nous mîmes en route. Sammy s'élança au-devant du groupe, trop excité pour nous attendre. Porter et Liza poursuivirent leur conversation, et Rand et moi suivîmes à l'arrière.

Je respirai à pleins poumons l'air nocturne. L'odeur de la fumée de bois se mêlait à celle, plus subtile, de la terre fraîche. C'était la première fois depuis près d'un an que je quittais le château. Au moment de franchir la porte des remparts, je me retournai vers l'édifice. Par cette nuit sans lune, je ne distinguais rien d'autre qu'une forme sombre et massive, dans laquelle se découpaient quelques fenêtres illuminées. L'ensemble du château paraissait déserté. Valek nous suivait-il ? En tout cas, je ne voyais aucune trace de sa présence.

Passé le portail, une brise fraîche nous accueillit. J'écartai mes bras de mon corps pour laisser la brise caresser mes flancs. Mon uniforme se gonfla d'air, mes cheveux ondulaient au vent. Nous traversâmes les grands prés entourant les remparts. Par mesure de sécurité, aucune construction ne s'élevait à proximité du château. Le village vers lequel nous nous dirigions se trouvait un peu plus loin au sud. Bâti par l'ancien roi comme cadeau pour sa femme, Opale, il portait autrefois le nom d'« Opaline » ; depuis le coup d'Etat, il avait été rebaptisé « Castel ».

Bientôt nous vîmes apparaître au loin les tentes de cirque.

— Dilana ne vient pas ? demandai-je à Rand.

— Nous la retrouverons là-bas. Elle y est allée en catastrophe cet après-midi. Quand les danseurs ont ouvert les caisses de costumes, ils se sont aperçus qu'ils étaient complètement mités. Dilana est partie essayer de les réparer avant la cérémonie d'ouverture. Ah ! Ç'a dû être une drôle de pagaille !

— Pas très drôle pour la pauvre Dilana, je parie.

— Hum... Sûrement pas.

Pendant quelque temps, Rand boitilla en silence à mes côtés. A cause de sa jambe, nous traînions loin derrière les autres.

— Et ton gâteau ? lui dis-je pour changer de sujet.

— Sammy l'a apporté à la fête ce matin. Le concours de pâtisseries a lieu le premier soir, pour qu'on puisse vendre la marchandise tant qu'elle est fraîche. Dès qu'on sera arrivé, j'irai voir les résultats.

Il resta un instant silencieux, puis demanda :

— Et toi, Elena, tu ne participes à aucun concours ?

C'était une question banale. Rand avait déjà abordé le sujet, quelques jours avant, mais j'avais réussi à l'éviter. Au début, je le soupçonnais de vouloir miser sur mon éventuelle participation à un concours. Mais à présent, il était trop tard pour parier, et je me rendis compte que son intérêt n'était pas feint.

— Je n'ai pas d'argent pour m'inscrire.

C'était la vérité… du moins en partie. Je ne faisais pas encore assez confiance à Rand pour lui parler de mon passé.

Rand eut un petit claquement de langue dégoûté.

— Je ne comprends pas pourquoi le goûteur n'est pas payé. Ce serait pourtant plus prudent… Parce qu'avec ce système, ceux qui veulent des informations sur le Commandant n'ont qu'à soudoyer le goûteur.

Il se tourna vers moi, l'air soudain sérieux.

— Toi, Elena, accepterais-tu de vendre des informations sur le Commandant ?

12

La question de Rand me donna froid dans le dos. Me demandait-il cela par curiosité, ou bien s'agissait-il d'une proposition ? Je m'imaginais aisément la réaction de Valek s'il apprenait que je monnayais les secrets du Commandant. Mieux valait rester pauvre toute ma vie que m'exposer à son courroux.

— Non, dis-je. Je ne crois pas.

Rand acquiesça par un petit grognement. Un silence gênant s'installa entre nous. Tout en marchant, je me demandai si Oscove, l'ancien goûteur, échangeait des renseignements contre de l'argent. Cela aurait expliqué l'inimitié de Valek à son égard… et le fait que Rand le soupçonnait d'avoir tué Oscove.

— Si tu veux, je t'offre l'inscription, dit subitement Rand. Tu m'as été d'une aide précieuse, pour le gâteau… et ton ingéniosité m'a déjà fait gagner beaucoup d'argent.

— Merci, mais ce serait du gâchis. Je ne me suis préparée à aucun concours.

En outre, j'étais fermement décidée à m'amuser sans

dépenser d'argent, ne serait-ce que pour prouver à Valek que c'était possible.

Malgré mes résolutions, je ne pus m'empêcher de jeter un coup d'œil par-dessus mon épaule. Toujours pas de Valek en vue. En vain, j'essayai de me convaincre que son invisibilité était une bonne chose. Si j'arrivais à le repérer, chacun pourrait en faire autant. Néanmoins, je n'arrivais pas à me débarrasser du sentiment qu'il avait décidé de me laisser me débrouiller seule. « Arrête tout de suite, me dis-je. Tu es ridicule. »

D'un autre côté, je ne devais surtout pas relâcher ma vigilance. Des dangers bien réels me menaçaient.

J'avais l'impression de faire un numéro d'équilibriste. Etait-il possible de m'amuser tout en restant constamment sur mes gardes ? On allait voir. En tout cas, j'avais bien l'intention d'essayer.

— A quelle compétition aurais-tu participé ? demanda Rand.

Avant que j'aie pu répondre, il agita les mains.

— Ne me dis rien ! Je vais deviner.

Je l'encourageai d'un sourire las.

— Voyons voir… Tu es petite, mince, gracieuse. Je parie que tu aimes la danse !

— Essaie encore.

— Bon, bon… Parfois, tu me rappelles un petit oiseau, qui veut bien se poser sur le rebord de la fenêtre, mais qui s'envole dès qu'on s'en approche. Un oiseau chanteur. Chantes-tu ?

— Tu devrais m'entendre ! Est-ce que tu comptes accompagner chacune de tes suppositions d'une analyse de ma personnalité ?

— Non. Tais-toi, maintenant, je réfléchis.

Les lumières de la fête s'intensifiaient. Un vague brouhaha flottait jusqu'à nous, mélange de voix, de musique et de cris d'animaux.

— Tu as de jolis doigts, longs et fins. Tu pourrais faire partie d'une équipe de filage…

— Je ne sais même pas de quoi tu parles.

— Mais si… Du mouton à l'écharpe, tu sais ? Un tondeur à moutons, un cardeur, un fileur et un tisserand. Ils doivent tondre un mouton et fabriquer un vêtement le plus rapidement possible. C'est assez fascinant, je dois dire.

Rand m'étudia pendant un long moment. Etait-il à court d'idées ?

— Jockey ? dit-il enfin d'un air désespéré.

— Tu me crois assez riche pour m'acheter un cheval ?

Seuls les citoyens extrêmement fortunés possèdent des chevaux. La plupart sont utilisés par l'armée pour les déplacements des Conseillers et des officiers du rang. Les simples quidams, eux, vont à pied.

— Les propriétaires de chevaux de course ne les montent pas eux-mêmes, ils embauchent des jockeys. Et tu as exactement le physique qu'il faut. Tu vois, je ne divague pas complètement.

En arrivant à la première rangée de grandes tentes multicolores, nous cessâmes de parler, éblouis par le vaste spectacle frénétique. Quand j'étais plus jeune, j'aimais me perdre dans la fête, absorber son énergie chaotique. Le nom de « Fête du Feu » me paraissait parfaitement approprié, non parce qu'elle se déroulait pendant la saison chaude, mais parce que ses bruits et ses odeurs m'assaillaient en vagues brûlantes qui faisaient bouillir mon sang. A présent, après une année enfermée dans le donjon, ces vagues me heurtèrent de plein fouet, et je fus prise de vertige, submergée par tant de sensations.

Les torches et les feux de camp éclairaient la fête comme en plein jour. Les tentes abritant les spectacles et les concours étaient éparpillées à travers le campement. Autour de ces tentes, c'étaient les étalages des marchands ; on y vendait de tout, depuis les pierres précieuses jusqu'aux tapettes à mouches. D'immenses carcasses de viande grillaient sur des tas de braises ; mon ventre se mit à gargouiller. J'avais été si pressée de retrouver Rand et de partir à la fête que j'en avais oublié de dîner.

Danseurs costumés, spectateurs et enfants affluaient autour de nous. Parfois la foule nous poussait en arrière, ensuite nous peinions à avancer. Nous avions complètement perdu de vue Liza et Porter. Si Rand ne m'avait pris le bras, nous aurions sans doute été séparés. Les distractions ne manquaient pas : bribes de musique, odeurs alléchantes, spectacles entrevus par l'ouverture d'une tente… Mais Rand n'avait qu'une seule idée en tête : les résultats du concours de pâtisserie.

Tout en me frayant un chemin à travers la foule, je balayais du regard les visages autour de moi. Instinctivement, je cherchais des uniformes vert et noir. Valek avait beau être convaincu que le général ne tenterait rien contre moi, je préférais éviter tout contact avec lui et ses soldats.

Ne sachant qui me poursuivait, j'étais à l'affût de visages inhabituels. Ce n'était pas la tactique préconisée pour repérer une filature. Valek m'avait expliqué que les meilleurs agents ont une apparence peu remarquable, et se gardent bien d'attirer l'attention. Mais de mon point de vue, si un agent de ce genre me traquait, mes chances de le reconnaître étaient presque nulles.

Nous retrouvâmes Porter et Liza dans une petite tente d'où émanait un délicieux parfum de gâteau. Mon ventre se tordit douloureusement. Les deux domestiques étaient en grande conversation avec un homme corpulent, vêtu d'un uniforme de cuisinier ; lorsqu'ils nous aperçurent, ils s'interrompirent et se pressèrent vers nous pour féliciter Rand. Il avait remporté le premier prix. C'était la cinquième année consécutive ; le gros cuisinier déclara que cela constituait un record absolu.

Tandis que Rand examinait les autres pâtisseries en compétition, je demandai au chef qui avait remporté le concours, au District Militaire 5. Il réfléchit un instant, plissant le front jusqu'à ce que ses cheveux noirs rejoignent ses épais sourcils.

— Bronda a eu le premier prix, avec une divine tarte au citron. Pourquoi ?

— Je me demandais si Ving, le cuisinier du général Brazell, n'avait pas gagné. Je travaillais au manoir, autrefois.

— Eh bien, Ving a gagné il y a deux ans, avec une tarte à la crème, et depuis, il refait chaque année la même.

Curieux qu'il n'ait pas présenté son Criollo, me dis-je... Mais avant que j'aie eu le temps d'y réfléchir, Rand, jubilant, nous entraîna tous hors de la tente et, pour fêter sa victoire, nous offrit à tous un verre de vin.

Sirotant notre vin, nous errâmes à travers la fête. Sammy apparaissait de temps en temps pour faire un rapport fiévreux sur quelque nouvelle merveille, puis s'évanouissait de nouveau dans la foule.

A deux reprises, mon regard s'attarda sur une femme à l'expression sérieuse. Les cheveux noirs rassemblés en un chignon serré, elle portait un uniforme de maître fauconnier et se déplaçait avec la grâce que procure l'exercice physique régulier. La deuxième fois que je l'aperçus, elle se trouvait tout près de moi, et je croisai son regard. Ses yeux vert émeraude, en amande, soutinrent le mien avec insolence. Il y avait quelque chose de familier chez elle… mais quoi ?

Il me fallut un certain temps pour mettre le doigt dessus. Elle me rappelait mes camarades de l'orphelinat. Contrairement à une large majorité d'Ixiens, nous avions en commun ce même teint mat. Il n'était pas dû aux effets du soleil, mais à la pigmentation naturelle de notre peau.

Notre groupe à la dérive fut emporté par la foule vers une grande tente à rayures rouges et blanches : la tente des acrobates. Trampolines, cordes raides et tapis de sol grouillaient d'hommes et de femmes portant des costumes colorés. On en était encore aux épreuves éliminatoires. L'un des concurrents fit une magnifique série de sauts périlleux sur la corde raide, pour se disqualifier ensuite lors de son enchaînement au sol.

Du coin de l'œil, je vis que Rand m'observait avec une expression triomphante.

— Qu'y a-t-il ? lui dis-je.

— Tu es acrobate !

— Je l'étais autrefois.

— C'est la même chose. J'ai gagné ! J'ai deviné !

Pour moi, ce n'était pas du tout la même chose. Reyad m'avait ôté le goût de la gymnastique à jamais. Elle était loin, l'époque où cette discipline m'apportait joie et satisfaction. Et je ne pensais pas qu'elle reviendrait un jour.

Installés sur les bancs de bois, nous regardâmes les acrobates s'affronter. Les grognements d'effort, l'odeur de la transpiration, le bruit sourd des pieds heurtant le sol, tout cela me ramena en arrière, à l'époque où je n'avais qu'un seul souci : trouver le temps de m'entraîner.

A l'orphelinat de Brazell, nous étions quatre à pratiquer l'acrobatie. Nous avions bricolé un terrain d'entraînement derrière les écuries, avec du matériel trouvé ou offert. A chaque faux pas, nous nous écrasions durement contre le sol. Un jour, le maître des écuries avait eu pitié de nous, et avait recouvert notre terrain d'entraînement d'une épaisse couche de paille qui sentait fortement le crottin.

Les enseignants de Brazell nous encourageaient à trouver un domaine dans lequel nous excellions. Tandis que certains s'étaient orientés vers le chant ou la danse, je m'étais immédiatement décidée pour la gymnastique. Les spectacles d'acrobates me fascinaient depuis ma première Fête du Feu.

La première année, malgré un entraînement forcené, j'avais été disqualifiée dès les épreuves éliminatoires. Une déception cuisante, qui n'avait servi qu'à renforcer ma détermination. J'avais passé l'année suivante couverte de bleus, accumulant entorse sur entorse. Quand la fête était revenue, j'avais passé les éliminatoires et le premier tour, pour tomber de la corde raide au deuxième tour. Chaque année, je travaillais d'arrache-pied et progressais dans la compétition. J'étais enfin arrivée en finale, l'été avant que Brazell et Reyad ne commencent leurs expériences sur moi.

A partir de là, j'avais été interdite d'entraînement, mais cela ne m'avait pas empêchée de le faire en secret, dès que Reyad avait le dos tourné. Ce qui m'en avait empêché, en revanche, avait été le retour inopiné de Reyad, une semaine avant la Fête du Feu. J'étais si concentrée que j'avais achevé un long enchaînement avant de l'apercevoir. Encore à cheval, il m'observait avec une expression de colère et de joie mêlées. Les gouttes de sueur qui couvraient mon corps s'étaient changées en glace.

Pour avoir désobéi à ses ordres, j'avais été privée de sortie. Et pour me dissuader de recommencer, j'avais été punie pendant toute la durée de la fête. Tous les soirs, pendant cinq jours, Reyad me forçait à me déshabiller. Un sourire cruel aux lèvres, il me regardait trembler, malgré la douceur de l'air. Il accrochait de lourdes chaînes à un collier en fer autour de mon cou, et les reliait à mes menottes. J'avais envie de hurler, de le cribler de coups de poing, mais j'avais trop peur de ce qui pourrait arriver, s'il se remettait en colère.

Le visage rose de plaisir, Reyad faisait claquer son fouet, et me forçait à accomplir des enchaînements de son cru. Lorsque je me déplaçais trop lentement, la lanière du fouet me cinglait la peau. Les chaînes me battaient en se balançant au rythme de mes mouvements. Leur poids me ralentissait, et rendait chaque roulade, chaque saut périlleux plus épuisant que le précédent. Les menottes écorchaient la peau de mes poignets et de mes chevilles ; des ruisselets de sang dégoulinaient le long de mes bras et de mes jambes.

Quand Brazell participait aux expériences, Reyad respectait ses instructions à la lettre. Mais lorsqu'il était seul avec moi, ses tendances sadiques reprenaient le dessus. Parfois il invitait son ami Mogkan à l'assister, et les deux rivalisaient d'inventivité pour faire de ma vie un enfer.

Je vivais dans une peur constante : celle d'enrager Reyad au point où il franchirait la seule limite qu'il s'était posée. Bien qu'il m'eût infligé presque tous les supplices imaginables, il ne m'avait jamais violée. Voilà pourquoi j'acceptais de faire des culbutes et des sauts périlleux tout en portant des chaînes. Pour l'empêcher de franchir cette ligne invisible.

Un bras lourd se posa sur mes épaules : celui de Rand. Je tressaillis et revins au présent.

— Elena ! Que se passe-t-il ?

Rand me fixait, l'air inquiet.

— On aurait dit que tu rêvais les yeux ouverts. Ou plutôt, que tu faisais un cauchemar.

— Désolée…

— Ah, ne t'excuse pas, en plus ! Tiens, Sammy nous a rapporté ça.

Il me tendit une tourte fumante farcie à la viande. Je cherchai le gamin pour le remercier ; quand je rencontrai son regard, il pâlit, écarquilla les yeux et se détourna. Je pris une petite bouchée et, sans réfléchir, mâchai lentement, cherchant du poison. Puis j'engloutis la tourte. Je me demandais ce qu'on avait raconté au garçon, pour qu'il ait si peur de moi. A cet âge-là, les enfants racontent toutes sortes d'histoires.

A l'orphelinat, quand les lanternes avaient été soufflées et que nous étions censés dormir, nous nous amusions à nous faire peur. Nous racontions à mi-voix des histoires de monstres, de magiciens et de sortilèges qui nous faisaient glousser et pousser de petits cris. Nous inventions des contes macabres mettant en scène les plus grands de nos camarades, qui disparaissaient systématiquement à la fin de leur « scolarité ». Personne ne pouvait nous dire où ils travaillaient, et comme nous ne les rencontrions jamais au village ni au manoir, nous nous délections à leur prêter d'atroces aventures.

Comme ces soirées avec les autres enfants m'avaient manqué, plus tard ! Après les journées passées avec Reyad, lorsque je pouvais enfin me reposer, c'était dans une petite chambre isolée près de sa suite personnelle, loin du dortoir des filles. La nuit, le corps douloureux et l'âme brisée, je me récitais ces histoires jusqu'à m'endormir.

— Elena, veux-tu sortir ?

C'était la voix de Rand.

— Si ce spectacle te déplaît, nous pouvons partir. Allons voir la nouvelle danse du Feu. J'ai entendu dire qu'elle était spectaculaire…

— Non, non, restons. J'étais… plongée dans mes souvenirs.

— Tes souvenirs ? Tu devais détester l'acrobatie.

— J'adorais ça.

Voler en l'air, virevolter et tourbillonner tout en gardant une parfaite maîtrise de mon corps… Savoir que j'allais retomber précisément à l'endroit voulu, avant même que mes pieds n'aient touché le sol…

La confusion qui avait envahi le visage de Rand me donna envie de rire et de pleurer à la fois. Je ne pouvais pas lui donner d'explications. Ce n'était pas la gymnastique que je détestais, mais les événements que sa pratique avait entraînés. D'abord la terrible punition de Reyad, lorsqu'il m'avait surprise à l'entraînement. Puis, l'année suivante, ma participation secrète au concours… qui avait abouti à la mort de Reyad.

Un frisson me parcourut. Ces souvenirs explosifs me guettaient, tapis dans un coin de mon esprit, et je n'étais pas encore prête à les affronter.

— Un jour, Rand, je t'expliquerai. Tu as raison, allons voir cette danse du Feu.

Il prit mon bras, et notre petit groupe quitta la tente pour se mêler à la foule au-dehors. Sammy partit en courant pour nous garder de bonnes places. A cet instant, un ivrogne me heurta violemment et me fit trébucher. Il marmonna des excuses et me salua en levant son verre. Puis, s'essayant à une révérence, il perdit l'équilibre et s'écrasa par terre. J'étais sur le point de l'aider à se relever quand j'aperçus les lueurs des torches. Un rythme régulier faisait vibrer le sol sous mes pieds ; les danseurs arrivaient, faisant tournoyer d'immenses bâtons enflammés au-dessus de leur tête. L'un après l'autre, ils défilèrent vers la tente ; fascinée, j'enjambai l'ivrogne et les suivis.

Dans la cohue, j'avais perdu Rand. Je ne m'en inquiétai pas outre mesure, jusqu'à ce que je remarque les quatre hommes qui m'entouraient. Deux d'entre eux portaient des uniformes de fermiers ; les autres, apparemment, étaient forgerons. Je murmurai des excuses et tentai de me glisser vers la tente, mais ils ne firent que me serrer de plus près. Ils m'encerclaient. J'étais piégée.

13

La terreur s'empara de moi. J'ouvris la bouche pour hurler, mais une main gantée étouffa mon cri. Je mordis cette main de toutes mes forces, mais ne trouvai qu'un goût de cendre ; mes dents n'avaient pas traversé le cuir. Les deux forgerons me tenaient par les bras et me forçaient à avancer, tandis que les autres marchaient devant nous, me dissimulant à la vue de la foule. Personne ne semblait remarquer qu'on m'enlevait.

J'eus beau lutter, traîner des pieds, donner des coups de coude, les hommes ne ralentirent pas. Ils m'emportaient loin des lumières de la fête, loin de la protection de la foule. Tendant le cou, je cherchai un moyen de m'échapper ; l'un des forgerons se posta devant moi pour me bloquer la vue. Sa grosse barbe pleine de suie était à moitié roussie.

Nous nous arrêtâmes à l'ombre d'une tente isolée. Les fermiers s'éloignèrent de quelques pas ; une silhouette sortit d'entre les pans et s'avança vers nous.

— Vous a-t-on vus ? Vous a-t-on suivis ?

C'était une femme.

— Tout s'est bien passé. Ils étaient occupés à regarder les danseurs, dit le forgeron aux gants noirs.

— Très bien. Maintenant, tuez-la.

Un objet métallique étincela dans la main du forgeron. Je me débattis de plus belle, et, l'espace d'un instant, parvins à me libérer. Mais les fermiers se jetèrent sur moi et me clouèrent les bras au sol, tandis que « Barbe Brûlée » me tenait les jambes. « Gants de Cuir » leva son arme.

— Pas de couteaux, bande d'imbéciles ! Pas de sang. Servez-vous de ça.

Elle tendit à Gants de Cuir une longue et fine lanière. En un clin d'œil, le couteau disparut et le forgeron passa la lanière autour de mon cou.

— Noooooonnn…

Mon cri fut étouffé par l'interruption de l'arrivée d'air. Le garrot se resserra. Mes membres furent pris de mouvements convulsifs. Des points blancs flottèrent devant mes yeux. Un faible bourdonnement s'échappa de mes lèvres… Trop tard. L'instinct de survie qui m'avait sauvée de Reyad, puis des gardes de Brazell, n'avait pas été assez puissant, cette fois-ci.

Comme de très loin, j'entendis la femme dire :

— Dépêchez-vous ! Elle commence à projeter !

Puis une voix d'ivrogne bredouilla :

— Excusez-moi, bonnes gens… Veux juste remplir mon verre…

D'un coup, la lanière se desserra, et l'air pénétra dans

mes poumons. Je fis la morte, une tactique toujours payante ; les hommes me poussèrent à terre et me piétinèrent dans leur empressement à neutraliser l'intrus. J'avais une terrible envie de haleter, mais je me contentai d'aspirer un mince filet d'air. On ne devait surtout pas m'entendre respirer.

De ma position sur le sol, je vis Gants de Cuir se ruer sur l'ivrogne. Un tintement métallique résonna ; la lame du couteau avait heurté la chope en étain. D'un geste vif, l'ivrogne envoya voler le couteau, lequel traversa la tente et alla se planter dans un pan de tissu. Puis il leva sa chope et frappa Gants de Cuir à la tête. Le forgeron s'effondra, inerte.

Les trois autres se jetèrent sur l'attaquant. Les fermiers l'attrapèrent par les épaules, tandis que Barbe Brûlée lui décochait deux coups de poing au visage. S'appuyant de tout son poids sur les fermiers, l'homme leva brusquement les deux jambes et les enroula autour du cou de Barbe Brûlée. On entendit un craquement sinistre, puis le second forgeron s'écroula, lui aussi.

L'ivrogne n'avait pas lâché sa chope ; il s'en servit pour assener un coup violent à l'aine d'un fermier. Quand celui-ci se plia en deux, l'ivrogne le frappa au visage. Puis il pivota vers la gauche et cogna l'autre fermier en plein nez. Le sang gicla ; gémissant de douleur, le fermier relâcha le bras de l'intrus. Celui-ci lui décocha un coup à la tempe, et ce fut terminé.

La bagarre n'avait duré que quelques secondes. La femme n'avait pas bougé d'un cil, intensément concentrée sur la lutte. Je la reconnus ; c'était la femme à la peau mate que j'avais déjà remarquée. Qu'allait-elle faire, à présent que ses gros bras étaient hors service ?

Rassemblant mes forces, je mesurai mes chances d'atteindre avant elle le couteau. L'ivrogne essuya son visage maculé de sang. Autour de lui s'entassaient les corps inertes de quatre hommes.

Je me redressai, les jambes flageolantes. La femme se retourna vivement, comme si elle avait oublié mon existence. Puis elle se mit à chanter. C'était un air doux et mélodieux, qui s'insinuait et résonnait en moi.

Calme-toi, disait-il, *allonge-toi, repose-toi.*

« Oui, pensai-je en m'étendant de nouveau, je suis si fatiguée… »

Mon corps se détendit. C'était comme si, par son chant, cette femme me cajolait, me bordait, lissait les couvertures sous mon menton… Puis, d'un coup, elle remonta la couverture sur ma tête, l'écrasa contre ma bouche et m'étouffa.

Je me débattis furieusement sous la couverture invisible. Sorti de nulle part, Valek se dressa devant moi et se mit à crier en me secouant par les épaules. Je compris enfin que l'ivrogne, c'était lui. Qui d'autre pouvait l'emporter contre quatre hommes gros et forts, armé seulement d'une chope à bière ?

— Récite la liste des poisons ! hurla Valek.

Je l'ignorai. Envahie de lassitude, je cessai de lutter. Je ne voulais qu'une chose : m'enfoncer dans les ténèbres et suivre la mélodie jusqu'à sa destination finale.

— Récite-les ! Maintenant ! C'est un ordre, Elena !

Je fus sauvée par la force de l'habitude. Sans plus réfléchir, j'obéis à Valek. Les noms des poisons défilèrent dans ma tête par ordre alphabétique. La musique s'arrêta, la sensation d'étouffement disparut ; je respirais de nouveau. Je pris de grandes bouffées étranglées, laissant l'air s'engouffrer dans mes poumons.

— Continue à réciter, dit Valek.

La femme et le couteau avaient disparu. Valek me tendit la main pour m'aider à me redresser. Je vacillai ; il me prit l'épaule pour me retenir. Je serrai sa main dans la mienne, réprimant mon désir de me jeter à son cou en sanglotant. Il venait de me sauver la vie. Quand j'eus retrouvé l'équilibre, Valek examina rapidement les hommes sur le sol. Je savais déjà que Barbe Brûlée était mort ; quant aux autres, je n'étais pas sûre.

Valek retourna l'un des corps et émit un juron.

— Un étranger, dit-il.

Il s'activait autour des autres, cherchant un battement de cœur.

— Deux d'entre eux sont vivants. Je vais les ramener au château pour les questionner.

— Et la femme ? demandai-je.

— Partie.

— Allez-vous essayer de la rattraper ?

Valek me lança un regard étrange.

— Elena, c'est une magicienne du Sud. Maintenant que je l'ai perdue de vue, je n'ai plus aucune chance de la retrouver.

Me tenant par le bras, il me conduisit hors de la tente, en direction de la fête.

J'étais encore sous le choc de l'attaque ; tous les muscles de mon corps tremblaient. Il me fallut quelques instants pour comprendre ce que Valek venait de dire.

— Une magicienne ? dis-je enfin. Je croyais que les magiciens étaient bannis d'Ixia.

Tués à vue, plutôt ; mais je ne parvins pas à prononcer ces mots.

— Malgré nos mesures dissuasives, certains passent parfois la frontière.

— Mais je croyais que…

— Nous en discuterons plus tard. Pour l'instant, j'aimerais que tu ailles retrouver Rand et ses amis. Fais comme si de rien n'était. Cette femme ne devrait rien tenter d'autre, ce soir.

Nous nous faufilâmes dans l'ombre jusqu'à repérer Rand, tout près de la tente des acrobates. Il me cherchait, m'appelait. Valek me fit signe d'aller le rejoindre.

Je n'avais fait que quelques pas lorsqu'il me rappela.

— Elena, attends.

Je me retournai ; il me fit signe de m'approcher. Quand j'arrivai près de lui, il tendit la main vers mon cou. J'eus un mouvement de recul, puis me repris et m'immobilisai. La main de Valek m'effleura en retirant mon garrot. Il me le tendit du bout des doigts, comme si c'était un serpent. Frissonnante, je le jetai dans l'herbe.

Quand il m'aperçut enfin, Rand irradia des ondes de soulagement. La méfiance m'envahit. Quelle raison avait-il d'être inquiet ? Je pouvais simplement m'être égarée dans la foule… Mais lorsqu'il s'approcha, je sentis une forte odeur de vin.

— Elena, te… je te cherchais partout, bafouilla-t-il.

Il était complètement soûl. C'était sûrement pour cela qu'il désespérait de me retrouver. L'alcool transforme son homme ; même les parieurs les plus cyniques deviennent sentimentaux.

— Il y avait trop de monde dans la tente. Je suis allée prendre l'air.

En prononçant le mot « air », ma voix s'érailla. L'horreur d'être étranglée m'envahit de nouveau. Je jetai un coup d'œil vers l'ombre derrière moi. Valek me surveillait-il encore ? Ou bien était-il parti arrêter les survivants de la bagarre ? Et cette femme à la peau brune, qu'était-elle devenue ? Tout à l'heure, j'étais tellement ravie de quitter le château… A présent, je ne voulais plus qu'une chose : me sentir entourée d'épais murs de pierres, en sécurité dans l'appartement de Valek. Voilà une association d'idées pour le moins inattendue, me dis-je. *En sécurité avec Valek…*

— Je pensais que je finirais par te retrouver, dis-je à Rand en balayant du regard la foule devant nous.

Cela me déplaisait de lui mentir. Après tout, il était mon ami. Un ami assez fidèle pour me chercher quand j'avais disparu, et qui eût sans doute été le seul à me regretter, si j'avais été tuée. Si Valek était venu à ma rescousse, c'était simplement pour s'éviter la peine de former un nouveau goûteur.

La danse du Feu venait de prendre fin et les spectateurs sortaient en masse de la tente. Le reste du groupe de la cuisine nous attendait près de l'entrée. Dilana s'était jointe à eux. En l'apercevant, Rand lâcha brusquement mon bras et se précipita vers elle. La cuisinière sourit, et l'accusa gentiment de me faire les yeux doux, alors qu'il avait rendez-vous avec elle.

Eploré, soûl, Rand la supplia de le pardonner, expliquant qu'il ne voulait pas me perdre, puisque je l'avais aidé à remporter le concours de pâtisserie. Dilana éclata de rire, me décocha un sourire chaleureux, et mit son bras autour de Rand. Enlacés, ils reprirent le chemin du château.

Nous les suivîmes à distance. Comme à l'aller, je

fermai la marche, mais, cette fois, j'avais Liza pour compagnon.

Elle fit quelques pas en silence, puis me jeta un regard acariâtre.

— Je me demande bien ce que Rand te trouve, marmonna-t-elle.

Ce n'était pas une façon très sympathique d'entamer la conversation.

— Pardon ? dis-je d'un ton neutre.

— Il a raté la danse du Feu pour partir à ta recherche. Et depuis ton arrivée, les habitudes de la cuisine sont chamboulées.

— Je ne vois pas de quoi tu parles.

— Avant, les sautes d'humeur de Rand étaient prévisibles. Il était gai et enjoué quand tout allait bien avec Dilana et qu'il gagnait au jeu ; lunatique et grincheux quand ce n'était pas le cas. Mais d'un coup…

Son large visage au teint de gruau fut déformé par une vilaine grimace.

— Tu décides de t'en faire un ami. Depuis, il est exécrable avec nous. Même quand il a gagné le gros lot, il reste triste et déprimé. C'est insupportable, à la fin. Nous savons que tu essaies de le piquer à Dilana. Il faut que ça cesse. Laisse-le tranquille et reste loin de la cuisine, compris ?

Liza avait mal choisi son moment pour me parler. Je venais d'échapper de justesse à la mort, et je n'étais pas d'humeur à entendre ses sottises. La colère bouillonna en moi ; je saisis le bras de Liza et la fis pivoter vers moi. Nous nous dévisageâmes.

— Moi aussi, lui dis-je, je serais sans doute exécrable, si j'avais tous les jours affaire à des lumières pareilles ! Ecoute-moi bien, Liza… Mon amitié avec Rand ne te regarde pas. Tes petites théories sont complètement à côté de la plaque. S'il y a une mauvaise ambiance en cuisine, c'est ton problème, compris ? Ne viens pas m'en parler.

Je la repoussai d'un geste brusque. A son expression choquée, je vis qu'elle ne s'attendait nullement à une réaction aussi véhémente de ma part.

Que croyait-elle ? Qu'il lui suffirait de me menacer pour que je cesse de parler à Rand ? Les problèmes du personnel de cuisine m'étaient complètement indifférents. Des problèmes, j'en avais moi-même, et de plus graves. Par exemple, pourquoi une magicienne de Sitia voulait-elle ma mort ?

Arrivée devant le château, je fis mes adieux à Rand et à Dilana, et me pressai vers les appartements de Valek. Bien qu'impatiente d'être en sécurité à l'intérieur, je persuadai l'un des gardes devant la porte d'inspecter les appartements avant que j'y entre. Cette tentative de meurtre m'avait laissée à cran. Je voyais des pièges partout. J'eus beau allumer toutes les lanternes et m'installer sur le divan, face à la porte, je n'étais toujours pas rassurée. Je veillai jusqu'à l'arrivée de Valek, un peu avant l'aube.

— Elena ! Tu n'as pas dormi ?

Un hématome mauve, gros comme un poing, avait fleuri sur sa mâchoire, et contrastait avec sa peau pâle.

— Non. Vous non plus, que je sache.

— Mais moi, je peux dormir toute la matinée. Toi, tu dois goûter le petit déjeuner du Commandant dans moins d'une heure.

— Je n'ai pas besoin de dormir. J'ai besoin de réponses.

— Quelle est ta question ? demanda Valek en éteignant une à une les lanternes.

— Pourquoi une magicienne du Sud a-t-elle voulu me tuer ?

— Ah ! C'est précisément ce que j'allais te demander.

— Comment le saurais-je ? dis-je en haussant les épaules. Les gardes de Brazell, d'accord. Mais une magicienne ! Que peut-elle bien me vouloir ?

— Je n'en sais rien, Elena. Tu sembles avoir un talent inné pour te mettre les gens à dos… Même ceux que tu ne connais pas.

Valek s'assit à son bureau et se prit la tête entre les mains.

— Une magicienne du Sud… une maîtresse magicienne, qui plus est. Sais-tu qu'il n'en existe que quatre dans tout le territoire de Sitia ? Quatre ! Et depuis la prise de pouvoir, aucun des maîtres magiciens ne s'est aventuré en Ixia. A l'occasion, ils envoient un de leur laquais, doté de pouvoirs insignifiants, pour fouiner dans nos affaires. Ces espions sont systématiquement interceptés et mis hors d'état de nuire. Le Commandant Ambroise ne tolère aucune magie en Ixia.

Du temps de la monarchie, les magiciens constituaient l'élite du royaume. Traités comme des seigneurs, ils exerçaient une influence considérable sur le roi. Selon la légende, Valek les avait tous assassinés après le coup d'Etat. Je me demandais bien comment, vu qu'il avait été incapable d'arrêter cette femme à la peau brune.

A présent, il se leva, l'air songeur, prit une pierre grise sur son bureau, et se mit à arpenter le salon en jonglant avec la pierre.

La dernière fois qu'il s'était amusé avec une pierre, il avait failli me tuer. Je me roulai en boule pour former une cible aussi réduite que possible.

— Pour que les gens du Sud risquent un de leurs maîtres magiciens, il faut un événement…

Valek lança la pierre en l'air, cherchant le mot qui convenait.

— Un événement *capital*. Alors pourquoi s'en prennent-ils à toi ?

Il soupira et s'installa près de moi, sur le divan.

— Reprenons depuis le début. Il est évident que tu as des origines sitiennes.

— Quoi ?

Je n'avais jamais réfléchi à mes origines. J'avais été trouvée dans la rue lorsque j'étais toute petite, et recueillie par Brazell. La seule question que je me sois jamais posée était de savoir si mes parents étaient morts ou s'ils m'avaient abandonnée. Je ne gardais aucun souvenir de ma vie avant l'orphelinat. J'éprouvais surtout de la gratitude envers Brazell, qui m'avait offert un toit. L'affirmation désinvolte de Valek me laissa abasourdie.

— Ton teint est plus mat que celui des gens du Nord, et tes traits rappellent ceux des Sitiens. Par exemple, les yeux verts sont bien plus courants, là-bas.

Valek se trompa sur la signification de mon expression interdite.

— Il n'y a aucune raison d'en avoir honte. Sous l'ancien régime, la frontière avec Sitia était ouverte. On se déplaçait librement d'un territoire à l'autre, et les mariages mixtes étaient inévitables. A mon avis, tu as été abandonnée dans la panique qui a suivi le coup d'Etat. Avant que nous ne fermions la frontière, beaucoup de gens ont fui vers Sitia. Je me demande bien pourquoi. Ils devaient croire que le Commandant allait massacrer tous le monde… alors que nous n'avons fait que donner un uniforme et un travail à chacun.

J'étais sous le choc. Pourquoi n'avais-je jamais éprouvé de curiosité au sujet de ma famille ? Je ne savais même pas dans quel village on m'avait trouvée.

A l'orphelinat, on nous répétait constamment que nous avions de la chance d'avoir un toit, des vêtements, une éducation, et même de l'argent de poche. Que de fois nous avait-on rabâché ces privilèges, dont ne disposaient pas bon nombre d'enfants élevés par leur famille... et ainsi de suite.

— Je m'égare, dit Valek. Revenons au sujet qui nous intéresse.

Il se releva et se remit à arpenter la pièce.

— Je ne pense pas que cette femme ait un lien avec ta famille. Pourquoi ta famille voudrait-elle te tuer ? Dis-moi, Elena, à part le meurtre de Reyad, as-tu fait autre chose, dans le passé ? As-tu été témoin d'un crime, par exemple ? Surpris des gens en train de comploter contre le Commandant ? Quelque chose de ce genre ?

— Rien.

Valek tapota doucement la pierre contre son front.

— D'accord. Supposons donc que ce soit lié à Reyad. Il s'était peut-être ligué avec des gens du Sud... En le tuant, tu as ruiné leurs plans. Ils projettent d'envahir Ixia, et te croient au courant de leur complot... Non, ce serait absurde. Le Commandant n'a aucun désir d'agrandir son territoire, et Sitia non plus.

Valek se passa la main sur le visage avant de poursuivre.

— Autre hypothèse : avec l'âge, Brazell est devenu

plus imaginatif. Il a embauché des gens du Sud pour t'assassiner. Ainsi, il peut obtenir satisfaction sans se compromettre... Non. Cela ne tient pas debout. Brazell aurait embauché des gros bras, pas une magicienne. Sauf s'il a des relations que j'ignore, ce qui est assez improbable.

Valek jeta un regard autour de lui. La moitié des lanternes brûlaient encore. Reposant la pierre sur son bureau, il acheva de les éteindre à l'instant où les premières lumières du jour éclairaient timidement le ciel.

D'un coup, il se figea sur place et grimaça.

— Evidemment, les magiciens n'hésiteraient pas à passer la frontière pour venir récupérer l'un des leurs.

Il me jeta un regard pénétrant. Puis, avant que j'aie pu protester, il ajouta :

— Mais dans ce cas, à quoi bon t'assassiner ? A moins que tu ne sois une Chasseuse d'âmes, ils n'auraient aucune raison de vouloir ta mort.

Valek bâilla et tâta du bout des doigts le bleu sur sa joue.

— Je suis trop fatigué pour réfléchir. Je vais au lit.

Il se dirigea vers l'escalier. Je n'avais pas la moindre idée de ce que pouvait être un Chasseur d'âmes, mais quelque chose de plus urgent me préoccupait.

— Valek...

— Oui ?

— Mon antidote.

— Tout de suite.

Il continua à gravir l'escalier. Pendant qu'il s'affairait à l'étage, je me demandai pourquoi il se montrait aussi distrait au sujet de mon antidote. Pour ma part, je ne cessais jamais d'y penser. Lentement mais sûrement, l'idée de cette mort sans cesse repoussée m'empoisonnait le cerveau.

Dehors, il faisait presque jour. Je songeai à mon lit avec regret. Valek pouvait dormir, mais moi, je devais attendre d'avoir goûté le petit déjeuner du Commandant.

Valek revint et me tendit l'antidote.

— Tu ferais mieux de détacher tes cheveux, aujourd'hui.

— Pourquoi ?

Je passai la main dans mes cheveux. Les rubans que j'y avais tressés étaient déchirés et pleins de nœuds.

— Pour cacher la marque sur ton cou.

Avant de me présenter au bureau du Commandant, je fis une toilette rapide. J'eus juste le temps de me laver et d'enfiler un uniforme propre avant l'heure du petit déjeuner. Le garrot avait laissé sur mon cou un anneau rouge vif que mes cheveux ne pouvaient cacher, quelle que fût ma coiffure.

Sur le chemin du bureau, je croisai Liza. Elle plissa la bouche et détourna le regard. Bah ! Un ennemi de plus. Je n'aurais sans doute pas dû lui parler ainsi, mais je n'étais pas près de m'excuser. Après tout, c'était elle qui avait commencé.

En général, le Commandant ne daignait pas remarquer mon arrivée. Après avoir goûté son petit déjeuner, je triais sa boîte de Criollo et testais un carré au hasard, au cas où l'on y aurait glissé du poison pendant la nuit. Avant même de l'avoir goûté, je salivais en pensant à son parfum doux-amer. Cette petite friandise était mon seul plaisir quotidien. J'avais voulu convaincre Valek de la nécessité de goûter le Criollo chaque fois que le Commandant en mangeait, mais celui-ci avait opposé son veto. Il gardait jalousement sa réserve, ne s'accordant qu'un seul carré après chaque repas. Je savais par Rand que le Commandant avait demandé une autre boîte à Brazell, ainsi que la recette inventée par son chef, Ving.

Tous les matins, après avoir goûté le petit déjeuner et le Criollo du Commandant, puis jeté un coup d'œil sur son programme de la journée, je repartais sans qu'un seul mot ait été échangé entre nous. Mais aujourd'hui, lorsque je posai le plateau sur la table, il me fit signe de m'asseoir.

Perchée sur le bord d'une chaise inconfortable, je nouai mes mains sur mes genoux et tentai de prendre l'air impassible.

— Valek m'a informé de l'événement d'hier soir. Je n'aimerais pas qu'un incident du même genre vienne compromettre mon exercice.

Le Commandant me fixa de ses yeux dorés tout en sirotant son thé.

— Valek m'assure que votre participation à l'expérience nous aidera à résoudre l'énigme plus rapidement. Mais je n'en suis pas convaincu. J'ai plutôt l'impression que vous allez rapidement vous faire tuer. Selon Valek, vous ne l'avez pas reconnu, hier soir, même quand vous vous êtes trouvée nez à nez avec lui.

J'ouvris la bouche, puis la refermai aussitôt. Une explication trop hâtive, mal argumentée, ne convaincrait pas le Commandant. Par ailleurs, il m'offrait une échappatoire que je n'étais pas sûre de vouloir refuser. Devais-je vraiment risquer ma vie pour cet exercice militaire ? Je n'étais pas un espion professionnel ; je n'avais même pas reconnu Valek sous son déguisement d'ivrogne. D'un autre côté, c'était à ma vie que ces mystérieux assaillants en voulaient. Si je n'essayais pas de les attirer dans le piège de Valek, c'étaient eux qui détermineraient l'heure et le lieu de ma mort. Je pesai les arguments avec l'impression de marcher sans cesse sur une corde raide. J'allais d'un bout à l'autre, attendant qu'une force extérieure m'en fasse tomber.

— Je n'ai aucune expérience en matière de chasse à l'homme, dis-je au Commandant. Il est très difficile pour un novice de repérer une filature en plein milieu d'une foule bruyante. Prenez un enfant qui vient d'apprendre à marcher, et demandez-lui de courir, vous aurez les mêmes résultats. Mais quand je serai seule, dans la forêt, ce sera beaucoup plus facile. Je pense en être capable.

Je m'interrompis un instant. Le Commandant resta silencieux.

— Si nous arrivons à attirer cette magicienne à découvert, nous pourrons peut-être découvrir pourquoi elle a voulu me tuer.

Le Commandant ne répondit toujours pas. Il restait immobile, comme un serpent qui attend patiemment sa proie. J'abattis ma dernière carte.

— Valek, lui, m'en croit capable.

Mon interlocuteur me jaugea du regard.

— Nous procéderons comme prévu, dit-il. Même s'il est improbable que tu ailles très loin… et donc que cette *magicienne* se manifeste.

Il cracha ce mot comme s'il avait un goût déplaisant.

— Je te demande de garder le silence sur cette affaire. Ou, plutôt, je te l'ordonne. Ce sera tout.

— Bien, Commandant, murmurai-je en m'éclipsant.

Je passai le reste de la journée à rassembler des provisions et du matériel pour l'exercice. Le départ était prévu pour le lendemain à l'aube. Je fis d'abord un détour par la forge, où je constatai qu'il suffisait de prononcer le nom de Valek pour obtenir tout ce dont j'avais besoin. Puis je me dirigeai vers l'atelier de couture.

Dilana, pour sa part, m'aurait offert la lune, si elle l'avait pu. Quand je lui expliquai que je voulais seulement emprunter un sac à dos en cuir, elle parut déçue.

— Garde-le, dit-elle. Il traîne ici depuis des lustres.

Je m'attardai un peu en sa compagnie. Tout en reprisant des uniformes, elle me mit au courant des derniers ragots et m'intima sévèrement de mettre un peu de chair sur mes os.

Je ne me rendis dans la cuisine qu'en dernier, à l'heure où le rangement était terminé, et les employés partis. J'avais besoin de parler à Rand seule à seul. Je le trouvai debout au comptoir, rédigeant des menus. Les menus de la semaine devaient être approuvés par le Commandant avant que Rand ne les communique à Liza, laquelle s'assurait à son tour que tous les ingrédients nécessaires étaient en réserve.

— Tu as l'air en forme, dit Rand à voix basse. Moi, par contre…

Il se déplaçait précautionneusement, comme s'il était rempli d'eau, et qu'il craignait à tout moment de déborder.

— Je n'ai rien à te faire goûter aujourd'hui. Je n'ai pas eu l'énergie.

— Aucune importance, lui dis-je.

Son teint était blême, ses yeux soulignés par des cernes sombres.

— Je ne resterai pas longtemps. Je voulais juste t'emprunter quelques petites choses.

Curieux, Rand redevint presque lui-même.

— Ah, oui ? Quoi donc ?

— Du pain. Et un peu de cette colle que tu as inventée. La doctoresse s'en est servie pour cicatriser une coupure sur mon bras. C'est vraiment formidable.

— Ah, ma colle ! Une de mes meilleures inventions. Est-ce qu'elle t'a raconté comment je l'avais trouvée ? Je m'étais mis en tête de créer une colle comestible pour un immense gâteau de mariage, et…

— Rand, j'aimerais beaucoup entendre cette histoire, mais une autre fois, d'accord ? Nous avons tous deux besoin de repos.

— Oui, oui, tu as raison.

Il tendit le doigt vers une grande pyramide de pains.

— Prends tout ce que tu veux.

Pendant que je choisissais une miche, il fouina dans un placard et remplit un pot de colle translucide.

— Attention, cette colle n'est pas permanente. Au

bout d'une semaine environ, elle perd son pouvoir adhésif. As-tu besoin d'autre chose ?

— Euh… oui.

Ma dernière requête était un peu délicate. C'était pour cela que je tenais à m'entretenir seule avec Rand.

— Je t'écoute.

— Il me faudrait un couteau.

Rand tressaillit. Un éclair brilla dans ses yeux ; je devinai que des images de meurtre défilaient devant lui. Je vis presque les rouages tourner dans son cerveau, tandis qu'il mettait en balance notre amitié naissante et cette requête hors du commun.

Je m'attendais à ce qu'il m'interroge sur mes motifs, et commençai à préparer des réponses. Mais je me trompais.

— Lequel ? me demanda-t-il simplement.

— Le plus effrayant.

14

Le lendemain matin, je passai le portail sud à l'instant où le soleil se hissait au-dessus des montagnes. Bientôt la vallée fut inondée de lumière. C'était le signal du départ. Je fus remplie d'excitation et de peur. Un drôle de mélange qui faisait battre mon cœur à toute allure et me poussait de l'avant. Je sentais à peine le poids de mon sac à dos.

La veille, j'avais eu un moment de doute, me demandant si je ne trichais pas en emportant le contenu de mon sac. Après mûre réflexion, j'avais conclu qu'un prisonnier décidé à s'évader mettrait de côté une partie de ses rations, et subtiliserait une arme aux gardes et quelques outils à la forge. C'était sans doute un peu tiré par les cheveux, mais personne n'avait dit que je devais partir les mains vides.

Depuis la veille, ma détermination à échapper à mes poursuivants s'était renforcée. Ce n'était plus seulement une question d'argent. Je voulais donner tort au Commandant. Lui qui croyait que je n'irais pas très loin, que ma mort risquait de « compromettre » son « exercice »…

Avant de quitter le château, je m'étais arrêtée un instant pour contempler le bâtiment en plein jour. Ma première impression fut celle de blocs empilés au hasard par un enfant. Sur la base rectangulaire du bâtiment s'entassaient des cubes, des pyramides et des cylindres de toutes tailles. Seule concession à la symétrie, quatre magnifiques tours aux coins de l'édifice, qui dressaient vers le ciel leurs vitraux chatoyants.

Cette curieuse architecture géométrique m'intriguait. J'aurais aimé faire le tour du bâtiment, mais Valek m'avait enjoint de quitter le château à l'aube et de m'éloigner aussi rapidement que possible. On ne m'avait accordé qu'une petite longueur d'avance sur mes poursuivants. Dans une heure, les chiens seraient lâchés, et les soldats s'élanceraient sur ma trace. Valek avait pris une de mes chemises pour la faire flairer aux chiens. Je lui avais demandé qui, en mon absence, goûterait les plats du Commandant ; il s'était contenté de marmonner quelque chose au sujet de spécialistes du poison, trop précieux pour que leur vie soit risquée de manière quotidienne. Contrairement à la mienne.

De manière très prévisible, j'avais pris la direction du sud, mais je ne comptais pas maintenir longtemps ce cap. J'espérais donner l'impression aux soldats d'être partie tout droit vers la frontière. Le château, situé dans le District Militaire 6, n'était pas loin des terres du Sud ; l'ancien roi qui l'avait fait construire avait choisi cet emplacement pour son climat plus clément.

Marchant et courant tour à tour, je contournai Castel et arrivai rapidement à la lisière de la forêt. La veille, en consultant des cartes empruntées à Valek, j'avais remarqué que la vaste Forêt des Serpents entourait le village sur trois côtés. Seul le nord du bourg était ouvert sur les prés.

Après la prise de pouvoir, les soldats du Commandant Ambroise avaient déboisé une bande de cent mètres de large tout le long de la frontière, depuis les Montagnes de l'Esprit à l'est, jusqu'à l'Océan du Couchant à l'ouest. Il était interdit à quiconque, Ixien ou Sitien, de franchir cette limite.

Je courais à petites foulées entre les arbres, prenant soin de laisser des traces bien visibles. De temps en temps, je m'arrêtais pour casser quelques brindilles, marcher d'un pas lourd dans la terre humide, puis je repartais vers le sud. Je continuai ainsi jusqu'à atteindre un ruisseau. Mon heure d'avance était presque écoulée. Je m'agenouillai au bord de l'eau, plongeai mes mains dans la boue et laissai l'eau s'égoutter entre mes doigts. Puis je me barbouillai le visage et le cou de vase. Je m'attardai également sur mes oreilles et ma nuque, exposées par mon chignon serré. J'espérais donner l'impression aux soldats de m'être agenouillée pour boire. Je laissai des empreintes bien profondes sur la berge, pour leur faire croire que j'avais continué ma route vers le sud en marchant dans l'eau. Puis je revins sur mes pas jusqu'à trouver un arbre convenable.

A quelques mètres de mes empreintes se dressait le tronc lisse d'un grand velvette. La première branche solide se trouvait à trois mètres au-dessus du sol. Faisant de mon mieux pour ne pas brouiller mes pas, j'enlevai mon sac à dos et sortis l'un des objets empruntés aux forgerons. Un petit grappin. Je l'arrimai à l'extrémité d'une longue corde fine.

D'un coup, l'image de gardes et de chiens surgissant des remparts me traversa l'esprit. Je lançai précipitamment le grappin ; il passa à côté de la branche. Je le rattrapai et, paniquée, le relançai. Encore raté. Je m'efforçai de me calmer et de me concentrer sur ma tâche. Le grappin s'accrocha à la branche. Après m'être assurée qu'il était solidement arrimé, j'enroulai l'extrémité de la corde autour de ma taille et hissai mon sac sur mon dos. J'attrapai la corde à deux mains, me soulevai du sol, et enroulai mes pieds autour du mou.

Il y avait longtemps que je n'avais plus grimpé à la corde, comme ne cessaient de me le rappeler les muscles de mes bras, de mes épaules et de mon dos. Arrivée en haut, je m'installai à califourchon sur la branche et rangeai corde et grappin dans mon sac.

Une brise forte soufflait de l'ouest, et je voulais rester sous le vent. Aussi me dirigeai-je vers l'est, passant d'arbre en arbre. Au bout d'une demi-heure, mes traces au sol étaient loin derrière moi. Pour une fois, ma petite taille et mes talents d'acrobate me rendaient service.

Arrivant dans un cheketo, je m'installais sur une grosse branche et ôtai mon sac. Les cheketos se reconnaissent à leurs feuilles immenses, de forme arrondie, tachetées de brun. Exactement ce dont j'avais besoin. Je restai quelques instants immobile, guettant des bruits de poursuite. Des oiseaux pépiaient, des insectes bourdonnaient ; un craquement de branches trahit le passage d'un animal plus gros. Je crus entendre de faibles aboiements au loin, mais c'était peut-être mon imagination. Je ne voyais pas la moindre trace de Valek. Toutefois, le connaissant, il n'était sûrement pas très éloigné.

Je détachai quelques poignées de feuilles des branches et sortis la colle de Rand. Puis j'enlevai ma chemise et l'enduisis de colle et de feuilles jusqu'à la recouvrir tout à fait. Je procédai à la même opération sur mon pantalon. Rester en sous-vêtements me rendait extrêmement mal à l'aise, aussi travaillais-je rapidement. Bientôt mes bottes et mon sac furent, eux aussi, recouverts de feuilles. Enfin, je fixai une grande feuille dans mes cheveux, et deux autres, plus petites, sur le dessus de mes mains, laissant mes doigts libres de mouvement. Soudain, je me rappelai la mise en garde de Rand : la colle ne tiendrait que pendant une semaine. Je ne pus m'empêcher de sourire en m'imaginant déambuler dans le château avec des feuilles encore accrochées à mes mains et ma tête.

Je n'avais pas de glace, mais j'espérais m'être entièrement camouflée de vert et de brun. Je ne me préoccupais pas des petites zones noires ou chair qui pourraient apparaître ; c'était surtout le rouge de ma chemise qui me trahirait.

Trop nerveuse pour demeurer longtemps au même endroit, je continuai à zigzaguer vers l'est. Refusant de toucher le sol, de peur de laisser une trace odorante, j'étais souvent obligée de faire des détours. Mon grappin et ma corde me furent d'une grande utilité ; je m'en servais pour attirer des branches vers moi, ou pour sauter d'un arbre à l'autre. Atrophiés par mon séjour en prison, mes muscles protestaient contre ce traitement de choc, mais je les ignorais. Parfois, après avoir négocié un passage particulièrement difficile, je m'entendais rire de satisfaction. Ce voyage dans les airs me procurait un sentiment de liberté absolue. Malgré mes douleurs musculaires et mon corps couvert de sueur, un sourire flotta sur mes lèvres toute la matinée.

A un moment ou un autre, j'allais être forcée de reprendre la direction du sud, seule destination plausible pour un fugitif. Sitia accueillait volontiers les réfugiés d'Ixia. Son gouvernement avait entretenu de fructueuses relations commerciales avec notre ancien roi. Le territoire du Sud nous vendait épices, étoffes et vivres, et achetait métaux, pierres précieuses et charbon. Lors de la suspension des échanges par le Commandant, Ixia avait surtout été privée de denrées de luxe, tandis que Sitia avait connu une grave pénurie de matières premières. Mais les craintes au sujet d'une éventuelle invasion sitienne avaient rapidement été dissipées ; les géologues du Sud avaient découvert que leur Chaîne de l'Emeraude, qui prolonge nos Montagnes de l'Esprit, étaient riches en gisements miniers. Depuis, semblait-il, Sitia se contentait de garder un œil vigilant sur son voisin du Nord.

Bientôt mon chemin dans les arbres croisa un sentier forestier très fréquenté. Des chariots avaient laissé de profonds sillons dans la terre. Il s'agissait sans doute d'une portion de la route des échanges est-ouest, qui bifurquait vers le nord ici pour contourner le lac Kyra, avant de reprendre la direction de l'est. Le lac se trouvait juste de l'autre côté de la frontière du DM-5.

Installée sur une branche solide, en vue du sentier, je m'adossai au tronc de l'arbre, me reposai et grignotai un morceau de pain tout en réfléchissant à la direction à prendre. Le murmure de la forêt m'apaisa. J'étais sur le point de m'endormir quand une voix masculine résonna tout près de moi.

— Tu vois quelque chose ?

Surprise, je m'agrippai à la branche pour ne pas tomber, puis me figeai sur place.

— Non. Je ne vois rien du tout.

La seconde voix, également masculine, venait de plus loin, et était teintée d'exaspération.

Aucun aboiement ne m'avait avertie de leur approche ; ce devait être la deuxième équipe. Toute à ma joie de semer les chiens, j'avais oublié jusqu'à son existence. « Tu es trop sûre de toi, Elena, me dis-je. Ils t'ont retrouvée, et tu le mérites. »

J'attendis qu'ils m'ordonnent de descendre de l'arbre. Je balayai les alentours du regard, mais ne parvins pas à les apercevoir. Peut-être qu'eux non plus ne m'avaient pas repérée… Enfin, il y eut un bruissement de feuilles, et deux hommes surgirent des broussailles. Ils étaient également en tenue de camouflage, mais leurs salopettes bien ajustées et leurs visages peints avaient meilleure allure que mes bricolages de feuilles et de boue.

— Une mauvaise idée d'aller vers l'est, dit le Soldat Exaspéré. Je parie qu'elle est déjà à la frontière.

— Les autres ont dit la même chose, mais les chiens n'ont pas retrouvé sa trace.

Je souris. J'avais été plus maligne que les chiens.

— Je ne vois pas la logique d'aller vers l'est, dit l'Exaspéré.

Son compagnon poussa un gros soupir.

— On ne te demande pas de voir la logique. Le capitaine nous a ordonné d'aller vers l'est, on lui obéit. Il a l'air de croire qu'elle est partie vers le DM-5. Là-bas, elle serait en terrain connu.

— Et si elle ne revenait pas ? C'est une mauvaise idée, aussi, d'avoir pris cette fille. Après tout, c'est une criminelle.

— Ça ne nous regarde pas. C'est le problème de Valek. Je suis certain que si elle essaie de filer, il lui réglera son compte.

Je me demandais si Valek les écoutait. Nous savions tous deux qu'il n'aurait pas besoin de me suivre, mais seulement d'attendre que le poison fasse son effet. L'un dans l'autre, cette conversation se révélait très instructive. Par exemple, il n'était pas de notoriété publique que j'avais été empoisonnée par Valek.

— Allons-y. On est censés retrouver le capitaine au bord du lac. Et s'il te plaît, essaie de faire moins de bruit. On dirait un orignal obèse, dit le cerveau de la bande.

— Ah ! Comme si tu pouvais m'entendre ! Tu fais un boucan de tonnerre, avec ta prétendue « démarche d'animal des sous-bois »…

Les deux hommes se mirent à rire. L'instant d'après, ils disparurent dans les broussailles de part et d'autre du sentier. Je tendis l'oreille, mais ne pus déterminer s'ils étaient partis. J'attendis jusqu'à ne plus tenir en place. Ma route était toute tracée ; le lac se trouvait à l'est, je partis donc vers le sud.

Tandis que je passais de branche en branche, une

drôle d'idée s'insinua en moi et me couvrit de chair de poule. Je ne sais pourquoi, je fus soudain persuadée que les deux hommes me suivaient. Une peur incontrôlable me poussa à avancer de plus en plus vite, sans prendre garde aux craquements de branches ni au danger. Quand cela devint insoutenable, je me laissai tomber de l'arbre et m'enfuis à toutes jambes.

Surgissant, essoufflée, dans une petite clairière, je m'arrêtai un instant. Ma peur irrationnelle et accablante s'était dissipée, et j'avais un point de côté. Otant mon sac à dos, je me laissai tomber sur le sol, haletante, et me maudis d'avoir cédé à un moment de panique.

— Une tenue très originale, dit une voix familière.

La terreur m'insuffla la force de me redresser.

Il n'y avait personne en vue. Pour l'instant. Je tirai mon couteau du sac. Puis je pivotai lentement sur moi-même, fouillant la forêt du regard, cherchant d'où venait cette voix qui annonçait ma mort.

15

Des éclats de rire résonnèrent à travers la clairière.

— Ce couteau ne te sera d'aucun secours. Je pourrais facilement te convaincre de le plonger dans ton propre cœur.

Je l'aperçus à l'autre bout de la clairière. Vêtue d'une tunique de camouflage sanglée à la taille et d'un pantalon assorti, la magicienne était adossée à un arbre, les bras croisés sur sa poitrine.

M'attendant à voir surgir ses hommes de main, je continuai à pivoter en tenant mon couteau devant moi.

— Calme-toi, dit-elle. Nous sommes seules.

Je m'immobilisai, mais ne baissai pas mon arme.

— Pourquoi vous ferais-je confiance ? La dernière fois, vous avez essayé de me faire tuer. Vous aviez même apporté cette petite sangle en cuir si pratique.

D'un coup, je compris qu'elle n'avait nullement besoin de ses brutaux acolytes pour me tuer. Mentalement, je commençai à énumérer des noms de poisons.

La magicienne eut un rire amusé.

— Réciter tes leçons ne t'avancera à rien. Si cela a marché l'autre jour, c'était uniquement à cause de la présence de Valek.

Elle s'approcha d'un pas. Je brandis mon couteau d'un air menaçant.

— Décontracte-toi, Elena. Je me suis insinuée dans tes pensées pour te guider jusqu'à moi. Si j'avais voulu te tuer, je t'aurais fait tomber d'un arbre. En Ixia, les accidents sont préférables aux meurtres... Tu es bien placée pour le savoir.

Je ne relevai pas cette pique.

— Pourquoi n'avez-vous pas provoqué un « accident » à la fête ? Ou même avant ?

— Cela m'aurait demandé trop d'énergie. Un tel déploiement de forces magiques attire l'attention. Particulièrement celle de Valek, et il te suit partout.

— Vous auriez pu le tuer. Ensuite, vous auriez eu le champ libre pour m'assassiner.

— La magie ne fonctionne pas sur Valek. Il est insensible à ses effets.

Avant que j'aie pu répondre, elle poursuivit.

— Je n'ai pas le temps de t'en dire davantage. Valek sera bientôt là. Je dois être brève. Elena, je t'offre un choix.

Cela me rappelait quelque chose. Il n'y avait pas si longtemps qu'on m'avait donné le choix entre mourir ou devenir le goûteur du Commandant.

J'étais prête à parier que ce choix-ci n'allait pas être plus alléchant.

— Que pouvez-vous m'offrir ? J'ai tout ce que je désire : un travail stable, un bel uniforme et un patron charmant.

— Je t'offre l'asile en Sitia, rétorqua-t-elle, pincée. Pour que tu puisses apprendre à maîtriser et à utiliser tes pouvoirs.

— Quels pouvoirs ?

— Ne fais pas l'idiote, Elena. Tu les as déjà utilisés au moins deux fois depuis ton arrivée au château.

La tête me tournait. Elle devait parler de mon instinct de survie, de ces étranges bourdonnements qui surgissaient de ma gorge dès que ma vie était menacée… Je restai clouée sur place. C'était comme si l'on venait de m'annoncer que j'étais atteinte d'une maladie foudroyante.

— J'étais en mission aux abords du château quand, par hasard, j'ai senti ton champ de forces. Cela m'a terrassée, tellement c'était fort. Quand j'ai réussi à t'identifier, et que j'ai su quel était ton poste, j'ai compris qu'une opération de sauvetage était condamnée d'avance. Valek ne te lâcherait pas d'une semelle. Or, nous ne pouvons nous permettre de laisser des magiciens puissants dans la nature. La seule solution, c'était de t'éliminer. Puis, d'un coup, une occasion s'est présentée, sous la forme de cet exercice.

— Et maintenant, vous voudriez que je vous fasse

confiance ? Que je vous suive docilement jusqu'en Sitia, comme un agneau à l'abattoir ?

J'avais l'impression qu'elle mentait. Pourquoi me proposait-elle soudain son aide ? Pourquoi prenait-elle tant de risques, si elle avait vraiment le pouvoir de me tuer ? Il y avait quelque chose de louche dans tout cela.

— Tu ne me crois pas ? grogna-t-elle. Bon. Je vais faire une petite démonstration.

Elle inclina la tête et plissa les lèvres.

Un éclair de douleur percuta mon crâne. J'enroulai mes bras autour de ma tête et tentai, en vain, de bloquer l'attaque. Un poing invisible s'écrasa contre mon front. Je chancelai en arrière et m'écroulai. Etalée sur le dos, je sentis la douleur s'atténuer aussi rapidement qu'elle m'avait envahie. Je redressai la tête et plissai les yeux, la vue brouillée par les larmes. La magicienne n'avait pas bougé. Elle ne m'avait pas frôlée. Mais un lien magique presque tangible s'était établi entre nous, un lien si fort qu'il m'empêchait presque de respirer.

— Qu'est-ce qui vous a pris ? dis-je. C'est fini, les jolies chansons ?

Son attaque m'avait laissée étourdie. L'atmosphère autour de moi s'était liquéfiée ; quand je réussis à m'asseoir, l'air clapota en petites vagues contre ma peau.

— Si j'ai chanté l'autre jour, c'était par gentillesse,

pour t'épargner une mort douloureuse. A présent, j'essaie de te prouver que si j'avais l'intention de te tuer, je ne perdrais pas de temps à discuter. Et je ne chercherais certainement pas à te ramener en Sitia.

Elle inclina de nouveau la tête d'un air absorbé, comme si on lui parlait à l'oreille.

— Valek ne se cache plus. Il arrive vers nous à toute vitesse. Deux hommes le pistent, mais c'est toi qu'ils croient suivre.

Elle s'arrêta un instant et plissa les lèvres.

— Je peux retarder l'approche des soldats, mais pas celle de Valek.

Elle tourna vers moi son regard distant.

— Acceptes-tu de me suivre ?

Je n'arrivais pas à prononcer un mot. L'idée qu'elle pût trouver « gentil » d'assassiner quelqu'un en chantant me laissait sans voix.

— Non, articulai-je enfin.

— Pardon ?

Ma réponse l'avait prise au dépourvu.

— Cela te plaît donc, d'être le goûteur du Commandant ?

— Non. Mais si je vous accompagne, je mourrai.

— Tu mourras si tu restes.

— J'en prends le risque.

Je me redressai, époussetai mon pantalon et ramassai mon couteau. La dernière chose dont j'avais envie, c'était d'expliquer à cette magicienne que Valek m'avait empoisonnée. Mais il m'avait suffi d'y penser pour qu'elle fût au courant.

— Il existe des antidotes, dit-elle.

— Pouvez-vous en trouver un avant demain matin ?

— Non. Il nous faudrait plus de temps. Nos guérisseurs devront découvrir où se cache le poison, et quel est son fonctionnement, pour le bannir de ton corps.

Nous restâmes toutes deux un instant silencieuses, puis la magicienne reprit :

— La source de ces pouvoirs que vous appelez « magie » est un champ de forces qui entoure le monde, comme une toile tendue. Nos esprits puisent dans ce champ, tirant chaque fois un mince fil de pouvoir pour renforcer nos capacités. Tous les êtres vivants pourraient lire dans les esprits des autres, et influer sur le monde matériel par la pensée, mais la plupart sont incapables de puiser dans cette réserve de pouvoir.

Elle eut un soupir contrarié.

— Elena, nous ne pouvons pas laisser ton pouvoir surgir ainsi, de manière incontrôlée. Chaque fois, sans le savoir, tu puises dans ce champ de forces. Mais au lieu d'en sortir un fil, c'est toute la toile que tu tires vers toi. Au fil des années, tu vas accumuler tellement de pouvoir en toi qu'il finira par exploser. Non seulement tu en mourras, mais cela risque aussi de déformer et même de déchirer la toile magique. Nous ne pouvons prendre ce risque. Et bientôt, tu seras trop âgée pour qu'on puisse te former. A ce moment-là, nous n'aurons plus qu'à t'éliminer.

— Combien de temps me reste-t-il ?

— Un an, peut-être un peu plus, si tu réussis à mieux te maîtriser. Passé ce délai, personne ne pourra plus rien pour toi. Et puis il y a autre chose, Elena. Nous avons besoin de toi. Les magiciens puissants sont rares, en Sitia.

La tête me tournait, tant cela devenait compliqué. Sa petite démonstration m'avait convaincue qu'elle était plus dangereuse que je ne l'avais imaginé… et que je serais folle de lui faire confiance. Toutefois, si je refusais de l'accompagner, elle me tuerait sur place.

Aussi décidai-je de gagner du temps.

— Laissez-moi un an. Un an pour trouver l'antidote et réussir à m'échapper d'Ixia. Un an pendant lequel je n'aurai pas à m'inquiéter d'être assassinée.

Elle regarda au fond de mes yeux, sonda mon esprit pour voir si j'étais sincère.

— Entendu. Tu auras un an, je t'en donne ma parole.

Elle marqua une pause.

— Allez-y, dis-je. Je sais que vous avez envie de clore cette conversation par des menaces ou une mise en garde sinistre. Ne vous gênez pas pour moi, j'ai l'habitude. A vrai dire, quand on ne me menace pas, je suis complètement désorientée.

— Tu crânes… mais il suffirait que je fasse un pas vers toi pour que tu mouilles ton pantalon.

— Je le mouillerai de votre sang, oui ! m'exclamai-je en brandissant mon couteau.

Mais je ne pus garder mon sérieux, tant mes fanfaronnades étaient ridicules. Je laissai échapper un ricanement ; la magicienne se mit à rire aussi. Nous ne tardâmes pas à rire aux éclats. Etourdie par cette brusque retombée de tension, je sentis les larmes me venir aux yeux.

Cessant subitement de rire, la magicienne inclina la tête et tendit l'oreille.

— Valek est là. Je dois partir.

— Dites-moi encore une chose.

— Quoi ?

— Comment avez-vous su que je jouerais le rôle de fugitive ? Par la magie ?

— Non. J'ai des sources que je ne peux pas révéler.

Je hochai la tête en silence. Je ne regrettais pas d'avoir posé la question.

— Fais attention à toi, Elena, dit-elle en disparaissant dans la forêt.

Je n'avais même pas pensé à lui demander son nom !

Irys, murmura une voix dans ma tête.

Puis cette voix disparut à son tour.

Repensant à ce qu'elle m'avait dit, je me maudis de ne pas avoir posé d'autres questions, toutes plus importantes que l'identité de son indicateur. Mais il était inutile de la rappeler, à présent. Elle était partie pour de bon.

Je me laissai tomber sur le sol, tremblante. Je remis mon couteau dans mon sac, en sortis ma gourde et bus une grande goulée d'eau. Dommage que je n'aie pas pensé à emporter quelque chose de plus fort… Quelque chose pour me brûler la gorge, me chauffer le cœur et repousser ce sentiment de vide et de désespoir.

Avant d'affronter Valek et mes deux autres poursuivants, j'avais besoin de réfléchir. Je ressortis ma corde, mon grappin et me mis en quête d'un velvette. Bientôt j'avais retrouvé la cime des arbres. Me déplaçant rapidement vers le sud, mon corps occupé par d'intenses efforts physiques, je ruminais tout ce que je venais d'apprendre.

Lorsque j'aperçus un nouveau chemin forestier, je choisis un poste d'observation confortable et m'installai pour réfléchir. Je pris la précaution de m'arrimer au tronc. La magicienne avait promis de m'accorder un an, mais je ne voulais pas lui offrir de tentations. Elle pouvait changer d'avis. Après tout, que savais-je des magiciens et de leurs promesses ?

Elle avait dit que je possédais des pouvoirs magiques. Ce que j'avais toujours appelé instinct de survie était donc de la magie... Il était vrai qu'à chacune de ses manifestations je m'étais sentie comme possédée. Comme si quelqu'un de plus compétent que moi avait pris le contrôle de mon corps, m'avait évité la mort, puis avait disparu.

Cet étrange bourdonnement qui surgissait parfois de ma gorge, était-ce vraiment un pouvoir magique semblable à ceux d'Irys ? Si c'était le cas, je devais m'efforcer de le maîtriser, de le réprimer, de le dissimuler... sous peine de mort. Mais comment m'y prendre ?

« Evite les situations dangereuses », me dis-je. Puis je ricanai intérieurement. J'avais une propension naturelle à attirer les ennuis. Après avoir été abandonnée par ma famille, torturée par mes protecteurs, empoisonnée par mon patron, j'étais maintenant affligée de pouvoirs magiques. La liste s'allongeait de jour en jour.

Je n'avais pas le temps de démêler cet écheveau. Je devais me concentrer sur le présent. J'examinai le sentier au-dessous de moi. De jeunes arbres poussaient au milieu, menaçant de le rendre impraticable. Ce devait être une ancienne route d'échanges avec Sitia, à présent abandonnée.

Assise sur ma branche, j'attendis Valek. J'avais préparé une explication au sujet de ma rencontre avec la magicienne.

Un léger bruissement de feuilles au-dessus de ma branche me prévint de son arrivée. Je levai les yeux. Comme un serpent, il déroula ses membres et se laissa tomber sans un bruit sur ma branche.

Les tenues de camouflage faisaient fureur, ce jour-là. Celle de Valek était une combinaison ajustée, avec une capuche qui couvrait ses cheveux et sa nuque. Contrastant avec son visage barbouillé de peinture verte et brune, le bleu de ses yeux était plus vif que jamais.

Je baissai les yeux vers ma propre tenue. Les feuilles étaient effilochées et mon uniforme, déchiré. Pour ma prochaine escapade, je demanderai à Dilana de me coudre une combinaison comme celle de Valek.

— Tu es incroyable, dit Valek.

— C'est un compliment, ou un reproche ?

— Un compliment. J'étais certain que tu donnerais du fil à retordre aux soldats… mais je ne m'attendais pas à tout cela.

Valek indiqua ma chemise recouverte de feuilles, puis, d'un grand geste, engloba la corde, le grappin, la forêt tout entière.

— Pour couronner le tout, tu es tombée nez à nez avec la magicienne… et tu as réussi à survivre.

Ces derniers mots étaient lourdement teintés d'ironie. C'était sans doute sa façon de me demander des explications.

— Je ne suis pas sûre de ce qui s'est passé, dis-je.

D'un coup, je me suis mise à courir en direction d'une clairière. Elle m'y attendait. Elle a seulement dit qu'en tuant Reyad, j'avais gâché ses plans. Ensuite, j'ai senti une douleur atroce à l'intérieur de mon crâne.

Le souvenir de cette douleur était encore vivant en moi, et cela dut apparaître sur mon visage, car Valek sembla convaincu. Du moins je l'espérais ; si jamais il apprenait ce qui s'était réellement passé, je n'irais pas au bout de l'année que la magicienne m'avait accordée. J'avais lancé le nom de Reyad, me souvenant que Valek avait envisagé un lien entre sa mort et la présence de la magicienne en Ixia.

Je pris une profonde inspiration.

— J'ai commencé à réciter la liste des poisons en essayant de repousser la peur. D'un coup, la douleur s'est arrêtée, et la magicienne a dit que vous approchiez. Quand j'ai ouvert les yeux, elle avait disparu.

— Pourquoi ne m'as-tu pas attendu dans la clairière ?

— Ne sachant pas où était la magicienne, je me sentais plus en sécurité dans les arbres. J'étais sûre que vous me retrouveriez.

Valek réfléchit à mon explication. Pour dissimuler ma nervosité, je rangeai mes affaires dans mon sac à dos.

Au bout d'un long moment, il sourit.

— Eh bien ! Nous avons donné tort au Commandant.

Il était certain que tu te ferais capturer avant le déjeuner.

Soulagée, je souris à mon tour, et décidai de profiter de sa bonne humeur pour l'interroger.

— Pourquoi le Commandant déteste-t-il autant les magiciens ?

Toute trace de gaieté disparut du visage de Valek.

— Pour de nombreuses raisons. C'étaient les alliés du roi, des aberrations de la nature qui utilisaient leur pouvoir à des fins purement égoïstes. Ils amassaient les richesses et refusaient de guérir les malades qui ne pouvaient payer leurs tarifs exorbitants. Ils s'amusaient à se glisser dans les pensées de chacun et à y semer le chaos. Le Commandant ne veut même plus en entendre parler.

— Pourquoi ne les met-il pas à son service ?

— Il estime qu'on ne peut pas leur faire confiance.

Il laissa vaguer son regard sur la forêt devant nous.

— Je ne suis pas tout à fait d'accord, poursuivit-il. Eliminer les magiciens du roi était une sage décision. Mais il me semble que la jeune génération pourrait être recrutée pour servir dans notre réseau de renseignement. Malheureusement, le Commandant et moi ne sommes pas du même avis et, en dépit de mes arguments, il…

Valek s'interrompit, hésitant visiblement à finir sa phrase.

— Il… ? demandai-je.

— Il exige que tous ceux qui naissent avec des pouvoirs magiques, même inoffensifs, soient mis à mort.

J'étais au courant des exécutions des espions du Sud et des magiciens de l'époque du roi. Mais l'idée de bébés arrachés aux bras de leur mère me fit frissonner.

— Pauvres enfants !

— Ce n'est pas aussi brutal que tu le crois.

Une expression de tristesse adoucit son regard.

— Leur capacité à puiser dans la source de pouvoir ne se déclare qu'après la puberté, vers l'âge de seize ans. En général, il faut un an de plus avant que quelqu'un d'extérieur à la famille ne s'en rende compte, et ne les dénonce. Ensuite, soit ils s'enfuient en Sitia, soit je m'en occupe.

Un poids immense s'abattit sur mes épaules. J'éprouvais des difficultés à respirer. J'avais seize ans quand Brazell m'avait recrutée pour ses expériences. Peu de temps après, mon instinct de survie s'était manifesté, en réaction aux supplices imposés par Brazell et Reyad. Ces derniers essayaient-ils de détecter de la magie chez moi ? Dans ce cas, pourquoi ne m'avaient-ils pas dénoncée ?

Ce pouvoir que je venais de me découvrir constituait une nouvelle menace pour ma vie. Si Valek le découvrait, j'étais morte. Si quelqu'un se mettait en tête d'empoisonner le Commandant, j'étais morte. Si, une fois sa manufacture construite, Brazell se mettait en tête de venger son fils, même scénario. Et si j'échappais à tous ces dangers, il me faudrait encore trouver un moyen de fuir vers Sitia, sous peine d'être assassinée par Irys… Je commençais à trouver séduisante la perspective de succomber à la Poussière de Papillon. C'était la seule mort dont je pouvais déterminer l'heure, le lieu et les circonstances.

J'étais sur le point de céder à un accès d'apitoiement sur mon sort, quand Valek m'agrippa le bras et mit un doigt sur ses lèvres.

Venus de très loin, des bruits de sabots et des voix d'hommes flottaient dans l'air. Au début, je pensai qu'il s'agissait d'une illusion créée par la magicienne. Mais bientôt, de grands chariots apparurent, qui occupaient toute la largeur du sentier et écrasaient sous leurs roues les broussailles et les jeunes arbres. Chacun des chariots était tiré par deux mules, menées par un homme vêtu d'un uniforme brun de marchand. La caravane était formée de six chariots et de six hommes qui bavardaient.

Les cinq premiers chariots étaient chargés de sacs de jute contenant sans doute du grain ou de la farine.

Le dernier était rempli d'étranges gousses jaunes de forme ovale.

Décidément, la Forêt des Serpents était très animée, aujourd'hui. Il ne manquait plus qu'une troupe de danseurs du feu pour descendre des arbres et entamer une petite farandole.

Figés, Valek et moi regardâmes la caravane passer sous nos pieds. Les uniformes des hommes étaient trempés de sueur ; certains avaient retroussé leurs pantalons pour ne pas trébucher. Ils étaient fort mal habillés : l'un d'eux portait un uniforme trop grand, tandis qu'un autre, au ventre proéminent, menaçait de faire sauter ses boutons. Ces pauvres marchands n'avaient sûrement pas de résidence fixe, sans quoi leur couturière ne les eût pas laissés sortir ainsi.

Quand ils furent hors de vue et de portée de voix, Valek chuchota :

— Ne bouge pas d'ici. Je reviens.

Il se laissa tomber de l'arbre et suivit la caravane.

Je restai à m'agiter nerveusement sur ma branche. Je me demandais si les hommes qui avaient suivi Valek n'allaient pas me trouver avant son retour. Le soleil baissait vers l'horizon, l'air fraîchissait. Mes muscles se raidissaient de froid et de fatigue. Cette journée passée à grimper dans les arbres m'avait épuisée. Pour la première fois, j'envisageais, non sans angoisse, de devoir passer la nuit dans la forêt. Je n'avais jamais imaginé que j'échapperais aussi longtemps à mes poursuivants.

Au bout d'un long moment, Valek réapparut et me fit signe de le rejoindre. Je descendis de l'arbre avec précaution, enroulant maladroitement la corde autour de ma taille. Mes muscles endoloris tremblaient de fatigue.

Valek me tendit un petit sac. A l'intérieur se trouvaient cinq gousses jaunes comme celles que j'avais vues dans le dernier chariot de la caravane. Chacune d'entre elles mesurait environ vingt centimètres de long ; une dizaine de sillons les striaient d'un bout à l'autre. Elles étaient bombées en leur milieu.

Comment diable Valek avait-il pu dérober ces gousses en plein jour, à bord d'un chariot en marche ? Je lui posai la question.

— Secret professionnel, dit-il avec un sourire satisfait. Les gousses, c'était facile, mais pour inspecter les sacs, j'ai dû attendre qu'ils s'arrêtent pour faire boire les mules.

En rangeant les gousses dans le sac, j'aperçus un petit tas de cailloux brun foncé. Je plongeai la main au fond du sac et en sortis une poignée. Dans la semi-pénombre, ils ressemblaient à des fèves.

— Qu'est-ce que c'est ?

— Ce qu'il y avait dans les sacs de jute, répondit Valek. Je veux que tu les rapportes au Commandant

Ambroise. Dis-lui que je ne sais pas d'où ils viennent ni de quoi il s'agit, et que j'ai suivi la caravane.

— Ces marchands ont-ils fait quelque chose d'illégal ?

— Je ne sais pas. Si ces fruits bizarres viennent de Sitia, alors oui. Il est illégal de commercer avec le Sud. Une chose est sûre : ces hommes ne sont pas des marchands.

J'étais sur le point de lui demander comment il le savait, quand la réponse me vint à l'esprit.

— Leurs uniformes ne sont pas à leur taille. Ils les ont empruntés ou volés.

— Volés, je dirais. Lorsqu'on emprunte un uniforme, on a tendance à prendre la bonne taille.

Valek se tut un instant, écoutant les bruits de la forêt. Les crissements d'insectes s'intensifiaient à mesure que la nuit tombait.

— Elena, je veux que tu retrouves les deux hommes que tu as vus cet après-midi et que tu te fasses raccompagner par eux jusqu'au château. Je ne veux pas que tu restes seule. Si cette magicienne t'attaque de nouveau, elle devra affronter les deux autres, et je doute qu'elle en ait l'énergie. Ne parle à personne de ton voyage dans les arbres, de la magicienne ni de la caravane. Sauf au Commandant, bien sûr. Tu lui feras un rapport complet.

— Et mon antidote ?

— Le Commandant en a une réserve. Et ne t'inquiète

pas pour ta prime. Quand je reviendrai, je veillerai à ce que tu la touches. Tu l'as largement méritée. A présent, je dois partir, sans quoi il me faudra toute la nuit pour rattraper la caravane.

— Attendez, Valek.

C'était la deuxième fois aujourd'hui que l'on me faussait compagnie sans me donner des explications complètes. Je commençais à en avoir assez.

— Comment vais-je faire pour retrouver les deux autres ?

Depuis que le soleil s'était couché, j'avais perdu mon sens de l'orientation. Je n'étais pas sûre de retrouver le chemin de la clairière, sans parler de celui du château.

— Suis la route.

Il indiqua la direction d'où étaient venus les chariots.

— Je les ai semés juste avant de te retrouver. Ils se dirigeaient vers le sud-ouest ; ils auront sans doute pris ce chemin. C'est ce qu'ils avaient de mieux à faire, tactiquement parlant.

Sur ce, Valek me tourna le dos et s'éloigna en courant. Je le suivis des yeux. Il se déplaçait avec la grâce et la vitesse d'un animal, ses muscles ondulant sous sa combinaison.

Quand il eut disparu, je partis en sens inverse, faisant craquer des branches et crisser les cailloux du sentier. La pénombre estompait les couleurs des arbres ; l'obscurité s'installait. Un malaise s'empara de moi. Le moindre bruissement me faisait sursauter ; je me surpris à regarder par-dessus mon épaule en regrettant que Valek ne fût pas avec moi.

Un cri déchira l'air. Avant que j'aie pu réagir, une grande silhouette sombre se rua sur moi et me plaqua à terre.

16

— Je l'ai eue ! dit l'homme installé sur mon dos.

Le visage écrasé contre le sol, la bouche pleine de terre, je reconnus cette voix rugueuse. Elle appartenait à l'un des deux hommes que j'avais aperçus un peu plus tôt. Il ramena mes bras derrière mon dos. Je sentis la morsure du métal froid, puis entendis le cliquètement des menottes.

— Tu n'exagères pas un peu, Janco ? demanda son compagnon.

Janco se redressa et me traîna debout. Dans la semi-pénombre, je vis un homme maigre portant un petit bouc. Ses cheveux étaient rasés à la mode militaire. Une grosse balafre s'étendait de sa tempe droite jusqu'à son oreille, dont la moitié inférieure manquait.

— Nous en avons trop bavé pour la retrouver, grommela-t-il. Je n'ai pas envie qu'elle nous file entre les doigts.

Son compagnon était à peu près de la même taille, mais deux fois plus costaud. Ses muscles saillants tendaient sa tenue de camouflage. De petites boucles humides collaient à son front et, à part le noir de son iris, ses yeux semblaient incolores.

Menottée au beau milieu de la forêt obscure, en compagnie de deux inconnus, je n'avais qu'un désir : fuir. J'avais beau me répéter qu'il s'agissait de soldats du Commandant, je ne parvenais pas à calmer les battements de mon cœur.

— Tu nous as mis dans un sacré pétrin, dit Janco. On va tous être réaffectés. A cause de toi, on va bientôt se retrouver à récurer les latrines.

— Ça suffit, Janco, dit l'autre. On ne risque pas de récurer les latrines, nous, puisqu'on l'a retrouvée. Regarde un peu son camouflage maison ! Personne ne s'attendait à ça ; pas étonnant qu'on ait eu du mal à la repérer. Le capitaine va être fou, quand il la verra.

— Votre capitaine est rentré au château ? demandai-je.

J'espérais les engager dans cette même direction.

— Non. Il est sur une piste plus au sud-ouest. Nous devons le rejoindre pour faire notre rapport.

Je soupirai. J'avais envie de rentrer aussi vite que possible.

— Et si tu envoyais ton copain Janco faire le rapport, pendant que toi et moi rentrerions à la maison ?

— Désolé, mais nous n'avons pas le droit de nous séparer. Interdit par le règlement.

— Euh…, commença Janco.

— Elena, lui dis-je.

— Pourquoi es-tu si pressée de rentrer au château ?

— J'ai peur du noir.

Le second soldat éclata de rire.

— J'ai du mal à le croire. Janco, enlève-lui les menottes. Elle ne va pas s'enfuir. Ce n'est pas le but de l'exercice.

Janco hésitait.

— Tu as ma parole, Janco, lui dis-je. Si tu me détaches, je serai sage.

Il m'enleva les menottes en grommelant dans sa barbe.

— Merci, dis-je en essuyant mon visage couvert de terre.

Il hocha la tête et tendit le doigt vers son coéquipier.

— Il s'appelle Ardenus.

— Mais tout le monde m'appelle Ari.

Ari me tendit la main. C'était un honneur, venant d'un soldat ; cela signifiait qu'il me considérait comme son égale.

Je lui serrai la main d'un air grave, puis nous nous dirigeâmes tous les trois vers le sud-ouest.

Le retour au château fut presque comique. Je dis bien « presque » ; si mes muscles raides et douloureux n'avaient pas protesté à chaque pas, si la fatigue n'avait pas pesé sur moi comme une chape de plomb, j'aurais trouvé cela drôle.

Lorsque nous le rattrapâmes enfin, le capitaine Parffet, supérieur de Janco et d'Ari, se montra extrêmement mécontent.

— Tiens, tiens… Regarde ce que nos deux amoureux ont ramené, dit-il d'un ton acerbe.

De grosses gouttelettes de sueur perlaient sur son crâne chauve et imprégnaient son col. Pour un capitaine, il était relativement âgé ; je me demandai si son caractère grincheux l'avait empêché de monter en grade.

— Je suis censé avoir les meilleurs éclaireurs de la garde du Commandant ! s'écria-t-il à l'intention d'Ari et de Janco. Peut-être pouvez-vous nous éclairer quant à la procédure qui vous a permis de retrouver cette garce au bout de dix-sept heures…

Le capitaine continua à s'époumoner. Même dans l'obscurité, je voyais son visage s'empourprer.

Faisant abstraction de ses vociférations, j'étudiai les membres de son unité. Certains, clairement du côté du capitaine, arboraient des sourires mauvais. D'autres semblaient fatigués, ennuyés ou résignés ; sans doute étaient-ils habitués à ce genre de crise. L'un d'eux, qui avait rasé tous ses cheveux à l'exception d'une petite frange, me fixait avec une intensité gênante. Quand je croisai son regard, il tourna les yeux vers le capitaine.

— Nix, passe les menottes à cette garce, dit Parffet. Apparemment, nos deux héros se fichent des procédures réglementaires.

Comme Nix décrochait une paire de menottes de sa ceinture et s'approchait, je regardai autour de moi, prête à me glisser dans la nuit. La promesse faite à Janco ne tenait plus. Ari dut lire dans mes pensées, car il posa une grosse main sur mon épaule.

— Nous avons sa parole, capitaine, qu'elle ne tentera pas de s'enfuir.

— Comme si elle avait une parole ! cracha Parffet.

— Elle a promis, répéta Ari.

Un grognement menaçant, comme celui d'un chien énorme, s'était insinué dans sa voix.

A contrecœur, Parffet accepta de passer outre à la procédure habituelle, puis il fit pleuvoir sa rage sur les autres soldats de son unité. Bientôt nous nous dirigions vers le château au pas de course, en formation serrée.

Tel un trophée de guerre, j'étais coincée entre Ari et Janco. Ari m'expliqua que le capitaine était à bout de nerfs, après cette longue journée de recherches infructueuses.

— Il n'est pas ravi, non plus, que ce soit nous qui t'ayons retrouvée. Il ne nous avait pas recrutés ; c'est Valek qui nous a affectés à son équipe.

L'humeur de Parffet se gâta encore lorsque l'équipe

des chiens nous rattrapa. Le chaos s'installa, tandis qu'hommes et bêtes convergeaient sous des aboiements assourdissants. En voyant la horde se ruer sur moi, je fus prise de panique, mais au lieu de m'attaquer, les chiens remuèrent frénétiquement la queue et me léchèrent, fous de joie. Je ne pus m'empêcher de sourire ; je les caressai et leur grattai les oreilles jusqu'à ce que Parffet imposât le retour à l'ordre par des hurlements.

Les chiens ne portaient pas de colliers, car le maître du chenil faisait partie de l'équipe de recherche. Sur un ordre de Porter, les chiens se rassemblèrent docilement et cessèrent d'aboyer. La capitaine de la deuxième équipe, déçue de son échec, fut néanmoins de meilleure grâce que Parffet. Elle me dit qu'elle s'appelait Etta, et marcha près de moi pour me poser des questions sur ma « fuite ». Ses manières simples et respectueuses me plurent.

Durant notre conversation, je m'en tins autant que possible à la vérité. Mais quand nous en arrivâmes à la question de mes traces, j'expliquai que j'avais remonté le ruisseau vers le nord, avant de bifurquer vers l'est.

Etta secoua la tête.

— Nous étions tellement convaincus que vous partiriez vers le sud… Parffet avait raison, après tout.

— Ma destination finale était le sud, mais je voulais d'abord essayer de semer les chiens.

— Vous avez réussi. Le Commandant ne va pas nous féliciter. Heureusement qu'Ari et Janco vous ont retrouvée. Si vous étiez restée dans la nature jusqu'au matin, nous aurions tous été rétrogradés.

Les derniers kilomètres du retour ne furent qu'un grand flou. Je dus mobiliser mes dernières bribes de force pour suivre le rythme des soldats. Quand enfin ils s'arrêtèrent, il me fallut quelques instants pour m'apercevoir que nous avions passé les remparts.

Il était plus de minuit. Les aboiements ricochaient contre les murs sombres et silencieux du château. Les chiens suivirent Porter vers le chenil, tandis que la procession de soldats s'engageait avec lassitude vers le bureau du Commandant. Nous parvînmes enfin à la salle du trône déserte.

La porte du Commandant était ouverte, et son bureau éclairé. Les deux soldats de garde arboraient des sourires amusés, mais ne dirent pas un mot. L'air résignés, Parffet et Etta entrèrent pour faire leur rapport. Quant à moi, je m'écroulai sur une chaise. Je n'arriverais peut-être pas à en ressortir, mais c'était un risque à prendre.

Bientôt les deux capitaines revinrent. Le visage de Parffet était assombri par la colère, mais celui d'Etta était resté parfaitement neutre. Ils donnèrent à leurs unités l'ordre de se disperser. Alors que je tentais vainement de me lever, Etta vint me tendre la main.

— Merci, dis-je.

— Le Commandant attend votre rapport.

Je hochai la tête. Etta partit rejoindre son unité, et je me dirigeai vers le bureau. Sur le seuil, je me figeai ; je m'étais habituée à la pénombre de la salle du trône, et la lumière des lanternes m'éblouissait.

— Entrez, ordonna le Commandant.

Je me tins devant son bureau. Ambroise était aussi calme et impassible que d'habitude. Pas une ride ne marquait son visage ; l'espace d'un instant, je me demandai quel âge il pouvait avoir. Ses cheveux étaient striés de gris, et son rang suggérait un âge avancé, mais son corps svelte et son visage lisse étaient ceux d'un homme de quarante ans. Environ sept ans de plus que Valek — si mon estimation de l'âge de Valek était exacte.

— Faites votre rapport.

Je décrivis le déroulement de la journée, y compris mon escapade dans les arbres et ma rencontre avec la magicienne. M'en tenant à la version que j'avais donnée à Valek, je finis par l'histoire de la caravane, et l'ordre que m'avait donné Valek de retourner au château.

— Donc Ari et Janco ne vous ont pas vraiment capturée ?

— Non. Mais ce sont les seuls à ne pas s'être complètement trompés. Ils sont passés juste en dessous d'un arbre où j'étais cachée, et ils ont été assez habiles pour filer Valek pendant un certain temps.

Le Commandant se tut un instant, son regard doré perdu dans le vague.

— Où sont les échantillons prélevés par Valek ? demanda-t-il finalement.

J'ouvris mon sac et étalai les gousses et les fèves sur son bureau.

Le Commandant prit une gousse jaune et la fit tourner entre ses doigts avant de la reposer. Il soupesa une poignée de fèves, les flaira, en écrasa une. L'intérieur était aussi peu révélateur que l'extérieur.

— Ces graines ne poussent pas à Ixia. Elles doivent provenir de Sitia. Je vous les confie, faites des recherches. Trouvez de quoi il s'agit, et d'où cela vient.

— Moi ?

J'étais abasourdie. J'avais compté remettre les gousses au Commandant et ne plus y penser.

— Oui, vous. Valek ne cesse de me dire que je vous sous-estime. Et une fois de plus, vous lui avez donné raison. Le général Brazell vous a offert une excellente éducation. Il serait dommage de la gaspiller.

Je voulus protester, mais fus sèchement renvoyée. Soupirant, je me traînai vers les bains et ôtai à grand-peine mes vêtements couverts de feuilles. Puis je rinçai la boue de mon visage et de ma nuque, avant de plonger dans un bain fumant.

Je me prélassais dans l'eau chaude, étirant mes muscles endoloris pour les détendre. Espérant dissoudre la colle qui imprégnait mes cheveux, je penchai la tête en arrière, défis mon chignon et laissai les longues mèches noires flotter à la surface de l'eau. Un doux bruit de clapotis me berçait.

De grosses mains agrippèrent mes épaules. Je me réveillai en sursaut, l'eau s'engouffra dans mes narines et ma bouche. Prise de panique, je repoussai mon agresseur. Il me lâcha un instant, je coulai. D'instinct, je m'agrippai aux bras tendus vers moi. Avant que j'aie pu maudire ma stupidité, je fus tirée hors du bain et brutalement déposée sur le sol froid.

Je me levai d'un bon, prête à riposter… et me trouvai face à Margg, laquelle arborait une expression de profond dégoût. L'eau coulait de ses mains et imprégnait ses manches de chemise. Frissonnante, je repoussai mes cheveux mouillés de devant mes yeux.

— Qu'est-ce que tu croyais faire ? hurlai-je.

— Sauver ta misérable vie, grogna-t-elle.

— Quoi ?

— Ne crois pas que ça me fasse plaisir, loin de là… Franchement, j'aurais été ravie que tu te noies. Ç'aurait été bien fait pour toi. Mais le Commandant m'a donné l'ordre de te retrouver et de me mettre à ta disposition.

Margg prit une serviette et me la lança d'un air furieux.

— Valek et le Commandant sont persuadés que tu es une lumière, dit-elle. Mais il faut être idiot pour s'endormir dans un bassin d'eau profonde !

Me rappelant les conseils de Dilana, j'essayai de trouver une réplique blessante, mais en vain. Mon cerveau semblait être empli d'eau. L'idée que Margg venait de me sauver la vie était tellement incongrue que je n'arrivais pas à l'accepter.

La gouvernante eut un petit rire méchant. Elle irradiait des ondes de haine presque tangibles.

— Je t'ai sauvée la vie, sale rat. A ma place, d'autres auraient pensé que ça ne relevait pas de leur devoir. Ne l'oublie jamais.

Elle pivota sur les talons pour partir ; ses jupes s'enroulèrent autour de ses jambes, et elle s'éloigna en trébuchant. Pour une sortie théâtrale, c'était raté, pensai-je en me séchant.

Je ne ressentais aucune gratitude envers elle — à supposer qu'elle m'eût vraiment sauvé la vie. Elle avait aussi bien pu m'enfoncer sous l'eau pour me noyer, puis s'être ravisée. Margg m'avait laissée croupir dans mon vomi quand j'étais sous l'effet du poison. Elle avait refusé de nettoyer ma chambre, avait inscrit un message menaçant dans la poussière… et surtout, elle vendait sans doute des informations sur moi à Brazell. De mon point de vue, si elle m'avait sauvée de la noyade, elle me le devait bien. Cela ne rattrapait même pas tous les mauvais tours qu'elle m'avait joués.

La chaleur de l'eau avait quelque peu décrispé mes muscles. Je décollai les feuilles de mes cheveux ;

quelques bribes restèrent obstinément accrochés, mais j'espérais les dissimuler par une coiffure originale.

Mon retour jusqu'à la suite de Valek me parut interminable. Je traversai aveuglément les couloirs, passai les portes, aiguillonnée par un seul désir : retrouver mon lit.

Au cours des jours suivants, je m'installai dans une nouvelle routine. Je goûtais les repas du Commandant, me rendais à la bibliothèque pour faire des recherches, et faisais une promenade quotidienne autour du château. Ma journée dans la forêt m'avait donné un immense désir d'air frais, et s'il n'était plus question de grimper aux arbres, je pouvais au moins explorer le parc du château.

J'avais trouvé la bibliothèque à l'aide de la carte copiée dans mon journal. C'était un labyrinthe de plusieurs étages, débordant de livres. Une odeur de poussière et de pourriture flottait dans l'air. La vue de cette merveilleuse source d'informations tombée à l'abandon me remplissait de tristesse.

Le Commandant décourageait les citoyens de se cultiver au-delà des exigences de leur métier. Dans ce régime militaire, chacun était formé à un poste bien précis. Se cultiver pour son plaisir était considéré comme suspect.

Quand je me fus assurée que la bibliothèque était réellement oubliée de tous, j'y apportai les gousses et les fèves, plutôt que de transporter de gros volumes jusqu'à ma chambre. Je trouvai un recoin discret qui me convenait à merveille ; une petite table y faisait face à l'une des grandes fenêtres ovales qui perçaient le mur à intervalles irréguliers. Le soleil entrait à flots. Je dépoussiérai la table et m'y installai.

Après avoir découpé une gousse en deux, je m'aperçus qu'elle contenait une pulpe blanche mucilagineuse. Cette pulpe avait un goût sucré, avec des traces d'agrumes, et un relent aigre, comme si elle commençait à pourrir. Des graines se cachaient à l'intérieur ; je les séparai de la pulpe, et en comptai trente-six. Elles ressemblaient aux fèves brunes, en version réduite. Mais lorsque je comparai les deux à la lumière du soleil, mon excitation disparut. Les graines étaient mauves plutôt que brunes, et lorsque j'en croquai une, je la recrachai aussitôt, la bouche envahie d'un goût amer et astringent. Rien à voir avec le parfum terreux, légèrement acide, des fèves brunes.

Partant de la supposition que les gousses étaient des fruits, et les fèves comestibles, je rassemblai tous les livres de botanique de la bibliothèque et les entassai sur mon bureau. Puis je parcourus de nouveau les rayonnages. Cette fois, je pris tous les livres traitant de poison. La pile était nettement plus réduite ; Valek avait dû emporter les volumes intéressants jusqu'à son bureau. Lors d'un troisième tour d'horizon, je recherchai des traités de magie. Je n'en trouvai aucun.

Je m'arrêtai devant le seul rayonnage vide dans cette bibliothèque bien remplie. Avait-il contenu des manuels de magie ? Vu l'attitude du Commandant envers cette discipline, il semblait logique qu'il eût détruit toute information à ce sujet. Obéissant à une impulsion, je fouillai les étagères juste en dessous. Puis, au cas où un livre interdit serait tombé derrière les rayonnages, je les dégageais complètement. Mes efforts furent récompensés par la découverte d'un mince volume intitulé *Les Sources du pouvoir magique.* Lorsque je le serrai contre ma poitrine, la peur m'étreignit, et je balayai la bibliothèque du regard, pour être certaine que personne ne s'y trouvait. Les mains moites, je cachai le livre dans mon sac à dos. Je projetais de le lire plus tard, de préférence dans l'intimité de ma chambre, après avoir fermé la porte à clé.

Rendue fébrile par cette trouvaille inespérée, je parcourus les salles de la bibliothèque à la recherche d'un fauteuil confortable. Bientôt j'en eus choisi un. Avant de le rapporter jusqu'à ma niche, je battis ses coussins de velours violet pour les dépoussiérer. Aucun des meubles du château ne rivalisait avec son élégance. A qui avait-il appartenu ? L'ancien roi avait-il été bibliophile ? Sa remarquable collection de livres semblait l'indiquer. A moins que le bibliothécaire n'ait été l'un de ses favoris.

Je passai de nombreuses heures dans ce fauteuil, à parcourir des livres de botanique sans rien y trouver d'intéressant. Mon idée, c'était de résoudre l'énigme des gousses et des fèves tout en menant quelques recherches pour mon propre compte. Mais la lecture de ces gros volumes se révéla fastidieuse, et absorba l'essentiel de mon temps. Les repas du Commandant et mes promenades autour du château constituaient des divertissements bienvenus.

Le quatrième jour qui suivit l'exercice dans la forêt, je partis en promenade avec un but bien précis. Je voulais trouver un endroit d'où je pourrais observer le portail est sans être vue.

Valek n'était toujours pas revenu. La veille, la cérémonie de clôture de la Fête du Feu avait mis fin à une semaine de réjouissances. Ce matin, Rand, qui souffrait visiblement d'une gueule de bois, m'avait informée que Brazell et sa suite étaient enfin sur le point de partir. Ils devaient franchir le portail est au milieu de l'après-midi. Voilà pourquoi je cherchais un poste d'observation — pour les voir s'éloigner de mes propres yeux.

Les baraquements des soldats du Commandant occupaient deux coins du parc. Au nord-est, c'était une grande bâtisse en forme de L, qui s'étendait du portail nord au portail est. Le long de ce bâtiment était aménagé un grand terrain d'entraînement, entouré d'une clôture de bois. Les habitants du château s'arrêtaient souvent devant la clôture pour regarder les soldats s'entraîner. Cet après-midi-là, je me mêlai à un groupe de spectateurs qui disposait d'une excellente vue non seulement sur le terrain, mais aussi sur le portail est.

Les informations de Rand se révélèrent exactes. Bientôt l'on vit apparaître une procession de cavaliers vêtus de vert et de noir. En queue du cortège, monté sur son cheval pommelé, venait Brazell, entouré de ses hommes de confiance. Les cavaliers firent mine d'ignorer les spectateurs attroupés qui les regardaient passer.

Comme le dos de Brazell s'éloignait, le fantôme de Reyad apparut à mes côtés. Souriant, il agita la main en direction de son père. Un frisson me parcourut l'échine, et je regardai furtivement autour de moi. Quelqu'un d'autre l'avait-il vu ? Les badauds autour de moi s'étaient dispersés… Avaient-ils été effrayés par Reyad ? Je me retournai vers le fantôme ; il avait disparu.

Une main frôla mon bras. Je tressaillis.

— Bon débarras, dit Ari avec un geste du menton en direction du portail.

C'était la première fois que je le voyais en plein jour. Ses yeux étaient d'un bleu très clair, si clair qu'il m'avait semblé incolore, dans la pénombre de la forêt.

Janco et lui se tenaient de l'autre côté de la clôture. Tous deux portaient les chemises sans manches et les pantalons courts que les soldats affectionnaient pour l'entraînement. Trempés de sueur, maculés de poussière, ils arboraient des coupures et des contusions toutes fraîches.

— Je parie qu'ils ne vont pas te manquer, me dit Janco.

Il reposa son épée d'entraînement sur la clôture et s'essuya le visage sur un pan de sa chemise.

— Non, je ne pense pas, dis-je.

Nous restâmes tous trois dans un silence amical, à regarder le cortège disparaître.

— Nous voulions te remercier, Elena, dit Ari.

— Pourquoi ?

— Le Commandant nous a promus capitaines. Il a dit que tu avais fait un rapport favorable sur nous.

Surprise que le Commandant accordât un tel poids à mes déclarations, je gratifiai les deux soldats d'un sourire. Ils m'étaient de plus en plus sympathiques, ces deux-là : visiblement dévoués l'un à l'autre, liés par une amitié et une confiance à toute épreuve. Trois ans auparavant, j'avais ressenti quelque chose de semblable avec May et Carra, mais Reyad m'avait arrachée à elles. Cette séparation avait laissé en moi une plaie béante, encore douloureuse. Certes, Rand était mon ami, mais il y avait de la distance entre nous. Ce que je désirais par-dessus tout, c'était un intime. Malheureusement, mes fonctions de goûteuse rendaient la chose presque impossible. Qui prendrait le risque de s'attacher à moi, sachant que mes chances de passer l'année étaient quasiment nulles ?

— Nous sommes maintenant éclaireurs dans le corps d'élite du Commandant, dit Janco avec satisfaction.

— Nous te devons une fière chandelle, dit Ari. Si un jour tu as besoin de quelque chose, n'hésite pas.

Cette offre me donna une idée. Brazell était parti, mais même de loin, il restait dangereux. Je passai rapidement mon plan en revue, et n'y trouvai aucun inconvénient.

— J'aurais justement besoin de votre aide, dis-je.

La surprise s'afficha sur les visages des deux hommes. Ari, le premier, reprit ses moyens.

— Quel genre d'aide ? demanda-t-il avec méfiance.

— J'ai besoin de pouvoir me défendre. Pouvez-vous m'apprendre à me battre et à manier une arme ?

Je retins ma respiration. Etait-ce trop leur demander ? S'ils refusaient, tant pis. J'aurais au moins le mérite d'avoir essayé.

Ari et Janco échangèrent un regard. Leurs sourcils tressaillirent, leurs têtes s'inclinèrent, leurs lèvres se plissèrent. Fascinée, j'observai cette discussion silencieuse.

— Quel genre d'arme ? demanda Ari.

De nouveau, sa voix était dubitative.

Je réfléchis à toute vitesse. Il me fallait une arme peu encombrante, que je pourrais cacher dans mon uniforme.

— Un couteau.

Je savais que, un jour ou l'autre, je devrais rapporter à Rand celui qu'il m'avait prêté.

Nouvel échange de rictus, de mimiques et de haussements d'épaules. Ari semblait plus ou moins d'accord, mais Janco était visiblement mal à l'aise.

Finalement, je n'y tins plus.

— Ecoutez, dis-je. Je ne vous en voudrai pas, si vous refusez. Je n'ai pas envie de vous créer d'ennuis, et je connais les sentiments de Janco à mon égard. Je crois que ses mots exacts ont été : « C'est une criminelle. » Donc, si la réponse est non, ce n'est pas la peine de me faire attendre.

Ils me dévisagèrent, interdits.

— Comment sais-tu…, commença Janco.

— Elle nous a entendus dans la forêt, espèce d'andouille ! interrompit Ari en lui décochant un coup de poing au bras. Ce qui veut dire que nous étions tout près de toi ?

— A cinq ou six mètres.

— Ah !

Ari secoua la tête, faisant rebondir ses boucles blondes.

— C'est plutôt Valek qui nous inquiète, reprit-il. Nous sommes d'accord pour t'entraîner, à condition qu'il ne s'y oppose pas. Entendu ?

— Entendu.

Ari et moi nous serrâmes la main, puis je me

tournai vers Janco. Celui-ci paraissait plongé dans ses pensées.

— Un cran d'arrêt, déclara-t-il abruptement.

Puis il me serra la main.

— Quoi ? demandai-je.

— Un cran d'arrêt te serait plus utile qu'un couteau.

— Pourquoi ?

— Tu le sangles à la cuisse et tu fais un trou dans ta poche. Si on t'attaque, tu sors ton cran d'arrêt, tu appuies sur le bouton, et tu as une lame de trente centimètres à ta disposition.

Janco fit une démonstration avec un cran d'arrêt imaginaire ; il poignarda Ari, lequel s'étreignit le ventre d'un geste théâtral et s'écroula à terre.

Parfait, me dis-je. Enchantée par l'idée d'apprendre à me battre, je demandai :

— Quand commençons-nous ?

Janco se gratta la barbe.

— Eh bien… en attendant le retour de Valek, nous pourrions t'apprendre quelques bases d'autodéfense. Il ne trouvera rien à redire à cela.

— Surtout qu'elle pourrait très bien apprendre tout ça rien qu'en observant l'entraînement des soldats, approuva Ari.

Leur décision était prise.

— On commence tout de suite, annoncèrent-ils.

17

Coincée entre ces deux énormes soldats, je me faisais l'effet d'une pomme entre deux grosses pastèques. Le doute s'insinua dans mon esprit : comment me défendre contre un homme de la carrure d'Ari ? Il pouvait m'attraper et me jeter par-dessus son épaule comme un sac de pommes de terre ; je n'aurais aucun moyen de l'en empêcher.

— D'abord, quelques mouvements de base, dit Ari. Avant d'apprendre à manier une arme, il faudra que ces gestes deviennent instinctifs. Mieux vaut se battre à mains nues qu'avec une arme qu'on ne maîtrise pas. Un adversaire habile te désarmera aussitôt, ce qui multipliera tes problèmes, puisque tu devras contrer son arme et la tienne.

Ari appuya son épée d'entraînement contre la clôture, à côté de celle de Janco, et parcourut du regard la cour d'entraînement. La plupart des soldats avaient regagné leurs quartiers ; seuls quelques-uns s'entraînaient encore.

— Quels sont tes atouts ? demanda-t-il.

— Quoi ?

— Tes points forts, tes qualités.

— Par exemple, est-ce que tu cours vite ? demanda Janco. C'est toujours utile.

— Ah…, dis-je, comprenant enfin. Je suis souple. Autrefois, je pratiquais l'acrobatie.

— Parfait. La coordination et l'agilité sont d'excellentes qualités, dit Ari. Justement…

Il m'attrapa par la taille et me lança en l'air.

Mes membres se déployèrent et s'agitèrent violemment, puis, d'un coup, mes réflexes reprirent le dessus. En plein vol, je rentrai le menton, me roulai en boule, fis une culbute et atterris sur mes pieds, chancelante.

Je me tournai vers Ari, furieuse ; mais avant que j'aie pu lui demander des explications, il reprit :

— Les acrobates ont un autre avantage : ils savent retomber sur leurs pieds. La petite manœuvre que tu viens de faire pourrait bien te sauver la vie, à l'occasion. Pas vrai, Janco ?

Celui-ci frottait, pensif, les vestiges de son oreille amputée.

— C'est sûr, c'est sûr. Mais il y en a d'autres qui feraient d'excellents combattants…

Les épaules d'Ari s'affaissèrent, comme s'il savait ce qui allait suivre.

— Qui ? demandai-je, intriguée.

— Les danseurs. Avec un peu d'entraînement, les danseurs de la Fête du Feu pourraient tenir tête à n'importe qui. Avec ces grands bâtons enflammés… Moi, je ne les défierais avec aucune arme…

— Même pas un seau d'eau ? interrompit Ari.

Sans doute pas pour la première fois, Janco et lui se lancèrent dans une discussion concernant les aspects techniques d'un combat contre un danseur du feu. Bien que fascinée, je dus les interrompre. On n'allait pas tarder à servir le dîner du Commandant.

Tout en échangeant de temps à autre des piques narquoises au sujet des danseurs, Ari et Janco consacrèrent le reste de la leçon à m'apprendre à bloquer les coups de poing, puis les coups de pied. Bientôt la douleur envahit mes avant-bras et les laissa engourdis.

D'un coup, Ari mit brusquement fin à l'exercice, et Janco et lui prirent une attitude défensive. Nix, le garde de l'unité du capitaine Parffet, s'approchait. Son crâne nu était brûlé par le soleil, sa frange noire collait mollement à son front. Des effluves de transpiration le précédaient. Son corps maigre mais musclé me rappelait une corde fine, légère et dangereuse.

— Qu'est-ce que vous fichez ? demanda-t-il d'un ton bourru.

— Qu'est-ce que vous fichez, *capitaines…*, corrigea Janco. Nous sommes tes supérieurs, Nix. D'ailleurs, tu serais gentil de te mettre au garde-à-vous.

Nix fit une grimace méprisante.

— Vous n'allez pas rester capitaines longtemps, si

votre chef apprend que vous entraînez une criminelle. Lequel de vous deux a eu l'idée brillante d'en faire une tueuse plus efficace ? Au prochain cadavre qu'on trouvera, vous serez désignés complices.

Janco s'avança, furieux, mais Ari l'arrêta d'une grosse main posée sur son épaule. Puis, d'une voix doucement menaçante, il dit :

— Nix, ce que nous faisons durant notre temps libre ne te regarde pas. Si tu allais plutôt retrouver ton copain Parffet ? Je l'ai vu prendre le chemin des latrines, il n'y a pas longtemps. Il va bientôt avoir besoin de quelqu'un pour lui torcher les fesses. Et s'il y a une chose pour laquelle tu es doué…

Nix battit en retraite. Quelques mètres plus loin, il se retourna.

— Surveillez quand même vos arrières ! lança-t-il. Elle a la vilaine habitude d'égorger ses bienfaiteurs dans leur sommeil.

Ari et Janco le suivirent des yeux pendant qu'il s'éloignait et disparaissait. Puis ils se retournèrent.

— La leçon est finie, dit Ari. C'était un bon début. On se retrouve demain matin, à l'aube.

— Et Nix ? demandai-je.

— Ne t'inquiète pas. Il ne peut rien contre nous.

Ari haussa les épaules nonchalamment. Je lui enviais son assurance et sa force physique. Moi, je doutais fortement de pouvoir me défendre contre

Nix. Surtout, je ne comprenais pas pourquoi il me détestait autant.

— A l'aube, je dois être dans le bureau du Commandant pour goûter son petit déjeuner.

— Juste après l'aube, alors.

— Pourquoi ?

— Les membres de la garde font des tours de château en courant, tous les matins, pour rester en forme, dit Janco.

— Joins-toi à nous, dit Ari. Fais au moins cinq tours. Tous les jours, tu en feras un peu plus, jusqu'à ce que tu nous rattrapes.

— Combien de tours faites-vous ?

— Cinquante.

Je déglutis, fis mes adieux et partis vers le château. Je prenais subitement conscience du temps et de l'effort que j'allais devoir consacrer à cet apprentissage. Cela me demanderait autant de rigueur, sinon plus, que l'acrobatie. Sur le moment, cela m'avait semblé une bonne idée ; je m'étais imaginée repoussant sans peine les attaques des gardes de Brazell, et ce fantasme m'avait plu. Mais à présent, j'évaluais vraiment les conséquences de mon petit caprice.

Ce temps eût peut-être été mieux employé à me renseigner sur les poisons et la magie… En fin de compte, tout l'entraînement physique du monde me serait inutile, face aux pouvoirs magiques d'Irys.

Je traînais les pieds, le cœur gros. Pourquoi tout

était-il si compliqué ? Pourquoi passais-je mon temps à douter, à comparer les solutions, à chercher des failles dans mes raisonnements ? Comme un acrobate sur un trampoline, je faisais des sauts périlleux sur place, sans jamais aller de l'avant. Si seulement je pouvais revenir à l'époque où un mauvais choix ne risquait pas de me coûter la vie !

Le temps d'arriver au bureau du Commandant, j'avais pris une décision. Irys n'était pas ma seule ennemie ; un jour, ces leçons d'autodéfense pourraient me sauver la vie. Ce savoir-faire serait aussi précieux que toutes les armes du monde.

Juste après mon arrivée chez le Commandant, un tuteur entra en trombe, traînant une jeune fille derrière lui.

A l'âge de douze ans, tous les enfants d'Ixia se voient assigner une profession en fonction de leurs aptitudes. Pendant les quatre années suivantes, ils vont apprendre auprès d'un tuteur le savoir-faire nécessaire à leur métier. L'uniforme de ces derniers est tout rouge, sauf les losanges brodés sur le col, qui sont noirs ; c'est le négatif parfait du costume des conseillers.

La jeune fille portait la robe chasuble rouge des apprenties. Ses yeux brillaient de larmes retenues. La peur et la bravade se succédèrent sur son visage tandis qu'elle luttait pour maîtriser ses émotions. Elle devait avoir quinze ans, tout au plus.

— Quel est le problème, Beevan ? demanda le Commandant d'un air contrarié.

— Cette enfant s'appelle Mia. Elle est désobéissante, insolente, et elle perturbe mes cours.

— De quelle manière ?

— Elle prétend tout savoir. Elle résout les problèmes mathématiques par des méthodes complètement arbitraires, et ensuite elle a le culot de me reprendre devant toute la classe !

— Pourquoi venez-vous m'en parler ?

— Je veux qu'elle soit punie. Fouettée, de préférence, et réaffectée au service des domestiques.

La requête de Beevan fit jaillir des larmes silencieuses des yeux de Mia. Néanmoins, elle garda son sang-froid ; c'était très impressionnant, pour quelqu'un de son âge.

Le Commandant rapprocha le bout de ses doigts et parut réfléchir. Je plaignais la jeune fille. Son cas serait aggravé par le fait que son tuteur s'était directement adressé au Commandant. Je me demandais d'ailleurs comment il avait réussi à doubler son supérieur.

— Je me charge de ce problème, dit enfin le Commandant. Vous pouvez disposer.

Beevan hésita quelques instants, ouvrant et refermant la bouche. A son expression pincée, je compris que la réaction du Commandant n'était pas celle qu'il avait escomptée. Finalement, il hocha la tête et quitta la pièce d'un pas raide.

Le Commandant repoussa son bureau à deux mains, fit signe à Mia de s'approcher, et la regarda droit dans les yeux.

— Quelle est ta version des faits, Mia ?

— Je suis douée pour les chiffres, Commandant, dit-elle d'une voix grêle.

Elle s'interrompit comme si elle s'attendait à être foudroyée, puis, voyant que ce n'était pas le cas, poursuivit.

— Je m'ennuie dans les cours du tuteur Beevan, alors j'ai inventé des raccourcis pour résoudre les problèmes mathématiques. Le tuteur Beevan n'est pas doué pour les chiffres, Commandant.

De nouveau, elle s'arrêta et se tassa un peu.

— Il a fait une erreur, et j'ai eu le tort de la relever. Je suis désolée. Je vous en prie, Commandant, ne me faites pas fouetter. Je ne recommencerai pas, je le jure. A partir de maintenant, j'obéirai toujours aux ordres du tuteur Beevan.

A présent, des larmes coulaient sur ses joues rose vif.

— Non, j'ai bien peur que cela ne fonctionne pas, dit le Commandant.

La frayeur se peignit sur les traits de la jeune fille.

— Calme-toi, mon enfant. Elena ?

— Oui, Commandant ?

— Allez chercher le Conseiller Watts.

Je posai le plateau du petit déjeuner et partis vers la porte. Je connaissais Watts ; c'était le comptable du Commandant, celui qui m'avait versé ma prime après l'exercice dans la forêt. Je le trouvai à son bureau, plongé dans son travail ; il s'empressa de me suivre jusqu'au bureau d'Ambroise.

— Watts, avez-vous encore besoin d'un assistant ? demanda celui-ci.

— Oui, Commandant.

— Mia, tu as un jour pour faire tes preuves. Si tu n'éblouis pas le Conseiller Watts par tes prouesses mathématiques, tu retourneras suivre les cours de Beevan. Si l'essai est concluant, tu seras nommée assistante-comptable. Entendu ?

— Oui, Commandant. Merci, Commandant.

Mia s'éloigna derrière Watts, son joli petit visage irradiant le bonheur.

Je restai abasourdie. Je n'avais pas imaginé que le Commandant ferait preuve de compassion envers Mia, encore moins qu'il lui demanderait sa version des faits et lui offrirait une chance pareille. A vrai dire, c'était incompréhensible. Il risquait de s'attirer l'hostilité de l'ensemble des tuteurs pour une seule élève.

Le Commandant s'était plongé dans une épaisse pile de dossiers. Je m'éclipsai en silence et me dirigeai vers la bibliothèque.

Je restai enfouie dans mon fauteuil jusqu'au coucher du soleil, puis emportai un traité de botanique pour le lire dans ma chambre. Je n'osais pas allumer une lanterne dans la bibliothèque, de peur qu'elle ne trahisse ma présence.

Ma bougie éclairait le couloir d'une lueur lugubre et faisait vaciller mon ombre sur les murs. Tout en marchant vers les appartements de Valek, je réfléchissais à ma situation. Devais-je me réinstaller dans mon ancienne chambre, dans l'aile des domestiques ? Depuis le départ de Brazell, ma présence chez Valek ne se justifiait plus. Mais à l'idée de regagner cette chambre minuscule, de me retrouver seule, sans personne pour se disputer avec moi et m'entretenir de la meilleure façon d'empoisonner ses ennemis, un grand vide m'envahissait. Le même vide que je ressentais, par intermittence, depuis quatre jours.

Dans la suite, le froid et l'obscurité régnaient. Je fus d'abord surprise d'éprouver une déception aussi vive, puis je compris que Valek me manquait. Je secouai la tête, troublée par cette découverte. Valek ne *devait* pas me manquer. Je ne pouvais me permettre de réagir ainsi.

Mieux valait voir les choses sous l'angle de la survie. Je voulais découvrir l'antidote à la Poussière de Papillon : or, feuilleter des livres sur les contre-poisons sous le nez de Valek n'était pas la meilleure chose à faire. Il fallait donc que je parte de chez lui. De toute façon, lorsque Valek apprendrait que Brazell était parti, il me renverrait sans doute dans l'aile des domestiques sans me demander mon avis.

Après avoir allumé les lanternes du salon, je m'installai dans le canapé avec le livre de botanique. La biologie n'a jamais fait partie de mes sujets préférés ; rapidement, mes pensées errèrent. Pendant quelque temps, j'essayai en vain de me concentrer, avant de m'abandonner tout à fait à la rêverie.

Un choc étouffé me ramena brutalement au présent — le bruit d'un gros livre s'écrasant sur le sol. Ce n'était pas le mien ; il reposait sur mes genoux, ouvert à un passage particulièrement laborieux sur les arbres fruitiers. Je balayai la pièce du regard. L'une des piles de Valek s'était-elle écroulée ? Malheureusement, le désordre était tel que je ne pouvais être sûre de rien.

Une pensée désagréable s'insinua en moi : et si le bruit était venu de l'étage au-dessus ? Et si cela n'avait pas été un livre, mais un rôdeur ? Quelqu'un qui se serait glissé dans les pièces du haut et qui attendrait que je m'endorme pour m'attaquer… Incapable de rester dans le doute, je pris une lanterne et me précipitai vers ma chambre.

Mon sac à dos était posé sur mon bureau. Rand ne m'avait toujours pas réclamé son couteau. Au moment où je sortais la lame du sac, je me rappelai les conseils d'Ari sur le mauvais usage des armes. C'était sans doute une mauvaise idée de le prendre.

Mais le contact de son manche contre ma paume me rendait plus confiante. Je retournai dans le salon et réfléchis. Je n'arriverais jamais à dormir tant que je n'aurais pas l'esprit tranquille.

En haut de l'escalier, l'obscurité était profonde. A la lumière de ma lanterne, je distinguai, autour de la cage d'escalier, une sorte de petit salon désordonné. Cartons, livres et meubles s'y éparpillaient, jetant d'étranges ombres sur les murs. Je contournais les obstacles avec précaution, éclairant les recoins sombres à la recherche d'une embuscade.

Soudain, une étincelle de lumière m'arracha un petit cri. Je fis volte-face. Ce n'était que le reflet de ma lanterne sur les meurtrières percées dans le mur derrière moi.

A droite du salon se trouvaient trois chambres. Le cœur battant, je les inspectai rapidement. Remplies de cartons et de poussière, elles étaient en tout point semblables à celles de l'étage en dessous. Aucun intrus ne s'y tapissait.

A gauche, le salon donnait sur un long couloir. D'un côté, une série de portes fermées se succédaient ; de l'autre, c'était un mur en pierre. Le couloir aboutissait à une double porte de bois d'ébène sculpté, dont les bas-reliefs représentaient des scènes de chasse. A la fine couche de poudre blanche sous la porte, je devinai qu'il s'agissait de la chambre de Valek. Cette poudre était destinée à relever des traces de pas, au cas où l'on s'aviserait de pénétrer dans sa chambre à son insu. N'apercevant aucune empreinte, je me tranquillisai un peu.

A mesure que je passais le nez dans les pièces le long du couloir, je compris réellement à quel point Valek souffrait de « collectionnite ». Je m'étais toujours imaginé les tueurs professionnels comme des créatures de l'ombre, voyageant sans bagages, ne restant jamais longtemps au même endroit... Mais les appartements de Valek évoquaient ceux d'un vieux couple marié qui n'a jamais pu se résoudre à jeter quoi que ce soit.

Plongée dans mes pensées, j'entrai dans la dernière pièce. Il me fallut quelques instants pour comprendre ce que j'avais devant les yeux. Comparée aux autres, cette pièce était vide. Une longue table s'étendait près du mur du fond, sous une fenêtre en forme de goutte. Par terre, des pierres grises striées de blanc — les mêmes qui parsemaient le salon et le bureau de Valek, sur lesquelles je trébuchais depuis un mois et demi — étaient disposées par ordre de grandeur.

Une épaisse poussière recouvrait toute la pièce, à l'exception d'une partie de la table. Là, je vis des ciseaux, des râpes, une meule. Autour des outils se trouvaient de petites statuettes plus ou moins achevées. Une fois taillées et polies, les pierres grises prenaient une teinte noire brillante, tandis que les stries blanches devenaient argentées.

Posant la lanterne sur la table, je ramassai un papillon

dont les ailes luisaient de petits éclats métalliques. La sculpture me parut terminée ; les détails étaient si vraisemblables qu'on se serait attendu à ce que le papillon batte des ailes et prenne son envol. Le même soin, la même précision avaient été apportés aux autres figurines, que j'admirai à tour de rôle. Ce n'étaient qu'animaux, insectes et fleurs. Visiblement, l'artiste puisait l'essentiel de son inspiration dans la nature.

D'un coup, je compris que cet artiste ne pouvait être que Valek. Voilà un aspect de sa personnalité que je n'avais pas soupçonné. J'eus l'impression d'avoir percé à jour son secret le plus intime ; si j'avais découvert qu'il cachait là une famille secrète, avec femme, enfants et chien, je n'en aurais pas été plus étonnée.

J'avais remarqué, bien sûr, les figurines sur son bureau. Tous les jours, je regardais le guépard des neiges sur celui du Commandant et, tous les jours, je me demandais comment il avait choisi le seul ornement de son bureau. A présent, j'avais la réponse. C'était Valek qui le lui avait offert.

Un bruit de pas me fit sursauter. Avant que j'aie pu faire un geste, une grande forme noire se rua sur moi, m'arracha mon couteau et le plaqua contre ma gorge. La peur me suffoqua, et des images flottèrent devant mes yeux : celles des soldats qui m'avaient désarmée et arrachée au cadavre de Reyad. Mais le visage de Valek ne montrait aucune colère. Plutôt de l'amusement.

— On fouille dans mes affaires ? demanda-t-il.

Je maîtrisai ma peur et me forçai à respirer.

— J'ai entendu un bruit suspect. J'ai dû…

— Hum…, dit Valek. Tu inspectes cet objet pour voir s'il en est responsable ?

Du bout du couteau, il indiqua le papillon serré dans ma main.

— Tu fouines.

— Oui, avouai-je.

— Très bien. La curiosité est une grande qualité. Je me demandais si tu attendrais encore longtemps avant d'entrer ici. As-tu fait des découvertes intéressantes ?

— C'est magnifique, dis-je en parlant du papillon.

— La sculpture m'aide à me concentrer, répondit Valek en haussant les épaules.

A regret, je replaçai la statuette sur la table ; j'aurais aimé l'examiner à la lumière du jour. Attrapant ma lanterne, je suivis Valek hors de la pièce.

— J'ai vraiment entendu un bruit, dis-je.

— Je sais. J'ai fait tomber un livre pour voir comment tu réagirais. Je dois dire que je ne m'attendais pas au couteau. Est-ce celui qui manque dans la cuisine, par hasard ?

— Rand m'a dénoncée ? demandai-je, me sentant trahie.

— Non. Je me tiens informé des disparitions de gros couteaux, voilà tout. C'est une question de bon sens.

Valek me tendit le couteau.

— Tu ferais mieux de le rendre. Il ne te sera d'aucune utilité, vu le calibre de tes adversaires.

Nous descendîmes ensemble l'escalier. Je repris le livre de botanique que j'avais laissé sur le divan.

— Et nos fèves, dit Valek, qu'en pense le Commandant ?

— Il pense qu'elles viennent de Sitia. Il me les a rendues pour que je découvre leur nom. Je fais des recherches à la bibliothèque, depuis quelques jours.

Je montrai à Valek mon livre de botanique. Il le feuilleta distraitement.

— As-tu trouvé quelque chose ?

— Pas encore.

— Le Commandant a dû être impressionné par ton comportement en tant que fugitive. Normalement, il aurait confié cette mission à l'un de ses conseillers scientifiques.

Les paroles de Valek me mirent mal à l'aise. Je n'étais pas convaincue de pouvoir mener cette mission à bien, et la perspective de décevoir le Commandant n'était pas attirante.

— Jusqu'où avez-vous suivi la caravane ? demandai-je pour changer de sujet.

Valek hésita un instant.

— Jusqu'à la nouvelle fabrique de Brazell.

S'il avait été surpris par cette découverte, il n'en laissait rien paraître.

Il me vint à l'esprit que, en dépit de toutes les discussions au sujet de cette fameuse fabrique, je ne savais absolument pas ce qu'elle était censée produire. Je posai la question à Valek.

— C'est prétendument une meunerie de grains pour bétail.

Valek me rendit mon livre.

— Je n'ai aucune idée de ce à quoi peuvent servir les fèves et les gousses. C'est peut-être un ingrédient secret qui, ajouté au grain, augmente la production de lait. Dans ce cas, Brazell obtiendrait rapidement un monopole des aliments pour bétail. Quelque chose de ce genre. Je ne suis pas expert en matière d'élevage.

Valek repoussa ses cheveux de son front.

— Il faut que je me penche de plus près sur sa demande de permis. Quelque chose a dû m'échapper. En tout cas, j'ai chargé quelques hommes de surveiller le chemin forestier et d'infiltrer l'usine. A l'heure qu'il est, j'ai besoin de plus d'informations.

— Brazell a quitté le château cet après-midi.

— J'ai croisé son cortège. Bon débarras.

Valek se dirigea vers son bureau et se mit à trier

des papiers. Je le regardai faire quelques instants, attendant qu'il dise quelque chose. Il resta silencieux. Finalement, je rassemblai mon courage.

— Dois-je retourner à mon ancienne chambre, maintenant que Brazell est parti ?

Aussitôt, je me reprochai le choix de mes mots. J'aurais dû être plus ferme ; après tout, je voulais déménager… Mais c'était trop tard.

Valek se retourna vers moi. Je retins ma respiration.

— Non, dit-il. Tu es encore en danger. Nous n'avons pas encore réglé le compte de cette magicienne du Sud.

Il se retourna vers son bureau. Curieusement, j'éprouvais un immense soulagement. Pourtant, rester à ses côtés était dangereux, illogique et, à tous points de vue, c'était la pire solution pour moi. Le livre sur la magie que j'avais pris à la bibliothèque se trouvait encore dans mon sac à dos.

Je me maudis en silence, furieuse. Comme si je n'avais pas suffisamment de problèmes… Plutôt que de me languir de Valek lorsqu'il était absent, je devais me concentrer sur ma future évasion. Plutôt que de vouloir à tout prix résoudre le mystère des fèves, je devais les détruire. Plutôt que d'admirer et de respecter Valek, je devais le calomnier. Autant de bons conseils que je n'arrivais absolument pas à suivre…

— Comment procédez-vous, au juste, pour régler son compte à un magicien ?

Valek pivota sur sa chaise pour me regarder.

— Je te l'ai déjà dit.

— Mais leurs pouvoirs…

— Ils n'ont aucun effet sur moi. Lorsque je m'approche d'eux, je sens leur magie flotter autour de moi. L'air devient épais, tangible ; je dois faire un effort considérable pour me déplacer. Mais en fin de compte, c'est moi qui l'emporte. A tous les coups.

— A quelle distance sentez-vous leurs pouvoirs ?

Depuis mon arrivée au château, j'avais manifesté des pouvoirs magiques à deux reprises — et les deux fois, Valek s'était trouvé près de moi. Soupçonnait-il quelque chose ?

— Seulement si nous sommes dans la même pièce.

Donc il ne savait pas. Pas encore.

— Pourquoi n'avez-vous pas tué la magicienne, à la Fête du Feu ?

— Elena, je ne suis pas invincible. C'était épuisant de me battre contre quatre hommes tandis qu'elle me jetait son pouvoir à la figure.

Je réfléchis un instant.

— Résister à la magie, n'est-ce pas aussi une forme de magie ?

— Non.

Le visage de Valek se figea et devint dur.

— Et ce couteau ?

Je tendis le doigt vers la lame qui pendait au mur, sur laquelle perlaient des gouttes de sang écarlate. Cela faisait trois semaines que j'habitais la suite de Valek, et le sang n'avait pas séché.

— Il m'a servi à tuer le roi, dit Valek en riant. Il était magicien, lui aussi. Mais tous ses pouvoirs n'ont pu m'empêcher de plonger ce couteau dans son cœur. Cela l'a tellement contrarié que, dans un dernier souffle, il m'a jeté une malédiction. Dans le genre mélodramatique, on ne fait pas mieux. En plus d'être rongé par le remords, je devais garder à vie la trace de son sang sur mes mains. Mon immunité particulière à la magie a transféré la malédiction vers mon épée.

Valek contempla sa collection d'armes, songeur.

— C'était mon couteau préféré. Je le regrette, dans un sens, mais c'est un joli souvenir.

18

Mes poumons étaient en feu. Les joues brûlantes, le corps trempé de sueur, je courais loin derrière le peloton de soldats. J'arrivais à la fin de mon troisième tour du château. Plus qu'un tour, et j'aurais fini.

Juste après avoir vérifié le petit déjeuner du Commandant, je m'étais dirigée vers les baraquements nord-est. Bientôt un troupeau de soldats m'avait dépassée en courant, parmi lesquels Ari, qui m'avait fait signe de les suivre. Je craignais que ma présence ne déplaise aux autres soldats, mais j'avais rapidement repéré des domestiques, des écuyers et quelques autres employés du château qui s'entraînaient avec eux.

Les deux premiers tours eurent pour effet d'accélérer mon pouls et de m'essouffler. Au troisième tour, une douleur lancinante envahit mes pieds ; au cours du suivant, elle remonta le long de mes jambes. A présent, tout était devenu flou ; je ne distinguais que la petite parcelle d'herbe devant moi. J'achevai mon cinquième tour en boitillant et, une fois franchie la ligne d'arrivée, me jetai dans le fossé pour y vomir mon petit déjeuner. Janco me fit un signe d'encouragement en passant. Il n'eut même pas la délicatesse de paraître essoufflé. Sa chemise était sèche.

Au moment où je m'essuyais la bouche et me redressais, Ari s'arrêta près de moi.

— Rendez-vous dans la cour d'entraînement, à 14 heures, dit-il. A plus tard.

Et il repartit à toute vitesse.

— Mais…, protestai-je inutilement.

Je tenais à peine debout. De nouveaux efforts physiques me paraissaient totalement exclus.

Lorsque j'arrivai dans la cour d'entraînement, Ari et Janco, appuyés sur la clôture, regardaient deux hommes se battre à l'épée. Les chocs métalliques de leurs lames résonnaient dans l'air. Toutes les personnes présentes avaient abandonné leurs activités pour observer le combat. A ma grande surprise, je m'aperçus que l'un des deux hommes n'était autre que Valek. Je ne l'avais pas vu depuis l'aube ; je pensais qu'il se reposait, après s'être couché si tard la veille.

Valek se déplaçait si rapidement qu'il semblait s'être liquéfié. En le contemplant, je fus frappé par sa grâce et sa beauté. Ses mouvements égalaient ceux d'un danseur professionnel ; par comparaison, son adversaire évoquait un poulain nouveau-né, titubant et peinant à tenir sur ses jambes. Sans aucun effort apparent, Valek le désarma.

Du bout de son épée, il fit signe à son adversaire de se

ranger sur le côté. Une deuxième personne, qui attendait près de la clôture, s'avança pour l'affronter.

— Que se passe-t-il ? dis-je.

— Le défi de Valek, répondit Janco.

— Quoi ?

— Valek a lancé un défi à tous les citoyens d'Ixia. Celui qui le battra en duel, avec l'arme de son choix ou à mains nues, deviendra son adjoint.

Ari fit un geste vers Valek, qui se battait déjà contre un troisième adversaire.

— C'est devenu une sorte de tradition. Lorsqu'ils ont fini leur entraînement de base, tous les soldats affrontent Valek au moins une fois. On peut tenter sa chance autant de fois qu'on veut. Les capitaines observent les duels et recrutent les éléments prometteurs. Et ceux qui arrivent à impressionner Valek se voient parfois proposer un poste dans son corps d'élite.

— Comment vous en êtes-vous sortis, tous les deux ? demandai-je.

— Pas trop mal, dit Ari.

— Pas trop mal ? s'exclama Janco. Ari a bien failli le battre ! Valek était ravi. Mais Ari préfère être éclaireur plutôt qu'espion.

— Je veux tout ou rien, déclara Ari d'une voix impassible.

Nous restâmes quelque temps à regarder le spectacle. Ari et Janco commentaient les aspects techniques des duels ; pour ma part, je ne parvenais pas à ôter les yeux de Valek. Sa lame volait, dardant des reflets de soleil ; en quelques minutes, il écrasa deux nouveaux candidats. Chaque fois, il les tapotait doucement du plat de son épée, pour leur signifier sans les blesser qu'il avait percé leurs défenses. Le suivant s'approcha, un couteau à la main.

— Mauvais choix, dit Ari.

Valek posa son épée et dégaina son couteau. Deux échanges plus tard, la rencontre était terminée.

— Valek excelle dans les combats au couteau, commenta Janco.

Le dernier adversaire était une femme. Grande et agile, elle se battait avec une longue canne de bois. Elle tint tête à Valek ; leur duel dura plus longtemps que tous les autres. Enfin, il y eut un grand craquement, et son bâton se fendit en deux. Comme la foule se dispersait, je vis Valek discuter avec elle.

— Elle s'appelle Maren, dit Ari. Si elle ne disparaît pas dans le corps d'élite, tu pourrais lui demander de t'apprendre à manier la canne. Cela te donnerait un avantage contre des adversaires plus grands que toi.

— Ce n'est pas une arme très discrète.

— Dans les couloirs du château, non. Mais en forêt, par exemple, il pourrait facilement passer pour un bâton de marche.

Je regardai Maren, songeuse. Accepterait-elle de

m'aider ? Probablement pas. Après tout, qu'avait-elle à y gagner ?

Comme s'il avait lu dans mes pensées, Ari me dit :

— Maren est agressive et encourageante. Toutes les nouvelles recrues féminines ont droit à son attention personnelle, qu'elles le veuillent ou non. Elle fait tout pour les aider à résister aux rigueurs de la formation. Si nous avons autant de femmes dans la garde du Commandant, c'est largement grâce à elle. Nous lui avons demandé de nous donner des cours — la canne est une bonne arme pour des éclaireurs —, mais elle ne s'intéresse pas à l'entraînement des hommes.

— Moi, je ne suis pas une nouvelle recrue. Pourquoi perdrait-elle son temps à m'aider ? Je peux mourir demain.

— Oh ! là, là… On est de mauvaise humeur, aujourd'hui, dit Janco. On a eu un peu trop d'exercice, ce matin ?

— Pas du tout, répondis-je en maugréant.

Son sourire ne fit que s'élargir.

— Ça suffit, tous les deux, dit Ari. Commençons la leçon.

Le reste de l'après-midi, j'appris à donner des coups de poing sans me casser les doigts, et à maîtriser la technique des coups de pied. A force de frapper dans un sac de boxe, la peau de mes phalanges devint écarlate. Quant aux coups de pied frontaux, c'était encore plus difficile, car les muscles de mes cuisses étaient raidis par ma course autour du château.

Quand Ari déclara enfin la leçon terminée, ce fut lasse et meurtrie que je repris la direction du château.

— A demain matin, dit Janco d'un air goguenard.

Je me retournai pour lui lancer une pique et me trouvai nez à nez avec Valek. Je cessai de respirer. Il avait certainement observé mon entraînement ; j'en étais un peu gênée.

— Tes coups de poing sont trop lents, dit-il.

Prenant l'une de mes mains, il examina mes doigts, qui se teintaient à présent de mauve.

— Mais ta technique est bonne, c'est déjà ça. Je te conseille de t'entraîner avec des poids dans les mains. Ainsi, lorsque tu te battras sans poids, tes gestes seront plus rapides.

— Je peux continuer ? dis-je, incrédule.

Valek ne lâchait pas ma main, et je ne parvenais pas à trouver la volonté de la repousser. La chaleur de sa peau s'étendit à mon corps tout entier ; l'espace d'un instant, ma douleur et ma fatigue disparurent.

Le souvenir de son étonnante démonstration de force encore gravé en moi, j'étudiai son visage aux traits si particuliers. Ses yeux bleus étincelants et dangereux avaient toujours attiré mon attention, et j'avais appris, dans mon propre intérêt, à interpréter ses expressions. Mais je n'avais jamais pris le temps de le regarder vraiment. C'était une contradiction vivante. Cet homme qui passait des heures à sculpter des figurines délicates était également capable de désarmer sept adversaires sans qu'une goutte de sueur n'apparaisse sur son visage. Mes relations avec lui ressemblaient à un numéro d'équilibriste. J'étais confiante, sûre de moi, et puis, d'un instant à l'autre, déséquilibrée, sur le point de tomber.

— Je trouve que c'est une excellente idée, dit-il. Comment as-tu persuadé les Invincibles de t'entraîner ?

— Pourquoi les appelez-vous ainsi ?

— Parce que la force d'Ari et la rapidité de Janco réunies me semblent imbattables. Pour l'instant, je n'ai pas eu l'occasion de vérifier cette théorie, parce qu'ils n'ont pas eu l'idée de me combattre à deux. Personne n'a dit que je ne pouvais avoir qu'un seul adjoint… Mais tu ne vas pas trahir mon petit secret, n'est-ce pas ?

— Non.

Valek serra ma main dans la sienne pour me remercier, puis la relâcha.

— Bien. Ce sont sans doute les meilleurs instructeurs que l'on puisse trouver. Comment les as-tu rencontrés ?

— Ils m'ont retrouvée dans la forêt. Le Commandant les a promus, et j'ai profité de leur gratitude.

— Opportuniste et sournoise, dit Valek en riant. Tu me plais, Elena.

Il me raccompagna jusqu'au château, d'excellente humeur, sans doute parce qu'il venait de battre sept hommes à plate couture. Juste avant de passer le portail, il s'arrêta.

— Il y a un seul problème, dit-il.

— Lequel ?

— Tu ne devrais pas t'entraîner à la vue de tous. Les rumeurs vont vite. Si Brazell l'apprend, il va protester, et Ambroise t'ordonnera d'arrêter. En plus, cela éveillera la méfiance du Commandant.

Nous passâmes la porte et entrâmes dans les couloirs sombres et frais du château.

— Il y a de grandes réserves vides au sous-sol, dit Valek. Je te conseille de t'entraîner là-bas. Cela ne t'empêchera pas de courir, le matin, avec les autres.

« Parfait », me dis-je sarcastiquement. La course à pied était la seule partie de mon entraînement à laquelle j'aurais volontiers renoncé.

Néanmoins, Valek avait raison. Nos activités dans la cour d'entraînement avaient déjà attiré l'attention des autres soldats. Notamment celle de Nix, dont les rictus et les regards envenimés me transperçaient comme des flèches.

Après cela, Valek s'enferma dans le silence. Nous traversions ensemble le château ; j'allais goûter le dîner du Commandant, et Valek m'accompagna.

— En parlant de Brazell, dit-il subitement, j'ai une

question à te poser. Ce Criollo que le Commandant aime tant… l'apprécies-tu autant que lui ?

Je choisis soigneusement mes mots.

— Oui. C'est un excellent dessert.

— Si tu en étais privée, comment réagirais-tu ?

— Eh bien…

J'hésitai, me demandant où menaient les questions de Valek.

— Franchement, je serai déçue. Tous les matins, j'attends avec impatience le moment d'en manger un carré.

— As-tu déjà eu une envie irrépressible de Criollo ?

Je compris enfin où il voulait en venir.

— Comme si c'était une drogue ?

Valek acquiesça.

— Je ne crois pas, mais…

— Quoi ?

— Je n'en mange qu'un carré par jour. Le Commandant en prend à tous les repas, même après son en-cas de minuit. Pourquoi cela vous inquiète-t-il ?

— Une simple impression, rien de plus.

Valek ne dit plus un mot jusqu'au bureau du Commandant.

— Alors, Valek, avez-vous fait de nouvelles promotions ? demanda Ambroise en nous voyant apparaître.

— Pas aujourd'hui. Néanmoins, Maren est de plus

en plus prometteuse. Malheureusement, elle ne veut pas rejoindre notre corps d'élite, ni même devenir mon adjoint. Elle veut simplement me battre.

Valek eut un grand sourire, ravi par le défi qui lui était lancé.

— Y parviendra-t-elle ?

— Avec le temps, et avec un entraînement correct, oui. Elle manie redoutablement bien sa canne ; elle a juste besoin d'améliorer sa tactique.

— Que pouvons-nous faire d'elle ?

— Nommez-la général, et mettez un de ces vieux fossiles à la retraite. Un peu de sang frais dans les échelons supérieurs, cela ne ferait pas de mal.

— Valek, vous n'avez jamais bien saisi le fonctionnement de la hiérarchie militaire.

— Eh bien, qu'elle soit promue premier lieutenant aujourd'hui, capitaine demain, chef d'escadron le lendemain, colonel le surlendemain et…

— Je prends note de vos conseils, Valek.

Le Commandant me lança un regard irrité. Intéressée par leur conversation, je traînais, et il s'en était aperçu.

— Autre chose, Valek ? demanda-t-il.

Je finis de goûter le dîner du Commandant, plaçai le plateau sur son bureau et m'avançai vers la porte. Valek me rattrapa par le bras.

— J'aimerais faire une petite expérience, dit-il. Pendant une semaine, chaque fois que vous mangerez du Criollo, Elena en mangera aussi un carré. La semaine suivante, c'est moi qui le goûterai à sa place. J'aimerais voir ce qui se passe lorsqu'on cesse subitement d'en…

— Non, interrompit le Commandant en levant la main. Je comprends votre inquiétude, Valek, mais elle est mal placée.

— Faites-moi plaisir.

— Ecoutez, nous ferons l'expérience une fois que Rand aura reproduit la recette envoyée par le général Brazell. D'accord ?

— Oui, Commandant.

— Bien. A présent, j'aimerais que vous assistiez à ma réunion avec le général Kitvivian. La saison froide n'est pas encore commencée, et il se ronge déjà les sangs au sujet des guépards.

Le regard du Commandant se posa sur moi.

— Elena, vous pouvez disposer.

Après m'être arrêtée aux bains pour me laver, je passai aux cuisines. Là, j'empruntai un bol et une grande passoire que j'emportai jusqu'à la bibliothèque. Les quatre gousses restantes s'étaient teintées de brun et commençaient à pourrir. Je les fendis, les vidai de leur pulpe et de leurs graines, que je fis tomber dans la passoire. Puis je posai celle-ci en équilibre sur le bol. L'odeur particulière des graines imprégnait toute la pièce. J'ouvris la fenêtre et mis le bol sur le rebord. Mon expérience n'était fondée sur aucun postulat scientifique ; je voulais juste voir si la pulpe fermentait. Brazell l'utilisait peut-être pour fabriquer un breuvage alcoolique.

Jusqu'à présent, ma lecture des encyclopédies de botanique n'avait rien donné. Et les livres sur les poisons, bien qu'intéressants, ne faisaient aucune mention de la Poussière de Papillon. Cependant, j'avais repéré des pages arrachées dans quatre volumes différents. Sans doute Valek avait-il éliminé depuis longtemps toute information à ce sujet, se doutant que les goûteurs ne pourraient s'empêcher de faire des recherches.

Je poussai un soupir et empilai mes livres sur un coin du bureau. Sachant que Valek assistait à la réunion du Commandant, je sortis de mon sac à dos le traité de magie. Les lettres imprimées sur sa tranche brillaient d'une lueur argentée. Mon estomac se noua.

J'ouvris le mince volume et commençai à lire. La première page décrivait la source des pouvoirs magiques. Les explications techniques me dépassaient largement ; je compris cependant que cette source de pouvoir entourait le monde comme une toile.

En fonction de leurs pouvoirs particuliers, les magiciens puisaient dans cette source de manières différentes. Certains déplaçaient des objets ; d'autres lisaient dans les pensées et les influençaient ; d'autres encore avaient le don de guérir les malades ou de lancer des flammes. Les magiciens peu puissants n'étaient capables que de lire dans les pensées, tandis que les plus forts pouvaient communiquer par télépathie et même prendre le contrôle de l'esprit d'autrui. Je pensai à Irys, et frissonnai.

Les magiciens devaient se montrer extrêmement prudents dans leur façon de puiser du pouvoir. S'ils exerçaient une attraction trop forte ou maltraitaient cette source magique, des plis se créaient dans la toile et se répercutaient comme des ondes sur l'eau. Cette déformation concentrait le pouvoir à certains endroits, privant d'autres de tout accès à la toile.

Le livre parlait d'une époque où un magicien puissant avait puisé dans cette source jusqu'à attirer toute la toile vers lui et s'en entourer. Son pouvoir était tel qu'il avait réussi à la maîtriser sans provoquer d'explosions. Se trouvant dénués de pouvoir, les autres magiciens du monde s'étaient unis pour traquer le coupable. Ils avaient fini par le retrouver, et, après une bataille meurtrière, l'avaient éliminé. Petit à petit, la toile magique s'était lissée pour retrouver sa forme normale… quelques deux cents ans plus tard.

Je comprenais maintenant pourquoi Irys tenait absolument à me former ou à m'éliminer. Lorsque ma magie exploserait, elle enverrait une onde de choc à travers la toile magique. Caressant du bout des doigts les lettres en relief sur la tranche du livre, je m'enfonçai dans mon fauteuil, déçue. J'avais espéré que le livre contiendrait des sortilèges, des leçons de magie, des réponses. Quelque chose du genre :

« voici pourquoi vous possédez ce pouvoir », « voici comment l'utiliser » et, au passage, « voici la recette de l'antidote à la Poussière de Papillon ».

Chimères, tout cela, espoirs ridicules, auxquels je ne devais surtout pas m'abandonner. Depuis ma plus tendre enfance, je n'avais jamais été destinée au bonheur ni à la liberté. A l'orphelinat de Brazell, tandis que je me perdais en rêveries au sujet d'une vie normale, on me préparait à mon insu à devenir rat de laboratoire.

Je restai prostrée dans mon fauteuil jusqu'au crépuscule, m'apitoyant sur mon sort. Sentant enfin des picotements dans mes jambes, je me levai et me secouai. Si l'antidote ne se trouvait pas dans les livres, eh bien, je me débrouillerais pour le découvrir d'une autre manière… Quelqu'un d'autre que Valek devait forcément en connaître la recette. Cela faisait quinze ans que les goûteurs se succédaient auprès du Commandant Ambroise. Et si personne ne pouvait m'aider à le trouver, je le volerai. Je n'étais pas encore très habile dans ce genre d'entreprise, mais j'étais déterminée à faire des progrès.

Le lendemain matin, ayant pris la précaution de sauter le petit déjeuner, je me joignis au groupe de soldats courant autour du château. Ari et Janco me dépassèrent à toute allure ; Janco me gratifia d'un petit signe de la main et d'un sourire espiègle. Plus tard, lorsque j'entendis de lourds pas résonner derrière moi, je supposai que l'un des deux Invincibles me jouait un tour.

Je me rangeai sur le côté pour laisser passer le coureur, mais il resta collé à mes talons. Je me retournai et reconnus Nix, ses bras tendus devant lui. L'instant d'après, j'étais précipitée vers l'avant et m'étalais de tout mon long sur le sol. Nix m'enjamba en écrasant sa botte sur mon plexus solaire, me coupant la respiration.

La douleur explosa dans ma poitrine. Haletante, je me recroquevillai en position fœtale jusqu'à retrouver mon souffle, puis je réussis enfin à m'asseoir. Les soldats continuaient à défiler en courant, tout près de moi. Personne n'était intervenu.

Si Nix voulait me décourager, il s'y prenait mal. Au contraire, il venait de renforcer ma détermination à mieux me défendre, pour ne plus subir les sévices de sales types dans son genre. Je restai quelque temps à le guetter, mais il ne réapparut pas.

Bientôt Ari s'arrêta près de moi.

— Que s'est-il passé, Elena ?

— Rien.

Nix, comme Margg, était mon problème personnel. Si je ne lui réglais pas son compte, il ne me laisserait jamais en paix… Un doute s'insinua en moi et me noua l'estomac. En suivant ce genre de raisonnement, j'avais atterri dans le donjon du Commandant. Et je n'avais échappé à la potence que par miracle.

— Ton visage est couvert de sang, dit Ari.

— Je suis tombée, dis-je en m'essuyant sur ma manche.

Avant qu'il ait pu me questionner davantage, je changeai de sujet. Lorsque je lui exposai les conseils de Valek au sujet de notre entraînement, Ari concéda qu'il serait prudent de rester discret, et se proposa pour trouver un local approprié.

— Tu es Maren, n'est-ce pas ? demandai-je en haletant.

Cela faisait une semaine que je me joignais aux coureurs et, ce matin-là, j'avais réglé mon pas sur celui de Maren.

Elle me jeta un coup d'œil pénétrant. Ses cheveux blonds étaient tirés en queue-de-cheval. Ses larges épaules musclées contrastaient avec sa taille fine. Elle courait à grandes enjambées souples et rapides ; je peinais à me maintenir à sa hauteur.

— Et toi, tu es la Gerbeuse, dit-elle.

Ce n'était pas une provocation gratuite ; elle attendait ma réaction avec intérêt. Si elle n'avait pas voulu discuter, elle n'aurait eu qu'à presser un peu le pas.

— J'ai entendu pire, dis-je.

— Qu'est-ce qui te pousse à faire ça ? demanda Maren.

— A faire quoi ?

— A courir jusqu'à ce que tu vomisses.

— On m'a demandé de faire cinq tours. Je n'aime pas décevoir.

De nouveau, elle me jaugea du regard. J'étais déjà à bout de souffle ; je n'allais pas pouvoir entretenir une conversation très longtemps.

— Je vous ai vue vous battre contre Valek, dis-je. On m'a dit que vous maniez la canne mieux que personne. J'aimerais apprendre à faire la même chose.

Maren ralentit un peu.

— Qui t'a dit ça ?

— Ari et Janco.

Elle eut un petit rire sec.

— Des amis à toi ?

— Oui.

— Ils t'ont trouvée dans la forêt. Selon la rumeur, ils ont commencé à t'entraîner au combat, puis ils ont abandonné. Et maintenant, ils essaient de me refiler leur élève, c'est ça ?

— Le problème avec les rumeurs, haletai-je, c'est qu'elles ne sont pas très fiables.

— Pourquoi accepterais-je de te consacrer du temps ?

J'avais prévu cette question.

— Contre des informations, dis-je.

— Quelles informations ?

— Vous voulez battre Valek, n'est-ce pas ?

Ses yeux gris me transpercèrent comme deux pointes métalliques.

Hors d'haleine, je débitai :

— Soyez à la porte est du château à 14 heures. Je vous expliquerai tout.

Incapable de suivre plus longtemps son allure, je ralentis. Elle continua sans se retourner et disparut bientôt dans la foule des soldats.

Tout le reste de la matinée, je repassai notre conversation dans ma tête, essayant de deviner sa réaction. Lorsque 14 heures sonnèrent, je me postai à la porte est et attendis en me mordillant la lèvre. Ari et Janco avaient fait courir la rumeur que mon entraînement était abandonné. En suggérant le contraire à Maren, j'avais pris un risque considérable. Mais, bientôt, une haute silhouette apparut au bout du couloir, deux grandes cannes à la main, et je me tranquillisai un peu.

En arrivant à ma hauteur, Maren eut un mouvement d'hésitation.

— Suivez-moi, dis-je.

Nous nous dirigeâmes en silence vers le couloir désert où Ari et Janco attendaient.

— Je suppose qu'il ne faut pas se fier aux rumeurs, dit Maren.

— En effet, rétorqua Ari. Mais il y a certaines rumeurs que nous n'avons pas envie de voir démenties.

Une menace à peine déguisée perçait dans sa voix. Maren l'ignora totalement.

— Crache tes informations, Gerbeuse. Tu as trois secondes pour retenir mon attention, ensuite je mets les voiles.

Le visage d'Ari s'empourpra, et je le vis ravaler une réplique furieuse. Janco, comme à son habitude, arborait un grand sourire innocent.

— Eh bien, dis-je, voilà comment je vois les choses. Ari, Janco et moi voulons apprendre à manier la canne. Vous voulez battre Valek. En travaillant ensemble, nous avons peut-être une chance d'atteindre nos objectifs.

— En quoi le fait de t'apprendre la canne va-t-il m'aider à battre Valek ? demanda Maren.

— Tu es douée, mais tu manques de tactique. Ari et Janco peuvent t'aider sur ce point.

— Une semaine d'entraînement, et la Gerbeuse se prend déjà pour une experte, dit Maren à Ari d'un ton incrédule.

Ari se rembrunit, mais ne répondit pas.

— Je ne suis pas une experte, dis-je, mais Valek en est un.

Maren me lança un regard méfiant.

— C'est lui qui t'a dit ça ? A propos de moi ?

Je hochai la tête.

— Admettons. Je vous apprends à vous servir

de la canne, Ari et Janco nous donnent des cours de tactique. Quelle est ta contribution ?

J'hésitai un peu, puis me lançai.

— Je pourrai vous apprendre à faire des sauts périlleux, et vous donner davantage de souplesse et d'équilibre. Cela pourra peut-être vous servir.

— Ah ! dit Janco, impressionné. Elle n'a pas tort, Maren. De toute façon, on s'entraîne mieux à quatre qu'à trois.

Agacée, Maren tourna son regard vers Janco, lequel lui sourit gentiment.

— Bon, dit-elle. D'accord pour essayer quelques jours. Mais cela ne m'engage à rien.

Avant que nous ayons pu dire un mot, elle ajouta :

— Ne vous inquiétez pas, j'écoute peut-être la rumeur, mais je n'y contribue pas.

Une fois que nous nous fûmes serré les mains pour sceller notre pacte, mes appréhensions se dissipèrent. Nous montrâmes à Maren la salle où nous nous entraînions depuis une semaine.

— Très douillet, dit-elle.

Ari avait trouvé un débarras abandonné au sous-sol de l'aile sud-ouest du château, toujours déserte. Deux fenêtres au plafond laissaient filtrer juste assez de lumière pour travailler.

Le reste de l'après-midi fut consacré aux rudiments du combat à la canne.

— Pas si mal, Gerbeuse, dit Maren à la fin de la leçon. Tu as du potentiel.

Lorsqu'elle ramassa ses cannes pour partir, Ari posa une grande main sur son épaule.

— Elle s'appelle Elena. Si tu ne veux pas l'appeler par son prénom, ce n'est pas la peine de revenir.

L'espace d'un instant, Maren eut l'air aussi surprise que moi. Puis elle se reprit, hocha la tête et s'éloigna rapidement. Je doutais fortement de la revoir.

Mais le lendemain, elle était là, ainsi que les jours qui suivirent. Deux mois se passèrent ainsi. Nous nous entraînions sans relâche. C'était le début de la saison fraîchissante ; en cette saison, comme son nom l'indique, il fait tous les jours un peu plus froid. Les fleurs de la saison chaude fanèrent et disparurent, les feuilles des arbres virèrent à l'orange, au rouge, puis enfin au marron. Elles tombèrent à terre et furent emportées par le vent et les orages.

Mes recherches sur les gousses étaient au point mort, mais Valek ne semblait pas s'en soucier. A l'occasion, il assistait à notre entraînement et nous prodiguait commentaires et conseils.

Nix n'avait pas cessé de me harceler. Tous les matins, il me lançait des cailloux, me crachait dessus ou me faisait des croche-pieds. En fin de compte, j'avais dû changer de parcours pour l'éviter ; à présent, je courais à l'extérieur des remparts. Mes capacités défensives naissantes ne me permettaient pas d'affronter Nix. Et puis il y avait certains avantages à courir en dehors du château, sur l'herbe moelleuse, où je ne rencontrais personne. Cela ne faisait que renforcer l'impression que j'avais abandonné l'entraînement.

A la fin de la saison fraîchissante, les journées devinrent plus courtes. Bientôt, il fit nuit lorsque nos sessions s'achevaient.

Un soir après l'entraînement, je me dirigeais vers les bains dans la pénombre du crépuscule. Je me déplaçais avec précaution pour épargner mes côtes meurtries. Janco, ce satané lièvre sauteur, avait percé mes défenses par une série de coups droits rapides et vicieux.

A dix pas de l'entrée des bains, une grosse silhouette sombre se détacha du mur. Alarmée, j'adoptai une position défensive. La peur, l'excitation et le doute se bousculaient en moi. Avais-je besoin de me battre ? En étais-je capable ? Ne ferais-je pas mieux de m'enfuir en courant ?

En reconnaissant la silhouette massive de Margg, je me détendis un peu.

— Qu'est-ce que tu fais là ? demandai-je. Le toutou fait une commission pour son maître, je suppose ?

— Je préfère plutôt ça que n'être qu'un sale rat pris au piège.

Je la dépassai d'un air hautain. Cet échange d'insultes, aussi satisfaisant fût-il, n'était qu'une perte de temps.

— Je parie que le rat aimerait un bout de fromage, dit Margg à mi-voix.

Je me retournai vivement.

— Quoi ?

— Du fromage. De l'argent. De l'or. Je parie que tu es le genre de rat qui ferait n'importe quoi pour en avoir.

19

— Que faut-il faire pour avoir du fromage ? demandai-je.

J'en étais sûre ! C'était Margg qui donnait des informations sur moi, et à présent elle voulait me soudoyer à mon tour. Enfin, j'avais des preuves !

— J'ai un contact qui paie les informations comptant. Une occasion rêvée pour un rat de ton espèce.

— Quel genre d'informations ?

— Tout ce que tu peux entendre quand tu rôdes dans le bureau du Commandant ou l'appartement de Valek. La rémunération dépend de la qualité. Plus les tuyaux sont juteux, plus le fromage est gros.

— Comment cela fonctionne-t-il ? demandai-je.

Je réfléchis à toute vitesse. Pour l'instant, c'était la parole de Margg contre la mienne. Pour convaincre Valek, il me fallait des preuves concrètes. Dénoncer à la fois Margg et sa source serait une douce vengeance.

— Tu m'apportes les renseignements, dit-elle, et je les transmets. Puis je te fais passer l'argent, en retenant quinze pour cent.

— Et je suis censée croire que tu ne prendras que quinze pour cent d'un total que j'ignore ?

— C'est ça ou rien, dit-elle en haussant les épaules. J'aurais cru qu'un rat comme toi sauterait sur l'occasion.

— Et si nous nous rendions ensemble chez ton contact ? proposai-je. De cette façon, tu toucheras quand même ta commission.

Le doute plissa le visage joufflu de la gouvernante.

— Je vais voir si c'est possible.

Puis elle disparut au fond du couloir.

Je m'attardai quelques instants devant l'entrée des bains, envisageant de filer Margg pendant quelques jours, puis j'y renonçai. Si ma proposition déplaisait à son contact, je pourrais toujours aller trouver la gouvernante, la queue entre les jambes, et la supplier de m'accorder une autre chance. Voilà qui lui plairait sûrement ! Ensuite, je la suivrais. J'étais prête à tout pour la dénoncer à Valek.

A cause de ma conversation avec Margg, je n'avais plus le temps de me baigner. Je me rendis directement au bureau du Commandant. Sammy, le grouillot de Rand, attendait devant la porte fermée. De violents éclats de voix en sortaient.

— Que se passe-t-il ? demandai-je.

— Ils se disputent.

— Qui ?

— Le Commandant et Valek.

Je pris le plateau, dont le contenu refroidissait à toute vitesse, des mains du garçon. Il n'y avait aucune raison que nous fussions deux à attendre.

— Pars vite. Rand doit avoir besoin de toi.

Sammy me lança un sourire de gratitude avant de s'éclipser à toutes jambes. Je connaissais l'ambiance de la cuisine à l'heure du dîner. Serveurs et cuisiniers se bousculaient sauvagement, tandis que Rand aboyait des ordres, dirigeant ses employés comme la reine des abeilles dans sa ruche.

Sachant que le Commandant avait horreur de manger froid, je me collai contre la porte, guettant une pause dans la conversation. De cette nouvelle position, je distinguais clairement la voix de Valek.

— Au nom du ciel, qu'est-ce qui vous a poussé à changer de successeur ? demanda-t-il.

La réponse du Commandant ne fut qu'un murmure indéchiffrable.

— En quinze ans, je ne vous ai jamais vu revenir sur une décision, reprit Valek sur un ton plus apaisé. Je ne vous demande pas de me dire le nom de votre successeur. Je veux juste savoir pourquoi vous avez changé d'avis. Et surtout, pourquoi maintenant ?

La réponse ne plut pas à Valek, apparemment.

— Toujours, Commandant, rétorqua-t-il d'un ton cassant.

Il ouvrit brusquement la porte ; je faillis m'étaler de tout mon long.

Valek arborait une expression glaciale. Seuls ses yeux trahissaient sa colère, trous de lave en fusion sous un masque de glace.

— Elena ! Où étais-tu passée ? Le Commandant attend son dîner depuis des lustres.

Sans attendre de réponse, il sortit en trombe de la salle du trône. Conseillers et officiers s'écartèrent prudemment sur son passage.

Chacun savait que l'un des huit généraux avait été désigné pour succéder au Commandant. Conformément aux pratiques paranoïaques qui caractérisaient le règne d'Ambroise, le nom de l'héritier était tenu secret. Chacun des généraux possédait une enveloppe contenant un morceau de la réponse. A la mort du Commandant, ils se réuniraient pour ouvrir les enveloppes et reconstituer un message codé. Seul Valek détenait la clé permettant de déchiffrer le code. Le successeur désigné bénéficierait ensuite du soutien total de l'armée et des employés de l'ancien Commandant.

Ce stratagème était censé prévenir d'éventuelles rébellions en faveur du successeur, puisque l'identité de ce dernier était inconnue. Le risque qu'il fût plus sévère encore que le Commandant jouait également un rôle dissuasif.

La réaction de Valek me paraissait exagérée. De

mon point de vue, un changement de successeur ne modifierait en rien la vie quotidienne d'Ixia. De toute façon, nous ne saurions jamais qui avait été initialement choisi...

Je m'approchai du bureau du Commandant. Celui-ci lisait un rapport, apparemment indifférent à la rage de Valek. Je goûtai rapidement son dîner ; il me remercia puis m'ignora.

Reprenant le chemin des bains, je réfléchis à la conversation que je venais de surprendre. Pourrais-je en tirer un bon prix auprès du contact de Margg ?

Je n'avais aucune envie de trahir le Commandant contre de l'argent. Je voulais simplement sortir vivante de ma situation actuelle. Et, connaissant Valek, je savais que mes transactions clandestines avec Margg ne lui échapperaient pas. Ne serait-ce que pour cette raison, je devais absolument prouver que je n'étais pas une traîtresse. A la simple pensée du regard perçant de Valek, des sueurs froides parcouraient mon corps.

Un long bain chaud apaisa quelque peu la douleur dans mes côtes. On n'était qu'au début de la soirée ; je jugeai plus prudent d'éviter Valek quelque temps. Aussi me rendis-je dans la cuisine, où je pris un dîner sur le pouce. Après m'être servi un reste de rôti et un morceau de pain, je m'installai à la table de Rand. Tout un assortiment de bols, de pots et d'ingrédients était étalé devant lui. Des cernes noirs soulignaient ses yeux injectés de sang, et, à force de passer ses mains mouillées dans ses cheveux, ceux-ci se dressaient tout droit sur sa tête.

J'approchai un tabouret.

— Est-ce le Commandant qui t'envoie ? demanda Rand.

— Non, pourquoi ?

— Il y a deux jours, j'ai enfin reçu la recette du Criollo. Il doit s'impatienter.

— Il ne m'en a pas parlé.

Depuis le départ de Brazell, deux grandes caisses de Criollo avaient été livrées au château. Chaque fois, le Commandant avait écrit une lettre de remerciements à son général, dans laquelle il lui demandait la formule secrète des fameux carrés bruns. Aucune réponse n'était venue, mais, étant en possession d'une grande quantité de Criollo, Ambroise en avait donné un peu à Rand. Le cuisinier ne l'avait pas déçu. Il avait fondu le Criollo pour le mélanger à des boissons chaudes, l'avait ajouté à des gâteaux, l'avait moulé en forme de fleurs et de fruits pour décorer des pâtisseries… Et voilà qu'il était enfin en possession de la fameuse recette secrète.

Il touillait une pâte brunâtre avec des gestes brusques et agités.

— Comment ça se passe ? lui demandai-je.

— C'est l'horreur. J'ai suivi plusieurs fois la recette à la lettre et, chaque fois, j'obtiens cette affreuse gadoue.

Rand tapota la cuillère contre le rebord du bol pour en faire tomber un résidu pâteux.

— Ça ne durcit même pas.

Il me tendit une feuille de papier maculée de taches et de farine.

— Peut-être que toi, tu sauras trouver le problème…

J'étudiai la liste des ingrédients, tentant d'y déceler quelque chose d'anormal. Malheureusement, je n'étais vraiment pas experte en recettes de cuisine. En revanche, sur le plan gustatif, je commençais à avoir une certaine expérience. Je pris une cuillerée de pâte et la portai jusqu'à mes lèvres. Le goût intensément sucré m'écœura aussitôt. La consistance de la pâte et sa façon de se déposer sur la langue rappelaient effectivement le Criollo, mais il manquait le parfum de noix, et l'amertume qui équilibrait l'intensité du sucre.

— La recette est sans doute fausse, dis-je en rendant la feuille à Rand. Mets-toi à la place de Ving. Le Commandant Ambroise est fou d'un dessert dont tu es le seul à détenir la recette. La donnerais-tu aux autres chefs ? Ne t'en servirais-tu pas pour négocier un transfert ?

Rand se laissa tomber sur une chaise.

— Que faire ? dit-il. Si je n'arrive pas à préparer du Criollo, le Commandant va me réaffecter, c'est sûr. Ma fierté n'y résistera pas.

Il tenta faiblement de sourire.

— Explique au Commandant que la recette est fausse. Dis-lui qui si tu n'arrives pas à fabriquer du Criollo, c'est la faute de Ving.

Soupirant, Rand se frotta le visage à deux mains.

— Je ne suis pas fait pour les manœuvres politiques, dit-il.

Il se massa les paupières de ses longs doigts fins.

— En ce moment, je donnerais n'importe quoi pour une tasse de café. Je suppose que je vais devoir me contenter d'un verre de vin.

Il sortit une bouteille et deux verres.

— Une tasse de quoi ?

— De café. Tu es trop jeune pour avoir connu ça. Avant le coup d'Etat, nous l'importions de Sitia. C'est une boisson absolument merveilleuse. Quand le Commandant a fermé la frontière, nous avons dû renoncer à toutes sortes de produits de luxe. Entre tous, c'est celui-là qui me manque le plus.

— Et… le marché noir ?

Rand rit.

— Il est sans doute possible d'en trouver, dit-il. Mais il n'y a pas un seul endroit dans ce château où je pourrais en préparer sans être immédiatement découvert.

— Pourquoi ?

— Parce qu'on le sentirait. Le café a un arôme puissant, reconnaissable entre tous. Il est capable de parfumer le château tout entier. Avant le coup d'Etat, cet arôme me réveillait tous les matins.

Rand soupira de nouveau.

— Le travail de ma mère, c'était de moudre les grains de café et de remplir les cafetières. C'est une infusion semblable au thé, mais nettement meilleure.

Je me redressai subitement sur mon tabouret.

— De quelle couleur sont les grains de café ?

— Ils sont bruns. Pourquoi ?

— Simple curiosité.

Je m'efforçais de parler d'un ton calme, mais intérieurement, je bouillonnais. Mes fèves mystérieuses étaient, elles aussi, de couleur brune, et Brazell était certainement assez âgé pour avoir connu le café. Et si cette boisson lui manquait tellement qu'il en importait en catimini ?

Mes tentatives pour faire fermenter la pulpe des gousses avaient donné un liquide marron au goût de pourriture. Les graines mauves contenues dans la pulpe étaient gonflées d'eau et couvertes de mouches. Je les avais fait sécher sur le rebord de la fenêtre. Peu à peu, elles avaient viré au marron, pour prendre l'apparence et le goût des fèves de la caravane. D'abord ravie d'avoir trouvé le lien entre les gousses et les fèves, j'avais rapidement déchanté, incapable de découvrir quoi que ce soit d'autre.

— Ce café, est-il sucré ? demandai-je.

— Non. C'est très amer. Ma mère aimait le mélanger à du lait et du sucre. Moi, je le prenais noir.

Mes fèves aussi étaient amères. Je ne tenais plus en place ; il fallait que j'interroge Valek au sujet de ce café. Je n'osais pas demander à Rand d'examiner les fèves, car je ne savais pas si Valek serait d'accord pour le mettre au courant.

Je laissai Rand en contemplation devant sa pâte ratée et son verre de vin, et me précipitai vers la suite de Valek. Lorsque j'ouvris la porte, je fus accueillie par des chocs violents. Valek marchait de long en large en donnant des coups de pied dans les piles de livres. Des éclats de pierre parsemaient le sol et s'accrochaient à des cratères dans les murs. Il serrait une pierre dans chaque poing.

Je renonçai aussitôt à lui parler de mon hypothèse au sujet du café, et décidai de me glisser discrètement dans ma chambre. Hélas, Valek m'avait aperçue.

— Qu'est-ce que tu veux ? grogna-t-il.

— Rien, marmonnai-je en m'enfuyant vers ma chambre.

Pendant les trois jours suivants, je subis sa colère. Toutes les occasions étaient bonnes pour me faire sentir sa mauvaise humeur. Il me lançait presque ma dose d'antidote, me parlait sèchement lorsqu'il daignait m'adresser la parole, et me lançait des regards furieux dès que je m'approchais.

Finalement, lasse de l'éviter et de me terrer dans ma

chambre, je décidai de l'affronter. Je le trouvai assis à son bureau, me tournant le dos.

— Valek, j'ai peut-être découvert la nature des fèves, dis-je.

Ce que je voulais vraiment dire, c'était : « Qu'est-ce qui vous prend de vous comporter ainsi ? » Mais je trouvais plus prudent d'entamer la conversation en douceur.

Il pivota sur sa chaise pour me faire face. Sa rage avait disparu, laissant place à une terrible froideur. Ses yeux avaient perdu leur éclat brûlant.

— Vraiment ? dit-il sans conviction.

Je reculai d'un pas. Son indifférence était encore plus inquiétante que sa colère.

— Je… je discutais avec Rand, l'autre jour, et il a parlé du fait que le café lui manquait. Vous souvenez-vous du café ? Une boisson du Sud.

— Non.

— Je crois que nos fèves sont peut-être des grains de café. Si vous n'en avez jamais vu, je pourrai peut-être les montrer à Rand… si vous êtes d'accord…

Je m'entendis parler comme un enfant quémandant un bonbon.

— Très bien, va montrer tes graines à Rand. C'est ton ami, après tout… Qui se ressemble s'assemble, n'est-ce pas ?

— Quoi ? dis-je, stupéfaite.

— Fais comme tu voudras. Ça m'est complètement égal.

Puis il me tourna le dos.

Je me réfugiai dans ma chambre et tirai le verrou, les mains tremblantes. Appuyée contre le mur, je repassai dans ma tête les événements récents, cherchant ce qui me valait l'hostilité de Valek. Depuis quelques jours, nous nous étions à peine adressé la parole, mais j'avais cru sa colère dirigée contre le Commandant.

Avait-il découvert mon traité de magie ? Me soupçonnait-il de posséder des pouvoirs interdits ? Ma confusion laissa place à l'effroi. Cette nuit-là, je ne trouvai pas le sommeil. Etendue sur mon lit, je fixais la porte, attendant l'attaque de Valek. Je savais que ma réaction était exagérée, mais j'étais incapable de dompter ma peur. Toute la nuit, je revis les yeux de Valek se posant sur moi. Il m'avait regardée comme si j'étais déjà morte.

L'aube arriva enfin, mais l'impression d'être une morte vivante ne me quitta pas. Je m'acquittai de mes tâches comme une somnambule. Valek m'ignora ostensiblement. Même Janco et son invariable jovialité ne purent m'arracher un sourire.

J'attendis quelques jours avant de montrer les graines à Rand. Quand enfin je m'aventurai en cuisine, Rand avait retrouvé sa bonne humeur. En m'apercevant, il fit un grand sourire et m'offrit l'une de ses fameuses roulades à la cannelle.

— Je n'ai pas faim, dis-je.

— Tu n'as rien mangé depuis des jours. Qu'est-ce qui t'arrive ?

J'éludai la question en lui demandant des nouvelles du Criollo.

— J'ai suivi tes conseils. J'ai informé le Commandant que la recette de Ving était impossible à suivre. Il m'a dit qu'il s'en occupait. Ensuite, il m'a posé toutes sortes de questions : est-ce que j'étais satisfait du personnel de cuisine, est-ce que je voulais davantage d'aide ? Ce genre de choses… J'étais tellement stupéfait que je n'ai pas pu dire un mot. D'habitude, il m'accueille avec méfiance et me renvoie avec des menaces.

— Vous n'avez pas l'air d'avoir une bonne relation, tous les deux.

Rand empila quelques bols et aligna une rangée de cuillères. Son sourire avait disparu.

— Mes rapports avec le Commandant et Valek sont, au mieux, difficiles. A l'époque du coup d'Etat, j'étais jeune et révolté. J'ai tout fait pour saboter la cuisine du Commandant. Je lui ai servi du lait tourné, du pain rassis, des fruits pourris, même de la viande crue. A ce moment-là, je voulais juste l'embêter.

Il prit une cuillère et la tapota contre son genou.

— C'était à qui se montrerait le plus têtu. Le Commandant était déterminé de m'avoir comme cuisinier, et moi, j'étais déterminé à me faire arrêter ou réaffecter.

Pam, pam, pam, fit la cuillère. La voix de Rand s'érailla.

— Puis Valek a nommé ma mère au poste de goûteur — ce maudit Code de Conduite n'existait pas encore. Evidemment, je ne pouvais pas lui faire goûter les horreurs que j'avais servies au Commandant jusque-là.

D'anciens chagrins déformèrent les traits du cuisinier. Il fit tournoyer la cuillère entre ses doigts.

L'horreur s'insinua en moi tandis que je devinais le triste sort réservé à sa mère. Je ne trouvais rien à dire.

— Bref, ce qui devait arriver est arrivé. Après sa mort, j'ai essayé de m'enfuir, mais ils m'ont rattrapé juste avant la frontière sud.

Rand se frotta le genou.

— Ils m'ont brisé la rotule, comme si j'étais un animal. M'ont fait boiter. Ils ont menacé de me casser l'autre genou si je recommençais. Et me voilà. Toujours ici.

Il ricana amèrement et, d'un grand geste, balaya les cuillères alignées sur la table. Elles rebondirent sur les dalles en pierre dans un fracas métallique.

— Tout ça pour te dire à quel point j'ai changé. Maintenant, il suffit que le Commandant me dise quelque chose de gentil pour que je sois tout guilleret. Avant, je rêvais d'empoisonner cette ordure, de mettre un point final à notre bataille. Mais j'ai toujours eu la faiblesse de m'attacher aux goûteurs. Quand Oscove est mort, je me suis juré que c'était la dernière fois.

Rand sortit une bouteille de sous la table.

— Mais une fois de plus, j'ai échoué.

Il partit vers sa chambre sans faire d'adieux.

Je me recroquevillai sur la table, regrettant amèrement d'avoir soulevé le sujet. Les fèves dans mes poches me gênaient, et je changeai de position, mal à l'aise. Si Liza me rendait responsable de cette saute d'humeur, elle n'aurait pas vraiment tort.

Du point de vue de Rand, les actions de Valek semblaient cruelles, mais, du point de vue de Valek, elles étaient tout à fait logiques. Il avait pour mission de protéger la vie du Commandant.

Je passai les deux jours suivants dans le brouillard. Les événements se confondaient les uns avec les autres. Je goûtais, je m'entraînais, je goûtais, je m'entraînais. Les insultes et les provocations d'Ari et de Janco furent impuissantes à me tirer de ma léthargie. Lorsqu'ils m'annoncèrent que je pouvais commencer à manier le couteau, j'accueillis cette nouvelle sans enthousiasme. Mon corps me semblait aussi lointain et inerte que ma canne de bois.

Le deuxième soir, après l'entraînement, Margg se matérialisa au détour d'un couloir. Elle m'informa qu'une rencontre avec son contact était prévue pour le lendemain soir ; j'eus toutes les peines du monde à rassembler mes idées et à faire semblant d'être satisfaite.

J'avais beau tourner et retourner dans ma tête tous les scénarios possibles, j'en arrivais toujours à la même conclusion. Si je me contentais d'assister au rendez-vous de Margg et de son complice, puis de les dénoncer, personne ne me croirait. Il me fallait un témoin qui puisse également me servir de garde du corps. J'avais tout de suite pensé à Ari… mais si mon plan ne se déroulait pas comme prévu, il pourrait être soupçonné de complicité, voire de trahison. Par ailleurs, il était possible que le patron de Margg fasse partie d'un vaste réseau d'informateurs. Je ne savais absolument pas où je mettais les pieds. J'avais beau tergiverser, il n'y avait qu'une seule solution, une seule personne à consulter : Valek.

Je redoutais notre rencontre. Nous nous évitions depuis des jours ; tous les matins, il me tendait mon antidote dans un silence hostile. Mais ce soir-là, après avoir testé le dîner du Commandant, je me mis en quête de son chef conseiller. Mon estomac faisait des pirouettes dans mon ventre. Le bureau de Valek était vide ; je me dirigeai vers sa suite. Personne non plus dans le salon… mais des bruits estompés filtraient de l'étage. Je montai les escaliers. Un mince filet de lumière brillait sous la porte de son atelier de sculpture. J'entendis un grincement métallique qui me donna la chair de poule.

L'espace d'un instant, je faillis renoncer. C'était sans doute le pire moment possible pour le déranger. Mais je devais rencontrer le contact de Margg le lendemain ; je n'avais pas de temps à perdre. Rassemblant mon courage, je frappai à la porte et entrai sans attendre de réponse.

La flamme de la lanterne vacilla sous le courant d'air. Valek recula d'un pas, laissant sa meule tourner dans le vide. La pierre blanche envoyait des reflets de lumière tournoyer au plafond.

— Qu'y a-t-il ?

— On m'a fait une proposition, dis-je. On veut m'acheter des informations sur le Commandant.

Valek fit volte-face. Dans la semi-pénombre, son visage était aussi dur et figé que la pierre qu'il tenait à la main.

— Pourquoi m'en parles-tu ?

— Je pensais que vous voudriez peut-être me filer. Il s'agit sûrement de la personne qui donne des renseignements sur moi depuis le début.

Valek demeura inexpressif. J'aurais aimé avoir, moi aussi, une pierre à la main, pour l'écraser violemment sur son crâne.

— L'espionnage est illégal, Valek. Vous pourriez arrêter les coupables, ou même leur donner de fausses informations. Vous savez, ces trucs que font les services secrets. A moins, bien sûr, que tout cela ne vous intéresse plus…

La colère montait en moi à toute vitesse. Je pris une profonde inspiration, prête à me lancer dans une tirade enragée, mais, subitement, le visage de Valek s'adoucit. Son corps se métamorphosa. Ce fut comme si, au bout d'une semaine de contraction, ses muscles se détendaient enfin. Je sentais émaner de lui un intérêt renouvelé.

— Qui ? demanda-t-il. Quand est-ce arrivé ?

— Margg est venue me trouver. Elle m'a parlé d'un contact à elle. Nous avons rendez-vous avec lui demain soir.

J'observai attentivement la réaction de Valek. Etait-il surpris de la trahison de Margg ? Déçu ? Blessé ? Son expression était impossible à déchiffrer. Autant essayer de lire un texte en langue étrangère.

— Très bien. Tu procéderas comme prévu. Je te suivrai jusqu'au rendez-vous, pour voir à qui nous avons affaire. Nous allons d'abord lui fournir quelques tuyaux fiables, pour renforcer ta crédibilité… Le changement de successeur du Commandant fera l'affaire, je pense. C'est une information inoffensive, qui de toute façon sera bientôt rendue publique. Ensuite, nous improviserons.

Nous passâmes en revue les détails de l'opération. Bien que ma vie fût mise en danger par ce projet, j'étais ravie. J'avais retrouvé mon bon vieux Valek... Mais pour combien de temps ?

Lorsque nous fûmes convenus d'un plan, je me tournai pour partir.

— Elena...

Je m'arrêtai sur le seuil de la porte et lui jetai un coup d'œil par-dessus mon épaule.

— Tu m'as dit un jour que je n'étais pas prêt à croire pourquoi tu avais tué Reyad. Je suis prêt, maintenant.

— Mais moi, je ne suis pas prête à vous le dire.

20

— Maudit Valek…, fulminai-je. Qu'il brûle en enfer ! Il me snobe depuis quatre jours, et maintenant, il veut jouer les confidents ?

J'avais avoué le meurtre de Reyad. Aucun doute ne subsistait quant à ma culpabilité. Qu'avait-il besoin d'en savoir plus ?

Je dévalai les marches dans l'obscurité et me dirigeai droit vers ma chambre. « Il faut que je sorte d'ici », me dis-je avec une intensité nouvelle. Mon désir de prendre mes jambes à mon cou, d'envoyer Valek et son antidote au diable, n'avait jamais été aussi fort.

Enfuis-toi, enfuis-toi, enfuis-toi, scandait une petite voix en moi. Une mélodie familière, que j'entendais sans cesse, à l'époque de ma vie avec Reyad.

D'un coup, les souvenirs que j'avais crus définitivement bannis refaisaient surface. Maudit Valek ! C'était sa faute si je n'arrivais plus à les repousser.

Je fermai la porte de ma chambre et tirai le verrou. Lorsque je me retournai, le fantôme de Reyad se prélassait sur mon lit. L'entaille à son cou était béante, sa chemise de nuit maculée de sang séché. Ses cheveux, en revanche, étaient impeccablement coiffés, sa moustache luisait et ses yeux bleus pétillaient de malice.

— Dégage, lui dis-je.

C'était, me répétai-je, un fantôme. Un être immatériel que je n'avais absolument aucune raison de craindre.

— C'est comme ça qu'on accueille ses vieux amis ? dit Reyad.

Il prit le livre sur les poisons et le feuilleta distraitement.

Je le fixai du regard, profondément troublée. C'était une apparition, une manifestation de l'esprit. Oui, mais les pages du livre tournaient…

« Peu importe, me dis-je. C'est un fantôme. Il ne peut rien te faire. »

Reyad éclata de rire.

— Tu es mort, lui dis-je. Tu ne devrais pas brûler en enfer, à l'heure qu'il est ?

Il ignora ma remarque.

— On fait du zèle pour plaire à Valek ? dit-il en agitant le livre des poisons. Si seulement tu t'étais donné autant de mal avec moi, les choses n'auraient pas aussi mal tourné.

— La tournure des choses me convient parfaitement.

— Ah, oui ? Empoisonnée, traquée, cohabitant avec un psychopathe… Ce n'est pas exactement ce que j'appellerais la belle vie. Parfois, la mort a du bon.

Il eut un petit reniflement de mépris.

— Mais j'ai au moins le plaisir d'assister à ta déchéance. Tu aurais dû choisir la potence, Elena. Cela t'aurait fait gagner du temps et évité bien des souffrances.

— Sors d'ici ! répétai-je en essayant de dompter mon hystérie naissante.

— Tu sais, tout de même, que tu n'arriveras jamais en Sitia vivante ? Tu es une ratée, Elena. Tu l'as toujours été, tu le seras toujours. Accepte-le.

Reyad se leva lentement.

— Malgré tous nos efforts pour te former, tu as échoué. Tu t'en souviens ? Tu te rappelles le jour où père a finalement laissé tomber ? Où il m'a dit de faire de toi ce que je voudrais ?

Je m'en souvenais, bien sûr. C'était la semaine de la Fête du Feu. Reyad avait été tellement occupé par la visite du général Tesso et, particulièrement, par Kanna, la fille de ce dernier, qu'il n'avait plus fait attention à moi. Depuis quelque temps, j'obéissais docilement au moindre de ses ordres dans l'espoir de gagner sa confiance. Avec sa fatuité naturelle, il croyait m'avoir enfin domptée. Résultat : depuis plus d'un mois, il ne prenait plus la peine de m'enfermer à clé dans ma petite chambre près de sa suite.

Mais, une fois de plus, la tentation de participer à la fête avait été plus forte que les ordres de Reyad. Les sévices et les humiliations de l'année précédente ne m'en avaient pas dissuadée. Au contraire, je mettais un point d'honneur à ne pas me laisser intimider. J'étais terrifiée à l'idée de me faire prendre — et je savais, au fond, que cela arriverait — mais j'avais fait fi de toute prudence. J'avais la Fête du Feu dans le sang. C'était le seul moment de l'année où je pouvais goûter à la liberté. Pour ces quelques instants précieux, j'étais prête à tout.

Ce défi lancé contre mes bourreaux eut un effet bénéfique sur mes performances acrobatiques. J'étais intrépide, téméraire… imbattable. Je passai les cinq premiers tours haut la main : sauts périlleux vertigineux, atterrissages impeccables, énergie décuplée. La finale de la compétition était prévue pour le dernier soir du festival.

Pendant que Reyad emmenait Kanna et d'autres amis à une partie de chasse en forêt, je mis les dernières touches à mon costume.

Depuis deux semaines, je parcourais le manoir de fond en comble pour rassembler le matériel nécessaire. Il ne me restait plus qu'à fixer sur mon justaucorps noir des plumes de soie rouge, que je soulignai par des paillettes argentées. Des ailes attachées à un harnais complétèrent mon costume ; je les repliai près de mon corps pour qu'elles n'entravent pas mes mouvements. Ma longue natte brune fut enroulée autour de ma tête et piquée de deux plumes rouges. Satisfaite de mon apparence, j'arrivai à la tente des acrobates en avance, pour m'entraîner.

Quand la finale commença, la tente était bondée. Bientôt je virevoltais loin au-dessus du sol, et les applaudissements de la foule n'étaient plus qu'un brouhaha lointain. Je ne distinguais clairement que l'impact de mes mains et de mes pieds sur le trampoline, le grincement de la corde raide tandis que je m'élançais vers un triple saut périlleux, le craquement de cette même corde lorsque j'y atterrissais, sans perdre l'équilibre.

Je terminai par un enchaînement au sol. Au bout du tapis, je m'étirai et inspirai profondément. L'odeur lourde et terreuse de la sueur et celle, plus sèche, de la craie emplirent mes poumons. Je me sentais chez moi. Ma place était ici. L'air vibrait autour de moi, comme si un orage s'apprêtait à éclater. Galvanisée, chargée d'énergie, je pris mon départ.

Cette nuit-là, je volais. J'étais devenue un oiseau, tourbillonnant et plongeant pour mon seul plaisir, touchant à peine le sol. A la fin de mon enchaînement, j'attrapai mes ailes à deux mains, les déployai, fis une dernière roulade et atterris sur mes pieds. La soie rouge vif ondula derrière moi comme un oriflamme. Le tonnerre des applaudissements vibra dans ma poitrine.

Je remportai le concours. A l'annonce de ma victoire, mon cœur fut inondé d'une joie pure et simple. Pour la première fois depuis deux ans, je souris. Je souris tellement qu'en montant sur le podium, j'avais mal aux mâchoires. Le maître des cérémonies mit autour de mon cou une amulette en forme de flamme, sur laquelle étaient gravées ma discipline et l'année de ma victoire. Ce fut le meilleur moment de toute ma vie — aussitôt suivi du pire, celui où j'aperçus Reyad et Kanna dans le public. Kanna arborait un sourire radieux, mais l'expression de Reyad était impitoyable.

Je m'attardai jusqu'à ce que les vestiaires fussent déserts. Il y avait deux sorties possibles, mais Reyad avait posté des gardes des deux côtés. Certaine qu'il me confisquerait mon amulette et la détruirait, je fis un trou dans la terre battue et l'enterrai profondément.

Comme prévu, dès que je sortis de la tente, Reyad s'empara de moi et me traîna jusqu'au manoir. On consulta le général Brazell, lequel désespéra de jamais réussir à m'« intégrer au groupe ». J'étais trop indépendante, trop entêtée, trop capricieuse. Sur ce, Brazell m'abandonna entre les mains de son fils. Il n'y aurait plus d'expériences. J'avais échoué.

Reyad réussit à se maîtriser jusqu'à ce nous soyons arrivés dans sa chambre. Mais, une fois la porte verrouillée, il laissa exploser sa colère à coups de poing et de pied.

— Je voulais te tuer, pour te punir de m'avoir désobéi, dit le fantôme de Reyad en planant à travers la pièce. J'avais prévu de faire durer le plaisir, mais tu m'as devancé. Dis-moi, depuis quand avais-tu planqué ce couteau sous mon lit ?

Je l'avais volé et caché entre le matelas et le sommier de Reyad un an auparavant, après qu'il m'eut surprise en train de m'entraîner. Pourquoi sous le lit ? Je n'avais pas de plan précis, mais juste un terrible pressentiment : à savoir que le jour où j'aurais besoin du couteau, je me trouverais chez Reyad, non dans ma petite cellule attenante.

Il est facile de rêver de meurtre ; en commettre un est une autre histoire. Cette année-là, j'avais enduré des souffrances terribles, mais je n'avais jamais basculé dans la folie meurtrière. Jamais… jusqu'à ce fameux soir.

— Quelque chose t'a provoquée, dit le fantôme. Depuis le temps que tu voulais me tuer… Tu tergiverses trop, Elena. La preuve, en ce moment, au lieu de t'évader, tu décides d'apprendre à te battre. Laisse-moi rire ! Toi, te défendre contre des gardes armés ? Tu ne ferais pas long feu, j'en sais quelque chose.

Je savais qu'il me provoquait délibérément ; il me défiait de regarder en face des souvenirs profondément enfouis. Mais je n'étais pas prête à le faire.

— Va-t'en, dis-je.

Ramassant mon livre sur les poisons, je m'étendis sur le lit, déterminée à ignorer le spectre de Reyad. Il pâlissait légèrement lorsque je me concentrais sur ma lecture, et redevenait plus apparent dès que je levais les yeux.

— C'est mon journal qui t'a poussée à me tuer? demanda-t-il soudain.

— Non.

Cela m'échappa sans que j'y réfléchisse; j'en fus stupéfaite. J'étais persuadée que, après deux années de calvaire, ce journal avait été la dernière goutte d'eau… A présent, les souvenirs déferlaient sur moi avec une force terrible. Je me mis à trembler.

Quand j'avais repris conscience, après la correction administrée par Reyad, j'étais nue, étendue sur son lit. Brandissant son journal intime, il m'avait ordonné de le lire, se délectant de mon horreur grandissante.

Il avait consigné dans ce journal tous les griefs qu'il avait accumulés contre moi au cours des deux années précédentes. Chaque fois que je lui avais désobéi ou que je l'avais agacé, il avait rédigé une description détaillée de la punition qu'il aurait aimé m'infliger. A présent que Brazell n'avait plus besoin de moi, Reyad était libre d'assouvir ses fantasmes. Ses tendances sadiques et son imagination malsaine étaient écrites en toutes lettres dans son journal. La respiration coupée, je songeai à me tuer, mais le couteau se trouvait à l'autre bout du lit.

— Ce soir, dit Reyad, nous commencerons par la première page.

Ronronnant de plaisir, il se dirigea vers la « malle

à jouets » qui contenait ses chaînes et autres instruments de torture.

Les mains tremblantes, je revins au début de son journal. Sur la première page, Reyad avait noté que, à notre première rencontre, j'avais omis de l'appeler *monsieur*. Ce manque de respect me vaudrait de me mettre à quatre pattes et d'être fouettée. A chaque coup de fouet, je devais lui dire : « Encore, monsieur, s'il vous plaît. » Pendant le viol qui suivrait, je continuerais à l'appeler *monsieur* et le supplierais de prolonger ma punition.

Le journal s'échappa de mes mains. Je me jetai sur le lit, décidée à retrouver le couteau, mais Reyad, croyant que je cherchais à m'enfuir, se rua sur moi et m'immobilisa. Je me débattis vainement tandis qu'il me mettait à genoux. Ecrasant mon visage contre les dalles de pierre rugueuse, il prit une chaîne et attacha mes mains derrière mon cou.

L'appréhension fut plus effrayante que les faits eux-mêmes. Je trouvais même un réconfort un peu malsain dans le fait de savoir à l'avance ce qui allait se passer. Cela mettait des limites à mon supplice. Je jouais mon rôle à la lettre ; je ne voulais pas contrarier Reyad, de peur de l'enrager.

Quand l'horreur cessa enfin, mon dos et l'intérieur de mes cuisses étaient maculés de sang. Je me roulai en boule au bord du lit. Mon esprit était mort. Mon corps palpitait de douleur. Les doigts de Reyad étaient à l'intérieur de moi.

— Je serai toujours en toi, maintenant, me souffla-t-il à l'oreille.

Reyad était étendu près de moi. A présent, le couteau se trouvait à ma portée. Des idées de suicide passèrent dans ma tête.

— Eh bien, dit Reyad, il ne me reste plus qu'à commencer un nouveau journal…

Je ne répondis pas.

— Puisque tu as échoué, père et moi allons devoir entraîner une autre fille.

Il s'assit sur le lit et enfonça ses doigts plus profondément en moi.

— A quatre pattes ! On passe à la page deux !

— Non ! m'écriai-je.

Je tâtonnai un instant sous le matelas, en sortis le couteau et tailladai la gorge de Reyad. Une blessure superficielle, mais il ne s'y attendait pas. Il se renversa sur le lit, stupéfait ; je me jetai sur lui et lui tranchai le cou. Ma lame grinça en touchant un os ; le sang gicla. Lorsque je ne fus plus capable de savoir à qui appartenait le sang sur ma peau, une douce satisfaction s'empara de moi.

— Qu'est-ce qui t'a fait passer à l'action ? C'est parce que j'allais te violer de nouveau ? demanda le fantôme de Reyad.

— Non. C'était l'idée que tu torturerais une autre orpheline.

— Ah, bien sûr ! s'exclama-t-il en pouffant. Tes amies.

— Mes sœurs, rectifiai-je. C'est pour elles que je t'ai tué, mais j'aurais dû le faire pour moi.

Bouillonnant de colère, je bondis sur le fantôme et l'acculai contre le mur. Je savais, au fond, que je ne pouvais rien contre lui, et pourtant, je le frappai. Il ne se départit pas de son sourire narquois. Je criblai le spectre de coups de poing jusqu'à ce que les premières lueurs de l'aube envahissent la chambre et le fassent disparaître.

Alors je m'effondrai en sanglotant. Quelque temps plus tard, lorsque je revins à la réalité, je m'aperçus qu'à force de cogner le mur en pierre, mes poings étaient couverts de sang. J'étais épuisée, vidée de toute émotion. Et en retard pour le petit déjeuner du Commandant. Maudit Valek !

— Tu ne suis pas, Elena ! dit Ari.

De son couteau de bois, il me porta un grand coup à l'abdomen.

— Tu es morte. C'est la quatrième fois, aujourd'hui. Que se passe-t-il ?

— J'ai mal dormi… Désolée.

Ari indiqua le banc contre le mur. Nous nous y installâmes et soufflâmes un peu. A l'autre bout de la salle, Maren et Janco se livraient un combat amical à la canne. Maren était plus habile que son adversaire, mais celui-ci se montrait si rapide qu'elle était forcée de battre en retraite.

— La reine de la canne, elle, est en panne, chantonna Janco.

Ses paroles étaient calculées pour exaspérer Maren, une tactique qui se révélait souvent payante. La colère la poussait régulièrement à commettre des erreurs fatales. Mais, cette fois, elle garda son sang-froid. Plantant l'extrémité de sa canne entre les pieds de son adversaire, elle plaqua l'arme de Janco contre lui. Puis elle se propulsa en l'air, se retourna, atterrit derrière Janco et l'étrangla jusqu'à ce qu'il eût déclaré forfait.

En voyant Maren utiliser un tour que je lui avais appris, ma mauvaise humeur se dissipa un peu. L'expression indignée de Janco valait le déplacement. Il insista pour avoir une revanche ; tous deux entamèrent aussitôt un nouveau combat acharné. Ari et moi ne bougeâmes pas. Je crus qu'il sentait que je n'avais plus l'énergie de me battre.

— Quelque chose ne va pas, dit-il à mi-voix. Quoi ?

— Je…

Je m'interrompis, hésitante. Pouvais-je lui parler de la froideur de Valek, et de son brusque changement d'attitude la veille au soir ? De mes conversations nocturnes avec le fantôme de l'homme que j'avais tué ?

— Crois-tu que je perds mon temps à m'entraîner avec vous ? dis-je finalement.

D'une certaine façon, les moqueries du fantôme de Reyad me paraissaient justifiées. Cet apprentissage n'était peut-être qu'une façon d'oublier mes véritables problèmes.

— Si je le pensais, je ne serais pas là, répondit Ari.

Je décelai un accent de colère dans sa voix.

— Tu as besoin d'apprendre à te défendre, ajouta-t-il.

— Pourquoi ? Je risque de mourir avant d'en avoir eu l'occasion.

— De mon point de vue, tu as trop pris l'habitude de la fuite et de la dissimulation. Il t'a fallu une semaine entière pour trouver le courage de parler à Maren. Et si je n'avais pas été là, elle t'appellerait encore « la Gerbeuse ». Il faut que tu apprennes à insister pour avoir ce que tu veux.

Ari fit tourner son couteau dans sa main d'un geste nerveux.

— Tu passes ton temps à raser les murs, prête à détaler au moindre danger. Mais quand tu seras capable de désarmer Janco et de me faire tomber à la renverse, tu te sentiras plus puissante, plus libre.

Il s'arrêta quelques instants.

— Si tu as d'autres choses à faire... fais-les *en plus* de ton entraînement. Mais il faut absolument que tu continues. Et la prochaine fois qu'on te traite de Gerbeuse, tu ne dois pas le laisser passer.

Je fus stupéfaite de ce petit discours. Je n'étais pas forcément d'accord avec Ari, mais il avait raison sur un point : j'avais une chose importante à faire en plus de cet entraînement. Trouver l'antidote à la Poussière de Papillon.

— C'est censé m'encourager, ce que tu viens de dire ? demandai-je d'une voix un peu rauque.

— Oui. Maintenant, arrête de chercher des excuses pour abandonner l'entraînement. Fais-moi confiance, Elena.

Les paroles d'Ari, calmes et délibérées, firent courir un frisson le long de ma colonne vertébrale. Avait-il deviné mes intentions ? Je projetai de dénicher l'antidote et de m'évader vers Sitia. *Enfuis-toi, enfuis-toi, enfuis-toi...* Ari avait raison, la fuite était mon instinct primaire. Or, pour réussir à m'évader, je devrais être en excellente condition physique, et pouvoir me défendre contre les gardes du Commandant.

Mais il y avait autre chose. Depuis le début, j'avais éludé un problème de taille. *Valek.*

Valek me suivrait de l'autre côté de la frontière sitienne, et bien au-delà. Même la magie d'Irys serait impuissante contre son désir de vengeance. Il considérerait ma capture ou ma mort comme sa responsabilité personnelle. C'était cette vérité que j'avais eu peur d'affronter. Je m'étais concentrée sur mon entraînement pour éviter un dilemme que je me sentais incapable de résoudre. A présent, il me fallait repenser toute ma stratégie. Je devais trouver non seulement l'antidote, mais également un moyen de me débarrasser de Valek sans le tuer. Je doutais qu'Ari pût me donner la solution.

— Tu devrais essayer ce genre de tactique sur Valek, dit Janco en haletant. Pendant qu'il se tord de rire devant la faiblesse de tes coups, tu l'attaques, et paf !

Maren ne répondit pas, mais redoubla d'énergie. Janco dut battre en retraite.

Je les regardai distraitement. Dans ma tête, un petit plan hasardeux avait éclos.

— Ari, dis-je, peux-tu m'apprendre à crocheter des serrures ?

Il réfléchit quelques instants, puis répondit finalement :

— Janco pourrait le faire.

— Janco ?

— Il a l'air gentil et inoffensif, dit Ari, mais dans sa jeunesse, il a fait toutes sortes de bêtises. Finalement, il s'est attiré de gros ennuis ; on lui a donné le choix entre la prison et l'armée. Maintenant, il est capitaine. Son gros atout, c'est que personne ne le prend au sérieux.

— J'essaierai de m'en souvenir, la prochaine fois qu'il me racontera des blagues tout en me brisant les côtes.

Je regardai Maren remporter sa deuxième victoire sur Janco. Celui-ci ne se découragea pas.

— C'est un tournoi en cinq tours, chère madame.

Maren haussa les épaules.

— Si ta fierté peut le supporter…

Sans attendre sa réponse, elle balaya le sol de sa canne. Janco sauta pour éviter d'être renversé et se fendit largement. Les craquements rythmiques de leurs cannes emplirent de nouveau l'air de la salle.

Ari se leva, prit une position défensive et, sans trop savoir comment, je trouvai l'énergie de l'affronter.

Après l'entraînement, nous nous reposions tous les quatre sur les bancs lorsque Valek apparut. Maren se leva d'un bond, comme si ç'avait été un crime de rester un instant désœuvré. Nous restâmes tranquillement à nos places.

J'étais fascinée par les petits changements qui se produisaient en Maren dès que Valek était dans les parages. Sa rugosité s'estompait, elle souriait plus souvent, et elle essayait toujours de l'attirer dans une conversation ou un duel. En général, Valek discutait tactique ou bien s'entraînait quelque temps avec elle. Maren se pavanait alors comme une chatte qui a séduit le plus beau matou du quartier. Mais, aujourd'hui, c'était à moi que Valek voulait parler. Seul à seule. Les autres quittèrent la salle d'entraînement. En partant, Maren me décocha un regard noir. « Demain, je vais le payer », pensai-je.

Valek marchait de long en large. J'eus la désagréable impression qu'il cherchait une pierre à lancer.

— Qu'est-ce qui ne va pas ? demandai-je. Est-ce le rendez-vous de ce soir ?

Ma joie de démasquer Margg avait laissé place à l'inquiétude. Après tout, je mettais ma vie en danger. N'était-ce pas, là aussi, une perte de temps ?

Non. Ce maudit fantôme essayait de me faire douter de tout. A deux reprises, des informateurs avaient failli me faire tuer. La première fois, en avertissant les meurtriers étrangers de ma présence à la Fête du Feu ; la seconde, en informant Irys de ma participation à l'exercice dans la forêt. Il me fallait absolument mettre Margg hors d'état de nuire.

— Pour ce soir, tout est prêt, dit Valek. Non, ce qui me préoccupe, c'est le Commandant.

— Le Commandant ?

— A-t-il eu des rendez-vous inhabituels, cette semaine ?

— Inhabituels ?

— A-t-il reçu quelqu'un que tu ne connaissais pas ? Un conseiller d'un autre District Militaire, par exemple ?

— Pas que je sache. Pourquoi ?

Valek marqua une longue pause. Je voyais presque les rouages tourner dans sa tête tandis qu'il se demandait s'il pouvait me faire confiance.

— Le Commandant Ambroise a accepté de recevoir une délégation sitienne.

— Et alors ?

— Il déteste les Sitiens ! Depuis le coup d'Etat, ils demandent chaque année une audience, et, chaque année depuis quinze ans, le Commandant répond invariablement par un seul mot : *non*. Et voilà qu'il a programmé une rencontre avec eux pour la semaine prochaine.

Il arpentait de plus en plus rapidement la salle.

— Depuis que tu as été nommée goûteuse et que ce fameux Criollo est arrivé, le Commandant a changé. Au début, c'était juste une impression, je n'arrivais pas à mettre le doigt dessus... Mais à présent, deux événements précis sont venus confirmer cette impression.

— Le changement de successeur et la rencontre avec les Sitiens.

— Exactement.

Je ne trouvais rien à dire. Plus je fréquentais le Commandant, plus son comportement m'étonnait. C'était le contraire de celui qu'on eût attendu d'un dictateur. Il tenait compte des opinions d'autrui, il se montrait ferme, résolu et juste. Il menait la même vie spartiate qu'il exigeait des autres. Il n'inspirait aucune crainte à ses conseillers ni aux officiers du rang, mais seulement une entière loyauté et un immense respect. Jusqu'à présent, le nouveau régime ne semblait avoir commis aucun crime — si l'on excluait l'histoire de la mère de Rand, et bien sûr les assassinats qui avaient précédé le coup d'Etat.

Valek prit une profonde inspiration.

— J'ai détourné une boîte de Criollo vers nos appartements. Je veux que tu en manges un morceau chaque fois que le Commandant le fera. N'en parle à personne, surtout pas à lui. C'est un ordre.

— Oui, Valek, dis-je machinalement.

Avait-il bien dit « nos appartements » ? Je n'en revenais pas ! Peut-être avais-je mal entendu…

— Ne décommande pas le rendez-vous avec Margg, ce soir. J'y serai.

— Dois-je leur parler de la délégation sitienne ?

— Non. Contente-toi de mentionner le changement de successeur du Commandant. La rumeur circule déjà, tu ne feras que la confirmer.

Valek me tourna le dos et s'éloigna.

Au cas où quelqu'un viendrait fouiner autour de notre salle d'entraînement, je cachai nos armes, effaçai toute trace de notre présence et fermai la porte à clé. Sur le chemin des bains, je réfléchissais au rendez-vous de ce soir, quand j'aperçus une porte ouverte. C'était curieux ; dans cette partie du château, la plupart des portes menaient à des remises, et restaient fermées à clé.

Du coin de l'œil, je vis un éclair de mouvement. Des mains m'agrippèrent et m'attirèrent vers l'intérieur. La porte se referma en claquant. L'obscurité m'enveloppa. Je fus projetée tête la première contre un mur de pierre. Sous l'impact du choc, mes poumons se vidèrent. Je me retournai et, dos au mur, haletai pour reprendre mon souffle.

— Bouge pas, grogna une voix d'homme.

Je décochai un grand coup de pied en direction de la voix, mais ne rencontrai rien. Un rire résonna. Une bougie fut découverte. Sa faible lueur jaune se refléta sur une longue lame argentée. Terrifiée, j'aperçus la main qui tenait le couteau, puis le visage de mon agresseur. C'était celui de Nix.

21

— Pourquoi ? dit Nix en posant la bougie sur une petite table couverte de toiles d'araignées. Pourquoi suis-je toujours le plus malin ?

Je lui décochai un nouveau coup de pied, qu'il para sans difficulté.

— J'ai tout fait pour que tu arrêtes de t'entraîner, dit-il.

En quelques pas, il fut tout près de moi et plaqua sa lame froide contre ma gorge.

— Je n'ai peut-être pas été assez clair ?

Une odeur de chou bouilli et de transpiration assaillit mes narines. Je me figeai, refoulai ma peur et tentai de prendre un ton neutre.

— Quel est ton problème, Nix ?

— Mon problème, c'est que personne ne voit que tu es un danger public. Personne, sauf moi. Je suis plus malin qu'Ari, Janco et Maren réunis. Plus malin que Valek. Pas vrai ?

Je ne répondis pas. Nix pressa le couteau contre ma gorge.

— Pas vrai, Elena ?

Un éclair de douleur fleurit sous son tranchant.

— Oui, dis-je.

Derrière Nix, un nuage de poussière prit la forme du fantôme de Reyad. Il arborait son habituel sourire amusé.

— Il faut que tu laisses tomber l'entraînement, dit Nix. Je suis chargé de te le faire comprendre. Hélas, je n'ai pas le droit de te tuer.

Il frôla mon visage du revers de la main.

— Je dois juste te transmettre un avertissement de la part du patron.

— Parffet ? Qu'est-ce que ça peut lui faire ?

Tout en essayant de distraire Nix, je fouillais dans ma mémoire, cherchant les conseils d'Ari au sujet du combat au couteau. Si seulement j'avais fait plus attention…

— Parffet ? Il n'a rien à voir avec ça. Cet imbécile ne pense qu'à sa promotion. Mais le général Brazell, lui, s'intéresse de près à ton nouveau passe-temps.

Nix glissa sa main libre entre mes jambes et plaqua son corps contre le mien.

L'espace d'un instant, je restai pétrifiée. La panique m'envahit, et j'oubliai tout ce que j'avais appris. Un doux bourdonnement résonna dans mon crâne, s'amplifia… Je le réprimai de toutes mes forces et, petit à petit, il s'estompa. Des notes de musique cristallines s'élevèrent en moi ; d'un coup, je sus exactement ce que je devais faire.

Poussant un gémissement, je roulai des hanches pour adopter une position plus stable.

Nix eut un sourire enchanté.

— Je savais bien que tu étais une mauvaise fille. Tu vas l'avoir, ta punition.

Il retira sa main d'entre mes jambes et y cala le haut de sa cuisse, puis il tira sur ma ceinture pour la dégrafer.

Je frottai mon genou entre ses jambes, puis l'enfonçai brutalement dans son aine. Nix émit un grognement de douleur et se plia en deux. J'attrapai sa lame à deux mains pour l'empêcher de s'enfoncer plus profondément dans mon cou.

« Mieux vaut se couper les mains que la gorge », dit la voix d'Ari dans ma tête, tandis que je grimaçais de douleur. Je me concentrai sur le couteau et le poussai loin de moi. Nix chancela en arrière.

— Sale putain ! grogna-t-il en levant le bras pour me porter un coup de couteau.

Comme la lame s'abattait vers moi, je fis un pas en direction de Nix, de sorte qu'en pivotant, mon épaule droite frôla sa poitrine. Puis je tendis les doigts et, des bords des mains, frappai son bras et son avant-bras. Son mouvement contraire décupla l'impact de mes coups ; son bras s'affaissa mollement, sa main laissa échapper le couteau.

Je pris son poignet et le tordis jusqu'à ce que sa paume soit tournée vers le plafond. Je pivotai pour caler mon épaule droite sous son coude, puis je tirai sa main vers moi de toutes mes forces. J'entendis un grand craquement, suivi d'un hurlement. Le bras de Nix était cassé. Je virevoltai vers lui et lui envoyai deux coups de poing dans le nez. Le sang jaillit. Profitant de ce qu'il était déséquilibré, je lui lançai un coup de pied au genou et brisai sa rotule. Il s'effondra à terre.

Je dansais autour de lui, lui donnant des coups de pied dans les côtes. Mon sang bouillait et grésillait. Les faibles tentatives de Nix pour me repousser ne faisaient que me déchaîner davantage. J'étais sur le point de le tuer.

Le fantôme de Reyad m'acclama.

— Vas-y, Elena, achève-le. Cette fois, c'est sûr, tu n'échapperas pas à la potence.

Ses paroles firent leur chemin en moi et arrivèrent jusqu'à la partie encore rationnelle de mon esprit. Hors d'haleine, à peine consciente, je me figeai sur place. Nix ne bougeait plus.

Je m'agenouillai près de lui, mis la main sur sa gorge. Un faible battement vibra sous mes doigts. Mon soulagement fut intense, mais de courte durée. L'instant d'après, Nix tendait la main et m'agrippait le bras.

Je poussai un cri et le frappai au visage. Son étreinte se desserra, je réussis à me libérer. Ramassant le couteau sur le sol, je suivis les conseils maintes fois répétés par Janco : *Cogne et tire-toi.* Je courais à perdre haleine. Mais, cette fois, la peur ne me talonnait pas. Des ailes avaient poussé dans mon dos, de grandes ailes écarlates qui ondulaient derrière moi.

A cette heure, les bains étaient déserts. Je glissai l'arme de Nix sous un tas de serviettes et me regardai dans la glace pour évaluer l'ampleur des dégâts. La balafre sur mon cou ne saignait plus, mais les profondes entailles sur mes paumes me semblaient nécessiter des soins. Mes yeux brillaient d'une lueur sauvage et inconnue. Je montrai les dents, exaltée. Je n'étais plus un rat, à présent.

J'étais censée goûter le dîner du Commandant dans peu de temps, mais il était hors de question d'asperger de sang son repas. La bouffée d'énergie que j'avais ressentie après ma victoire contre Nix se dissipait à toute vitesse. Des vertiges m'assaillirent. Je pris le chemin de l'infirmerie, espérant y arriver avant de m'évanouir.

Madame la doctoresse me jaugea rapidement, puis m'indiqua une table d'examen. Je m'assis au bord de la table et ouvris grand mes paumes.

— Comment avez-vous…

— Du verre cassé.

Elle hocha la tête, l'air préoccupée.

— Je vais chercher mes instruments.

Je m'étendis sur la table pour l'attendre. A son retour, elle portait un plateau couvert de petits objets, dont un pot de la fameuse colle inventée par Rand. Des élans de douleur parcouraient mes mains ; je redoutais les soins à venir. Je tournai la tête sur le côté et vis Valek entrer en trombe. Parfait, me dis-je en soupirant. Il ne manquait plus que lui... Cela faisait longtemps que je n'avais pas eu une aussi mauvaise journée.

— Que s'est-il passé ? demanda-t-il.

Je lançai un regard oblique au médecin.

Elle prit ma main droite et la désinfecta.

— Le verre cassé laisse des lacérations irrégulières, dit-elle. De toute évidence, ces coupures ont été faites par un couteau. Le règlement m'oblige à le déclarer.

La doctoresse m'avait dénoncée à Valek, et celui-ci ne partirait pas sans avoir obtenu une réponse. Résignée, je me concentrai sur lui, essayant d'ignorer la douleur.

— On m'a attaquée.

— Qui ? demanda-t-il sèchement.

Je tournai les yeux vers le médecin ; Valek comprit.

— Pouvez-vous nous laisser un instant ? demanda-t-il.

La doctoresse plissa les lèvres, mécontente. Dans les situations médicales, son autorité prévalait sur celle de Valek.

— Cinq minutes, pas plus.

Elle s'éloigna vers son bureau à l'autre bout de l'infirmerie.

— Qui t'a fait ça ? répéta Valek.

— Nix, un garde de l'unité de Parffet. Il m'a dit qu'il travaillait pour Brazell, et m'a conseillé de laisser tomber l'entraînement.

— Je vais le tuer.

— C'est hors de question, dis-je d'une voix que j'espérais ferme. Nous allons nous servir de lui. C'est un lien qui nous permettra de remonter jusqu'à Brazell.

Valek posa sur moi son regard bleu et dur, cherchant à lire en moi.

— Où cela s'est-il passé ?

— Dans une réserve. La quatrième ou cinquième porte après celle de notre salle d'entraînement.

— Il ne doit plus y être, à l'heure qu'il est. Je vais envoyer un homme aux baraquements.

— C'est inutile.

— Pourquoi ?

Valek me décocha un regard qui me rappela celui du Commandant. Il arquait les deux sourcils pour tenter de dissimuler ses émotions.

— Dans l'état où il était, il n'a pas pu aller très loin. Et un seul homme ne suffira pas à le transporter.

— Je vois, dit Valek. J'en déduis que ton entraînement progresse de manière satisfaisante…

— Mieux que je ne le pensais.

Valek tourna les talons et laissa place à la doctoresse. Cette moucharde de doctoresse… La prochaine fois, je me raccommoderais toute seule, me dis-je. Il me restait encore une bonne quantité de colle. Refermer quelques coupures, ce ne devait pas être sorcier…

Je me mordillai la lèvre inférieure pendant qu'elle finit de désinfecter et de sceller mes blessures. Elle entoura mes plaies de gros bandages serrés et m'interdit de me mouiller les mains, de soulever des objets lourds et même d'écrire pendant une semaine. Ce qui signifiait que mon entraînement était suspendu.

Trois hommes du corps d'élite entrèrent et laissèrent tomber Nix sur une table d'examens. La doctoresse me lança un regard interrogateur, puis s'éloigna vers le blessé, qui remuait faiblement en gémissant. J'en profitai pour m'éclipser.

Je me pressai vers le bureau du Commandant, mais Valek m'avait devancée. Lorsque je pénétrai dans la salle du trône, il refermait la porte d'Ambroise derrière lui.

— Je me suis occupé du dîner, dit-il en me guidant à travers le dédale des bureaux.

A cette heure de la soirée, seuls quelques conseillers travaillaient encore.

— Trouve Margg et annule le rendez-vous, dit Valek. Tu as besoin de repos.

— Annuler ? Pourquoi ? Ça va sembler louche. Je mettrai des gants pour cacher mes pansements. Il fait froid, dehors, personne n'y fera attention.

Valek ne répondit pas.

— Je vais très bien, dis-je.

— Tu devrais te regarder dans une glace, répliqua Valek en souriant.

Il hésita, le visage plissé par l'indécision.

— D'accord, dit-il enfin. Nous procéderons comme prévu.

Nous nous arrêtâmes devant la porte de son bureau.

— J'ai du travail à finir, poursuivit-il. Repose-toi jusqu'à l'heure du rendez-vous. Et pour ce soir, ne t'inquiète pas ; je ne te lâcherai pas d'une semelle.

Il mit sa clé dans la serrure.

— Valek ?

— Oui ?

— Que va-t-il arriver à Nix ?

— Nous allons le soigner, le menacer de prison s'il ne coopère pas et, quand nous en aurons fini avec lui, le réaffecter au DM-1. Cela te suffit-il ? Tu préfères que je le tue ?

Le District Militaire 1 était une région déserte, gelée et infestée de guépards des neiges. Nix risquait d'y connaître une triste fin. Je ne pus retenir un mauvais sourire.

— Non. C'est très bien. Si j'avais voulu qu'il meure, je m'en serais chargée moi-même.

Valek se redressa vivement et se retourna vers moi. La surprise, l'amusement et la méfiance passèrent sur son visage, puis il se reprit et fut de nouveau de marbre. En le quittant, je lui fis ma meilleure imitation du sourire benêt de Janco.

Me reposer était hors de question : j'avais plusieurs choses à faire avant l'heure du rendez-vous. D'abord, trouver une paire de gants et une cape. A présent que la saison froide s'installait, l'air nocturne était vif et coupant. Au matin, les feuilles d'herbe, entourées d'une fine couche de gel, scintillaient comme des diamants sous les premiers rayons de soleil.

Par chance, Dilana n'avait pas encore fermé son atelier de couture. Lorsque nous eûmes échangé les derniers ragots, je lui exposai ma requête.

— Ma pauvre petite ! dit-elle d'un ton de matrone. J'ai oublié de te donner des vêtements chauds !

Elle s'affaira parmi les tas de vêtements, ses boucles miel dansant autour de sa tête.

— Petite sotte, pourquoi ne m'en as-tu jamais parlé ? me gronda-t-elle.

— Parce que je n'en ai pas eu besoin, jusqu'ici, dis-je en riant. Dis-moi, Dilana, est-ce que tu maternes tous les habitants du château ?

Elle s'arrêta un instant pour me regarder.

— Seulement ceux qui en ont besoin.

— Merci, dis-je d'un ton gentiment caustique.

Lorsque Dilana eut fini de rassembler ma garde-robe d'hiver, je fus submergée de vêtements. Parée de ces sous-vêtements en flanelle, de ces chaussettes en laine et de ces bottes fourrées, j'aurais pu survivre sur un glacier pendant des semaines. Je rangeai tout cela dans un coin de la pièce et demandai à Dilana de le faire livrer aux appartements de Valek.

— Tu habites toujours là-bas, hein ? dit-elle en souriant.

— Pour l'instant. Quand les choses se calmeront, je reprendrai mon ancienne chambre.

Ou plutôt, *si jamais* les choses se calment, pensai-je.

Je fouillai dans le tas d'affaires et sélectionnai une lourde cape noire et des gants de laine noire. La cape était brodée de deux losanges rouges aussi grands que la main. Sa large capuche m'abriterait autant du froid que de la pluie.

— Je crois que tu vas y rester un moment, dit la couturière.

— Pourquoi ?

— J'ai l'impression que Valek a le béguin pour toi. C'est la première fois qu'il s'intéresse autant à un goûteur. D'habitude, après les avoir formés, il les ignore complètement. Si jamais il flaire des problèmes, il charge l'un de ses mouchards de filer le goûteur, mais il n'a jamais pris la peine de s'en occuper lui-même. Sans parler de l'accueillir dans sa suite personnelle !

Dilana avait débité cela d'une traite, le visage teinté de rose.

— Tu es folle, Dilana. En plein délire.

— En fait, c'est la première fois qu'il s'intéresse

à une femme. Je commençais à le soupçonner de préférer ses fouines masculines, mais...

Elle fit une petite pause dramatique.

— Voilà que la belle et brillante Elena réussit enfin à faire palpiter son cœur de glace !

— Tu devrais sortir de ton atelier, de temps en temps. Tu as besoin d'air frais et d'une bonne dose de réalité.

Je n'étais pas assez sotte pour croire un mot de ce qu'elle racontait — et pourtant, je ne pus réprimer un petit sourire idiot.

Le rire mélodieux de Dilana m'accompagna jusque dans le couloir.

— Tu sais que j'ai raison, lança-t-elle de loin.

Si Valek s'intéressait à moi, pensai-je en traversant le château, c'était uniquement parce que je représentais une énigme. Une fois résolus les mystères de la magicienne du Sud et de Brazell, il me renverrait dans ma chambre de bonne pour toujours. L'engouement innocent que j'éprouvais pour lui était une chose. Cela n'aurait aucune influence sur mes projets futurs... absolument aucune ! En revanche, il serait désastreux de me mettre en tête que cette affection était réciproque.

J'essayai de me convaincre que Dilana, bien qu'adorable, était victime de son imagination et de son goût pour les ragots. Qu'elle se trompait. Je fis réellement de mon mieux pour m'en persuader. Lorsque j'arrivai aux cuisines et que je vis Rand boitiller entre ses fourneaux, je me rappelai que Valek était un assassin impitoyable. Il avait tué des dizaines de personnes. Le sang de l'ancien roi perlait encore sur son grand couteau. Valek était dangereux, caractériel et exaspérant. Et pourtant, j'avais beau essayer, je ne parvenais pas à effacer de mon visage ce sourire stupide.

Posant ma cape sur un tabouret, je me servis un dîner tardif. Rand acheva de tourner des cochons sur leurs broches et vint s'asseoir à côté de moi.

— Des cochons de lait ? dis-je. En quel honneur ?

Le parfum de viande rôtie me mit l'eau à la bouche. Les cochons à la broche étaient une gâterie rare, nécessitant une journée entière de cuisson et réservée à des occasions spéciales.

— Une visite des généraux, cette semaine. Le Commandant a demandé toutes mes spécialités. Mais le plus fort, c'est qu'il a commandé un festin pour la semaine prochaine ! Un festin ! Il n'y en a pas eu depuis…

Il secoua la tête.

— A vrai dire, depuis que le Commandant est au pouvoir, il n'y a jamais eu de festin. Je n'aurai même pas le temps de faire des expériences.

— Aurais-tu le temps de jeter un coup d'œil à ceci ?

Tirant quelques fèves de ma poche, je les tendis à

Rand. Je les gardais sur moi depuis plusieurs jours, attendant l'occasion de les lui montrer.

— Je les ai trouvées dans une réserve, dis-je, et j'ai pensé qu'il s'agissait peut-être de ce fameux café.

Rand porta la poignée de fèves à son nez et les huma profondément.

— Non, hélas. Je n'ai aucune idée de ce que ça peut être. Les fèves de café sont lisses et arrondies, tandis que celles-ci sont ovales… et bosselées.

Rand les étala sur la table, en ramassa une et la croqua. Il mastiqua, grimaçant à cause de l'amertume.

— Je n'ai jamais vu ni goûté une chose semblable. Où les as-tu trouvées ?

— Quelque part dans les sous-sols.

Bah ! pensai-je. Encore un coup d'épée dans l'eau. J'avais cru pouvoir résoudre l'énigme que m'avait confiée le Commandant, mais ç'avait été une fausse piste.

Rand sentit ma déception.

— C'est important ? demanda-t-il.

Je hochai la tête.

— Ecoute, laisse-moi ces fèves. Après le festin, j'essaierai d'en tirer quelque chose.

— Comment ça ?

— Je les moudrai, les grillerai, les ferai bouillir… Sous l'effet de la chaleur, les ingrédients changent de goût et de texture. Peut-être vont-elles se transformer en quelque chose de reconnaissable. D'accord ?

— Je ne veux pas t'ennuyer avec ça.

— Ça ne m'ennuie pas du tout ! J'adore les défis. Et puis, après le festin, ce sera pénible de reprendre le train-train quotidien. Un nouveau projet ne me fera pas de mal.

Il fit glisser les fèves dans un bocal qu'il rangea sur une haute étagère, parmi d'autres bocaux contenant des aliments mystérieux.

Ensuite, nous débattîmes de possibles menus de festin, jusqu'à ce que vînt l'heure de tourner de nouveau les cochons embrochés.

— Un quart de tour par heure, dit Rand.

Ce qui me rappela que mon rendez-vous avec Margg approchait à toute allure. Le cœur serré, je fis mes adieux au cuisinier.

Je m'arrêtai aux bains avec l'intention de récupérer le couteau de Nix, mais il y avait trop de monde. De toute façon, pensai-je, c'était sans doute une mauvaise idée. On risquait de me fouiller ; si l'on trouvait une arme sur moi, cela me créerait encore plus d'ennuis.

Margg m'attendait juste au-delà de la porte sud du château. Elle arborait son habituelle expression de dégoût. Nous échangeâmes quelques insultes en guise de compliments, puis nous passâmes les remparts et partîmes vers Castel en silence. J'espérais de tout cœur que Valek nous suivait, mais je me gardais bien de jeter un coup d'œil derrière nous, de peur d'éveiller la méfiance de ma compagne.

Des étoiles brillaient dans le ciel ; la pleine lune jetait de grandes ombres sur les prés. De profondes ornières, laissées par les roues de chariots, avaient été lissées par le passage de nombreuses bottes. Je pris une grande bouffée d'air ; un parfum de terre et de feuilles sèches emplit mon nez.

Aux abords de la ville se dressaient des rangées de bâtiments de bois à trois étages. Leur symétrie me frappa. J'étais tellement habituée à l'architecture fantaisiste et tordue du château que la sobriété du village me paraissait saugrenue. Ici, tout obéissait au bons sens et à la logique.

Les rares habitants que nous aperçûmes dans les rues se pressaient vers leur destination. Personne ne traînait, ne bavardait ni ne flânait, à part les gardes, bien sûr.

Les soldats ayant joué un rôle dans le coup d'Etat avaient été réaffectés comme policiers dans les villages d'Ixia. Désormais, ils se chargeaient de faire respecter le couvre-feu, le code vestimentaire et le reste du Code de Conduite. Ils vérifiaient les papiers, s'occupaient des transferts et procédaient aux arrestations. En arrivant dans un village, avant même de chercher un logement pour la nuit, tout visiteur devait se rendre au bureau militaire central pour mettre ses papiers en ordre.

Le couvre-feu était encore loin ; notre rendez-vous avait été fixé de manière à ce que nous puissions rentrer au château bien avant. Néanmoins, les deux soldats postés dans la rue principale suivirent notre progression avec attention. Ma peau se couvrit de picotements ; j'étais convaincue qu'ils allaient se ruer sur nous et nous arrêter d'une minute à l'autre.

En fin de compte, nous continuâmes sans encombre vers une petite ruelle déserte. Margg s'arrêta devant une maison impossible à distinguer de ses voisines et frappa deux coups. Au bout d'un moment, la porte s'entrebâilla vers l'intérieur et une grande femme rousse passa la tête dehors. Elle portait un uniforme d'aubergiste et, lorsqu'elle aperçut Margg, elle eut un petit hochement de tête.

Long et pointu, son nez semblait guider comme un aileron les mouvements de sa tête. Elle posa sur moi un regard si noir et si intense que je me mis à gigoter nerveusement. Une goutte de sueur coula le long de ma colonne vertébrale. Enfin, elle tourna son nez vers le bout de la rue et renifla l'air comme pour flairer un piège. Enfin elle ouvrit la porte en grand et nous permit d'entrer. Nous montâmes l'escalier et arrivâmes au troisième étage sans avoir échangé un mot.

La pièce était inondée de lumière. Des bougies disposées en cercles concentriques chauffaient l'air et diffusaient un léger parfum de fruits et de fumée. Je lançai un regard en direction de la fenêtre, craignant que cet éclairage éblouissant n'attire l'attention. Mais des rideaux noirs couvraient les vitres et retombaient en plis souples sur le parquet.

Des rayonnages de livres, un bureau et plusieurs fauteuils confortables donnaient à la pièce un aspect de cabinet de travail. La femme qui nous avait précédées prit place derrière un bureau. De part et d'autre se dressaient de curieuses statuettes ; on aurait dit des lanternes couronnées d'anneaux métalliques. D'autres objets étranges et brillants ornaient les rayonnages de livres et les petites tables éparpillées à travers la pièce. D'autres encore pendaient du plafond, tournant doucement dans le courant d'air provoqué par notre arrivée.

Margg et moi nous tînmes debout, côte à côte, devant le bureau : la femme au visage de couteau ne nous avait pas proposé de chaise. Ses cheveux roux étaient rassemblés en un chignon d'où s'échappaient quelques mèches rebelles.

— La goûteuse, dit-elle en retroussant les lèvres d'un air satisfait. Je savais bien qu'un jour ou l'autre, je t'aurais à mon service.

— Qui êtes-vous ? dis-je d'un ton brusque.

— Vous pouvez m'appeler Capitaine Star.

Je posai un regard dubitatif sur son uniforme d'aubergiste.

— Je ne suis pas au service d'Ambroise. Je possède

ma propre armée. Margg t'a expliqué comment je travaille, n'est-ce pas ?

— Oui.

— C'est très simple. Tu me dis ce que tu sais, je te paie en conséquence. Mais attention, ce n'est pas un thé mondain ; je ne veux ni ragots ni rumeurs. Et surtout pas de questions personnelles. A part mon nom, tu n'as pas besoin de savoir quoi que ce soit sur moi. Compris ?

— Très bien.

Puisque je voulais m'attirer sa confiance, je ne fis pas de vagues. Du moins, pas pour l'instant.

— Bien. Qu'as-tu à me dire ?

— Le Commandant a désigné un nouveau successeur.

En entendant mes paroles, Star se raidit brusquement. Je jetai un regard en coin à Margg. Elle paraissait choquée et assez irritée que je détienne une information aussi intéressante.

— Comment le sais-tu ? demanda Star.

— J'ai entendu le Commandant en parler à Valek.

— Ah, Valek…

Star inclina le bout de son nez vers moi.

— Pourquoi habites-tu avec lui ?

— Cela ne vous regarde pas, dis-je d'un ton ferme.

— Alors quelle raison ai-je de te croire ?

— Si Valek apprend que je suis ici, il me tuera. Vous le savez aussi bien que moi. Combien me donnez-vous pour ce renseignement ?

Star ouvrit une bourse en velours, en tira une pièce d'or et me la lança comme un os à un chien. Je sursautai et l'attrapai au vol, réprimant une grimace. Les entailles sur mes mains étaient encore douloureuses.

— Voici tes quinze pour cent, dit-elle à Margg.

Elle envoya voler deux pièces, une d'argent et une de cuivre, en direction de la gouvernante. Celle-ci, habituée aux façons de Star, les attrapa sans peine.

— As-tu autre chose à me dire ? demanda Star.

— Pas pour le moment.

— Lorsque tu apprendras quelque chose, préviens Margg. Elle arrangera un nouveau rendez-vous.

Nous fûmes renvoyées. Margg, silencieuse, me précéda dans l'escalier puis dans la rue. A l'instant où elle me guidait vers une ruelle plus obscure encore, Valek surgit de l'ombre. Avant que j'aie pu lui poser des questions, il me prit par le bras, ouvrit une porte et m'entraîna dans une petite pièce vide.

J'étais déconcertée par son apparition subite ; je pensais qu'il attendrait quelque temps avant de procéder à l'arrestation de Margg. Celle-ci nous avait suivis, un sourire mauvais sur son visage joufflu. A vrai dire, je ne l'avais jamais vue aussi réjouie. Cela n'avait aucun sens. Elle venait tout de même de se faire prendre la main dans le sac, non ? J'inclinai la tête en direction de Valek, espérant des explications.

— J'avais raison, Valek, dit Margg. Elle a trahi le Commandant pour une pièce d'or. Regardez dans sa poche.

— En fait, Elena m'avait informé de votre expédition, dit Valek. Elle pensait te dénoncer, *toi.*

Le sourire triomphant de Margg s'estompa aussitôt.

— Vous auriez pu me le dire, grommela-t-elle.

— Je n'en ai pas eu le temps.

— Ce n'est pas Margg qui vend des informations sur moi ? demandai-je, confuse.

— Non, dit Valek. Margg travaille pour moi. Nous transmettons à Star des renseignements… un peu particuliers, dans l'espoir de découvrir ses complices. Cela faisait un bon moment que Star harcelait Margg pour qu'elle t'implique dans son réseau. J'ai trouvé que c'était une bonne occasion de tester ta loyauté.

D'un coup, je compris la mystérieuse colère de Valek ; il s'attendait à ce que je les trahisse, lui et le Commandant. Comment avait-il pu croire cela ? Décidément, il me connaissait très mal. La colère, la déception et le soulagement se livraient bataille en moi ; je fus incapable de prononcer un mot.

— J'avais espéré renvoyer ce rat au donjon, se lamenta Margg. Tant qu'elle sera en liberté, elle représentera un danger.

Exaspérée, elle enfonça un doigt boudiné dans mon bras.

L'instant d'après, je tordais son bras derrière son dos. Elle poussa un cri de douleur tandis que je tirais sa main vers le haut, la forçant à se pencher en avant.

— Je ne suis *pas* un rat ! dis-je entre les dents. J'ai prouvé ma loyauté une fois pour toutes. Maintenant, j'aimerais que tu me fiches la paix. Fini d'inscrire des petits messages dans la poussière, de fouiner dans mes affaires. Fais attention : la prochaine fois, je te casse le bras.

Je la repoussai loin de moi, elle trébucha et s'écrasa sur le sol. Péniblement, elle se releva, visage en feu, bouche ouverte, prête à protester. Mais Valek s'interposa.

— Bien parlé, Elena. Margg, tu peux disposer.

La gouvernante referma la bouche avec un petit claquement, pivota sur ses talons et quitta la pièce.

— Elle n'est pas sympathique, dis-je.

— Non. C'est pour cela que je l'apprécie.

Il contempla la porte un instant, puis ajouta :

— Elena, j'aimerais te montrer quelque chose. Cela ne va pas te plaire, mais je crois qu'il faut que tu le voies.

— Parce que vous croyez que ça m'a plu, votre petite épreuve de loyauté ?

— Je t'avais prévenue que je testais parfois les goûteurs.

Avant que j'aie pu répondre, il posa la main sur mon épaule.

— Reste près de moi et ne fais pas de bruit.

Nous ressortîmes dans la ruelle et nous faufilâmes dans l'ombre, jusqu'à un portail sombre d'où l'on voyait l'entrée de la maison de Star.

— La personne qui fournit des renseignements à Star va bientôt arriver, murmura Valek à mon oreille.

Ses lèvres frôlèrent ma joue, et firent courir des frissons le long de son dos. Distraite, je n'entendis qu'à moitié ce qu'il venait de dire… puis je vis une silhouette solitaire se découper à l'autre bout de la ruelle et marcher vers nous en boitillant.

22

Cette démarche était reconnaissable entre toutes. Incapable de détourner le regard, le cœur serré, je vis Rand avancer jusqu'à la porte de Star et frapper deux coups.

Elle le fit entrer sans un instant d'hésitation. La porte se referma ; ce bruit étouffé résonna en moi à l'infini.

— C'est encore une de vos épreuves, dis-je à Valek, désespérée. Rand travaille pour vous.

Mais au fond, avant même que Valek n'ait secoué la tête d'un air triste, je connaissais déjà la réponse. C'en était trop ; après la nuit passée avec le fantôme de Reyad, l'agression de Nix et l'épreuve de Valek, j'étais à bout de nerfs. Je fixai Valek sans le voir, vide de toute pensée, de tout désir, de toute émotion.

Il me fit signe de le suivre. Nous contournâmes la maison de Star et entrâmes dans une maison mitoyenne. Les trois étages étaient vides et obscurs. Au dernier, nous trouvâmes un agent de Valek. Assis en tailleur, le dos contre le mur qui communiquait avec le bureau de Star, il prenait des notes à la lueur d'une bougie.

D'ici, on distinguait très clairement la voix de Rand. Valek communiqua par signes avec son agent ; celui-ci lui tendit le cahier et disparut dans l'escalier. Valek s'installa à la place de l'homme et me fit signe de m'asseoir près de lui.

Je m'accroupis à son côté, face au mur. Je n'avais aucune envie d'assister à la trahison de Rand, mais je n'avais pas assez de volonté pour partir. Valek m'indiqua une série de petits trous dans le mur ; j'y collai mon œil et ne vis que l'arrière d'un meuble. Alors j'appuyai mon front contre le mur et fermai les yeux.

— Les généraux se réunissent au château cette semaine, dit Rand. Rien d'extraordinaire à ça, mais le général a commandé un festin. Il se passe forcément quelque chose d'important. Je ne sais pas encore quoi.

— Tu me tiendras au courant, dit Star.

Elle resta silencieuse un moment.

— Peut-être qu'Elena sait quelque chose, dit-elle enfin.

Mon cœur fit un bond dans ma poitrine. *Enfuis-toi, vite, sors d'ici !* hurlait une voix dans ma tête… Mais je ne fis qu'appuyer mon front contre le mur.

— Ça m'étonnerait. Quand je lui parlé du festin, elle a eu l'air étonnée, et j'ai abandonné le sujet. Elle en saura peut-être plus dans la semaine. J'essaierai de lui en reparler.

— Pas la peine. Je lui poserai la question moi-même.

Le ton doucereux de Star indiquait qu'elle avait soigneusement attendu pour faire sa révélation, de manière à blesser Rand le plus possible.

— Elena ? s'étouffa-t-il. Elle travaille pour toi ? Impossible… Ce n'est pas son genre.

— Veux-tu insinuer qu'elle travaille pour Valek ? demanda Star d'un ton alarmé.

Aussi inquiète qu'elle, je lançai un regard en coin à Valek. Celui-ci eut un geste qui se voulait rassurant.

— Non, ce n'est pas ce que je voulais dire. Je suis surpris, c'est tout… mais il n'y a pas de quoi. Elle a besoin d'argent, et je suis mal placé pour lui faire la morale.

— Je me demande même pourquoi tu perds ton temps à penser à elle. Tu sais très bien que les goûteurs ont une durée de vie limitée. Moi, la seule chose qui me préoccupe, c'est de savoir qui la remplacera quand elle mourra, et combien de temps il faudra pour soudoyer le remplaçant.

— Star, tu es vraiment répugnante. Plus vite j'aurai remboursé ma dette, mieux ça vaudra. Combien me donnes-tu pour les informations de ce soir ?

— Deux pièces d'argent. Je le marque dans mon

cahier… mais cela ne fait aucune différence, au fond.

— Qu'est-ce que tu veux dire ?

— Tu n'as pas encore compris, Rand ? Tu ne réussiras jamais à me rembourser. Dès que tu t'en approches, tu t'endettes de nouveau. Tu es un faible, Rand. Tu laisses toujours tes sentiments prendre le dessus. Pour couronner le tout, tu es dépendant du jeu, et dépourvu de volonté.

— Ah ! J'oubliais… Madame se prétend magicienne. Madame peut lire dans mes pensées… Pas vrai, capitaine ? *Capitaine Star…* quelle blague ! Si tu avais vraiment des pouvoirs magiques, Valek t'aurait réglé ton compte depuis belle lurette.

De lourds pas irréguliers résonnèrent. Rand s'éloigna.

Je restai pétrifiée. Je n'avais jamais entendu Rand parler d'un ton aussi amer ; par ailleurs, si Star était véritablement magicienne, je courais un grave danger. Des idées tourbillonnèrent dans ma tête, trop confuses pour être démêlées maintenant.

— Je n'ai pas besoin de lire dans tes pensées, lança Star. Je n'ai qu'à regarder ton passé, Rand. Tout est là, marqué noir sur blanc.

Le silence s'installa, parfois interrompu par un crissement de papiers. Valek se redressa et me tendit la main ; son agent apparut dans l'escalier. Valek lui confia le cahier et nous sortîmes.

Je le suivis à travers les ruelles sombres de Castel. Nous avancions en file indienne, restant dans l'ombre, évitant les patrouilles de gardes. Lorsque nous eûmes dépassé le périmètre du village, Valek se détendit et vint marcher à côté de moi.

— Je suis désolé, dit Valek. Je sais que Rand était ton ami.

Cet emploi du passé me fit l'effet d'un coup de poignard.

— Depuis quand êtes-vous au courant ? demandai-je.

— Je le soupçonne depuis trois mois, mais je n'ai réussi à avoir une preuve que le mois dernier.

— Qu'est-ce qui a éveillé vos soupçons ?

— Le test de poisons que je t'ai fait passer. Rand et son personnel m'avaient aidé à tout préparer. Il était présent lorsque j'ai ajouté les poisons. J'avais laissé un verre de jus de pêche sur mon bureau, sans poison. L'épreuve n'était pas censée être truquée. Ce n'est pas moi qui ai mis le poison de mûres dans ce verre.

Valek se tut un instant, laissant ses paroles faire leur effet.

— Les mûres ont des propriétés intéressantes. Pour les rendre toxiques, il faut les laisser macérer dans une solution d'alcool de grain et de levure, puis les chauffer avec la plus grande précaution, pour atteindre une température exacte. La plupart des cuisiniers ne possèdent ni les connaissances ni l'habilité pour cela.

Au ton de Valek, on eût dit qu'il admirait le soin mis par Rand à préparer le poison.

Il me fallut quelques instants pour prendre pleinement conscience du fait que Rand avait tenté de m'empoisonner. Une vague de nausée me souleva l'estomac ; chancelante, je me précipitai vers le bord du chemin et vomis dans les buissons. Plus tard, lorsque mon corps eut cessé de se convulser, je m'aperçus que Valek me soutenait. L'un de ses bras entourait ma taille, et une main fraîche s'appuyait contre mon front.

— Merci, dis-je en m'essuyant le menton.

Les jambes flageolantes, je laissai Valek me conduire vers le château. S'il n'avait pas été là, je me serais sans doute effondrée pour ne plus me relever.

— Il y a plus. Veux-tu savoir ? demanda Valek.

— Non.

C'était la vérité ; mais comme nous approchions des remparts, une idée terrible me vint à l'esprit.

— Quand Rand m'a invitée à la Fête du Feu… c'était un coup monté ?

— D'une certaine façon.

— Ce n'est pas une réponse.

— Les gros bras qui t'ont piégée t'attendaient devant la tente des pâtisseries… Je suppose donc que Star savait par Rand que tu y serais. Mais une fois sur place, il ne t'a pas lâchée d'une semelle. Rappelle-toi comme il a été bouleversé par ta disparition… et soulagé de te retrouver.

— J'avais mis ça sur le compte de l'alcool.

— A mon avis, Rand a été embrigadé contre son gré. Au moment de l'épreuve des poisons, il te connaissait à peine. Mais à mesure que votre amitié grandissait, il a dû se trouver dans une position de plus en plus difficile. Il ne veut pas te faire de mal, mais il est criblé de dettes. Star est à la tête d'un réseau vaste et puissant. Ce ne sont pas les gros bras qui lui manquent ; des brutes qui n'hésiteraient pas à briser quelques os sur les ordres de leur patronne. Cela te console un peu ?

— Non.

Ma réaction devant la trahison de Rand était exagérée, je m'en rendais compte, mais j'étais incapable de la contrôler. Ce n'était pas la première fois qu'on m'avait trahie, et ce ne serait pas la dernière. Brazell, lui aussi, m'avait trompée. Je l'avais aimé comme un père, je lui avais témoigné une loyauté absolue. Il m'avait fallu endurer ses expériences pendant plus d'un an avant de le voir tel qu'il était vraiment. Mais j'avais toujours su que mon amour pour lui n'était pas réciproque. Puisqu'il ne m'avait jamais donné de preuves d'affection, sa trahison avait été plus facile à accepter.

L'amitié de Rand, en revanche, m'avait semblé sincère. J'avais fini par croire qu'il avait percé un trou dans le rempart affectif dont je m'étais entourée. Un trou assez grand pour que je m'évade de ma prison et m'amuse avec lui. A présent, le mur se refermait, s'écroulait sur moi, m'ensevelissait. Après cela, je ne pourrais plus jamais faire confiance.

— Y a-t-il autre chose dont vous vouliez me parler ? demandai-je à Valek.

Nous nous étions arrêtés à quelques pas de l'entrée sud du château.

— Est-ce qu'Ari et Janco m'ont vendue à Nix ? Avez-vous une autre épreuve de loyauté à me faire passer ? Peut-être que la prochaine fois, j'échouerai ! Cela me semble presque alléchant, d'un seul coup.

Je repoussai le bras protecteur de Valek.

— Vous m'aviez avertie que vous me testeriez de temps en temps, et je pensais que vous vous contenteriez de glisser de la mort-aux-rats dans mon dîner. Mais il semble qu'il y ait bien d'autres manières d'empoisonner le cœur des gens.

— La vie est faite de choix, Elena. Parfois bons, parfois mauvais. Si tu n'as plus le courage d'y faire face, alors renonce, abandonne. Mais ne fais pas les choses à moitié. Ne perds pas ton temps à t'apitoyer sur ton sort.

La voix de Valek se fit bourrue.

— Je ne sais pas quelles horreurs tu as connues avant ton arrivée au donjon. Pourtant, j'ai l'impression que tu as traversé des épreuves bien plus terribles que celle d'aujourd'hui. Cela t'aidera peut-être à mettre les choses en perspective.

Il se dirigea vers le château à grands pas. Je m'appuyai au mur, reposant ma tête contre sa surface inébranlable. Si je restais là assez longtemps, pensai-je, mon cœur se changerait peut-être en pierre. Alors les trahisons, les épreuves et les poisons n'auraient plus d'effet sur moi. Mais au bout d'un moment, le froid me força à rentrer.

— Appuie sur la pince, dit Janco. Pas trop fort. Il faut un toucher ferme mais doux.

D'une main rendue maladroite par mes gros pansements, j'introduisis la pince dans le trou de la serrure et appuyai.

— Maintenant, sers-toi du crochet pour soulever la broche coincée sous la pince. Soulève-la jusqu'à son point de rupture.

— Point de rupture ?

— Le moment où elle s'enclenche. Ces broches sont de minuscules verrous qui bloquent le cylindre et l'immobilisent. Quand tu introduis la clé, ses crêtes métalliques soulèvent les broches et permettent de tourner la serrure. Donc il faut que tu soulèves les broches une à une, tout en maintenant la pression avec la pince.

Je glissai mon crochet dans la serrure et soulevai chacune des cinq broches. Chaque fois qu'elles s'enclenchaient, je ressentais une petite vibration dans mes phalanges ; il y avait alors un petit cliquetis subtil mais distinct. Lorsque les cinq broches furent alignées, le cylindre pivota et la serrure s'ouvrit.

— Bon travail. Nom d'un chien, Elena, tu apprends vite !

Janco me dévisagea, les sourcils plissés.

— Tu ne vas pas faire une bêtise, j'espère, et nous attirer des ennuis ?

— Qu'est-ce que ça veut dire, « bêtise » ?

Janco écarquilla les yeux.

— Rassure-toi, ajoutai-je. Si je me crée des ennuis, tu ne seras pas impliqué.

Il se détendit, et je m'entraînai sur une nouvelle serrure. Nous nous trouvions au fin fond des souterrains ; personne ne risquait de nous déranger. Quatre jours s'étaient écoulés depuis le soir où j'avais appris la trahison de Rand. Valek m'avait donné l'ordre de faire comme si de rien n'était. Il voulait découvrir l'ensemble des membres du réseau avant de les dénoncer. C'était un vrai prédateur, capable de guetter sa proie pendant des jours avant de passer à l'attaque.

Je ne me sentais pas capable de jouer la comédie envers Rand. Aussi l'évitais-je. Ce n'était pas trop difficile. Le château grouillait de généraux et de membres de leur cortège ; tous les employés, particulièrement le cuisinier, étaient débordés de travail.

J'avais une deuxième raison de me faire discrète :

la présence de Brazell. Ses gardes vêtus de noir et de vert avaient envahi le château, et eux étaient moins faciles à éviter. Je passais la plus grande partie de la journée terrée dans les appartements de Valek. Celui-ci avait volé une boîte de Criollo, et j'avais pour consigne d'en manger un morceau après chaque repas. Ce qui n'était pas pour me déplaire.

Jusqu'à la fin du séjour des généraux, Ari, Janco et moi avions suspendu notre entraînement, mais j'avais réussi à convaincre Janco de me donner un cours particulier de crochetage. Pour l'encourager à accepter, je lui avais offert la pièce d'or de Star. Valek m'avait dit de la garder, puisque les missions clandestines ne faisaient pas partie des attributions du goûteur. Mais cette pièce pesait dans ma poche, me rappelant constamment la trahison de Rand ; j'avais donc décidé d'en faire bon usage.

— Cette serrure-ci comporte dix broches. Si tu réussis à l'ouvrir, tu seras capable de négocier toutes les serrures du château… sauf celles du donjon. Elles sont plus compliquées, et nous pouvons difficilement nous entraîner dessus.

Janco fronça de nouveau les sourcils.

— Tu n'auras pas besoin de les ouvrir, celles-là ?

— J'espère que non.

— Bien.

Après plusieurs tentatives infructueuses, je réussis à ouvrir la serrure.

— Maintenant, il te manque juste un peu de pratique, dit Janco, pour devenir plus rapide. Je t'aurais bien prêté mes outils, mais je ne sais jamais quand je vais en avoir besoin.

Il me fit un clin d'œil malicieux.

— Alors…

Il sortit un petit paquet de sa poche.

— Avec la pièce d'or que tu m'as donnée, je t'ai acheté des outils.

Il ouvrit le paquet, un assortiment de crochets reposait dans un étui de velours noir.

— Janco, cet argent était pour toi !

— Oh, il m'en reste… Même après avoir acheté ceci.

Il brandit un bâton de bois d'ébène long comme ma main, sur lequel étaient gravés des symboles mystérieux. Un grand bouton argenté se trouvait près de l'extrémité du bâton.

— Qu'est-ce que c'est ?

— Appuie sur le bouton, dit-il, jubilant.

Je posai mon doigt sur le bouton et sursautai en voyant jaillir une longue lame brillante. C'était un cran d'arrêt.

Abasourdi, je fixai mes cadeaux.

— Merci, Janco. Mais pourquoi m'offres-tu tout cela ?

— Par culpabilité, sans doute.

— Quoi ?

— Un jour, je t'ai traitée de criminelle. Eh bien, moi aussi, j'étais un voyou, autrefois, et personne ne m'en tient rigueur. En plus, j'ai la désagréable impression que tu vas avoir besoin d'une arme. Les soldats du général Brazell n'arrêtent pas de se vanter à ton sujet ; c'est à qui te descendra le premier. Ils sont assez excités ; ça fait plusieurs fois que je retiens Ari de les défier. Dix contre deux, ce n'est vraiment pas équitable.

— Je vais essayer de les éviter.

— Très bien. Il faut que je parte, Elena. Je suis de garde, cette nuit. Mais d'abord, je te raccompagne jusqu'à tes appartements.

— Ce n'est pas nécessaire.

— Si je ne le fais pas, Ari me tuera.

Nous nous dirigeâmes tous deux vers la suite de Valek. Avant d'atteindre les grandes portes d'entrée, Janco s'arrêta dans un coin, hors de la vue des gardes.

— J'ai failli oublier, dit-il en mettant la main dans sa poche.

Il en tira un fourreau.

— Sangle-le autour de ta jambe. N'oublie pas de faire un trou assez large dans la poche de ton pantalon. Sinon, lorsque tu voudras dégainer, il restera coincé.

Il était sur le point de partir, mais je le retins.

— Janco, que signifient ces symboles ?

Je lui montrai les signes gravés dans le manche du cran d'arrêt. Janco eut un sourire amusé.

— C'est le code de guerre qu'utilisait le roi pour envoyer des messages à ses troupes. Un code extrêmement difficile à déchiffrer. Certains membres de la garde s'en servent encore : les éclaireurs, par exemple.

— Oui, mais qu'est-ce que ça signifie ?

Son sourire s'agrandit.

— Ce serait trop facile, Elena. Je suis sûr que tu trouveras… au bout d'un moment.

Il éclata de rire.

— Reviens, Janco. J'ai envie de te donner un coup de pied.

— Ce serait avec grand plaisir, ma chère, dit-il en s'esquivant, mais je suis déjà en retard.

23

Les cadeaux de Janco enfouis au fond de mes poches, je repris le chemin de la suite de Valek. Il travaillait à son bureau, mais dès qu'il me vit entrer, il se retourna. J'eus l'impression qu'il m'attendait.

— Où étais-tu ?

— Avec Janco, dis-je, méfiante.

D'habitude, tant que j'étais à l'heure, Valek ne me posait jamais de questions sur mon emploi du temps.

— Que faisiez-vous, tous les deux ?

Il se leva et mit les mains sur les hanches. On aurait vraiment dit un mari jaloux, pensai-je en réprimant un sourire.

— Nous discutions tactique.

— Ah…

Valek se détendit visiblement. Il remua les bras d'un geste un peu gauche.

— Il n'y a rien de mal à ça. Mais à partir de maintenant, je dois savoir où tu es à tout moment. Je te conseille aussi de rester à l'intérieur du château et de te faire discrète. Ta tête a été mise à prix par les gardes du général Brazell.

— Mise à prix ?

Mon estomac fit un tour sur lui-même.

— Ce ne sont sans doute que des rumeurs, des fanfaronnades de soldats ivres. Néanmoins, jusqu'au départ de Brazell, je veux que tu sois très prudente.

D'un ton plus froid, il ajouta :

— Je n'ai pas envie d'avoir à former un nouveau goûteur.

— Je serai vigilante, c'est promis.

— C'est insuffisant. Je veux que tu sois paranoïaque. Dans les couloirs, tu te joindras à des groupes de domestiques, et le soir, tu te feras toujours accompagner par un garde. Compris ?

— Oui, Valek.

— Bien. Pour demain soir, les généraux ont prévu une dégustation de liqueurs. Ils ont tous apporté leur meilleure eau-de-vie, et ils vont les goûter l'un après l'autre en discutant affaires jusqu'à une heure tardive de la nuit. Tu devras être présente pour goûter les boissons du Commandant.

Valek souleva un carton et le posa sur son bureau. A l'intérieur, des bouteilles s'entrechoquèrent dans un tintement mélodieux.

Le carton contenait également un verre à dégustation que Valek déballa et me tendit.

— Je veux que tu goûtes chacune de ces bouteilles

ce soir, et deux fois demain, pour te familiariser avec leur goût normal. Chacune est étiquetée selon le type d'alcool qu'elle contient et le général qui l'a apportée.

Je pris une bouteille au hasard. De l'eau-de-vie de cerise, fabriquée dans le DM-8 sous la surveillance du général Dinno. J'en versai une larme dans le verre, sirotai et fis rouler le liquide sous ma langue, essayant d'en mémoriser le parfum. L'alcool me brûla la gorge et me chauffa la poitrine. Je sentis mes joues s'empourprer.

— Je te conseille de recracher, si tu ne veux pas être complètement ivre, dit Valek.

— Ce n'est pas une mauvaise idée.

Je trouvai un second verre dans lequel cracher, et entrepris de goûter le reste des bouteilles.

Le lendemain, je les regoûtai deux fois d'affilée, puis fis un troisième tour à l'aveuglette. A ma grande satisfaction, je m'aperçus que j'étais capable de reconnaître au goût la provenance de chaque alcool.

Le soir venu, j'attendis dans le salon que Valek fût prêt à partir. Lorsqu'il descendit enfin l'escalier, il était en tenue de cérémonie. Des galons rouges ornaient les épaules de son uniforme, des rangées de médailles couvraient la partie gauche de son buste. Il incarnait la dignité et le prestige ; j'aurais été impressionnée, s'il n'avait eu cet air empesé et grincheux. On aurait dit un enfant engoncé dans ses habits du dimanche. Je mis la main sur la bouche, puis, n'y tenant plus, éclatai de rire.

— Assez. Je suis forcé de porter cet accoutrement une fois par an, et c'est une fois de trop.

Il tira sur son col.

— Tu es prête ?

Nous nous rejoignîmes devant la porte. Soudain, remarquant que ce costume mettait en valeur le corps athlétique de Valek, je me surpris à penser qu'il serait encore plus beau s'il l'enlevait.

— Cela vous va à merveille, dis-je sans réfléchir.

Mortifiée, je rougis, tandis qu'une vague de chaleur s'étendait à travers mon corps. J'avais dû avaler plus d'eau-de-vie que je ne l'avais pensé.

— Vraiment ?

Valek baissa les yeux vers son uniforme, puis redressa les épaules et cessa de tirer sur son col. Son expression irritée laissa place à un sourire pensif.

— Absolument, oui.

Nous entrâmes dans le salon militaire à l'instant où les généraux s'y rassemblaient. Les hauts vitraux élancés chatoyaient sous les derniers rayons du soleil couchant. A travers la pièce, des domestiques s'affairaient, allumant des lanternes, apportant des plateaux chargés de victuailles et de rafraîchissements. Tous les membres de l'armée étaient en tenue d'apparat ; c'était une profusion de médailles et de galons. N'ayant rencontré que trois des huit généraux, j'identifiai les autres à la couleur des losanges brodés sur leurs uniformes noirs. Je scrutai leurs visages, notant leurs signes particuliers au cas où Valek m'interrogerait plus tard.

A l'autre bout de la pièce, Brazell m'aperçut et me décocha un regard noir. Près de lui se tenait le conseiller Mogkan, lequel me jaugea d'un regard à la fois fourbe et satisfait. J'en eus des frissons dans le dos. Pendant toute la durée des expériences de Brazell et de Reyad, Mogkan n'avait jamais été bien loin ; sa présence malveillante mais invisible m'avait donné de terribles cauchemars. A présent, ne reconnaissant aucun des conseillers habituels de Brazell, je me demandai pourquoi il les avait remplacés par Mogkan.

Le Commandant était déjà installé au bout de la table ovale, vêtu d'un uniforme simple et élégant. De véritables diamants étaient cousus sur son col. Les généraux, entourés de leurs conseillers, prenaient place autour de lui. Valek était placé à la droite d'Ambroise et, entre eux, un peu en recul, on avait disposé un tabouret à mon intention. J'avais le dos contre le seul mur solide de la pièce et, sachant que la réunion pouvait durer toute la nuit, j'en étais reconnaissante. Et puis il y avait un autre avantage : à moitié cachée derrière le Commandant, je n'étais pas dans la ligne de mire de Brazell. Je ne pouvais, hélas, éviter les regards vicieux de son conseiller Mogkan.

Le Commandant leva un marteau de bois et frappa quelques coups. Le silence se fit.

— Avant de passer à l'ordre du jour, dit-il, j'ai quelque chose d'important à vous annoncer. J'ai désigné un nouveau successeur.

Un murmure parcourut la salle et s'amplifia tandis que le Commandant se levait et distribuait huit enveloppes scellées. A l'intérieur de ces enveloppes se trouvaient huit fragments qui, rassemblés et décryptés par Valek, révéleraient le nom du successeur.

L'air se chargea d'une tension oppressante. Des expressions de surprise, de colère, d'inquiétude et d'angoisse se succédaient sur les visages des généraux. Rasmussen, du DM-7, chuchotait à l'oreille de son conseiller ; ses joues étaient aussi rouges que ses cheveux et sa moustache. Je m'avançai sur mon siège et vis Brazell lutter pour dissimuler sa joie.

Puis, l'air de rien, le Commandant déclara la réunion ouverte. Au lieu d'exploser, la tension bouillonna puis se dissipa. L'ordre du jour prévoyait de commencer par les points liés au DM-1, puis de faire le tour des autres districts dans l'ordre. Tandis qu'une bouteille d'eau-de-vie blanche du général Kitvivian circulait, on entama la discussion sur les droits miniers et les guépards des neiges.

— Allons, Kit, assez parlé de ces maudits chats. Il suffit de leur donner à manger pour qu'ils restent tranquillement sur les glaciers. C'est ce que nous faisons, au DM-2, et ça fonctionne parfaitement.

Le général Chenzo passa une main boudinée dans ses cheveux blancs. Cette pâle toison qui se dressait, hirsute, sur son crâne, contrastait vivement avec sa peau tannée par le soleil.

— Les nourrir ? Pour qu'ils deviennent plus gros, plus forts, et qu'ils se multiplient comme des rats ? Nous n'avons même pas les moyens d'acheter toute la viande qu'il faudrait !

Mon intérêt pour les discussions fluctuait selon les sujets abordés. Les heures passant, j'eus de plus en plus chaud et me sentis de plus en plus ivre ; le protocole m'interdisait de recracher après avoir goûté le verre du Commandant.

Les points litigieux étaient soumis au vote, mais la décision finale revenait toujours au Commandant. En général, il tranchait en faveur de la majorité, mais lorsque ce n'était pas le cas, personne n'émettait de protestations.

Le Commandant Ambroise était originaire du DM-3. Sa famille menait une existence misérable dans un village des contreforts des Montagnes de l'Esprit. Un jour, on avait découvert un vaste gisement de diamants juste en dessous du village. Cette précieuse ressource revint immédiatement au roi, lequel avait « toléré » que les villageois continuent à vivre chez eux, à condition qu'ils travaillent dans la nouvelle mine de diamant.

De nombreux parents d'Ambroise avaient péri lors d'éboulements et d'accidents divers ; d'autres avaient succombé, petit à petit, à l'environnement humide et malsain de la mine.

Révolté par les injustices de la monarchie, le jeune Ambroise s'était éduqué et avait parcouru Ixia de long en large, prêchant la rébellion. Son intelligence, sa franchise et son pouvoir de persuasion lui avaient attiré une foule de partisans fidèles.

Je ne retrouvai l'intérêt pour la discussion que lorsqu'on en vint au DM-5. Ce fut alors l'émoi général. Au lieu de faire passer sa meilleure eau-de-vie, le général Brazell présenta un plateau d'argent sur lequel étaient disposés de petits cailloux marron. Valek m'en tendit un. C'était un caillou de Criollo.

Avant que les protestations ne s'amplifient, Brazell se leva et pria l'assemblée de goûter son offrande. Il y eut un bref silence, puis les exclamations d'extase fusèrent. Le Criollo était fourré d'eau-de-vie à la cerise. Après ma première bouchée, je fis au Commandant un petit signe d'approbation afin de pouvoir savourer tranquillement le reste de ma confiserie. Mélangé à cet alcool suave et fruité, le parfum amer et complexe du Criollo était irrésistible. Rand serait furieux de ne pas y avoir pensé, me dis-je… Puis, me rappelant la trahison du cuisinier et ses attentions hypocrites, je refusai de m'apitoyer sur son sort.

Quand le concert de louanges se calma, Brazell

annonça que la construction de sa nouvelle fabrique était terminée. Il passa ensuite à des sujets plus ordinaires, comme la quantité de laine tondue cette année et les prévisions de récolte des plantations de coton.

Le District Militaire 5 produisait et teignait le fil et la laine utilisés par le territoire d'Ixia, tandis que le DM-3, gouverné par le général Franis, se chargeait du tissage. Franis dodelinait de la tête d'un air soucieux en notant les chiffres annoncés par Brazell. Il était le plus jeune de tous les généraux, et avait l'habitude, lorsqu'il était préoccupé, de caresser les losanges violets de son uniforme.

Peu à peu, je m'assoupis de nouveau. Des pensées nuageuses s'amassèrent dans mon esprit. De petits rêves pleins d'alcool, de gardes-frontière et d'arrestations tourbillonnèrent comme des flocons de neige dans une tempête. Puis le paysage se précisa, et une silhouette se découpa en son milieu : celle d'une jeune femme en tenue de chasse.

Elle brandissait une lance ensanglantée au-dessus de sa tête, en signe de victoire. A ses pieds gisait un guépard des neiges. Elle planta sa lance dans la glace et dégaina un couteau. Puis elle taillada la gorge de la bête et recueillit son sang.

Elle but le sang d'un air exalté. Des ruisselets écarlates dégoulinaient sur son menton. Je percevais distinctement ses pensées.

— Personne n'a jamais accompli cet exploit, pensait-elle. Personne, à part moi ! C'est la preuve que je suis un chasseur fort et habile. La preuve de ma virilité ! La preuve que je suis un homme !

Son exaltation me remplit le cœur d'allégresse.

— Les hommes ne régneront plus sur moi ! s'écria-t-elle. Je suis devenue un guépard parmi les guépards, un homme parmi les hommes !

Elle tourna son visage vers moi ; c'était la sœur jumelle du Commandant. Mêmes traits fins et délicats, mêmes cheveux noirs. Elle irradiait le pouvoir et la confiance. Ses yeux dorés, en amande, se posèrent sur moi et me transpercèrent. A l'instant où je comprenais que cette femme *était* le Commandant, je m'éveillai brusquement, le cœur battant. Le regard brûlant de Mogkan était fixé sur moi ; il arborait un sourire satisfait.

D'un coup, je compris pourquoi le Commandant haïssait les magiciens. Il était persuadé d'être un homme, mais, par un cruel coup du sort, il était né avec un corps de femme. Et il craignait par-dessus tout qu'un magicien ne découvre ce secret en lisant dans ses pensées…

Sottises, tout cela ! me dis-je en secouant la tête. Il ne suffit pas de rêver de quelque chose pour que ce soit vrai.

Me frottant les yeux, je jetai un rapide coup d'œil à la ronde. Quelqu'un avait-il remarqué que je dormais ?

Le regard du Commandant était perdu dans le vide. Valek était rigide, en alerte ; il parcourait la pièce des yeux, cherchant quelque chose. Le général Tesso avait la parole.

Valek tourna son regard vers le Commandant et lui toucha le bras.

— Que se passe-t-il ? demanda-t-il. Où êtes-vous ?

— Perdu dans mes souvenirs, murmura le Commandant d'une voix rêveuse. Ce rapport sur la récolte de maïs du DM-3 est atrocement détaillé.

J'étudiais le visage d'Ambroise, essayant d'y superposer les traits de cette femme que j'avais vue en rêve. C'étaient exactement les mêmes. Ce qui ne signifiait strictement rien. Les rêves sont faits de parcelles de réalité ; si quelqu'un était capable de tuer un guépard des neiges, c'était bien le Commandant.

Après cela, la réunion se poursuivit sans incident. De temps à autre, je m'endormais sur mon tabouret, mais aucun rêve ne vint troubler mon sommeil. Je fus enfin éveillée par des coups de marteau.

— Une dernière chose, messieurs, dit le Commandant. Une délégation sitienne demande un entretien.

Un brouhaha d'exclamations accueillit cette annonce ; les arguments fusaient en tous sens. D'évidence, c'était un vieux débat que l'on reprenait là où on l'avait laissé. Les uns défendaient les accords d'échanges, les autres, l'opportunité d'attaquer Sitia. Au lieu de commercer avec le Sud, pourquoi ne pas s'en emparer ? Certains généraux voulaient étendre leurs districts, leurs armées et leurs ressources, afin de ne plus craindre une tentative sitienne de mainmise sur Ixia.

Le Commandant attendit en silence que le flot de réactions se tarisse. Bientôt, la position de chacun fut claire. Les quatre chefs du sud — Tesso, Rasmussen, Hazal et Brazell — se prononçaient en faveur d'un sommet entre les deux pays ; leurs homologues du nord — Kitvivian, Chenzo, Franis et Dinno— y étaient opposés.

Ambroise secoua la tête.

— Je prends note de vos opinions, mais Sitia préfère commercer avec nous que nous envahir. Nous avons plus d'hommes et de métaux, et ils le savent très bien. Attaquer Sitia nous coûterait beaucoup d'argent et de vies humaines. A quoi bon ? Leurs produits de luxe ne valent pas une guerre. Je suis satisfait de notre territoire actuel. Le principal objectif du coup d'Etat était de guérir le pays du poison distillé par le roi. Mon successeur sera peut-être d'un autre avis. Vous verrez cela avec lui.

Un murmure parcourut la salle. Brazell hochait la tête d'un air approbateur, ses fines lèvres tendues par un sourire féroce.

— J'ai accepté de rencontrer la délégation sitienne,

poursuivit le Commandant. Elle sera au château dans quatre jours. Cela vous laisse le temps de me signaler vos inquiétudes à ce sujet avant de regagner vos districts. La séance est levée.

Le coup de marteau du Commandant résonna dans un silence de mort.

Ambroise se leva. Suivi de ses gardes du corps et de Valek, il se prépara à quitter la pièce. Valek me fit signe de les suivre. Je me redressai en titubant, pris pleinement conscience des effets de l'eau-de-vie, et suivis Valek. A l'instant où nous refermâmes la porte, des éclats de voix jaillirent de l'autre côté.

— Voilà qui va animer un peu la soirée, dit le Commandant avec un sourire las.

— Je vous déconseille de prendre vos vacances dans le DM-8, cette année, dit Valek. Vu la façon dont Dinno a réagi à votre déclaration, il serait capable de truffer votre maison de vacances d'araignées des sables.

Il eut un petit frisson.

— Ce qui serait une façon atroce de mourir.

Je frissonnai, moi aussi, m'imaginant ces araignées venimeuses de la taille d'un petit chien. Nous continuâmes en silence vers la suite du Commandant. Je marchais d'un pas mal assuré ; les murs défilaient de part et d'autre, comme si c'étaient eux qui se déplaçaient, tandis que je restais immobile.

Devant la porte du Commandant, Valek reprit :

— Je garderais aussi un œil sur Rasmussen. Il n'a pas bien accueilli l'annonce du changement de successeur.

Le Commandant ouvrit sa porte. J'en profitai pour jeter un coup d'œil furtif à l'intérieur. Même style dépouillé que dans le reste du château. A quoi m'étais-je donc attendue ? Des éclats de couleurs vives, des touches féminines ? Je secouai la tête pour bannir ces bêtises de mon esprit ; ma tête se mit à tourner, et je dus prendre appui contre le mur.

— Je garde l'œil sur tout le monde, Valek. Vous le savez très bien, dit le Commandant avant de refermer la porte.

En entrant dans notre suite, Valek arracha sa veste et la jeta sur le divan. Puis il m'indiqua un fauteuil.

— Assieds-toi. Il faut que nous parlions.

Je m'écroulai dans le fauteuil et laissai pendouiller ma jambe sur l'accoudoir. Valek se mit à marcher de long en large, vêtu seulement d'un maillot de corps et de son pantalon ajusté. Je m'imaginai parcourant ses longs bras souples et musclés pour les détendre, et dus réprimer un fou rire. L'alcool courait dans mes veines, accélérait le battement de mon cœur.

— Ce soir, il y avait deux choses qui n'allaient pas, dit Valek.

— Vous exagérez, Valek. Je me suis juste endormie quelques secondes.

Valek me lança un regard confus.

— Je ne parlais pas de cela. Tu t'en es très bien sortie. Je parlais de la réunion des généraux.

Il continua à arpenter le salon.

— D'abord, Brazell m'a semblé très satisfait du changement de successeur et du sommet avec Sitia. Certes, il a toujours été en faveur d'un traité commercial, mais d'habitude, il se montre plus circonspect. Et la deuxième chose, c'est qu'un magicien se trouvait dans la pièce.

— Quoi ?

Ma glotte se referma. Avais-je été découverte ?

— J'ai senti de la magie. Des ondes très subtiles, venant d'un professionnel entraîné. Je ne l'ai senti qu'un instant, je n'ai pas eu le temps de remonter jusqu'à la source. Mais je suis certain d'avoir raison.

— Quand cela ?

— Pendant l'interminable exposé du général Tesso au sujet du maïs.

Valek parut se détendre un peu, comme si le fait de mettre des mots sur ses problèmes l'aidait à les affronter.

— C'était à peu près au moment où l'on entendait tes ronflements dans toute la salle.

— Ah ! dis-je d'une voix un peu trop forte. Vous vous seriez vu… Vous étiez d'une rigidité cadavérique !

Valek éclata de rire.

— J'aurais aimé t'y voir, moulée dans cet uniforme pendant des heures ! Je parie que Dilana s'est fait une joie de tripler la dose d'amidon.

D'un seul coup, il redevint sérieux.

— Connais-tu le conseiller Mogkan ? Il ne t'a pas quittée des yeux.

— Je le connais un peu. C'était le principal conseiller de Reyad, et son compagnon de chasse.

— Que penses-tu de lui ?

— C'est le même genre de crapule que Reyad et Nix.

Je mis les deux mains sur ma bouche, mais c'était trop tard. Mes paroles m'avaient échappé.

Valek m'étudia un moment, puis reprit :

— Plusieurs nouveaux conseillers assistaient à la réunion. Je suppose que je vais devoir me renseigner sur eux tous. Il semble qu'un nouvel espion du Sud se soit infiltré en Ixia. Et contrairement à ses prédécesseurs, il possède de sérieux pouvoirs magiques.

Il poussa un soupir.

— C'est sans fin, dit-il en se laissant tomber sur le divan.

— Si ça finissait un jour, vous n'auriez plus de travail.

L'instant d'après, je m'étais faufilée derrière le divan, et avais entrepris de masser les épaules de Valek.

La partie encore lucide de mon cerveau tentait de me mettre en garde, mais en vain. L'alcool avait pris possession de mon corps, et mon esprit n'avait plus aucune emprise sur lui.

24

A mon contact, Valek se raidit. Craignait-il que je ne l'étrangle ? Mais peu à peu, à mesure que mes mains pétrissaient ses trapèzes, il se détendit.

— Que feriez-vous, demandai-je, si vous vous retrouviez du jour au lendemain dans un monde idéal où les espions n'existaient pas ?

— Je m'ennuierais.

— Non, je suis sérieuse. Si vous deviez changer de métier, que choisiriez-vous ?

J'enfonçai mes pouces dans les muscles à la base de son cou.

— Vous pourriez être danseur du feu, suggérai-je.

— Hors de question. Maître d'armes, peut-être ?

— Dans un monde parfait, les armes n'existeraient pas.

Mes mains descendirent le long de son dos.

— Professeur, peut-être ? Vous avez lu tous ces livres qui traînent par terre, n'est-ce pas ? A moins qu'ils ne servent qu'à gêner les intrus ?

— Les livres me sont utiles à bien des niveaux, dit

Valek. Mais dans ton monde parfait, je doute qu'on ait besoin de professeurs de meurtre.

Je me figeai un instant.

— Non. Sans doute pas.

— Je pourrais être artiste, et réaliser des sculptures fantaisistes. Nous redécorerions le château, ce ne serait pas un luxe. Et toi, Elena ?

Du bout des doigts, j'exerçai de légères pressions sur les reins de Valek.

— Que ferais-tu ? reprit-il.

— Acrobate, répondis-je sans réfléchir.

Je croyais avoir enterré l'acrobatie avec mon amulette en forme de flamme, mais apparemment, mon excursion dans les arbres avait réveillé cette ancienne passion.

— Acrobate ! Cela explique beaucoup de choses.

Enflammée par le contact du corps sculpté de Valek, je glissai mes mains vers son ventre. Que Reyad aille au diable, pensai-je. L'alcool m'avait ôté toute peur. Je dégrafai le pantalon de Valek.

Il m'agrippa par les poignets et m'immobilisa.

— Elena, dit-il d'une voix rauque, tu es soûle.

Il relâcha mes mains et se leva. Pétrifiée, je le regardai s'approcher de moi ; il me souleva dans ses bras, me porta jusqu'à ma chambre et me déposa sur mon lit.

— Essaie de te reposer un peu, dit-il doucement en quittant la pièce.

La pièce se mit à tourner autour de moi. J'appuyai une main contre le mur en pierre froide. A présent, j'étais fixée. L'intérêt que Valek avait pour moi était purement professionnel. Influencée par les ragots de Dilana et la jalousie de Maren, je m'étais ridiculisée. Un sentiment de rejet cuisant m'envahit.

Pourquoi refusais-je d'apprendre ? Les gens étaient des monstres. S'ils ne l'étaient pas au départ, ils le devenaient. La preuve : Brazell, Reyad, Rand… Et Valek ? Allait-il se changer en monstre ? Ou bien en était-il déjà un ?

Assez, me dis-je. Je ne devais pas penser à lui, certainement pas en tant que compagnon. Ce n'était pas lui qui remplirait le vide en moi, qui réchaufferait mon cœur glacé…

Comme si c'était possible, de toute façon ! J'éclatai de rire. C'était un rire d'ivrogne — éraillé, misérable, sans joie. « Regarde-toi dans la glace, Elena, m'intimai-je. Qui voudrait d'un goûteur empoisonné qui discute avec des morts ? »

J'avais une chance inouïe de respirer, de vivre ; je ne devais pas me perdre en espoirs ridicules. Mon principal objectif était de fuir vers Sitia. J'avais eu une faiblesse sentimentale passagère. Soit. Désormais, je me concentrerais sur ma propre survie.

Une fois que j'aurais trouvé l'antidote à la Poussière de Papillon, je pourrais mettre mon plan en action. Avec une détermination nouvelle, je révisai mentalement les techniques de crochetage de serrure, jusqu'à m'endormir, ivre morte.

Je me réveillai juste avant l'aube avec un mal de crâne lancinant. Ma bouche était sèche, ma langue semblait couverte de poussière. Avec une extrême précaution, je m'extirpai du lit, m'entourai d'une couverture, et partis à la recherche d'un verre d'eau. Valek, qui adorait l'eau froide, en laissait toujours un broc plein sur le balcon.

L'air de la nuit, froid et tonifiant, dissipa les restes de ma gueule de bois. Les murs du château luisaient sous la lune. Je trouvai le broc. Une mince couche de glace s'était formée à la surface de l'eau. J'y enfonçai un doigt et bus à grandes goulées.

Je me redressai pour respirer, puis renversai la tête pour boire de nouveau. C'est alors que j'aperçus une grosse araignée noire sur le mur du château. Une araignée qui rampait vers moi à toute vitesse. D'ailleurs, ce n'était pas une araignée.

Je cherchai une cachette, puis me rendis compte que l'intrus m'avait sans doute remarquée. Mieux valait m'enfermer dans l'appartement et réveiller Valek. Pourtant, quelque chose m'empêchait de rentrer dans ce salon obscur. A l'intérieur, cet être vêtu de noir serait encore plus difficile à repérer. Et, depuis mes cours de crochetage avec Janco, les portes fermées à clé ne me procuraient plus aucun sentiment de sécurité.

Regrettant amèrement d'avoir laissé mon cran d'arrêt

dans ma chambre, je m'éloignai à reculons vers l'autre bout du balcon, le broc d'eau à la main.

Le grimpeur se laissa tomber sur le balcon. Son atterrissage souple et silencieux me rappela quelque chose.

— Valek ? murmurai-je.

Des dents blanches brillèrent, puis Valek ôta ses lunettes noires. Le reste de son visage était dissimulé par une cagoule rentrée dans le col de son justaucorps noir.

— Que faites-vous ? demandai-je.

— Une petite mission de reconnaissance. Après le départ du Commandant, les généraux ont veillé tard dans la nuit. J'ai dû attendre qu'ils soient tous endormis.

Valek entra dans notre suite et ôta sa cagoule. Puis il alluma la lanterne sur son bureau et tira un papier de sa poche.

— J'ai horreur des mystères. Voilà quinze ans que je respecte le secret du Commandant au sujet de son successeur. Mais ce soir, la tentation a été trop forte. Les généraux étaient tellement soûls que j'aurai pu danser sur leurs lits sans les réveiller. En plus, ils n'ont pas un brin d'imagination. Ils ont tous rangé l'enveloppe du Commandant dans leur mallette en cuir. Tiens, aide-moi à déchiffrer ça.

Il me tendit un petit bout de papier sur lequel étaient griffonnés des lettres et des chiffres. Je compris qu'il s'était introduit dans les chambres des généraux et avait recopié les huit parties du message codé. Je me demandais pourquoi il se confiait à moi. Trop curieuse pour le questionner, je pris une chaise et m'installai face à lui.

— Comment avez-vous brisé le cachet ?

— C'est un truc de débutant. Il suffit d'avoir une petite flamme et un couteau bien affûté. Maintenant, lis-moi la première série de lettres.

Il les nota sur une feuille, puis les réordonna pour former le mot *siège*. Ouvrant un livre posé devant lui, il le feuilleta rapidement. Les pages étaient couvertes de symboles semblables à ceux gravés sur le manche de mon cran d'arrêt. Valek s'arrêta et contempla une grande étoile entourée de trois anneaux bleus.

— Qu'est-ce que c'est ? demandai-je.

— Un ancien symbole de bataille qui signifie *siège*. En temps de guerre, le roi utilisait ce code pour communiquer avec ses capitaines. Il a été inventé par un brillant stratège, il y a plusieurs siècles. Lis-moi la série suivante. Ce devrait être des chiffres.

Je lus les chiffres à haute voix, tandis que Valek comptait les lignes de texte sur la page.

Il me vint à l'esprit que je pourrais emprunter ce livre et déchiffrer le message inscrit par Janco sur mon cran d'arrêt. « Tu finiras bien par trouver », avait-il dit. Il allait être surpris par mes pouvoirs de déduction.

Quand Valek eut atteint l'endroit désiré, il nota une lettre sur une feuille vierge, puis nous recommençâmes, jusqu'à ce que le message fût entièrement déchiffré. Valek se figea.

— Qui est-ce ?

— Devine, répondit-il.

Je le regardai, médusée. J'étais épuisée et j'avais de nouveau la gueule de bois.

— Je vais te donner un indice. Lequel des généraux a eu l'air le plus satisfait du changement ? Quel est le nom qui ne cesse de revenir dans toutes les situations, même les plus incongrues ?

La peur s'empara de moi. S'il arrivait quelque chose au Commandant, Brazell prendrait la tête d'Ixia. Nul doute que, à son arrivée au pouvoir, sa toute première priorité serait de se débarrasser de moi. Quels que fussent ses projets pour Ixia, je ne vivrais pas assez longtemps pour les voir réalisés.

A mon expression, Valek comprit que j'avais deviné.

— Exactement, dit-il. Le général Brazell.

Le Commandant passa les deux jours suivants à s'entretenir avec ses généraux à tour de rôle. Mes brèves irruptions dans le salon militaire créaient des silences gênés. Partout, on sentait la tension monter ; les escortes des généraux, d'humeur massacrante, se chamaillaient et semaient la zizanie à travers le château.

Le troisième jour, lorsque j'arrivai pour goûter le petit déjeuner du Commandant, je le trouvai plongé dans une conversation avec Brazell et son conseiller Mogkan. Les yeux du Commandant me parurent vitreux, sa voix monotone.

— Sors d'ici ! aboya Brazell.

Mogkan se leva et me repoussa jusqu'à la salle du trône.

— Attends ici. On t'appellera quand on aura besoin de toi.

Puis il me claqua la porte au nez. Comment devais-je réagir ? Si j'avais reçu cet ordre exceptionnel de la part de Valek ou du Commandant, je n'aurais pas hésité ; mais cela me restait en travers de la gorge d'obéir à Mogkan. Que faisaient-ils, tous les deux, enfermés avec le Commandant ? Et s'il s'agissait d'une tentative d'assassinat ? A l'instant où je me décidais à partir en quête de Valek, celui-ci déboucha dans la salle du trône, une expression dure et froide sur son visage.

— Que fais-tu ici ? me demanda-t-il. Tu n'as pas encore goûté son petit déjeuner ?

— On m'a ordonné d'attendre. Il est avec Brazell et Mogkan.

Une fraction de seconde, la peur transparut sur le visage de Valek. Il me repoussa brusquement et ouvrit la porte du bureau. Je lui emboîtai le pas. Mogkan se tenait derrière le Commandant et lui massait les tempes du bout des doigts. En nous voyant entrer, il recula d'un pas et dit tranquillement :

— Vous admettrez, Commandant, que c'est un excellent moyen de combattre la migraine.

Le Commandant sembla soudain revenir à la vie.

— Merci, Mogkan, dit-il.

Il lança un regard hostile à Valek.

— Qu'y a-t-il d'assez important pour nous interrompre ?

— Des nouvelles alarmantes, Commandant. Je dois vous parler en privé.

Le Commandant fixa un nouveau rendez-vous à Brazell et à Mogkan, puis les congédia.

— Elena, peux-tu goûter le déjeuner du Commandant ?

— Oui, Valek.

Pendant que je m'exécutais, Valek ne me quitta pas des yeux. Son regard était intense mais indéchiffrable. Soupçonnait-il ce petit déjeuner d'être contaminé ? Par précaution, je goûtai une nouvelle fois le thé froid et l'omelette ; toujours rien d'anormal. Je plaçai le plateau devant le Commandant.

— Elena, la prochaine fois que vous êtes en retard, je vous fais fouetter. Compris ?

La voix du Commandant manquait singulièrement d'animation, mais il ne plaisantait pas.

— Oui, Commandant, dis-je sans protester.

— Vous pouvez disposer.

Je fuis le bureau et traversai la salle du trône sans prêter attention à l'activité frénétique qui m'entourait. Au moment de passer les grandes portes ouvrant sur le couloir, je me figeai sur place.

Tu as faim, dit une voix dans ma tête.

Mon estomac gargouilla. J'étais affamée. Je pris machinalement le chemin des cuisines.

Soudain, au détour d'un couloir, le conseiller Mogkan se dressa devant moi et me barra le chemin. Me prenant par le bras, il me conduisit vers l'aile sud du château, la plus déserte. Il me parut tout à fait naturel de le suivre. Je voulais détacher mon bras du sien, je voulais avoir peur, je voulais être terrifiée — mais j'étais incapable d'éprouver une quelconque émotion. Ma faim avait disparu. J'étais repue.

Mogkan me guida jusqu'à un petit corridor. Une impasse, notai-je, toujours incapable de réagir. Les yeux gris du conseiller se posèrent sur moi, puis il lâcha mon bras et, du bout des doigts, caressa la rangée de losanges noirs brodés sur ma manche.

— Ma petite Elena…, dit-il sur un ton possessif.

A l'instant où le contact physique entre nous fut rompu, la peur me consuma. Mon apathie mentale s'était dissipée ; à présent, je n'arrivais plus à bouger. Mes muscles refusaient d'obéir aux ordres désespérés de mon cerveau.

Un magicien ! Mogkan possédait des pouvoirs.

C'était sûrement lui qui, pendant la dégustation des généraux, avait attiré l'attention de Valek. Avant que j'aie pu y réfléchir davantage, Mogkan se rapprocha de moi.

— Si j'avais su que tu nous créerais tant d'ennuis, je ne t'aurais jamais ramenée à l'orphelinat, dit-il.

S'apercevant de ma confusion, il sourit.

— Reyad ne t'a jamais raconté comment je t'avais trouvée ?

— Non, dis-je d'une voix rauque.

— Tu étais perdue dans la jungle. Une petite fille de cinq ou six ans, belle et intelligente… Adorable. Je t'ai sortie des griffes d'un léopard, parce que j'avais repéré ton potentiel. Mais tu as toujours été trop têtue, trop indépendante. Plus nous essayions, plus tu nous résistais.

Mogkan prit mon menton au creux de sa main et me força à le regarder.

— Aujourd'hui encore, j'ai beau t'immobiliser, tu continues à te battre. Je peux contrôler ton corps…

Il leva son bras gauche ; mon bras gauche se leva aussi.

— Mais si je voulais contrôler à la fois ton corps et ton esprit, tu finirais par m'échapper.

Il secoua la tête, incrédule.

— Heureusement, une petite pression subtile suffit.

Il leva de nouveau la main et rapprocha son pouce de son index, comme s'il pinçait quelque chose.

Ma gorge se referma. Ma respiration était coupée. Incapable de me défendre, je m'écroulai sur le sol. Les hurlements qui résonnaient dans ma tête ne parvenaient pas jusqu'à mes lèvres. Puis ma raison reprit le dessus. Mogkan usait de magie. Peut-être pouvais-je la bloquer avant de m'évanouir… J'essayai de réciter la liste des poisons.

— Quelle force d'esprit ! dit-il d'un ton admiratif. Mais elle ne suffira pas à te sauver, cette fois.

Il se pencha et déposa un baiser presque paternel sur mon front.

La paix m'envahit. Je cessai de résister. Tout devint flou. Je sentis la main de Mogkan se glisser dans la mienne.

25

Adossée au mur, je m'accrochai à la main de Mogkan tandis que le monde s'estompait autour de nous. Une douce langueur m'envahit... brusquement interrompue par un choc violent. Ma gorge s'ouvrit. Suffocant, j'aspirai une grande bouffée d'air et m'aperçus que j'étais étalée sur le dos. Près de moi, assis sur le torse de Mogkan, se trouvait Valek. Ses mains étaient autour du cou de son adversaire, mais son regard était fixé sur moi.

Voyant que je revenais à moi, Valek se redressa et força Mogkan à faire de même. Celui-ci eut un sourire narquois.

— J'espère que vous connaissez la peine encourue par les magiciens qui entrent en Ixia, dit Valek. Si ce n'est pas le cas, je serai ravi de vous éclairer.

Mogkan lissa son uniforme et rejeta en arrière sa longue natte sombre.

— Certains disent que votre résistance à la magie fait de vous un magicien.

— Le Commandant n'est pas de cet avis. Vous êtes en état d'arrestation, Mogkan.

— Avant de faire des bêtises, Valek, je vous conseille de soumettre au Commandant vos fausses accusations.

— Et si je vous tuais tout de suite, sans rien demander au Commandant ?

Valek s'avança d'un pas.

Une douleur fulgurante explosa dans mon abdomen. Je poussai un cri et me roulai en une boule serrée. Quand Valek fit un nouveau pas, des flammes ravagèrent mon dos et entourèrent ma tête.

— Un pas de plus, Valek, et elle est morte, dit Mogkan d'un air satisfait.

A travers mes larmes, je vis Valek me faire basculer de côté, comme pour se ruer sur son adversaire, puis s'immobiliser.

— Tiens, tiens... Comme c'est intéressant. L'ancien Valek n'aurait pas hésité à sacrifier son goûteur. Elena, mon enfant, je viens juste de comprendre à quel point tu vas m'être utile.

La douleur devint insoutenable. J'aurais volontiers donné ma vie pour y échapper. Avant de m'évanouir, j'aperçus le dos de Mogkan qui s'éloignait tranquillement.

Lorsque j'ouvris les yeux, tout était devenu obscur. Quelque chose de mouillé pesait sur mon front. Alarmée, je tentai de me redresser.

— Tout va bien, dit Valek en me repoussant doucement.

Je portai mes mains à ma tête et ôtai une serviette mouillée qui me couvrait le visage. Eblouie, je clignai les yeux et reconnus les meubles familiers de ma chambre. Valek était près de moi, une tasse à la main.

— Bois ça.

J'en pris une gorgée et grimaçai ; c'était une décoction au goût médicinal. Valek insista pour que je la finisse. Quand la tasse fut vide, il la reprit.

— Repose-toi, m'ordonna-t-il en s'apprêtant à partir.

— Valek, dis-je, pourquoi n'avez-vous pas tué Mogkan ?

Il inclina la tête d'un air songeur.

— Par tactique, répondit-il enfin. Mogkan t'aurait tuée avant que j'aie pu l'achever. Tu es la clé de beaucoup d'énigmes, Elena. J'ai besoin de toi.

Il se dirigea vers la porte à grandes enjambées puis, la main sur la poignée de porte, s'arrêta. Les articulations de ses doigts étaient blanches, tant elles étaient tendues.

— J'ai rapporté les faits au Commandant, mais…

Il tourna la poignée ; j'entendis un craquement métallique.

— Il ne semble pas s'en inquiéter. J'ai décidé de rester aux côtés du Commandant jusqu'au départ de Brazell et de Mogkan. J'ai également affecté Ari et Janco à ta protection personnelle. Ne sors pas sans eux. Et ne mange plus de Criollo. Je goûterai celui du Commandant à ta place. Nous allons voir s'il t'arrive quelque chose.

A la grande exaspération du Commandant, Valek tint parole ; pendant les jours suivants, il ne le quitta pas d'une semelle. Ari et Janco, de leur côté, étaient ravis d'échapper à leur routine, même si je leur donnais un surcroît de travail. Quand je ne goûtais pas les repas du Commandant, je m'entraînais au couteau avec Ari ou crochetais des serrures sous la direction de Janco.

J'avais, moi aussi, une mission de reconnaissance à mener. La veille du départ des généraux, je me lançai enfin. Je savais que Valek serait retenu auprès du Commandant jusqu'à une heure tardive de la nuit. En début de soirée, je quittai Ari et Janco devant la porte de notre suite, prétextant vouloir me coucher tôt. Une heure plus tard, je me glissai dans le couloir.

Le château n'était pas aussi désert que je l'avais espéré, mais le bureau de Valek, heureusement, était un peu à l'écart des axes principaux. Je m'en approchai avec précaution, balayant les alentours du regard. Personne. J'insérai une pince dans l'une des trois serrures, mais fus incapable de l'ouvrir, tant j'étais nerveuse. Je pris quelques profondes inspirations et recommençai.

J'avais réussi à ouvrir les deux premières serrures quand des voix résonnèrent au bout du couloir. Je me redressai, remis mes crochets dans ma poche et frappai à la porte à l'instant où les deux gardes arrivaient à ma hauteur.

— Il est chez le Commandant, dit l'un d'eux.

— Merci, répliquai-je en m'éloignant en sens inverse.

Mon cœur battait à tout rompre. Je jetais des coups d'œil nerveux par-dessus mon épaule ; dès que les gardes eurent disparu, je me précipitai de nouveau vers la porte du bureau. La troisième serrure se révéla plus difficile à ouvrir que les autres ; lorsque j'y parvins enfin, j'étais couverte de sueur. J'entrai dans le bureau et refermai les trois serrures derrière moi.

Ma première tâche consistait à ouvrir le petit cabinet de bois dans lequel Valek gardait mon antidote. J'espérais que la recette s'y trouverait également. Ce ne fut guère difficile. Une fois la porte ouverte, j'allumai une petite lanterne et examinai le contenu du cabinet. Des bouteilles de verre de formes et de tailles différentes brillaient dans la pénombre. La plupart portaient une étiquette ornée d'une tête de mort. A présent, je devais me dépêcher. Je fouillai le cabinet de fond en comble, mais ne trouvai qu'une grande bouteille d'antidote. J'en versai quelques doses dans la flasque que je portais sur moi ; je ne pouvais en prélever davantage sans que Valek s'en aperçût.

Après avoir refermé le cabinet à clé, j'entrepris de fouiller les dossiers de Valek, en commençant par les tiroirs de son secrétaire. Alors que le chaos régnait dans le reste du bureau, les archives personnelles de Valek étaient bien organisées. Je trouvai rapidement les dossiers de Margg et du Commandant et fus tentée de les feuilleter, mais je devais me concentrer sur mon objectif. Je cherchais un dossier me concernant, ou concernant la Poussière de Papillon. Lorsque je trouvai le mien, je fus déçue. Valek y avait noté des remarques intéressantes au sujet de mes capacités gustatives, mais rien sur le poison ni sur l'antidote.

Quand j'en eus terminé avec le secrétaire, je passai à la table de conférence. Des livres sur les poisons y étaient entassés au milieu de dossiers et de documents secrets. Je triai rapidement les différentes piles. Le temps m'était compté. Je devais être de retour chez Valek avant que celui-ci ne raccompagne le Commandant jusqu'à ses appartements.

La table de conférence ne me livra aucun secret. Dépitée, je regardai autour de moi. Il me restait plus de la moitié du bureau à fouiller.

A cet instant, j'entendis le bruit, reconnaissable entre tous, d'une clé introduite dans une serrure. Il y eut un cliquetis, puis la clé fut retirée. Au deuxième cliquetis, je soufflai la lanterne et plongeai derrière la table de conférence, espérant que les grandes boîtes entassées autour de moi me dissimuleraient. « S'il vous plaît, priai-je, faites que ce soit Margg plutôt que Valek... » Au troisième cliquetis, mon cœur s'arrêta de battre.

La porte s'ouvrit et se referma. Quelqu'un traversa la pièce à pas légers pour s'installer devant le secrétaire. Je n'osai prendre le risque de jeter un œil au-dehors ; de toute façon, je savais que c'était Valek. Que s'était-il passé ? Le Commandant s'était-il retiré plus tôt que d'habitude ? Je passais en revue les solutions qui s'offraient à moi : être découverte ou attendre le départ de Valek. Je n'eus aucun mal à choisir. Me glissant dans une position plus confortable, j'attendis.

Quelques minutes plus tard, on frappa à la porte.

— Oui, dit Valek.

— Votre... euh... colis est arrivé, Valek.

— Faites-le entrer.

Valek racla les pieds de sa chaise contre le sol.

J'entendis un bruit de chaînes, un pas traînant.

— Vous pouvez disposer, dit Valek.

Un petit cliquetis, la porte s'était refermée. Une odeur familière, un peu rance, flotta jusqu'à mes narines. L'odeur du donjon.

— Eh bien, Tarzil... savez-vous que vous êtes le prochain à monter sur l'échafaud ?

Je plaignais le prisonnier de tout mon cœur. Je savais exactement ce qu'il ressentait.

— Oui, monsieur, chuchota une voix d'homme.

J'entendis un crissement de papiers.

— Vous êtes condamné à mort pour le meurtre de votre fils, âgé de trois ans. Vous avez déclaré que c'était un accident. Est-ce exact ?

— Oui. Ma femme venait juste de mourir. Je n'avais pas l'argent pour engager une nounou. Je ne l'ai pas vu passer devant la charrue.

La voix de l'homme était déformée par le chagrin.

— En Ixia, aucune excuse n'est acceptée, Tarzil.

— Je sais, monsieur. De toute façon, je veux mourir. Je ne peux pas vivre avec cette culpabilité.

— Dans ce cas, la mort n'est pas vraiment une punition adéquate, n'est-ce pas ?

Valek n'attendit pas la réponse du prisonnier.

— Vivre serait une punition bien plus cruelle. Or, il se trouve qu'un fermier et sa femme viennent de connaître une mort tragique, laissant derrière eux une grande exploitation agricole et trois garçons de moins de six ans. Officiellement, Tarzil sera pendu demain ; en réalité, on vous escortera jusqu'au DM-4, où vous vous chargerez des cultures de maïs et de l'éducation des enfants. A mon avis, la première chose à faire est d'engager une nounou. Entendu ?

— Mais…

— Le Code de Conduite est extrêmement efficace pour purger Ixia des éléments indésirables, mais il lui manque la compassion la plus élémentaire. En dépit de mes arguments, le Commandant refuse de le comprendre. Aussi suis-je parfois obligé de prendre les choses en main. Tant que vous garderez ce secret, vous vivrez. L'un de mes associés passera vous rendre visite de temps en temps.

Tapie derrière les cartons, je me raidis, incrédule. Le mot *compassion* était aussi incongru dans la bouche de Valek que des excuses l'eussent été dans la bouche de Margg.

On frappa de nouveau à la porte.

— Oui, dit Valek. Entrez, Wing. Comme toujours, vous arrivez exactement au moment voulu. Avez-vous les documents ?

J'entendis un bruissement de papiers.

— Voici votre nouvelle identité, dit Valek. A présent, je crois que tout est réglé. Wing vous escortera jusqu'au DM-4. Adieu, Tarzil.

— Au revoir, monsieur, dit Tarzil d'une voix rauque.

Sans doute était-il bouleversé. Il y avait de quoi, car on venait de lui offrir une nouvelle vie.

Après le départ des deux hommes, un lourd silence s'installa. Je craignais que le bruit de ma respiration ne me trahisse. De nouveau, la chaise de Valek racla le parquet. Il y eut deux impacts sourds, puis un bâillement bruyant.

— Alors, Elena, as-tu trouvé notre conversation intéressante ?

Je ne bougeai pas, espérant qu'il devinait.

— Je sais que tu es sous la table.

Je me redressai et sortis. Valek était affalé sur sa chaise, les deux pieds calés sur son bureau. Aucune colère ne transparaissait sur son visage.

— Comment avez-vous…

— Tu aimes le savon à la lavande. Et je ne serais pas en vie, à l'heure qu'il est, si je ne savais pas reconnaître des serrures crochetées. Les assassins adorent s'embusquer et laisser des cadavres dans des pièces fermées. Ça les amuse.

Valek bâilla de nouveau.

— Vous n'êtes pas fâché ?

— Non, plutôt soulagé. Je me demandais quand tu fouillerais mon bureau pour trouver la recette de l'antidote.

Une colère subite s'empara de moi.

— Soulagé ? Vous êtes soulagé que je fouille dans vos affaires ? Que j'essaie de m'évader ? Vous êtes tellement sûr que j'échouerai ?

Valek secoua la tête.

— Je suis soulagé de voir que tu suis les étapes classiques d'une évasion, au lieu de concocter un plan inédit. Sachant où tu vas, je peux anticiper tes actions. Sinon, je risquerais de rater quelque chose. Je sais que depuis quelque temps, tu t'entraînes à crocheter des serrures. Une chose mène à une autre…

Valek s'arrêta un instant.

— Mais comme la formule de l'antidote n'a jamais

été consignée par écrit, et que je suis le seul à la connaître, je ne me fais pas trop de souci.

Je serrai les poings pour m'empêcher de tordre le cou à monsieur Je-Sais-Tout.

— Admettons, dis-je entre mes dents. Je n'ai aucune chance de m'évader. J'ai une question à vous poser. Vous avez offert une nouvelle vie à Tarzil ; pourquoi pas à moi ?

— Comment sais-tu que je ne l'ai pas déjà fait ?

Valek reposa les pieds sur le sol et se pencha vers moi.

— A ton avis, pourquoi es-tu restée si longtemps dans le donjon ? Est-ce vraiment le hasard qui a fait qu'à la mort d'Oscove, tu étais la prochaine à exécuter ? A notre première rencontre, j'ai été étonné de voir que tu étais une femme, mais j'ai pu jouer la comédie.

C'était insoutenable.

— Que voulez-vous de moi, Valek ? demandai-je. Que je renonce ? Que je me contente de cette vie empoisonnée ?

— Veux-tu vraiment le savoir ? demanda Valek d'un ton plus grave.

— Oui.

Il se leva et s'approcha de moi.

— Je voudrais que tu ne sois plus une captive, retenue contre ton gré, mais un membre loyal de notre personnel. Tu es vive, intelligente, et tu te bats de mieux en mieux. Je voudrais que tu défendes la vie du Commandant avec le même dévouement que moi. Goûteur, c'est un métier dangereux, bien sûr. Mais d'autres le sont aussi ; un mauvais atterrissage après un saut périlleux peut te briser le cou. Voilà ce que je veux. Es-tu capable de me le donner ?

Le regard de Valek fouilla en moi, cherchant une réponse.

— De toute façon, où irais-tu ? Ta place est ici.

J'étais tentée de lui donner raison. Mais je savais que si je ne me faisais pas empoisonner ou assassiner par Brazell, la magie qui coulait dans mes veines finirait par me détruire. Il ne resterait de moi qu'une onde, un froissement dans la toile du pouvoir. Quoi qu'il arrive, j'étais perdue.

— Je ne sais pas, dis-je. Il y a trop de choses…

— Dont tu ne m'as pas parlé ?

Je hochai la tête, incapable de dire un mot. Avouer mes pouvoirs magiques à Valek ne servirait qu'à précipiter ma mort.

— Faire confiance, c'est difficile, dit Valek. Savoir à qui faire confiance l'est encore plus.

— Et ce n'est vraiment pas mon fort. De ce point de vue, j'ai un passé assez désastreux.

— Au contraire. Prends par exemple Ari et Janco. Ils ont commencé à te protéger bien avant que je ne les affecte à ta sécurité. Pourquoi ? Parce que tu as eu le cran de les défendre auprès du Commandant quand leur propre capitaine les avait laissés tomber.

Avant de me répondre, Elena, réfléchis bien à tout ce que tu as déjà gagné. Le respect de Maren et du Commandant, la loyauté d'Ari et de Janco.

— Et vous, Valek ? Que m'accordez-vous ? La loyauté ? Le respect ? La confiance ?

— Pour l'instant, tu as mon attention. Mais si tu me donnes ce que je te demande, tu pourras tout avoir.

Le lendemain matin, les généraux se préparèrent à quitter le château. Il fallut quatre heures pour que les huit cortèges se constituent. Quatre heures de bruit et de confusion. Quand enfin les derniers hommes eurent franchi les remparts, le château lui-même parut pousser un soupir de soulagement.

La tension accumulée depuis une semaine se dissipa brusquement. Les gardes traînaient dans les couloirs, les domestiques bavardaient avant d'attaquer le ménage des huit suites. Ce fut pendant cette accalmie que le Commandant choisit d'annoncer à l'ensemble du personnel l'arrivée de la délégation sitienne, le lendemain soir.

Cette annonce eut l'effet d'un coup de tonnerre. Un silence de mort s'installa, immédiatement suivi d'un regain d'activité frénétique. Tous se dispersèrent pour entamer les préparatifs nécessaires.

Bien que soulagée de voir partir Brazell et Mogkan, j'étais étrangement lasse et apathique. J'errai à travers le château, perdue dans mes pensées. Je n'avais toujours pas donné de réponse à Valek. Pour rester en vie, il me fallait fuir vers le sud, mais sans l'antidote, je mourrais. L'angoisse me rongeait. Pour la première fois, j'avais conscience du sort inexorable qui m'attendait.

Le lendemain, on m'informa que ma présence serait requise lors de la cérémonie d'accueil de la délégation sitienne. Je n'en fus pas ravie. C'était comme si l'on m'avait dit : « Regarde bien, Elena, on va te montrer tout ce que tu ne pourras jamais avoir. »

La salle du trône étant transformée en bureaux, il ne restait plus, pour les affaires d'Etat, que le salon militaire. Une fois de plus, Valek, toujours aussi raide dans son uniforme d'apparat, se tenait à la droite d'Ambroise, et une fois de plus, je me glissai entre eux.

Des ondes de nervosité et d'excitation émanaient de l'assistance. A mesure que je m'en imprégnais, mon appréhension laissa place à l'exaltation. Quand on annonça l'arrivée de la délégation, les officiers et conseillers invités se bousculèrent pour mieux voir, et je les imitai.

Les Sitiens entrèrent d'un pas léger, comme s'ils flottaient au-dessus du sol. Leurs longues robes richement colorées retombaient en drapés sur le sol, leurs visages étaient dissimulés par des masques d'animaux ornés de plumes et de fourrure. Arrivé devant le Commandant, le cortège s'arrêta et se déploya en forme de V.

Caché derrière son masque d'aigle, leur chef prit la parole.

— Nous vous apportons les salutations de vos voisins du Sud. Nous espérons que cette rencontre contribuera à rapprocher nos deux pays. En tant que preuve de notre bonne volonté, nous allons nous dévoiler devant vous.

L'orateur et ses compagnons ôtèrent leurs masques en un même geste simultané.

Je clignai les yeux, stupéfaite. J'espérai que, pendant la fraction de seconde où ils seraient fermés, tout redeviendrait normal. Hélas, il n'en fut rien. Valek me lança un regard résigné, comme s'il était stupéfait, lui aussi, de la tournure des événements.

Le chef de la délégation sitienne était Irys. Une maîtresse-magicienne se tenait à trois pas du Commandant Ambroise.

26

— Ixia vous souhaite la bienvenue, dit le Commandant. Que cette conférence marque un nouveau départ pour nos deux pays.

Cachée derrière Ambroise, je me demandais ce qui se passerait lorsqu'il apprendrait que le chef de la délégation sitienne était une magicienne. Irys était capable de semer un chaos terrible dans le château. En vain, j'essayai d'imaginer un scénario optimiste. Sans doute était-ce le début de la fin, me dis-je.

La délégation du Sud et le Commandant continuèrent à échanger des déclarations solennelles sous l'œil vigilant de Valek. D'après son attitude, je compris qu'Irys n'avait pas utilisé de magie.

A la fin de la cérémonie, on conduisit les membres de la délégation vers leurs quartiers pour qu'ils puissent se reposer avant le festin du soir. Puis le cortège du Commandant se dirigea, lui aussi, vers la sortie. Je me levai pour les suivre, mais Valek m'attrapa par le bras.

— Qu'y a-t-il, Valek ? demanda le Commandant

en soupirant. Encore un de vos sinistres avertissements ?

— Le chef des Sitiens est une maîtresse-magicienne, dit Valek.

Une note d'agacement perçait dans sa voix. Sans doute n'avait-il pas l'habitude qu'on le trouve ennuyeux.

— Je ne vois rien d'étonnant à cela. Sinon, comment pourraient-ils être sûrs de nos intentions ? Nous aurions pu leur tendre une embuscade, après tout.

Le Commandant se tourna vers la porte. Il ne semblait absolument pas inquiet.

— Cette femme a essayé de tuer Elena, il y a quelque temps, dit Valek.

Pour la première fois depuis mon arrivée dans le salon militaire, le Commandant posa les yeux sur moi.

— Il serait extrêmement imprudent pour eux de tuer mon goûteur. Cela pourrait être pris pour une tentative d'assassinat, et entraver les négociations. Elena est en sécurité, pour l'instant.

Il haussa les épaules, comme s'il repoussait la pensée de ma sécurité future, et quitta la pièce.

— Ça alors ! dit Valek.

— Et maintenant ? demandai-je.

Il donna un grand coup de pied dans une chaise et la renversa.

— Je m'attendais à ce qu'il y ait un magicien dans la délégation, mais pas à ce que ce soit *elle*.

Il secoua la tête.

— Tant qu'elle est ici, les Invincibles restent affectés à ta protection. Cependant, si elle est décidée à t'éliminer, ni eux ni moi n'y pourrons grand-chose. Quand Mogkan t'a attaquée, tu as eu de la chance. J'étais au bout du couloir et j'ai senti son pouvoir. Bref, espérons que cette magicienne se comportera comme une invitée modèle ; il n'y a que ça à faire.

Il redressa la chaise et la remit à sa place.

— Au moins, je sais où j'en suis, avec ces maudits magiciens. C'est Mogkan que j'avais repéré, pendant la dégustation des généraux. Et cette magicienne du Sud est à l'intérieur du château. A moins que d'autres ne décident de se manifester, nous ne devrions plus avoir de surprises.

— Et le capitaine Star ? demandai-je.

— C'est un charlatan. Elle n'a pas plus de pouvoirs que toi et moi. C'est juste une tactique pour empêcher ses informateurs de la doubler.

Valek poussa un long soupir.

— Entre les généraux, les Sitiens et le festin, je n'ai plus une minute de libre. A propos, ce soir, tu devras rester jusqu'à la fin du festin. Ce sera interminable, mais au moins tu mangeras bien. Rand, paraît-il, a prévu des merveilles. Le plus curieux, c'est que selon mes informations, il aurait voulu faire un gâteau à base de Criollo, mais le Commandant aurait refusé de lui en donner. Ce qui n'a aucun sens, puisque Brazell nous en livre des chariots pleins, et qu'Ambroise a promis d'en envoyer à tous les autres généraux. Tu aurais dû les voir réclamer leur part… On aurait cru que c'était de l'or.

Une étincelle brilla dans les yeux de Valek.

— As-tu ressenti quelque chose d'inhabituel depuis que tu as cessé d'en manger ?

Il y avait trois jours que je n'avais plus mangé de Criollo, et je cherchais en vain des symptômes de manque. Le Criollo m'avait donné de l'énergie et mise de bonne humeur ; son goût sucré me manquait, surtout en cette période si sombre. Mais de signes physiques, aucun.

— J'en ai une légère envie, dis-je à Valek. Mais cela ne ressemble pas à un sevrage. De temps à autre, je me surprends à y penser.

Valek fronça les sourcils.

— Il est sans doute trop tôt pour que les symptômes apparaissent. Il doit rester des traces de Criollo dans ton sang. Tu me tiendras au courant.

— Oui.

— A ce soir, Elena.

Pauvre Valek, pensai-je, empaillé dans son uniforme d'apparat trois soirs d'affilée… La salle du festin était somptueusement décorée. Des tentures rouges et noires couvraient les murs, des serpentins rouge et or pendaient du plafond. Des lumières étincelaient partout.

A un bout de la salle, une estrade était réservée à la délégation, au Commandant et à Valek. Les officiers supérieurs et hauts conseillers avaient pris place à de petites tables rondes sur le pourtour de la pièce, laissant le centre vide. Dans un coin, un orchestre de douze musiciens jouait une musique feutrée. C'était surprenant ; en général, le Commandant considérait la musique comme une perte de temps.

Je m'installai derrière Ambroise pour qu'il pût me faire passer son assiette. Comme prévu, le dîner fut sublime. Rand s'était surpassé.

Mon uniforme sombre se confondait avec les tentures derrière moi ; je doutais que quiconque, en dehors de l'estrade, puisse me voir. Entre les plats, je profitai de mon invisibilité pour faire un petit tour d'horizon. Ari et Janco étaient installés à une table près de la porte. C'était leur première réception officielle en tant que capitaines, et ils paraissaient mal à l'aise. Les connaissant, je devinai qu'ils auraient préféré boire de la bière avec leurs camarades du baraquement.

Irys et son cortège étaient placés à la gauche du Commandant. A la lumière des lanternes, leurs vêtements d'apparat semblaient faits de tourbillons de couleur. Un diamant taillé en forme de fleur pendait au cou d'Irys. Elle m'ignorait, ce qui me convenait parfaitement.

A la fin du repas, après avoir débarrassé les tables, les serviteurs éteignirent la moitié des lanternes. Le rythme de la musique s'accéléra ; bientôt l'orchestre attaquait un air endiablé qui faisait vibrer la verrerie. Des danseurs costumés firent irruption dans la salle, brandissant de grandes torches enflammées. Des danseurs du feu ! Ils entamèrent une chorégraphie complexe et éblouissante, qui me coupa le souffle. Je comprenais, à présent, pourquoi leur tente avait été prise d'assaut lors de la Fête du Feu.

Valek s'enfonça dans sa chaise, et murmura à mon oreille :

— Je crois que j'aurais raté l'audition, Elena. Je me serais déjà mis le feu aux cheveux.

— Et vous n'êtes pas prêt à sacrifier vos beaux cheveux pour l'art, c'est ça ?

Valek rit. L'ambiance générale était euphorique, énergisante. J'espérais que le Commandant n'attendrait pas quinze ans de plus avant d'organiser un nouveau festin.

Après deux rappels, les danseurs quittèrent la pièce. Irys se leva alors et proposa un toast. Les Sitiens avaient apporté leur meilleur cognac ; elle en servit au Commandant et à Valek, puis se servit un troisième verre. Elle ne sembla pas offensée lorsque le Commandant me tendit le sien.

Je fis tournoyer le liquide ambré dans le verre et respirai ses effluves intenses. Puis je pris une petite gorgée, la roulai sur ma langue… et recrachai aussitôt. Suffocante, secouée par des haut-le-cœur, je tentai d'expulser de ma bouche les dernières gouttes de liquide. Valek me dévisageait, alarmé.

— Mon Amour, dis-je d'une voix étranglée.

D'un coup de coude, Valek fit tomber les deux autres verres, dont le contenu se déversa sur la table. Puis il se transforma en une tache noire, et les murs se couvrirent de sang.

Je flottais sur une mer écarlate. Les couleurs tournaient et dansaient autour de moi. Un bruit de verre cassé résonna à l'infini dans ma tête. Je flottais sur un radeau de boucles sombres porté par un courant puissant. Dans cette tempête de couleurs, la voix d'Irys me parvint, douce et apaisante. *Tu vas t'en sortir,* disait-elle. *Laisse-toi aller. Laisse passer l'orage.*

Je me réveillai dans ma chambre. Une petite lanterne brillait faiblement ; dans un fauteuil près de la fenêtre, Janco lisait. L'un dans l'autre, c'était un réveil bien plus agréable qu'après ma première absorption de Mon Amour. Un bon lit moelleux est toujours préférable à une flaque de vomi… Seulement, il fallait que je perde cette fâcheuse habitude de me réveiller dans mon lit sans savoir comment j'y étais arrivée.

— Janco, mon vieux, tu sais lire ! dis-je d'une voix éraillée.

J'avais très mal à la gorge et mon cerveau semblait heurter sans cesse la paroi de mon crâne.

— J'ai des talents insoupçonnés, dit-il en souriant. Bienvenue parmi nous, Elena.

— Depuis quand suis-je inconsciente ?

— Deux jours.

— Que s'est-il passé ?

— Avant ou après ta transformation en loup-garou ?

— Après, dis-je en grimaçant.

— C'est fou comme Valek est rapide, dit Janco avec admiration. Il t'a poussée sous la table tout en rebouchant la bouteille empoisonnée et, par un tour de passe-passe, il a réussi à l'échanger contre une autre. Ensuite, il s'est excusé de sa maladresse et il a servi trois nouveaux verres, pour que cette sorcière puisse porter son prétendu toast. Tout est allé si vite que personne, en dehors de l'estrade, n'a remarqué quoi que ce soit.

Janco se gratta la barbe.

— Enfin… à part Ari. Il te surveillait depuis le début, et nous avons réagi dès que tu es tombée. Nous nous sommes glissés derrière ta table pendant le toast, et Ari t'a portée jusqu'à ta chambre. Si ça ne tenait qu'à lui, il serait toujours là, mais sous la menace du couteau, il a consenti à se reposer.

Voilà qui expliquait le radeau de boucles noires. Je me redressai dans le lit. La douleur dans mon crâne s'intensifia. Il y avait une carafe d'eau sur ma table de nuit, je remplis un verre et le vidai d'un trait.

— Valek a dit que tu aurais soif. Il est déjà passé plusieurs fois, mais il est très occupé par la délégation. Dire que cette sorcière a eu l'audace d'essayer d'empoisonner le Commandant !

— Ce n'est pas elle. Rappelle-toi, elle a servi les trois verres du même flacon. C'est forcément quelqu'un d'autre.

Mais je n'avais aucune idée de l'identité du coupable, et je n'arrivais pas à y réfléchir. Le simple fait de parler déclenchait des éclairs de douleur dans ma tête.

— C'était peut-être un attentat-suicide. Plutôt que de moisir dans le donjon en attendant d'être pendue, elle a préféré mourir avec sa victime.

— Possible, dis-je d'un ton peu convaincu.

— Valek doit penser comme toi, car les négociations se poursuivent comme si de rien n'était.

Janco bâilla.

— Eh bien, maintenant que tu as retrouvé tes esprits, je vais essayer de dormir un peu… Encore quatre heures avant l'aube.

Janco me força à m'allonger dans mon lit.

— Toi aussi, repose-toi. Nous nous verrons demain matin.

Il posa sur moi un regard hésitant, puis ajouta :

— Il paraît que tu as hurlé comme une folle pendant qu'Ari te veillait. Il a même dit que si Reyad était encore en vie, il se ferait un plaisir de l'éventrer. Je pensais que tu aurais envie de le savoir.

Il déposa un baiser fraternel sur mon front et disparut.

Je gémis intérieurement. Qu'avais-je révélé à Ari ? Comment pourrais-je le regarder en face, demain matin ? Bah, pensai-je, c'était trop tard pour y remédier… J'essayai de me rendormir, mais mon estomac ne cessait de gargouiller. Une seule et unique idée m'obsédait : manger.

J'analysai cette sensation de faim, me demandant si elle ne m'avait pas été insufflée par Irys. Depuis le mauvais tour que m'avait joué Mogkan, j'étais sur mes gardes. Mais, après tout, Irys n'avait aucune raison de me tendre un piège.

Ma décision était prise. Je ceignis mon cran d'arrêt à ma cuisse et, titubante, me frayai un chemin jusqu'aux cuisines. J'espérais m'y glisser discrètement et voler un morceau de pain avant le réveil de Rand.

Je me coupais un morceau de fromage quand la porte de Rand s'ouvrit.

— Elena ! s'exclama-t-il.

— Bonjour, Rand. Je vole juste un peu de nourriture.

— Ça fait des semaines que je ne t'ai pas vue, bougonna-t-il. Où étais-tu passée ?

Il boita jusqu'à ses fourneaux, ouvrit la porte en fonte, attisa les braises et y jeta un seau de charbon.

— J'étais occupée. Tu sais bien : les généraux, la

délégation, le festin. Au fait, Rand, c'était somptueux. Tu es un génie.

Ce compliment le requinqua visiblement. Je me résignai à faire semblant d'être encore son amie. Je posai mon assiette sur une table et approchai un tabouret.

Rand s'avança vers moi.

— Il paraît que tu as été malade ?

— L'estomac dérangé. Je n'ai rien mangé depuis deux jours, mais je me sens mieux, maintenant.

— Attends, je vais te préparer des galettes sucrées.

Je ne le quittai pas des yeux pendant qu'il préparait la pâte, pour être sûre qu'il n'y mît pas du poison. Mais, une fois que les galettes furent sous mon nez, ma méfiance disparut et je les engloutis avec voracité. Cette situation familière — Rand préparant le pain pendant que je déjeunais — acheva de dissiper le malaise qui subsistait entre nous. Bientôt nous bavardions en riant.

Cependant, lorsque les questions de Rand devinrent plus précises, je compris qu'il me sondait pour collecter des informations sur le Commandant et sur Valek. Mes doigts se crispèrent autour de ma fourchette, et je la plantai violemment dans une galette.

— Et ce fameux traité d'échanges, tu en as entendu parler ? demanda Rand.

— Non.

J'avais parlé sur un ton froid et cassant ; Rand leva les yeux vers moi, étonné.

— Excuse-moi, Rand, je suis fatiguée. Il faut que je retourne au lit.

— Au fait, tu peux reprendre tes fèves.

Rand se hissa sur la pointe des pieds pour attraper le bocal.

— J'ai tout essayé : frites, moulues, même bouillies… Rien à faire, elles ont toujours ce goût impossible à identifier et dégoûtant.

Il les glissa dans une poche en papier et partit vérifier la température de ses fourneaux.

En le regardant tisonner les braises, j'eus une idée.

— Elles ne sont peut-être pas comestibles, dis-je. Il pourrait s'agir d'un carburant.

Et si Brazell utilisait ces fèves comme source d'énergie pour sa nouvelle fabrique ?

— Pourquoi pas ? Faisons un essai, dit Rand.

Je lançai les fèves dans le premier fourneau. Nous attendîmes un moment, mais rien ne se passa : ni jaillissement de flammes ni hausse subite de la température. Rand enfourna ses moules à pain tandis que je contemplai les braises, déçue. Décidément, ces fèves refusaient de livrer leurs secrets.

Lorsque Rand recommença à m'interroger, je détournai les yeux, la gorge nouée.

— Je ferais mieux de partir, dis-je en me levant. Valek va se demander où je suis passée.

— C'est vrai, j'ai remarqué que vous étiez devenus inséparables. Essaie d'user de ton influence pour qu'il tue un peu moins de gens, d'accord ?

Je claquai violemment la porte du four. Le bruit résonna dans la cuisine silencieuse.

— Au moins, Valek a la décence de me prévenir quand il m'empoisonne, lançai-je.

Je regrettai aussitôt mes paroles. Ni ma fatigue ni ma colère contre la trahison de Rand n'excusaient ce que je venais de dire.

Le visage du cuisinier se contorsionna ; des rictus de surprise, de culpabilité puis de colère s'y succédèrent.

— C'est Star qui te l'a dit ? demanda-t-il enfin.

— Ah…

Je ne savais que dire. Si je répondais par l'affirmative, il apprendrait rapidement, par Star, que c'était faux ; si je niais, il insisterait pour connaître ma source d'informations. D'une manière ou d'une autre, il finirait par comprendre. Je venais de lui dévoiler l'opération clandestine de Valek.

Heureusement, Rand n'attendit pas ma réponse.

— J'aurais dû m'en douter, dit-il. Elle adore jouer ce genre de mauvais tour.

Il resta silencieux quelques instants, puis poursuivit.

— Quand tu es arrivée au château, je ne voulais pas te connaître. La seule chose qui m'intéressait, c'était l'énorme somme que Star avait promis de soustraire à ma dette si je truquais le test de Valek.

Rand abattit son poing sur la table.

— Ensuite, mes maudits remords et ta maudite gentillesse ont tout compliqué. Je vendais des informations sur toi en même temps que j'essayais de te protéger. Ma vie est devenue un enfer.

— Désolé de t'avoir incommodé, répliquai-je vertement. Je suppose que je devrais t'être reconnaissante, en dépit des empoisonnements et des enlèvements.

Rand se frotta le visage à deux mains. Sa colère s'était dissipée.

— Je suis désolée, Elena... J'étais acculé. Je ne pouvais pas m'en sortir sans faire de mal à quelqu'un.

Je me laissai attendrir un peu.

— Pourquoi Star voulait-elle m'empoisonner ?

— Le général Brazell avait commandité ton meurtre. Ce qui ne devrait pas te surprendre.

— Non, en effet.

Je réfléchis un instant.

— Rand, n'y a-t-il personne qui puisse t'aider à sortir de ce pétrin ? Valek, peut-être ?

— Sûrement pas ! Je ne comprends pas ta vénération pour lui. C'est un assassin. Rien que pour cette histoire de Poussière de Papillon, tu devrais le haïr ! Moi, à ta place, je le haïrais.

— Qui te l'a dit ? m'exclamai-je. Qui d'autre le sait ? Je croyais que Valek et le Commandant étaient les seuls à être au courant.

— Ton prédécesseur, Oscove, m'a expliqué pourquoi il n'essayait pas de s'évader. Et je n'ai jamais vendu ce secret à qui que ce soit. J'ai tout de même des limites.

Il tirailla sur son tablier.

— Oscove éprouvait pour Valek une haine égale à la mienne. C'était tout à fait compréhensible. Mais ta relation avec Valek…

Rand leva les sourcils.

— Tu es amoureuse de lui ! s'exclama-t-il.

— C'est complètement absurde ! m'écriai-je.

Nous nous dévisageâmes, bouche bée, trop ébahis pour dire un mot de plus.

A cet instant, un parfum envoûtant, chargé de sucre et de noix, flotta jusqu'à mes narines. Rand huma l'air, lui aussi. Je suivis la trace odorante jusqu'au fourneau dans lequel j'avais jeté les fèves. Lorsque j'ouvris la porte, un nuage d'effluves divins s'en échappa. Un nuage de Criollo.

27

— Où as-tu trouvé ces fèves ? demanda Rand. C'est l'ingrédient manquant de la recette du Criollo ! Dire que je n'ai jamais pensé à les rôtir !

— Elles viennent d'une réserve au sous-sol, mentis-je.

Je ne pouvais pas lui dire que Valek et moi les avions interceptées sur le chemin de la nouvelle fabrique de Brazell. Laquelle fabrique, compris-je, ne produisait sans doute pas de grain pour le bétail, mais bien du Criollo.

— Où est-elle, cette réserve ? demanda Rand d'un ton désespéré.

— Je ne m'en souviens plus.

— Fais un effort, Elena ! Si j'arrive à faire du Criollo, j'ai une chance de ne pas être transféré !

— De quoi parles-tu ?

— Tu veux dire que Valek ne s'en est pas vanté auprès de toi ? Ça m'étonne. Il a toujours voulu se débarrasser de moi. On m'envoie au manoir de Brazell, et Ving va prendre ma place. Cet imbécile ne durera pas une semaine !

Rand cracha ces dernières paroles avec une terrible amertume.

— Quand dois-tu partir ?

— Je ne sais pas. Je n'ai pas encore reçu mes papiers… Ce qui veut dire que tout n'est pas perdu. A condition que tu retrouves ces fèves…

« Il croit que nous sommes encore amis », compris-je avec stupeur. Bien qu'il eût reconnu avoir tenté de m'empoisonner, bien qu'il m'eût accusée d'être amoureuse de son pire ennemi, il croyait que j'allais l'aider. Ne trouvant pas de réponse, j'atermoyai.

— J'essaierai, dis-je en me pressant vers la porte.

Lorsque je m'introduisis dans la suite de Valek, les premières lueurs de l'aube perçaient au-dessus des Montagnes de l'Esprit. Les hautes meurtrières du salon donnaient sur l'est. Dans cette lumière blafarde, j'aperçus la silhouette de Valek. Il était assis sur le divan et semblait m'attendre.

— Déjà de retour ? dit-il. J'allais juste lancer une équipe à la recherche de ton cadavre. Que s'est-il passé, quand tu as frappé à la porte de la magicienne pour t'offrir en sacrifice ? Ont-ils décidé de ne pas perdre leur temps à assassiner une demeurée pareille ?

Je me laissai tomber sur une chaise et attendis la fin de sa harangue. Je n'avais aucune excuse valable. Valek avait raison, ç'avait été idiot de sortir seule. Mais un estomac vide l'emporte toujours sur la raison.

— Avez-vous fini ? dis-je enfin.

— Quoi ? Tu ne contestes pas ?

Je fis non de la tête.

— Alors, je n'ai plus rien à dire.

— Bien, répliquai-je. Comme vous êtes déjà de mauvaise humeur, je ferais mieux de vous dire ce qui vient de se passer. En fait, j'ai deux nouvelles : une bonne et une mauvaise. Laquelle voulez-vous entendre en premier ?

— La mauvaise, dit Valek. Cela me laisse l'espoir que la bonne la compensera.

Je pris mon courage à deux mains et lui avouai que j'avais compromis toute l'opération clandestine contre Star. Le visage de Valek se durcit.

— C'est votre faute ! m'exclamai-je. C'est pour vous défendre que j'ai dit ça !

Valek encaissa en silence.

— Pour défendre mon honneur, tu as gâché des mois de travail, dit-il enfin. Je dois en être flatté ?

— Absolument.

Je refusais de me sentir coupable. S'il n'avait pas décidé de tester ma loyauté, et s'il ne s'était pas ensuite servi de moi pour les besoins de son enquête, nous n'en serions pas là.

Il se laissa retomber dans le divan et se massa les tempes.

— Je n'avais pas prévu de procéder aux arrestations avant la fin du mois. A présent, j'ai intérêt à faire le ménage avant que Rand n'avertisse Star.

Il se frotta les yeux.

— Au fond, c'est peut-être une bonne chose. J'ai l'impression que Star a des soupçons. Depuis un certain temps, elle n'utilise plus son bureau pour ses affaires clandestines. En l'arrêtant tout de suite, j'ai une chance de découvrir qui l'a payée pour empoisonner la flasque des Sitiens.

— C'est Star qui… Comment ?

— Elle doit avoir un assassin sitien à son service. C'est la seule explication plausible. Je suis presque certain que cette tentative d'empoisonnement n'a rien à voir avec les convictions politiques de Star. Son organisation est prête à faire n'importe quoi, du moment qu'on y met le prix. Ce que j'aimerais connaître, c'est l'identité de celui qui veut à tout prix compromettre la délégation.

Il se leva, soudain plein d'énergie.

— Et la bonne nouvelle ? demanda-t-il.

— Les fèves mystérieuses sont un ingrédient essentiel du Criollo.

— Mais… pourquoi Brazell a-t-il menti sur sa demande de permis ? Aucune loi n'interdit de fabriquer des confiseries.

D'évidence, Valek avait fait le même rapprochement que moi, concernant la production de la nouvelle fabrique.

— Peut-être parce que les fèves sont importées de

Sitia, spéculai-je. Ça reste tout de même illégal… du moins jusqu'à la signature du traité.

— Possible. Cela expliquerait son adhésion au traité. En tout cas, tu ouvriras bien les yeux lorsque tu visiteras la fabrique. Le Commandant a prévu une visite au DM-5, après le départ des Sitiens. Tu l'accompagnes, naturellement.

— Et vous ? Vous venez aussi, n'est-ce pas ? dis-je d'une petite voix grinçante.

— Non. On m'a *ordonné* de rester ici.

— Et un et deux et trois et quatre. Dans une seconde je t'emplâtre, fredonna Janco.

Il me plaqua contre le mur. Ma canne tomba à terre dans un grand fracas, tandis que Janco frôlait ma tempe du bout de sa canne.

— Qu'est-ce qui t'arrive, Elena ? dit-il en s'appuyant sur sa canne. D'habitude, tu n'es pas *aussi* facile à battre.

— J'ai l'esprit ailleurs.

Seulement un jour était passé depuis que Valek m'avait annoncé mon départ pour le DM-5.

— Dans ce cas, que faisons-nous ici ? demanda Ari.

Assis sur le banc, à côté de Maren, il observait notre combat. J'avais encore du mal à soutenir son regard, à cause des révélations involontaires que je lui avais faites.

— Au prochain tour, j'essaierai de faire mieux, dis-je.

Nous soufflâmes et commentâmes brièvement le combat qui venait de s'achever.

— Janco, pourquoi fais-tu des vers quand tu te bats ?

— Ça m'aide à garder le rythme.

— Les autres gardes doivent se moquer de toi, non ?

— Pas quand je les bats.

Nous reprîmes nos positions et commençâmes un nouveau combat. Malgré d'intenses efforts de concentration, je perdis de nouveau.

— Maintenant c'est le contraire : tu t'appliques trop. En planifiant tes offensives tellement à l'avance, tu te trahis, dit Janco. Avant même que tu frappes, je suis déjà en place pour te parer.

— C'est pour cela que nous répétons tous les jours les mêmes enchaînements, dit Ari. Pour que les mouvements d'attaque et de défense deviennent instinctifs. Détends-toi tout en restant vigilante. Occulte toutes les distractions. Reste concentrée sur ton adversaire, mais pas trop concentrée.

— C'est complètement contradictoire ! m'exclamai-je.

— Oui, mais ça marche.

Je pris quelques grandes inspirations et chassai de mon esprit toute pensée du voyage au manoir de Brazell. Puis, caressant le bois de ma canne, je me concentrai sur son contact lisse et solide. Je le soupesai, tentai de trouver un lien avec lui, d'en faire une extension de mon esprit.

Une vibration subtile fit frémir le bout de mes doigts. Ma conscience parcourut la canne en suivant les contours sinueux du grain, puis revint dans mon bras. J'habitais à la fois mon corps et mon arme.

J'entamai le troisième tour avec une sensibilité et une disponibilité accrues. D'instinct, je devinai la tactique qu'adopterait Janco. Une fraction de seconde avant qu'il ne frappe, je levais ma canne pour parer son coup. N'ayant plus à me presser pour me défendre, j'avais le temps de le contrer et de le repousser. Une pulsation musicale battait dans mes tempes ; je me laissais porter par son rythme.

Je remportai le combat.

— Prodigieux ! s'exclama Janco. As-tu suivi les conseils d'Ari ?

— A la lettre.

— Serais-tu capable de recommencer ?

— Je n'en sais rien.

— A moi, dit Ari en ramassant sa canne.

Je passai le bout de mes doigts sur le grain de ma canne ; aussitôt, je retrouvai ce curieux état hypnotique. Ce fut même plus facile que la première fois.

Plus corpulent que Janco, Ari était moins rapide, mais il compensait cela par sa force brute. Je dus modifier ma stratégie pour esquiver ses coups, sans quoi il m'eût renversée. Lorsqu'il me décocha un grand coup à la tête, je profitai de ma petite taille pour me baisser abruptement, passer ma canne derrière ses chevilles et la tirer vers moi. Ari s'effondra comme un sac de pommes de terre. J'avais encore gagné.

— Incroyable ! dit Janco.

— C'est mon tour, dit Maren.

De nouveau, je recherchai cet état de conscience accrue, et analysai mon adversaire. Maren attaquait à la vitesse d'une panthère. Elle affectionnait les feintes au visage, qui avaient pour but de me faire élever ma garde, laissant mon abdomen à découvert. Mais cette fois, j'anticipai, ignorant sa feinte pour parer le vrai coup.

C'était une combattante redoutable, qui préférait la tactique à la force ou à la vitesse. Elle fit mine de se ruer sur moi, mais je compris qu'elle comptait m'esquiver d'un simple pas chassé lorsque je m'avancerais à mon tour. Alors qu'elle arrivait à ma hauteur, je fis une rapide rotation, glissai ma canne entre ses jambes et brisai net son élan. Maren trébucha et s'écrasa sur le sol. Je bondis sur elle et pressai ma canne contre sa gorge jusqu'à ce que, d'une voix étranglée, elle déclare forfait.

— Je mets les voiles, dit-elle en se redressant. De toute évidence, tu n'as plus besoin de moi.

Elle partit sans se retourner.

Ari, Janco et moi nous dévisageâmes en silence.

— J'espère qu'elle plaisante, dis-je.

— Son amour-propre est blessé, dit Ari. Elle s'en remettra. A moins que tu ne te mettes à la battre systématiquement.

— Ça m'étonnerait, dis-je.

— Moi aussi, maugréa Janco.

Lui aussi semblait un peu vexé par sa défaite.

— Assez de combats pour aujourd'hui, dit Ari. Elena, si tu faisais quelques katas pour te détendre ? Ensuite, nous irons dîner.

Les katas sont des enchaînements au ralenti de différents coups et parades. Ils portent tous un nom, et vont du plus facile au plus complexe. Je commençai par un kata défensif tout simple, à la canne.

Du coin de l'œil, j'observais Ari et Janco, tous deux absorbés par leur conversation. « Ils se chamaillent comme un vieux couple », pensai-je avec un sourire, puis je me concentrai sur mes mouvements. Tout en faisant mes katas, je m'efforçais de me glisser dans cet état mental de guerrier, puis de m'en extraire. Je finissais mes enchaînements, haletante, lorsque je sentis un regard peser sur moi. Je levai les yeux. Debout dans l'encadrement de la porte, Irys m'observait avec intérêt.

Elle portait l'uniforme noir des fauconniers, et ses cheveux étaient tirés en arrière, conformément aux usages militaires d'Ixia. Elle avait dû traverser le château sans que personne ne fasse attention à elle.

Je lançai un coup d'œil à mes « gardes du corps ». Tout à leur débat, ils nous ignoraient complètement, Irys et moi. Inquiète, je fis un pas de côté en direction d'Ari et de Janco, tandis qu'Irys se dirigeait droit vers moi.

— Vous usez de magie, dis-je en indiquant mes compagnons. Valek risque de le sentir, non ?

— Il est à l'autre bout du château, répondit-elle en s'avançant. En plus, un autre magicien se trouve à l'intérieur du château. Du moins, il s'y trouvait il y a peu de temps. Je l'ai senti alors que nous venions de passer la frontière.

— Vous ne savez pas s'il est encore ici ?

— Non, hélas.

— Mais vous savez de qui il s'agit, n'est-ce pas ?

Irys secoua la tête.

— De nombreux magiciens sont portés disparus. Certains sont morts, d'autres se cachent, d'autres encore ne se font jamais connaître de nous. Il y a toutes sortes de possibilités. Pour identifier un magicien, je dois d'abord forger un lien mental avec lui, comme je l'ai fait avec toi.

Irys examina les armes alignées contre le mur.

— Qu'est-il arrivé au Commandant ? demanda-t-elle subitement. Ses pensées dégoulinent quasiment de son esprit. C'en est au point que je pourrais entrer et extraire n'importe quelle information, si ce n'était pas interdit par notre code éthique.

Je n'avais aucune réponse à lui donner.

— Que faites-vous ici ? demandai-je.

Irys sourit, et indiqua ma canne.

— Et toi, que fais-tu avec cette arme ?

Ne voyant aucune raison de mentir, je lui expliquai la vérité au sujet de mon entraînement.

— Cela s'est bien passé, aujourd'hui ? demanda-t-elle.

— Pas mal. J'ai battu mes trois partenaires pour la première fois.

— Intéressant, dit-elle d'un air satisfait.

Je jetai un regard en coin aux Invincibles ; ils continuaient à bavarder comme si de rien n'était.

— Que faites-vous ici ? répétai-je. Vous aviez promis de me laisser un an.

D'un coup, une idée atroce me traversa l'esprit.

— Suis-je sur le point d'exploser ?

— Non, il te reste encore du temps. Depuis notre dernière rencontre, tu t'es stabilisée. Mais dis-moi, as-tu commencé à organiser ton évasion ?

— Je suis bloquée par ce maudit antidote. Impossible d'en trouver la formule. A moins que vous ne puissiez la lire dans l'esprit de Valek ?

Irys fronça les sourcils.

— Non. Mais il est possible que mes guérisseurs puissent extraire le poison de ton corps. Il suffirait que tu emportes assez d'antidote pour un mois. Viens avec nous, Elena, lorsque nous rentrerons en Ixia. J'ai une conseillère qui fait exactement ta taille. Elle mettra ton uniforme et distraira Valek et ses hommes pendant ta fuite. Sous un masque, personne ne se doutera de rien.

Le ton assuré d'Irys indiquait qu'elle était indifférente au danger… ou inconsciente.

Un fol espoir fit battre mon cœur à toute vitesse. Pour me calmer, je me répétai qu'Irys n'avait mentionné qu'une *possibilité* de se débarrasser du poison. Autrement dit, ce n'était pas garanti. Son plan d'évasion était simple, mais je cherchai néanmoins des failles. Je ne faisais toujours pas entièrement confiance à cette femme.

Cherchant à gagner du temps, je dis :

— Le conseiller Mogkan était au château la semaine dernière. Travaille-t-il pour Sitia ?

— Mogkan ? Ce nom ne me dit rien…

— Grand, yeux gris, longue tresse noire… Valek dit qu'il a des pouvoirs magiques.

Je m'imaginai son visage, et Irys s'insinua dans mon esprit pour le contempler elle aussi.

— Kangom ! Quel manque d'originalité… Il y a une dizaine d'années qu'il a disparu. Après un scandale, je crois. Il était accusé de complicité dans un réseau de ravisseurs d'enfants… Oh…

Irys inspira brusquement et me regarda d'un air pénétrant. Puis, secouant la tête, elle dit :

— Où se cache-t-il maintenant ?

— Dans le DM-5. Est-il recherché ?

— Non, à moins qu'il ne représente un danger pour Sitia. En tout cas, cela explique les brèves secousses magiques que nous avons senties dans cette région.

Elle inclina la tête, comme s'efforçant de percevoir une musique lointaine.

— Un mince flux de magie s'écoule vers le château. Cela pourrait venir de Kangom… de Mogkan, mais c'est assez improbable. Il ne possède pas une force pareille. Ce n'est sans doute qu'un petit décrochement dans la toile magique. Cela arrive parfois… Il est vrai, toutefois, que j'ai senti quelqu'un puiser du pouvoir, avant-hier.

Elle s'arrêta et me fixa de son regard émeraude.

— Viens-tu en Sitia ?

La magie de Mogkan ne la préoccupait pas, mais moi, j'étais inquiète. Il semblait y avoir un lien entre le magicien et l'étrange comportement du Commandant, mais je n'arrivais pas à mettre le doigt dessus.

Indécise, je retournai la question d'Irys dans ma tête, un peu comme j'aurais tourné un liquide sur ma langue, cherchant le goût du poison. J'avais toujours eu un instinct de fuite particulièrement développé, et l'évasion en Sitia représentait ma seule chance de survie. Quelques mois plus tôt, je me serais empressée d'accepter, mais, à présent, cela me paraissait une solution de facilité. Je pouvais encore trouver l'antidote.

— Non, dis-je. Plus tard.

— As-tu perdu la tête ?

— Sans doute. Mais j'ai quelque chose à finir. Ensuite, je viendrai en Sitia, comme je vous l'ai promis.

— Si tu es encore en vie.

— Vous pouvez peut-être m'aider à le rester. Existe-t-il un moyen de résister aux pouvoirs télépathiques ?

Irys inclina de nouveau la tête.

— C'est Kangom qui t'inquiète ?

— Beaucoup.

— Il y a quelque chose qui pourrait marcher. Tu es assez forte pour cela.

Elle prit la canne que j'avais appuyée contre le mur et me la tendit.

— Fais tes katas. Ferme les yeux et fais le vide dans ton esprit.

J'esquissai un kata défensif.

— Visualise une brique. Pose-la sur le sol. Maintenant, mets une couche de mortier imaginaire et ajoute une deuxième rangée de briques. Continue jusqu'à ce que le mur t'arrive au-dessus de la tête.

Je suivis ses instructions. Chaque fois que je posais une brique, j'entendais un petit bruit mat. Un mur se forma dans mon esprit.

— Maintenant, ouvre les yeux, dit Irys.

Je m'exécutai. Le mur disparut.

— Maintenant, empêche-moi d'accéder à tes pensées.

Une musique étourdissante éclata dans ma tête.

— Visualise le mur ! s'écria Irys.

Pendant une fraction de seconde, le mur se dressa devant moi. La musique cessa brusquement.

— Très bien. Elena, je te conseille de finir ce que tu as à faire et de t'échapper au plus vite. Tu possèdes une force hors du commun, et si tu n'apprends pas à la maîtriser, quelqu'un d'autre risque de s'en emparer et de te transformer en esclave sans âme.

Visiblement agacée, elle pivota sur ses talons et disparut.

A l'instant où la porte se refermait derrière elle, Ari et Janco cessèrent de discuter et se tournèrent vers moi, clignant les yeux comme s'ils venaient de se réveiller.

— Déjà fini ? demanda Ari. Combien de katas ?

Je rangeai ma canne en riant.

— Allons-y, dis-je, j'ai faim.

Trois jours plus tard, lorsque la délégation sitienne quitta le château, je fus brusquement prise de panique. Qu'est-ce que j'avais fait ? Une occasion inespérée de m'évader m'avait été offerte, et je l'avais refusée. Au lieu de fuir vers Sitia, je me préparais à partir chez Brazell. Irys avait raison, j'étais complètement folle. Chaque fois que je pensais à ce voyage, mon ventre se nouait. Le cortège du Commandant prenait le départ le lendemain matin.

Avant de partir, j'avais de nombreux préparatifs personnels à faire. Passant à l'atelier de couture pour réclamer des affaires de voyage, je trouvai Dilana effondrée. Les papiers de Rand étaient arrivés, m'apprit-elle ; il partait avec le Commandant pour le DM-5.

— J'ai demandé un transfert, dit-elle, mais je doute qu'on me l'accorde. Si seulement ce goujat m'avait épousée, nous n'en serions pas là.

— Tu as encore le temps de déposer une demande de mariage. Si elle est approuvée, tu pourras rejoindre Rand au DM-5 pour la cérémonie.

— Il ne veut pas qu'on sache qu'il est attaché à moi ! Il a peur qu'on le fasse chanter en me menaçant…

Elle secoua la tête et demeura sombre, même quand je lui appris que le nouveau traité d'échange autorisait l'importation de la soie.

Le nouveau traité était extrêmement précis. Il répertoriait des produits spécifiques, réservés à des marchands pourvus de permis spéciaux, vendus à des prix fixés d'avance. Les caravanes sitiennes devaient passer la frontière à des points de contrôle désignés, où elles seraient susceptibles d'être fouillées. Dans quelques mois seulement, Rand pourrait sans doute savourer cette tasse de café qu'il désirait tant… mais il ne m'en offrirait probablement pas. Je ne lui avais plus adressé la parole depuis notre dispute ; je ne pouvais pas lui procurer les fèves dont il avait besoin, et je ne pouvais pas lui expliquer pourquoi.

Le matin du départ fut pâle et couvert — un vrai temps de neige. La saison froide battait son plein. Ce n'était guère une période propice aux voyages. S'il neigeait, le cortège du Commandant risquait d'être bloqué chez Brazell jusqu'à la saison des fontes. Cette idée me donnait des frissons.

Au moment où j'allais quitter notre suite, Valek me retint.

— Elena, ce voyage va être très dangereux pour toi. Adopte un profil bas et reste vigilante. Attention aux pensées qui te viendront à l'esprit ; ce ne seront pas forcément les tiennes.

Il me tendit une flasque en argent.

— Le Commandant a emporté ton antidote, mais, au cas où il oublierait de te le donner, en voici une petite réserve. Garde-la bien cachée et n'en parle à personne.

Pour la première fois, Valek me faisait confiance ! Tenant la précieuse flasque entre mes mains, j'eus chaud au cœur.

— Merci, Valek.

Mais en rangeant la flasque dans ma besace, l'angoisse m'étreignit. Voilà un danger auquel je n'avais pas pensé. Qu'avais-je oublié d'autre ?

— Encore une chose, Elena…

L'attitude et le ton de Valek étaient curieusement raides et solennels.

— J'aimerais t'offrir ceci.

Il ouvrit la main. Sur sa paume se trouvait le merveilleux papillon que j'avais vu dans son atelier. Les taches argentées de ses ailes luisaient au soleil ; une chaîne d'argent traversait un petit trou percé dans son abdomen.

Valek me mit le collier autour du cou.

— Quand j'ai sculpté cette figurine, je pensais à toi. Fragile en apparence, mais pourvue d'une force insoupçonnable.

Son regard rencontra le mien. Mon cœur se serra. Valek se comportait comme s'il s'attendait à ne plus me revoir ; il paraissait sincèrement inquiet. Mais était-ce *moi* qu'il craignait de perdre, ou son précieux goûteur ?

28

Le cortège du Commandant se composait d'une cinquantaine de soldats du corps d'élite. Certains marchaient devant, d'autres accompagnaient le Commandant et ses conseillers, montés à cheval. Des gardes encerclaient également le petit groupe de serviteurs qui précédaient les chevaux. Le reste des soldats formait l'arrière-garde. Ari et Janco étaient partis en éclaireurs ; à présent, ils étaient loin devant nous.

Nous avancions à vive allure dans l'air frais du matin. Les couleurs de la saison chaude s'étaient estompées depuis longtemps, faisant place à un austère camaïeu de gris. J'avais glissé le collier de Valek sous ma chemise et, tout en marchant, je me surpris plusieurs fois à passer le doigt dessus. Ce cadeau m'avait profondément troublée. Au moment précis où je croyais avoir cerné Valek, il m'avait surprise.

Je portais un sac à dos et une canne de combat plus ou moins déguisée en bâton de marche. Quelques gardes me jetaient des regards méfiants, mais je ne leur prêtai aucune attention. Rand s'était enfermé dans le silence et fixait obstinément l'horizon, refusant de croiser mon regard. Bientôt sa mauvaise jambe l'empêcha de suivre le rythme, et il se mit à traîner derrière.

Nous fîmes une pause pour déjeuner, marchâmes tout l'après-midi, puis nous arrêtâmes une heure avant le crépuscule. Le capitaine Granten, qui commandait l'expédition, tenait à établir un camp avant la nuit. De grandes tentes furent plantées pour le Commandant et ses conseillers ; de plus petites, pouvant accueillir deux personnes, furent attribuées aux domestiques. Je dus partager la mienne avec une femme nommée Bria, qui servait de messagère aux conseillers du Commandant.

Tandis que Bria se réchauffait devant le feu, je pris possession de la tente. A la lumière d'une petite lanterne, je sortis de mon sac le répertoire des symboles de guerre prêté par Valek. Depuis que nous avions déchiffré le nom du successeur d'Ambroise, je n'avais pas eu un instant pour déchiffrer le message de Janco. Six inscriptions étaient gravées à la verticale sur le manche du cran d'arrêt. A mesure que je progressais vers le bas, mon sourire s'élargit de plus en plus. Janco pouvait être exaspérant, mais sous ses airs malicieux, il cachait un cœur d'or.

Quand Bria souleva le pan de la tente, faisant entrer un parfum de feu de bois, je glissai le livre dans mon sac.

Ma nuit fut agitée par des cauchemars. Au petit matin, je me réveillai épuisée. Au vu de la lenteur de l'escorte à manger et à se rassembler, et du peu de lumière diurne dont nous disposions, j'estimais que le voyage jusqu'au manoir durerait au moins cinq jours de plus.

Le soir suivant, je trouvai un petit mot plié dans ma tente. On me donnait rendez-vous pour le lendemain soir. Pendant que les soldats installaient le campement, je devais suivre un petit chemin menant vers le nord. Le message se terminait par une grande signature ornée d'un paraphe : *Janco.* J'examinai la signature dans la semi-pénombre, me demandant si j'avais déjà vu l'écriture de Janco.

Etait-ce un véritable message, ou bien un piège ? Devais-je me présenter au rendez-vous, ou bien rester en sécurité au camp ? Toute la nuit et tout le long du troisième jour, je tournai et retournai ces interrogations dans ma tête. Que ferait Valek en de telles circonstances ? me demandai-je. La réponse à cette question m'aida à établir un plan.

Ce soir-là, après le signal qui annonçait la pause, j'attendis que chacun fût occupé, puis me glissai dans la forêt. Une fois hors de vue, j'ôtai ma cape et la retournai. Avant de quitter le château, j'avais demandé à Dilana de la doubler d'une étoffe grise, au cas où j'aurais besoin de me fondre dans le paysage hivernal.

J'espérais que cette précaution suffirait à me camoufler lorsque j'approcherais du point de rendez-vous.

Je fixai ma canne sur mon dos, mon cran d'arrêt sur ma cuisse, sortis mon grappin et ma corde de mon sac. Je trouvai sans peine le sentier menant vers le nord. Mais, au lieu de m'y engager, je cherchai un grand arbre et lançai mon grappin vers une branche. Je craignis d'abord de faire trop de bruit, mais je m'aperçus bientôt que, sous mon poids, les arbres dénués de feuilles ne produisaient que des grincements presque inaudibles.

Depuis la cime des arbres, je suivis le sentier, et arrivai bientôt en vue du point de rendez-vous. A l'autre bout de la clairière, un homme grand aux cheveux sombres attendait. Il paraissait nerveux et impatient. Cet homme ne pouvait être Janco, il était trop maigre. D'un coup, il se retourna vers moi. C'était Rand.

Que faisait-il ici ? Attentive à ne pas me faire repérer, je fis le tour de la clairière sans détecter personne dans les alentours. Je descendis le long de la corde, que je laissai accrochée à l'arbre, cachai mon sac à dos derrière le tronc et entrai dans la clairière.

— Pas trop tôt ! dit Rand. Je croyais que tu ne viendrais plus.

Son visage était atrocement pâle, ses yeux soulignés de cernes sombres.

— Et moi, je croyais avoir rendez-vous avec Janco.

— Je voulais t'expliquer, dit Rand, mais il est trop tard, maintenant. C'est un piège, Elena ! Enfuis-toi !

— Combien sont-ils ? Où ?

J'empoignai ma canne et balayai la forêt du regard.

— Star. Deux hommes de main l'accompagnent. Ils sont tout près. Ils ont promis d'annuler ma dette si je t'attirais ici.

A mieux y regarder, je vis que les joues de Rand étaient tachées de larmes.

— Eh bien, tu as fait du bon travail ! crachai-je. Pour une fois, tu as eu le courage d'aller jusqu'au bout.

— Non ! s'écria-t-il. Je ne peux pas ! Cours, Elena, enfuis-toi !

Je fis un pas en arrière ; les yeux de Rand s'écarquillèrent.

— Non ! hurla-t-il en me poussant brusquement.

Je m'étalai sur le sol. Quelque chose frôla mon oreille en sifflant et Rand s'écrasa près de moi, une flèche plantée dans la poitrine. Une corolle de sang fleurit sur sa chemise blanche.

— Cours..., murmura-t-il. Vite.

— Non, Rand, dis-je en époussetant la terre de son visage. Je suis fatiguée de courir.

— Pardonne-moi, Elena.

Ses yeux pleins de larmes me jetèrent un regard suppliant.

— Je te pardonne.

Il soupira une dernière fois, puis il cessa de respirer. Ses yeux se ternirent. Je couvris son visage avec sa capuche.

— Lève-toi, ordonna une voix d'homme.

La flèche d'une arbalète était braquée sur moi. Prenant appui sur ma canne, je me redressai lentement. Je plantai fermement mes pieds dans le sol et frottai les mains sur ma canne, cherchant ma zone de concentration.

— La voie est libre, capitaine, dit l'homme en direction de la forêt. Toi, ne bouge pas.

Il pointa son arme vers ma poitrine. Des pas résonnèrent tout près de nous ; l'homme détourna le regard en direction du bruit. J'attaquai.

Mon premier coup atteignit ses avant-bras. Il lâcha brusquement l'arbalète ; la flèche jaillit et disparut dans la forêt. Puis je le frappai derrière les genoux. Il s'étala sur le dos et cligna les yeux, l'air égaré.

Avant qu'il ait pu reprendre sa respiration, je levai ma canne et l'abattis de toutes mes forces sur sa gorge.

Je me retournai à l'instant où Star débouchait dans la clairière, suivie d'un autre homme. Elle tendit le doigt vers moi en hurlant. L'homme dégaina son épée. Je m'élançai vers le sentier, de lourds pas résonnant derrière moi. Arrivée à l'endroit où j'avais laissé ma corde, je lançai ma canne dans l'arbre et me hissai vers la cime. Une lame érafla mes jambes, déchira le tissu de mon pantalon ; le contact du métal glacé m'aiguillonna sans me blesser. L'instant d'après, j'étais en sécurité.

Me voyant bondir vers une autre branche, l'homme poussa un juron. Je me déplaçai d'arbre en arbre à toute vitesse ; lorsque les craquements de broussailles en dessous de moi se furent un peu estompés, je cherchai une bonne cachette. Perchée sur une branche basse, je m'entourai de ma cape grise et attendis.

Un vacarme terrible précéda l'arrivée du sbire de Star. Non loin de ma cachette, il s'arrêta pour écouter. Mon cœur s'emballa ; je pressai l'étoffe de ma cape contre ma bouche pour étouffer le bruit de ma respiration. L'homme leva le bras et avança en fouillant le feuillage de la pointe de son épée.

Quand il arriva à ma hauteur, j'ôtai ma cape et me jetai sur lui. Mes pieds s'écrasèrent sur son dos ; nous nous affalâmes durement sur le sol. Avant qu'il ait retrouvé ses moyens, je m'éloignai en roulant puis, d'un coup de pied, lui ôtai son épée. Mais il était plus rapide que je ne croyais ; il m'attrapa par la cheville et me tira vers lui.

Une fraction de seconde plus tard, le poids de son corps m'écrasait et ses grosses mains entouraient ma gorge. Il cogna plusieurs fois ma tête contre le sol.

— Ça t'apprendra à me jouer des tours, sale garce !

Puis il enfonça ses pouces dans ma gorge.

Suffocante, prise de panique, je griffai en vain ses bras avant de penser à mon cran d'arrêt. Ma vision se brouillait, des points blancs apparaissaient devant mes yeux ; je tâtonnai dans mes poches et sentis le doux contact du bois. Je fis glisser l'arme hors de ma poche et libérai la lame.

Son bruit sec et métallique fit briller une étincelle de peur dans les yeux de l'homme. L'espace d'un instant, nous nous regardâmes dans les yeux. J'eus l'impression de voir jusqu'au fond de son âme. Puis je plongeai mon couteau dans son ventre. Il poussa un grognement de douleur et resserra ses mains autour de mon cou. Son sang chaud et moite coulait le long de mes bras. Luttant contre l'étourdissement qui me gagnait, je tirai sur mon cran d'arrêt pour le dégager et frappai un nouveau coup. Cette fois, je visai le cœur. L'homme s'affaissa sur moi, s'empala sur la lame, et cessa enfin de bouger.

Le poids de son corps m'empêchait de respirer. Rassemblant mes dernières forces, je le fis rouler sur le sol.

Quand j'eus repris mon souffle, je me redressai, essuyai mon cran d'arrêt dans l'herbe, retrouvai ma canne et me mis en quête de Star.

Deux hommes… Je venais de tuer deux hommes. J'étais une machine à tuer. Je n'avais pas eu la moindre hésitation. La rage et la peur avaient formé une enveloppe de glace autour de mon cœur.

Star n'était pas loin. Elle attendait dans la clairière. Le halo de ses cheveux roux se détachait contre le feuillage sombre. La nuit tombait à toute vitesse.

Lorsque je sortis d'entre les arbres, elle émit un petit bruit de surprise. Les yeux plissés, elle étudia ma chemise maculée de sang. Comprenant que je n'étais pas blessée, elle fronça son long nez, cherchant son sbire.

— Il est mort, dis-je.

Le sang reflua du visage de Star.

— Discutons, dit-elle.

Une note de supplication s'était glissée dans sa voix.

— Non, répliquai-je. Si je vous laisse partir, vous reviendrez avec d'autres tueurs. Si je vous livre au Commandant, je vais devoir répondre du meurtre de vos hommes. Je n'ai plus le choix.

Je fis un pas vers elle, raidie par l'horreur. J'avais tué les deux autres dans le feu du combat. Un meurtre prémédité était une tout autre affaire.

— Arrête, Elena ! lança une voix derrière moi.

Je fis volte-face. Un soldat du Commandant était entré dans la clairière, son épée à la main, et approchait doucement. Je ne bougeai pas, évaluant la distance qui nous séparait.

Il comprit sans doute que j'étais sur le point d'attaquer, car il s'arrêta et remit son épée dans son fourreau.

Puis il ôta son bonnet en laine, libérant une masse de boucles sombres.

— Je croyais que vous aviez l'ordre de rester au château, dis-je à Valek. Cela pourrait vous valoir la cour martiale.

— Et moi, je croyais que c'était fini, les meurtres.

Il se pencha sur le corps du premier homme. Il était mort suffoqué, la trachée écrasée.

— Je te propose quelque chose. Tu gardes mon secret, je garde le tien, et nous évitons tous les deux la pendaison. D'accord ?

— Et elle ? demandai-je en inclinant la tête vers Star.

— Il y a un mandat d'arrêt contre elle. As-tu envisagé un instant de la livrer au Commandant ?

— Non.

— Pourquoi pas ? demanda Valek, visiblement exaspéré. Le meurtre n'est pas la seule solution. Même si c'est celle que tu préfères.

— Celle que je préfère ? Ah ! Excusez-moi, monsieur le tueur professionnel, mais c'est bien vous qui avez renversé une monarchie en assassinant le roi et toute sa famille, non ?

Valek me décocha un regard dangereux.

Changeant de tactique, je repris :

— J'ai agi comme je pensais que vous le feriez si vous tombiez dans une embuscade.

Valek réfléchit quelques instants. Un silence gêné s'installa entre nous.

Horrifiée par notre conversation, Star lançait des regards furtifs autour d'elle, comme si elle organisait son évasion.

— En fait, tu ne me connais pas du tout, dit Valek.

— Réfléchissez, Valek. Si j'amène Star au Commandant et que je lui avoue tout, que m'arrivera-t-il ?

L'ombre qui passa sur son visage suffit à me répondre. Je serais arrêtée pour le meurtre de deux hommes, le poste de goûteur reviendrait à un autre condamné à mort, et je passerais les quelques jours qui me resteraient dans un cachot puant.

— Eh bien, dit enfin Valek, heureusement pour vous deux, je suis arrivé au bon moment.

Puis il émit un étrange sifflement, semblable à un cri d'oiseau.

Star venait de s'échapper. Elle s'enfonçait à toute vitesse entre les arbres. Je voulus la suivre, mais Valek me retint. De part et d'autre du sentier, deux silhouettes sombres apparurent et s'emparèrent de la fugitive. Star poussa un cri de surprise et de rage mêlées.

— Ramenez-la au château, ordonna Valek. Je m'occuperai d'elle à mon retour. Et, j'y pense, envoyez aussi une équipe de nettoyage. Je n'aimerai pas que quelqu'un tombe par hasard sur cette boucherie.

Les deux hommes s'éloignèrent en traînant Star derrière eux.

— Attendez ! dit-elle. J'ai des informations intéressantes. Si vous me relâchez, je vous dirai qui a saboté le sommet avec les Sitiens.

— Ne t'inquiète pas, dit Valek d'un ton glacé. Tu me le diras tôt ou tard.

Il lui tourna le dos, commença à s'éloigner, puis s'arrêta.

— Toutefois, si tu me l'avoues maintenant, cela nous évitera un long et douloureux interrogatoire.

Les narines frémissantes, Star considéra la proposition de Valek. Même dans ces circonstances, elle restait avant tout une femme d'affaires.

— Si tu mens, cela va fortement aggraver ton cas, la prévint Valek.

— Il s'appelle Kangom, murmura-t-elle entre ses dents. Il portait les couleurs du DM-8.

— Le général Dinno, dit Valek sans montrer de surprise.

— Décrivez-nous ce Kangom, demandai-je.

Je savais pertinemment qu'il s'agissait du conseiller Mogkan, mais je ne pouvais expliquer à Valek comment j'avais obtenu cette information.

— Grand, les cheveux noirs, avec une tresse de soldat. Et drôlement arrogant. J'ai bien failli l'envoyer promener, mais il m'a montré une montagne de pièces d'or que je n'ai pas pu refuser.

— As-tu autre chose à nous dire ? demanda Valek.

Star fit non de la tête. Valek claqua des doigts ; les deux gardes en tenue de camouflage s'éloignèrent dans la nuit avec leur prisonnière.

— Et si c'était Mogkan ? dis-je.

Valek me lança un regard perplexe.

— Certainement pas. Brazell était ravi de ce traité. Pourquoi aurait-il voulu le saboter ? Cela n'aurait aucun sens. Dinno, en revanche, était furieux contre le Commandant. Il a sans doute envoyé l'un de ses hommes pour embaucher Star.

En effet, il était curieux que Mogkan fût allé à l'encontre des intérêts de Brazell pour mettre en péril le traité d'échanges avec Sitia. Pourtant, c'était bien lui. Mais je ne lui trouvais aucun motif plausible ; difficile, dans ces conditions, de convaincre Valek de sa culpabilité.

D'un coup, je frissonnai. Mes bras et mes mains étaient trempés de sang. J'essuyai mes paumes sur mon pantalon déchiré et retrouvai ma cape.

— Tu ferais mieux de te changer, dit Valek. Si tu te présentes au dîner dans cet état, tu vas avoir des problèmes.

Je sortis mon sac à dos de sa cachette. Valek se retourna pendant que je me déshabillais et que j'enfilais un uniforme propre. Je pris tout de même la précaution de m'entourer de ma cape ; je soupçonnais d'autres agents secrets d'être embusqués autour de nous.

Puis nous partîmes en direction du campement.

— Au fait, jolie bagarre, dit Valek en dépassant le second cadavre. Je l'ai vue de loin. Je n'ai même pas eu le temps d'intervenir. Qui t'a donné ce couteau ?

— Je l'ai acheté avec l'argent de Star.

Ce n'était pas rigoureusement exact, mais je ne voulais pas créer d'ennuis à Janco.

— Ce n'est que justice, dans un sens, dit Valek en riant.

Lorsque nous arrivâmes au camp, mon compagnon se fondit parmi la foule des soldats, tandis que je me précipitais vers la tente du Commandant pour goûter le dîner. Il n'y avait qu'une heure et demie que j'avais quitté le campement, mais mon corps était battu et courbaturé comme si des jours entiers s'étaient écoulés.

Cette nuit-là, assise près du feu, je tremblais encore de la bagarre. La mort de Rand me causait un chagrin inattendu. Devant moi, les flammes agitaient de longs doigts réprobateurs. *Que crois-tu faire, Elena ?* demandaient-ils. *A cause de toi, trois hommes sont morts. Qui crois-tu aider ? Quelle prétention ! Tu ferais mieux de partir vers le sud. Laisse Valek s'inquiéter du Commandant et de ce que mijote Brazell.*

La disparition de Rand ne fut remarquée que le lendemain matin. Supposant qu'il s'était évadé, le capitaine Granten envoya une petite équipe à sa recherche. Les autres continuèrent à s'enfoncer dans la forêt vers le manoir de Brazell.

Il n'y eut aucun événement marquant pendant le reste du voyage. Cependant, quelque chose me troublait : à mesure que nous nous approchions du manoir, le visage du Commandant devenait de plus en plus inexpressif. Il avait cessé de donner des ordres et de s'intéresser à ce qui se passait autour de lui. L'intelligence qui brillait autrefois dans ses yeux, et qui le rendait si imposant, se ternissait de plus en plus, laissant place à une froide indifférence.

Quant à moi, c'était tout le contraire. Plus nous approchions de chez Brazell, plus je perdais mon sang-froid. Mes paumes laissaient des empreintes moites sur ma canne. Je balayais constamment la forêt du regard, cherchant une embuscade ; à tout moment, je m'attendais à sentir des mains s'enrouler autour de mon cou. La terre molle s'accrochait à mes bottes, m'aspirait vers elle ; je devais lutter pour avancer.

« J'ai fait une terrible erreur, me disais-je. Je n'aurais jamais dû revenir ici. » Mais, chaque fois que j'étais prête à succomber à la panique, je faisais apparaître mon mur de briques, et me concentrais sur ma survie.

Une heure avant d'arriver chez Brazell, l'air se chargea d'un puissant parfum de Criollo. Ni vue ni connue, je quittai le sentier principal, me glissai entre les arbres et cachai mon sac à dos et ma canne dans le creux d'un arbre. Je ne gardai sur moi que mon assortiment de crochets, que je dissimulai dans mon chignon avant de rejoindre le cortège.

Passé les dépendances du manoir, nous ralentîmes l'allure. Un grand soupir de soulagement collectif échappa aux soldats. Ils avaient conduit le Commandant à destination, sain et sauf ; à présent, ils n'avaient plus qu'à se détendre dans leurs quartiers jusqu'au voyage de retour.

Quant à moi, en dépit de mon mur de protection mentale, je n'avais jamais été aussi peu détendue. Lorsque le Commandant et ses conseillers prirent le chemin du bureau de Brazell, je m'aperçus que je peinais à respirer. Mon cœur battait violemment contre mes côtes et la tête me tournait.

Nous entrâmes. Brazell se leva, un grand sourire sur son visage carré. Mogkan se tenait debout à sa droite. M'entourant de mon bouclier mental, je me figeai près de la porte, espérant passer inaperçue. Pendant que Brazell prononçait un discours d'accueil solennel, je promenai mon regard sur la pièce. La décoration était à la fois somptueuse et sinistre. D'épais panneaux en noyer sombre encadraient des scènes de chasse en bas relief ; des tentures de velours mauve et pourpre pendaient aux fenêtres. L'immense bureau de bois d'ébène formait une barrière entre la haute chaise en cuir de Brazell et deux fauteuils en velours.

— Messieurs, vous devez être épuisés, dit Brazell aux conseillers.

Il tapa dans ses mains ; aussitôt, une grande femme sévère fit son entrée.

— Mon intendante va vous conduire jusqu'à vos chambres.

Celle-ci leur fit signe de la suivre. Je tentai de me fondre dans le groupe des conseillers, mais Mogkan m'attrapa par le bras.

— Toi, dit-il, tu restes ici.

Alarmée, je lançai un coup d'œil en direction du Commandant. Il était installé dans l'un des deux fauteuils. L'opulence du velours rouge ne faisait que souligner sa pâleur et sa minceur. Aucune expression n'animait ses traits ; son regard était perdu dans le vide. On aurait dit une marionnette attendant qu'on agite ses ficelles.

— Et maintenant ? demanda Brazell à son conseiller.

— Pendant quelques jours, nous allons suivre le programme officiel. Visite de la fabrique, et ainsi de suite. Il faut rassurer les conseillers. Une fois qu'ils auront goûté au Criollo, nous n'aurons plus besoin de faire semblant.

Un rictus de satisfaction retroussa les lèvres de Brazell.

— Et elle ? dit-il en m'indiquant.

Je fis apparaître mon mur de protection.

— Félicitations, Elena, dit Mogkan. Tu as enfin appris quelque chose. Des briques rouges, comme c'est banal !

Il y eut un faible crissement, comme celui d'un ongle sur un mur.

— Malheureusement, il y a quelques faiblesses, dit Mogkan en tendant le doigt. Ici, ici et ici. Regarde, je peux faire bouger cette brique.

Des failles s'ouvrirent dans le mortier.

— Quand j'aurai un peu plus de temps, reprit-il, je réduirai ton mur en poussière.

— Qu'attendons-nous ? demanda Brazell en dégainant son épée. Tuons-la tout de suite.

Il s'avança vers moi, une lueur de folie meurtrière dans le regard. Je reculai d'un pas.

— Non, dit Mogkan. Nous avons besoin d'elle pour manipuler Valek.

— Nous avons déjà le Commandant, dit Brazell d'un ton plaintif.

— N'oublions pas les autres généraux. S'il arrive quelque chose au Commandant pendant qu'il est ici, cela leur paraîtra louche, et ils ne vous reconnaîtront jamais comme successeur. Cela, Valek le sait très bien. Les menaces contre le Commandant n'auront aucun effet sur lui.

Mogkan tourna vers moi son regard calculateur.

— Mais qui se soucie de la goûteuse ? A part Valek, personne. Si elle meurt pendant son séjour, les généraux trouveront qu'elle n'a eu que ce qu'elle méritait.

Il se pencha vers le Commandant et lui murmura quelque chose à l'oreille. Ambroise ouvrit sa mallette, en sortit une petite flasque et la tendit à Mogkan. C'était mon antidote.

— A partir de maintenant, c'est moi qui m'occupe de ton médicament, me dit Mogkan en souriant.

Avant que j'aie pu répondre, des coups résonnèrent à la porte et deux soldats entrèrent sans en avoir été priés.

— Voici ton escorte, dit Mogkan.

Il se tourna vers les deux hommes.

— Pas la peine de faire la visite guidée, dit-il. Elena connaît la maison.

29

Je jaugeai les deux hommes qui m'attendaient. Epées, couteaux et menottes pendaient de leur ceinture. Ils étaient de forte carrure, armés jusqu'aux dents, et ils affichaient un air sinistre et déterminé, comme s'ils avaient entendu parler de moi. Je frôlai le renflement du cran d'arrêt sur ma cuisse, puis décidai d'attendre des circonstances plus favorables.

Les gardes me firent signe de les suivre. Je lançai un dernier regard suppliant au Commandant, mais rien ne semblait pouvoir l'arracher à sa torpeur.

Je retrouvai un peu d'espoir en voyant que les gardes me conduisaient vers une minuscule chambre de l'aile des invités, plutôt que dans la geôle de Brazell. J'y avais passé une semaine après avoir tué Reyad, et l'idée de retrouver ce cachot obscur et infesté de rats m'était insupportable.

Une fois enfermée dans ma chambre, je me réconfortai en sortant les crochets de mon chignon. La porte était fermée par une serrure à gorge classique, extrêmement facile à ouvrir. Mais, avant toute chose, je glissai sous la porte une fine tige terminée par un minuscule miroir. Un morceau de botte s'y refléta. Ces maudits gardes faisaient du zèle.

J'allai à la fenêtre. L'aile des invités était située au premier étage du manoir. La cour principale se trouvait à quelques mètres au-dessous. Au pire, je pourrais sauter, mais pour l'heure, je décidai d'attendre.

Le lendemain, on ne m'autorisa à sortir de ma chambre que pour goûter les repas du Commandant. Après le petit déjeuner, Mogkan agita une petite fiole devant mon nez.

— Si tu veux l'antidote, dit-il, tu dois répondre à une question.

Refoulant ma peur, je m'efforçai de prendre une voix calme.

— Vous bluffez. Si vous vouliez vraiment me tuer, vous l'auriez fait depuis longtemps.

— Tu te trompes, Elena. Ce n'est qu'une question de temps. Cependant, il existe toutes sortes de morts : rapide et indolore, ou, dans le cas de la Poussière de Papillon, longue, douloureuse et humiliante.

— Quelle est votre question ?

— Où est Valek ?

— Je n'en sais rien, répondis-je avec sincérité.

Je n'avais pas revu Valek depuis la bagarre dans la forêt. Mogkan réfléchit à ma réponse ; profitant de cet instant d'inattention, j'arrachai la fiole de sa main et la vidai d'un trait.

Le visage de Mogkan s'empourpra. Il me saisit par

les épaules, me secoua violemment puis me poussa vers les gardes.

— Ramenez-la, ordonna-t-il.

Une fois enfermée dans ma chambre, je me demandai quel mauvais coup Valek préparait. Je doutais fort qu'il fût resté désœuvré. La question de Mogkan n'avait fait que confirmer ce pressentiment. Je passai le reste de la journée à arpenter nerveusement ma petite chambre. J'aurais donné n'importe quoi pour m'entraîner avec Ari et Janco.

Au cours de mes brèves visites au Commandant, lors des jours suivants, je compris peu à peu que ma présence était nécessaire à la comédie orchestrée par Mogkan. Pour ne pas éveiller les soupçons des conseillers, Brazell et lui feignaient d'agir sur les ordres du Commandant. Un jour, au déjeuner, Brazell se pencha tout contre Ambroise, comme si ce dernier lui avait parlé à l'oreille, puis annonça qu'à la demande du Commandant, une visite de la nouvelle fabrique était prévue pour le lendemain.

A ma grande surprise, on m'autorisa à me joindre à la visite guidée. Mais le plus curieux, ce fut que personne ne parut remarquer que la fabrique ne produisait pas de grain pour bétail, comme prévu. Les conseillers d'Ambroise se contentèrent de grignoter des carrés de Criollo, dodelinant de la tête et s'extasiant devant cette merveilleuse usine.

Une chaleur torride se dégageait des fourneaux

géants dans lesquels grillaient les fèves sitiennes. Des ouvriers à la peau maculée de sueur et de poussière y enfournaient continuellement du charbon. A la sortie des fourneaux, des glissières dirigeaient les fèves rôties vers de vastes plans de travail ; là, des ouvriers les écrasaient avec des maillets pour en faire sortir de petites graines brun foncé. Puis ces graines passaient sous des laminoirs en acier qui les broyaient et les réduisaient en pâte. On déversait cette pâte dans d'immenses conteneurs en métal, dans lesquels on ajoutait du sucre, du beurre et du lait. A l'aide de grandes fourches en acier, les ouvriers touillaient ces ingrédients jusqu'à obtenir une pâte lisse et onctueuse, qu'ils coulaient dans des moules rectangulaires.

En dépit des merveilleux parfums qui flottaient dans l'air, la fabrique n'était pas un endroit joyeux. Des ouvriers aux mines renfrognées et aux uniformes tachés de Criollo grommelaient à voix basse, visiblement épuisés.

Au cours de la visite, je cherchai à déceler des traces d'ingrédients toxiques ou hallucinogènes, mais ne remarquai rien de suspect. Pourtant, sur le chemin du retour, l'expression exaltée des conseillers laissa progressivement place au même air absent qu'arborait le Commandant. L'absorption de Criollo, me dis-je, avait forcément un lien avec la magie néfaste de Mogkan. Lorsque ce dernier aurait obtenu un contrôle complet sur les conseillers, il n'aurait plus besoin de jouer la comédie. A ce moment-là, les choses se gâteraient pour moi, en particulier du point de vue du logement. Il ne me restait plus beaucoup de temps.

Cette nuit-là, à l'abri de l'obscurité, je lançai ma cape par la fenêtre, puis frappai à la porte de ma chambre pour appeler les gardes.

— J'ai besoin d'un bain, déclarai-je lorsque la porte s'entrebâilla.

Sans attendre de réponse, je me glissai dans le couloir et m'éloignai d'un pas décidé. Les gardes m'emboîtèrent le pas.

Devant la porte des bains, l'un des hommes me fit signe d'attendre pendant que son compagnon inspectait l'intérieur. Quand il fut certain que personne ne s'y trouvait, il hocha la tête pour me laisser avancer.

En passant l'entrée, je dis d'une voix ferme :

— Je n'ai pas besoin de public. Attendez-moi ici.

A ma grande satisfaction, ils m'obéirent. Je traversai les bains en courant. Je connaissais une issue secrète à l'autre bout de la pièce. Même si les gardes travaillaient ici depuis longtemps, ils n'y avaient sûrement pas grandi. Aussi curieuse que tous les enfants, et disposant de beaucoup de temps libre, j'avais exploré quasiment tous les recoins du manoir. Seules la suite privée de Brazell et l'aile de Reyad m'avaient été interdites. Jusqu'à mon seizième anniversaire, évidemment. Mais je ne voulais pas penser à cela. Refoulant les images qui montaient en moi, je me concentrai sur le présent.

Lorsque j'arrivai à la porte, j'eus une mauvaise surprise. Elle était fermée à clé. « Pas de problème », me dis-je en sortant les crochets de mes cheveux. Le mécanisme s'ouvrit facilement, la porte bascula sur ses gonds… et j'eus une autre surprise plus désagréable encore. L'un des gardes m'attendait dans le couloir.

En m'apercevant, il eut un sourire triomphant. Je me jetai sur lui. Utilisant mon élan pour le déséquilibrer, je lui décochai un coup de poing à l'entrejambe. Un coup bas digne de Valek, mais je n'éprouvais aucun remords tandis que je fuyais à travers les couloirs, libre.

Me glissant hors de la porte sud, je récupérai ma cape dans la cour, puis m'enfonçai dans la forêt, à la recherche de mon sac et de ma canne. Eclairée par la lune, je n'hésitai pas un instant sur le chemin à prendre. Mon objectif ultime, cependant, était plus flou. Je savais que je ne pouvais rien pour le Commandant tant que je serais enfermée dans ma chambre, mais à présent que j'en étais sortie, je n'avais aucun plan. Il fallait que je parle à Valek. Décidant qu'il serait trop dangereux de me rendre au baraquement, je pris le chemin des cimes. Valek était le seul à connaître ce refuge. Lorsqu'il apprendrait ma disparition, il saurait où me chercher.

En arrivant au bord de la grande clairière réservée

à la Fête du Feu, je m'arrêtai pour la nuit. Frissonnant sous ma cape, je me blottis contre un grand tronc d'arbre. Des volutes blanches s'échappaient de mes narines. A un moment, il me sembla distinguer des aboiements et des cris, au loin, mais personne ne s'approcha de la clairière. Néanmoins, je ne parvins pas à m'endormir ; j'avais trop froid et j'étais trop agitée. Pour passer le temps et me réchauffer, je m'imaginai la toile colorée des tentes et l'énergie bouillonnante des soirs de fête.

Je vis les oriflammes voler au sommet des tentes, les danseurs, chanteurs et acrobates alignés au centre de la clairière. Des tentes de nourriture s'agglutinaient autour des grands chapiteaux; leur fumet montait dans l'air et me mettait l'eau à la bouche.

Incapable de résister, je me laissai descendre de l'arbre et me promenai à travers ma fête imaginaire. A l'emplacement de la tente des acrobates, je m'arrêtai. Etais-je encore capable d'exécuter l'enchaînement au sol qui m'avait valu mon amulette en forme de flamme ? Sans plus réfléchir, je rejetai ma cape et commençai à m'échauffer. Au fond, je savais que j'aurais mieux fait de rester cachée, que j'étais folle de m'exposer ainsi, mais j'avais un désir irrépressible de revivre l'unique moment heureux de ma vie.

Bientôt, toute pensée de Brazell, Reyad ou Mogkan disparut, tandis que je volais et tourbillonnais. J'étais entrée dans ce même état de concentration intense que lorsque je me battais ; les tensions et les menaces des jours récents n'avaient plus d'emprise sur moi.

Tout en effectuant mon enchaînement, je m'aperçus que ma conscience s'étendait au-delà des limites de mon corps pour englober les arbres, la forêt tout entière et même les animaux sauvages. Perché sur une haute branche, un hibou suivait les mouvements d'une souris. Une famille d'opossums se glissait sans bruit à travers les broussailles. Accroupie derrière un rocher, une femme m'observait.

Je m'introduisis dans l'esprit d'Irys comme si j'avais enfilé un gant. Ses pensées coulèrent vers moi en un ruisselet soyeux. Elle pensait à sa sœur, Lily, et au reste de sa famille. Comme ils lui manquaient, tous, et comme elle eût aimé les retrouver, au lieu d'errer dans ce pays froid et sinistre ! La situation en Ixia devenait dangereuse ; Irys serait plus en sécurité en Sitia. Mais pour combien de temps ? En tant que maîtresse-magicienne, elle ne pouvait tolérer les abus de pouvoir qu'elle sentait dans cette région. Sous le nom de Mogkan, Kangom produisait des quantités alarmantes de Theobroma, et il avait trouvé un moyen d'accroître ses pouvoirs.

D'un coup, la voix d'Irys s'éleva dans ma tête.

« Elena, que fais-tu dans mon esprit ? »

« Je ne sais pas vraiment. »

« Tu n'as pas encore compris ? Lorsque tu te bats, tu te concentres sur ta magie. C'est ce qui te permet d'anticiper les mouvements de ton adversaire. Je l'ai senti, au château, lorsque tu t'entraînais contre tes amis. A présent, tu es passée à l'étape suivante, en étendant tes pouvoirs au-delà de ton corps. »

Je fus tellement surprise que j'en brisai notre lien mental. Bientôt Irys apparut entre les arbres.

— Cela signifie-t-il que je vais bientôt exploser ? demandai-je sans préambule.

— Non. Tu t'es stabilisée, mais tu ne feras plus aucun progrès sans une formation adéquate. Elena, il ne faut pas que tu gaspilles ton potentiel. Viens avec moi en Sitia. Tes poursuivants sont loin.

— Mais le Commandant…

— Il est envoûté. Tu ne peux rien pour lui ; son esprit est probablement anéanti. Mogkan lui a donné du Theobroma. Je l'ai senti dans l'air dès mon arrivée dans le district.

— Quoi ? Vous voulez dire du Criollo ? Cette sucrerie que Brazell produit dans sa nouvelle fabrique ?

— Sans doute. Le Theobroma ouvre l'esprit aux influences magiques et facilite l'accès aux pensées du sujet. Nous l'utilisons pour l'entraînement des magiciens débutants. Le Commandant a une personnalité très forte et une grande résistance à la suggestion magique. Or, le Theobroma brise cette résistance. Lorsque des apprentis magiciens s'en servent sur des sujets consentants, c'est extrêmement instructif. Mais l'utiliser à l'insu de quelqu'un pour s'insinuer dans ses pensées, cela équivaut à un viol.

Irys resserra sa cape autour de ses épaules.

— Même avec l'aide du Theobroma, aucun magicien ne devrait être capable d'influencer le Commandant à une telle distance. Mogkan a forcément trouvé un moyen d'augmenter ses pouvoirs.

Elle se frotta les mains pour les réchauffer.

— D'après moi, Mogkan a profité de sa visite au château pour se fixer dans l'esprit du Commandant et l'attirer jusqu'ici.

— Que pouvons-nous faire pour briser ce lien ?

— Tuer Mogkan. Mais ce ne sera pas facile. Il est extrêmement puissant.

— N'y a-t-il aucune autre solution ? demandai-je.

Je pensais à ma conversation dans les bois avec Valek, au sujet du meurtre. « Ta solution préférée », m'avait-il dit. Cette pique me blessait encore. Valek, lui, ne s'était sans doute jamais trouvé dans une situation où, quoi qu'il pût faire, il serait condamné.

— Il faudrait le priver de sa source de pouvoir. Cela réduirait ses capacités et le rendrait beaucoup moins dangereux.

— Comment trouver cette source ? A quoi ressemble-t-elle ?

— A mon avis, soit il a recruté un certain nombre de magiciens pour qu'ils mettent leurs pouvoirs en commun, soit il a réussi à concentrer le pouvoir de la toile sans la déformer.

Irys s'arrêta, songeuse.

— Des diamants, dit-elle subitement.

— Quoi ?

Un nœud d'anxiété se formait dans mon ventre. Il y avait tant de choses que j'ignorais au sujet de la magie !

— Oui. Les diamants coûtent très cher, évidemment, mais ils concentrent et retiennent le pouvoir comme les charbons retiennent la chaleur. Mogkan en utilise peut-être pour accroître son pouvoir. Mais pour cela, il lui faudrait assez de diamants pour former un cercle de la taille d'un homme. Si nous arrivions à trouver ce cercle, je pourrais retourner son pouvoir contre lui, le temps que tu réveilles le Commandant.

— Et s'il se sert plutôt d'un groupe de magiciens ? demandai-je. Comment les reconnaître ?

— Malheureusement, les magiciens ne portent pas d'uniforme, dit Irys d'un ton caustique. Pas la peine d'essayer de les reconnaître. Cherche plutôt une pièce vide avec une roue dessinée sur le sol. Pour mettre leurs pouvoirs en commun, les magiciens doivent s'aligner autour d'un cercle parfait.

— Je peux fouiller le manoir, dis-je, mais j'ai besoin d'aide. J'ai besoin de Valek.

— Tu as besoin d'un miracle, dit Irys d'un air désabusé.

— Pouvez-vous guider Valek jusqu'ici ?

— Il est déjà en route. Vous avez forgé un puissant lien mental, tous les deux, même si je ne suis pas sûre qu'il soit de nature magique.

Irys plissa les lèvres.

— Il vaut mieux que je parte avant qu'il n'arrive. Si jamais tu découvres l'origine du pouvoir de Mogkan, répète mon nom dans ta tête. J'entendrai ton appel. Le lien qui existe entre nous se renforce chaque fois que nous communiquons. J'essaierai de t'aider avec le Commandant, mais je ne te promets rien. Ma priorité, c'est Mogkan.

Irys disparut dans la forêt.

En attendant Valek, j'arpentai la clairière et réfléchis à la façon de découvrir la source du pouvoir de Mogkan. Irys avait raison. Le moins qu'on puisse dire, c'est que j'avais besoin d'un miracle.

Bientôt mes pensées vagabondèrent, tandis que je promenais mon regard autour de moi. Piétinée par des centaines de pas, la terre était lisse et brillante, sans un brin d'herbe. C'était dans cette terre que j'avais enfoncé les talons, lorsque Reyad m'avait traînée vers le manoir pour me punir d'avoir gagné l'amulette. Cette amulette que j'avais pressée si fort contre ma poitrine, puis que j'avais enterrée pour qu'elle ne tombe pas entre les mains de Reyad…

Depuis, deux ans étaient passés. Quelqu'un avait dû la trouver. A titre d'essai, je mobilisai ma nouvelle sensibilité magique. Dirigeant mon attention vers le sol, je fis le tour de la clairière. Rien. Je continuai à tourner, décrivant des circuits différents. Au moment où je commençais à m'ennuyer, la plante de mes pieds me sembla soudain brûlante. J'avançai d'un pas, elle refroidit. Je reculai et tournai jusqu'à sentir de nouveau la chaleur qui émanait du sol.

Je sortis mon grappin et creusai à l'endroit que mon corps m'indiquait. Je reconnus rapidement un lambeau de tissu déchiré : le ruban de l'amulette. Prise de frénésie, je rejetai le grappin et creusai avec les ongles.

L'amulette était là. Ternie, couverte de terre, mais intacte. Je pressai la flamme de métal contre ma poitrine. C'était d'elle que la chaleur émanait. Fredonnant un petit chant de victoire, je rebouchai le trou, essuyai la médaille sur mon pantalon et l'accrochai autour de mon cou, avec mon pendentif en forme de papillon.

— Pas une très bonne cachette, dit Valek.

Je sursautai et fis volte-face. Depuis combien de temps se tenait-il derrière moi ?

— Tout le monde te cherche, dit-il. Pourquoi t'es-tu sauvée ?

Je lui fis un rapide résumé de la situation : le Commandant, Mogkan, la fabrique de Criollo, l'attitude des conseillers. J'espérai qu'il en tirerait les mêmes conclusions que moi. Je ne fus pas déçue.

— En gros, Mogkan utilise le Criollo pour prendre

le contrôle de leurs esprits, dit-il. Mais où puise-t-il son pouvoir magique ?

— C'est ce que j'aimerais savoir. Il faut fouiller le manoir.

— Tu veux dire que *je* dois le fouiller ?

— Non. Ce manoir, je le connais comme ma poche. Nous allons le faire ensemble, dès que vous voudrez commencer.

— Allons-y tout de suite. Il reste quatre heures avant l'aube. Que cherchons-nous, au juste ?

Lorsque je lui expliquai que nous cherchions soit un cercle de diamants, soit une roue dessinée sur le sol, les sourcils de Valek s'arquèrent, mais il ne me demanda aucune explication. Nous prîmes le chemin des baraquements en silence.

J'attendis dehors pendant que Valek se changeait. Il réapparut vêtu de son costume noir d'espion, et m'apporta une chemise foncée et une lanterne œil-de-bœuf éteinte. Quant à ma cape, trop encombrante pour être portée à intérieur, je la fourrai sous un buisson.

Nous trouvâmes une petite porte près des communs. Valek alluma la lanterne et régla le volet pour ne laisser échapper qu'un mince rayon de lumière. Puis nous entrâmes. Je passai la première.

La suite de Reyad se trouvait au rez-de-chaussée de l'aile ouest, juste en face du laboratoire. De son vivant, il régnait sur l'aile tout entière. A l'époque où je lui servais de cobaye, j'en connaissais tous les recoins, à l'exception de certaines portes qui restaient toujours verrouillées.

A mesure que nous avancions, d'anciennes peurs ressuscitaient en moi. Mes joues brûlaient, ma peau me semblait fine et craquelée. Je reconnus le faible relent qui se mêlait à celui de la poussière soulevée par nos pieds; c'était l'odeur de ma peur. Je l'avais portée sur moi, comme un parfum, chaque fois que Reyad m'avait traînée jusqu'au laboratoire.

L'air était lourd et étouffant. Un goût de cendres et de sang emplit ma bouche ; sans y réfléchir, je m'étais mordu le doigt pour me retenir de crier. Un vieux réflexe.

A présent que je le revoyais, le laboratoire me semblait davantage voué à la torture qu'aux expériences scientifiques. Le faisceau de la lanterne illuminait un par un les instruments suspendus aux murs et entassés sur les tables. A chaque nouvelle apparition, une onde glacée me parcourait et je reculais en tremblant, craignant de frôler ces horribles instruments.

J'avais l'impression d'être un animal pris entre les dents d'un piège. J'avais envie de hurler et de m'enfuir en courant. Pourquoi avais-je amené Valek ici ? Les conseillers de Brazell étaient logés à l'étage au-dessus. Si Mogkan avait vraiment un cercle de diamants, celui-ci se trouvait certainement tout près de ses appartements.

Depuis notre entrée dans le laboratoire, Valek n'avait

pas dit un mot. Nous ressortîmes du laboratoire et nous dirigeâmes vers la chambre de Reyad mais, arrivée devant la porte, je ne pus l'ouvrir. Je me mis à trembler, et mon corps tout entier se couvrit de sueur. Je dus attendre dans le couloir pendant que Valek pénétrait dans la chambre. Lorsqu'il ouvrit la porte, j'aperçus une silhouette massive et sinistre dans un coin : le « coffre à jouets » de Reyad.

Si je réduisais ce coffre en cendres, mes cauchemars cesseraient-ils ?

— Ça m'étonnerait, dit le fantôme de Reyad.

Je fis un bond en arrière et me cognai contre le mur. Je n'eus pas le temps de me mordre la main. Un cri de surprise m'échappa.

— Je croyais que tu avais disparu pour de bon, chuchotai-je.

— Je ne te quitterai jamais, Elena. Je serai toujours avec toi. Ton âme est imprégnée de mon sang, et tu n'as aucune chance de la nettoyer.

— Je n'ai pas d'âme, répliquai-je dans un souffle.

Reyad éclata de rire.

— Ton âme, ma chère, est tellement noire que tu ne la vois plus, voilà tout. Quand tu mourras, elle s'enfoncera vers le centre de la Terre, où elle brûlera pour le reste de l'éternité.

— Tu dois en savoir quelque chose, dis-je d'une voix sifflante de rage.

A cet instant, Valek émergea de la chambre de

Reyad. D'une pâleur effrayante, il me fixa pendant si longtemps que je finis par me demander s'il était devenu muet. Enfin il referma la porte derrière lui, dépassa le fantôme sans le voir et s'arrêta devant la porte suivante. Il resta un instant immobile, tête baissée, la main sur le front.

— Voilà quelqu'un qui mériterait d'être hanté, dit Reyad en indiquant Valek d'un doigt translucide. Dommage qu'il ne permette pas à ses démons de l'ennuyer ; je connais un roi qui se ferait un plaisir de lui empoisonner la vie.

Reyad me regarda.

— Seuls les faibles invitent leurs démons à partager leur vie. Pas vrai, Elena ?

Refusant de répondre, j'emboîtai le pas à Valek. Nous continuâmes nos recherches, mais d'évidence, à part le laboratoire, l'aile était abandonnée. Il ne restait que trois portes fermées.

Pendant que Valek crochetait les serrures, Reyad continuait à bavarder gaiement.

— Mon père va bientôt t'envoyer me rejoindre, Elena. Je suis vraiment impatient de passer l'éternité avec toi !

Il me lança un regard concupiscent et agita le doigt comme pour me mettre en garde.

Mais, à cet instant, Valek ouvrit la première porte, et je ne prêtai plus la moindre attention à Reyad. A l'intérieur de la pièce, des dizaines de femmes et quelques hommes se cachaient les yeux, éblouis par la lanterne. Leurs cheveux gras retombaient devant leurs visages crasseux ; des haillons couvraient leurs corps squelettiques. Aucun d'entre eux ne fit un bruit. Pas un mot, pas un cri. Horrifiée, je m'aperçus qu'ils étaient enchaînés au sol. Et sur ce sol étaient peints trois cercles concentriques reliés par des rayons.

Quand Valek et moi passâmes le seuil, l'odeur des corps non lavés et des excréments nous heurta de plein fouet. Je m'étranglai et me couvris la bouche. Valek s'avança vers les prisonniers, les toucha, leur parla.

— Qui êtes-vous ? demanda-il. Pourquoi êtes-vous ici ?

Personne ne lui répondit. Les prisonniers le suivaient de leurs yeux vides, sans bouger.

Peu à peu, certains de ces étranges visages maigres et sales me devinrent familiers. Je les connaissais ; ils avaient grandi avec moi à l'orphelinat. C'étaient mes aînés, ceux qui avaient « achevé leurs études » et qui étaient censés travailler en dehors du manoir — même si nous ne les avions jamais revus.

En posant les yeux sur une fille aux cheveux roux ternes et emmêlés, je ne pus m'empêcher de pousser un cri.

J'eus beau lui caresser l'épaule et répéter son nom, Carra ne réagit pas. Dans ses beaux yeux châtains, aucune lueur d'intelligence ne brillait. De la jeune fille fougueuse et libre d'esprit dont je m'étais occupée, deux ans auparavant, il ne restait qu'une coquille vide.

— Mes élèves, dit Reyad en bombant le torse. Ceux qui n'ont pas échoué.

— Et maintenant ? demandai-je à Valek d'une voix tremblante.

— Vous êtes en état d'arrestation, dit Mogkan.

Valek et moi fîmes volte-face. Mogkan avait surgi dans l'encadrement de la porte, les bras croisés sur sa poitrine. Valek se rua sur lui, le regard brûlant de rage. Mogkan recula d'un pas. Lorsque Valek franchit le seuil, il s'arrêta net et mit les mains en l'air. Que se passait-il ? Je me précipitai pour lui venir en aide.

Ce poltron de Mogkan était entouré de huit gardes. Les pointes de leurs épées frôlaient la poitrine de Valek.

30

Forcée d'avancer par les lames pointées sur mon dos, je gardai les yeux rivés sur Valek. Tout au long du trajet vers la prison, j'attendis qu'il passe à l'action. Je guettai un signe de sa part pendant qu'on nous déshabillait, qu'on nous fouillait, qu'on me confisquait mon sac, mon cran d'arrêt, ma chaîne. La perte du pendentif de Valek et de mon amulette m'affecta bien plus que celle de mes vêtements.

Néanmoins, j'étais toujours persuadée que Valek attendait le bon moment pour tenter une évasion. Lorsqu'on nous fit descendre les escaliers vers la prison, je ne perdis pas espoir. Nous passâmes la salle de garde, descendîmes un dernier escalier et entrâmes dans le donjon de Brazell. Il ne comprenait que huit cellules de part et d'autre d'un petit couloir. Les gardes nous poussèrent vers les deux premières cellules à gauche de l'escalier.

Je retins ma respiration pendant que la lourde grille métallique se refermait. La clé tourna dans la serrure. Les soldats lancèrent des uniformes de prisonniers à travers les barreaux et disparurent. L'obscurité se referma sur nous. A tâtons, j'essayai de trouver les boutons de ma chemise.

J'étais revenue. Mon pire cauchemar était devenu réalité. Une puanteur acre et rance assaillit mes narines. Suffocante, étourdie, je mis quelque temps à comprendre que Valek et moi étions les seuls occupants de la prison.

D'un coup, le silence me parut insupportable.

— Valek ?

— Oui ?

— Pourquoi n'avez-vous pas attaqué les gardes ? Je vous aurais aidé.

— Huit hommes me tenaient en respect, Elena. Au moindre geste, ils m'auraient embroché. Je suis flattée que tu me croies capable de l'emporter dans ces conditions. Quatre hommes armés, passe encore… Huit, c'est vraiment trop.

Une note d'amusement perçait dans sa voix.

— Alors, repris-je, nous crochetons les serrures ?

Valek était un tueur professionnel et un combattant entraîné, pensai-je. Il n'allait pas rester enfermé longtemps.

— Ce serait une excellente idée, si nous avions des outils, répondit-il d'un ton démoralisant.

Refusant de perdre espoir, je fouillai le sol de ma cellule. Au bout d'un moment, n'ayant rien trouvé d'autre que de la paille, des crottes de rat et d'autres saletés impossibles à identifier, je me laissai tomber sur le sol et m'adossai au mur qui me séparait de Valek.

Nous restâmes un long moment silencieux.

— Etait-ce cela, le sort qui t'était réservé ? demanda enfin Valek. Si tu n'avais pas tué Reyad, aurais-tu été privée de ta conscience et enchaînée, comme eux ?

Les images des prisonniers s'étaient gravées au fer rouge dans mon esprit. En les revoyant, mon corps se couvrit de chair de poule. Pour la première fois, j'étais soulagée d'avoir échoué aux épreuves de Reyad.

Je me rappelai soudain quelque chose. Irys m'avait prévenue que les magiciens pouvaient s'emparer du pouvoir d'autrui. A présent, la raison d'être de ces zombies m'apparaissait clairement. Mogkan se servait d'eux pour accroître son pouvoir. Depuis le début, avec la complicité de Brazell et de Reyad, il passait les orphelins au crible pour déterminer leur potentiel magique. Puis, sous couvert d'expériences scientifiques, il leur lavait le cerveau, les transformant en récipients de pouvoir.

— Je crois que Brazell et Reyad ont essayé de me réduire à cet état mental, dis-je. Mais j'ai résisté.

Je lui résumai la théorie que je venais d'échafauder.

— Dis-moi ce qu'ils t'ont fait, demanda Valek, les lèvres pincées.

J'hésitai un instant, puis je lui racontai mon histoire, d'abord par bribes, puis dans un grand torrent de paroles, tandis que des larmes silencieuses coulaient sur mes joues. Je ne lui épargnai aucun détail. Je ne cherchai pas à atténuer les épisodes sordides. Je lui dit tout : les deux années d'expériences, les tortures, les jeux, les humiliations, les châtiments, mon désir de réussir, de faire plaisir à Reyad malgré tout, et enfin le viol qui m'avait poussée au meurtre. A la fin de mon récit, j'eus l'impression d'avoir lavé mon âme du sang de Reyad. Ce fut une libération aussi brusque que grisante.

Depuis le début, Valek n'avait pas dit un mot. Pas un commentaire, pas une question. Enfin, d'une voix glacée, il déclara :

— Brazell et Mogkan seront détruits.

A ce moment précis, la porte du cachot s'entrouvrit et Brazell et Mogkan firent leur entrée. Quatre gardes les escortaient, portant des lanternes. Les deux hommes se plantèrent devant nos cellules.

— Enfin revenue à ta vraie place, me dit Brazell. J'avais envie de te tuer de mes propres mains, et puis Mogkan m'a expliqué ce qui arriverait si tu ne prenais pas ton antidote.

Brazell s'arrêta et sourit d'un air profondément satisfait.

— Te voir en proie à d'atroces souffrances, voilà une vengeance digne de ce nom. Je repasserai plus tard pour t'entendre hurler. Et si tu me supplies de le faire, j'aurai peut-être la bonté de t'achever. Juste pour respirer l'odeur de ton sang.

Brazell tourna son regard vers la cellule de Valek.

— L'insoumission à un ordre direct est punie de la peine capitale. Le Commandant Ambroise a signé votre condamnation à mort. Vous serez pendu demain après-midi.

Brazell pencha la tête sur le côté et examina Valek comme s'il s'était agi d'un cerf ou d'un sanglier.

— J'ai bien envie de garder votre tête pour la faire empailler. Ce sera d'un bel effet dans mon bureau, quand je serai Commandant.

Brazell et Mogkan quittèrent la prison en riant. Après leur départ, l'obscurité me sembla encore plus épaisse qu'avant. L'air était devenu lourd et étouffant. Je me mis à arpenter ma cellule, en proie à des accès de panique et d'abattement successifs. Je donnais des coups de pied dans les barreaux, lançais de la paille autour de moi, me jetais contre les murs.

— Elena, dit enfin Valek, calme-toi. Essaie de dormir un peu. Tu auras besoin de forces, demain.

— C'est ça… Il faut être reposé pour mourir, c'est bien connu.

Aussitôt, je me reprochai mes paroles, me rappelant que Valek, lui aussi, risquait de mourir.

— Je vais essayer, dis-je d'un ton penaud.

Je m'étendis sur la paille malodorante, sachant que

c'était futile. Qui pourrait passer ses dernières heures à dormir ?

Moi, apparemment. Je m'éveillai en hurlant d'un cauchemar peuplé de rats, et m'aperçus qu'il était fondé sur des faits réels. Quelque chose de chaud et de poilu reposait sur mes jambes. Je me levais d'un bond et, d'un coup de pied, envoyai le rongeur s'écraser contre le mur. Je l'entendis détaler entre les barreaux.

— Bien dormi ? demanda Valek.

— Plus ou moins. Mon voisin ronflait.

Valek eut un petit grognement amusé.

— Y a-t-il longtemps que je dors ? demandai-je.

— Difficile à dire. A mon avis, le soleil va bientôt se coucher.

Donc j'avais reçu ma dernière dose d'antidote la veille au matin. Je vivrais jusqu'au lendemain matin, mais les symptômes ne tarderaient plus à se déclarer.

— Valek, dis-je, j'ai quelque chose à vous confess...

Ma gorge se ferma et les muscles de mon ventre se contractèrent avec une telle violence que j'eus l'impression qu'on m'arrachait mes entrailles.

— Qu'y a-t-il ?

— Une crampe à l'estomac, dis-je en haletant. Déjà ?

— Sans doute, oui. Au début, ce sont des contractions isolées, puis cela devient plus ou moins continu.

Une nouvelle vague de douleur me submergea, et je me recroquevillai sur le sol. Lorsque la convulsion cessa, je rampai jusqu'à ma paillasse et m'étendis pour attendre la suivante.

— Valek, dis-je, parlez-moi. Racontez-moi quelque chose de drôle.

— Par exemple ?

— Ce que vous voudrez.

— Eh bien, si cela peut t'amuser, la Poussière de Papillon n'existe pas.

— Quoi ?

A cet instant, une convulsion me plia en deux et me fit vomir. J'eus l'impression que l'on déchiquetait mon abdomen au couteau. Lorsque je revins à moi, Valek reprit.

— Avant la fin, tu vas le regretter ; tu auras certainement envie de mourir. Mais la mort ne viendra pas.

— Pourquoi me le dire ?

— Parce que l'esprit contrôle le corps. Si tu es persuadée que tu vas mourir, cette conviction peut suffire à te tuer.

— Dans ce cas, vous auriez pu me le dire avant !

J'étais furieuse. Il aurait pu soulager mon angoisse devant la mort…

— C'était une décision tactique.

Me mordant les lèvres pour retenir une réplique acerbe, j'essayai de comprendre sa logique, de me mettre à sa place. Une phrase de Janco me revint en tête : « Le combat à mains nues ressemble à une partie de cartes. »

« Garde tes meilleurs coups pour la fin, avait-il dit également. Ne les utilise que lorsqu'il ne te reste plus rien. »

Une possibilité d'évasion aurait pu se présenter pendant la journée que nous avions passée ici. Dans ce cas, Valek n'aurait pas eu besoin d'abattre sa dernière carte.

— Et les crampes ? demandai-je.

L'instant d'après, je me roulais en boule pour essayer de combattre la douleur… en vain.

— C'est un symptôme de manque.

— Manque de quoi ?

— De ce que tu crois être ton antidote, dit Valek. C'est une mixture intéressante. Je l'utilise pour rendre des gens malades. En quittant le corps, elle provoque des crampes d'estomac qui clouent le sujet au lit pendant une journée entière. C'est un bon moyen de mettre quelqu'un temporairement hors service sans le tuer. Si l'on reprend régulièrement de cette potion, l'apparition des symptômes est sans cesse retardée.

En dépit de toutes mes recherches, je ne me rappelais pas avoir lu quoi que ce fût à ce sujet.

— Quel est son vrai nom ?

— La Frayeur Blanche.

— Et la Poussière de Papillon ?

— Ça n'existe pas. C'est un nom que j'ai inventé. Il

me fallait quelque chose pour empêcher les goûteurs de s'évader.

Une pensée troublante me traversa l'esprit.

— Le Commandant est-il au courant ?

Dans ce cas, me dis-je, Mogkan connaîtrait également le subterfuge.

— Non. Il te croit vraiment empoisonnée.

Pendant la nuit qui suivit, j'eus du mal à ne pas le croire, moi aussi. Les crampes s'intensifièrent et me mirent au supplice. Je me traînais à quatre pattes, hurlant et vomissant.

A un moment donné, j'eus vaguement conscience que Brazell et Mogkan m'observaient en exultant. Mais leur présence, leurs rires même me laissèrent indifférente. Je ne pensais qu'à une chose : trouver une position un peu moins douloureuse.

Au petit matin, je m'endormis, épuisée.

Je me réveillai au milieu d'une flaque d'immondices. Mon bras droit était passé à travers les barreaux. Le fait que je serrais la main de Valek m'étonna bien plus que celui d'être encore vivante.

— Elena, est-ce que tu vas bien ?

Valek ne chercha pas à dissimuler son inquiétude.

— Je crois, dis-je d'une voix éraillée.

Ma gorge brûlait, je mourais de soif.

Un bruit métallique résonna ; on ouvrait la porte de la prison.

— Fais le mort, me chuchota Valek en lâchant ma main.

Deux gardes apparurent à l'autre bout du couloir.

— Essaie de les attirer vers ta cellule, ajouta-t-il.

Je rentrai précipitamment ma main droite, chauffée par celle de Valek, et passai la gauche, glacée, entre les barreaux. Les gardes descendirent l'escalier.

— Quelle infection ! C'est pire que les latrines après une fête de la bière ! dit le garde qui tenait la lanterne.

— Tu crois qu'elle est morte ? demanda son compagnon.

Le visage tourné vers le mur, je fermai les paupières et retins ma respiration. Le garde frôla ma main.

— Froide comme la pierre. Sortons-la avant qu'elle ne commence à pourrir. Si tu trouves que ça pue maintenant…

Le cliquetis de la serrure fut suivi d'un grincement métallique. Deux grandes mains agrippèrent mes chevilles. Je m'efforçai de faire la morte. Sentant le rayon lumineux s'écarter, je me hasardai à ouvrir un œil. Le garde à la lanterne marchait devant pour éclairer le chemin, laissant le haut de mon corps dans l'obscurité. Quand nous passâmes devant la cellule de Valek, je saisis les barreaux à deux mains.

— Pouah ! Attends, elle est restée accrochée.

— Accrochée à quoi ?

— J'en sais rien. Eclaire-moi, espèce d'imbécile !

J'enroulai un bras autour de la grille pour libérer mes mains.

— Recule-toi, dit le garde à la lanterne à Valek.

Je sentis la lumière tomber sur mon visage. Une grosse main empoigna mon coude. L'instant d'après, j'entendis un grognement étouffé ; j'ouvris les yeux et vis la lanterne s'éteindre en chutant vers le sol.

— Nom d'un…

L'autre garde, celui qui tenait mes pieds, recula vivement. Je fléchis les jambes pour me rapprocher de lui. Il poussa un cri de surprise en me sentant attraper ses chevilles, puis il perdit l'équilibre et tomba en arrière.

Je ne m'attendais pas au bruit qui suivit : un atroce craquement d'os brisés. Le corps de l'homme s'affaissa et se figea. Je me redressai, les jambes flageolantes. Valek ralluma la lanterne. Le second garde était appuyé contre les barreaux, sa tête inclinée selon un angle peu naturel.

Dans la lumière blafarde, j'examinai le corps à mes pieds. La tête du garde avait heurté le rebord de la première marche. Une flaque de liquide sombre s'étendait autour de lui. Je me mis à trembler. A cause de moi, une quatrième personne était morte. A croire qu'en me volant mon âme on m'avait transformée en tueuse sans pitié. Je me demandai si Valek éprouvait des remords ou même une hésitation à prendre une vie humaine. Je tournai mon regard vers lui et l'observai comme à travers un voile de sang.

Avec son efficacité habituelle, il désarmait les deux gardes.

— Attends-moi ici, m'ordonna-t-il.

Il monta les marches vers la porte, l'ouvrit d'un coup et bondit dans la salle de garde.

Des cris, des grognements et des coups sourds filtrèrent jusqu'à moi. D'un coup, j'eus la réponse à ma question. Valek n'avait ni remords ni hésitations. Il faisait simplement ce qu'il fallait pour que son camp l'emporte.

Bientôt il passa la tête par la porte entrebâillée et me fit signe d'avancer. Son visage, ses bras et sa poitrine étaient éclaboussés de sang. Dans la salle de garde, trois hommes, morts ou inconscients, gisaient sur le sol.

Mon sac à dos était posé sur une table, son contenu éparpillé autour. Pendant que Valek négociait la serrure de la porte principale, je rassemblai mes affaires à la hâte. J'étais ravie de retrouver mes misérables possessions. Quand j'eus rattaché le papillon et l'amulette autour de mon cou, je fus prise d'un optimisme inexplicable.

— Zut ! dit Valek.

— Quoi ?

— La clé de cette porte n'est pas sur le trousseau.

Ce doit être le capitaine qui vient l'ouvrir à la relève de la garde.

— Essayez ça.

Je tendis mes crochets à Valek, qui me gratifia d'un grand sourire.

Tandis qu'il ouvrait la serrure, je trouvai un broc d'eau et une bassine en fer. Le désir de me laver les mains et le visage l'emporta sur la peur d'être découverte. Ensuite, je m'aperçus que cela ne suffisait pas. Il fallait que je me débarrasse de cette odeur de sang et de vomi. Bientôt je versais des seaux pleins d'eau sur ma tête. J'avais utilisé la moitié du broc, et j'étais trempée jusqu'aux os, lorsque je pensai à proposer de l'eau à Valek. Il s'interrompit pour boire, puis se pencha de nouveau sur la serrure.

Elle s'ouvrit enfin dans un petit bruit sec. Valek passa la tête dans le couloir.

— Pas de gardes, dit-il. Parfait.

Il ouvrit la porte en grand.

— Allons-y.

Valek prit ma main et sa lanterne, et fit demi-tour, m'entraînant de nouveau vers le fond du cachot. Il ne s'arrêta que pour ouvrir plus largement la porte entre la salle de garde et les cellules.

— Avez-vous perdu la raison ? chuchotai-je.

Il me conduisit vers la dernière cellule, au fond du couloir.

— La liberté, c'est dans l'autre sens, ajoutai-je en tendant le doigt.

Il ouvrit la porte de la cellule sans répondre.

— Fais-moi confiance, dit-il enfin. C'est la meilleure cachette qu'on puisse trouver. Ils ne vont pas tarder à découvrir le carnage dans la salle de garde. Les portes ouvertes les convaincront que nous nous sommes évadés.

Valek me poussa à l'intérieur de la cellule et me suivit.

— Ils vont envoyer des troupes à notre recherche. Quand ils seront tous partis, nous sortirons. Jusque-là, nous restons tranquillement ici.

Il poussa la paille au fond de la cellule pour former un matelas de fortune. Après avoir éteint et caché la lanterne, il m'entraîna sur la paillasse. Je lui tournai le dos et me recroquevillai sur le flanc, frissonnante dans mes vêtements mouillés. Valek nous recouvrit tous deux de paille, mit son bras autour de ma taille et m'attira contre lui. Je me raidis à son contact, mais bientôt, la chaleur de son corps se communiqua au mien et me détendit.

Au début, le moindre bruit de notre part me donnait des palpitations. Mais j'avais tort de m'inquiéter ; dès la découverte de notre évasion, un brouhaha assourdissant s'éleva dans la prison.

Des exclamations furieuses et accusatrices fusaient. Des équipes de recherche étaient constituées et lancées à notre poursuite. Chacun s'accordait à dire que nous avions une heure d'avance, mais Brazell et Mogkan s'opposaient sur la direction à prendre.

— Valek va certainement se réfugier à l'ouest, en terrain connu, répétait Brazell d'un ton autoritaire.

— Le sud serait un choix plus logique, insistait Mogkan. Ils ne peuvent rien contre nous, puisque nous avons le Commandant. Ils vont essayer de sauver leur peau, pas de prendre une position stratégique.

Valek eut un toussotement de mépris et se pencha vers mon oreille.

— Ils croient que j'ai abandonné le Commandant ! Ils n'ont aucune notion de ce qu'est la loyauté.

Peu de temps après, la salle de garde se vida et le silence retomba. Au bout de quelques heures, je commençai à m'ennuyer. J'avais envie de partir. La porte menant aux cellules était restée grande ouverte, laissant passer un faible rayon de lumière.

— On y va ? demandai-je.

— Pas encore. La nuit n'est pas tombée.

Pour passer le temps, je demandai à Valek comment il s'était engagé au côté du Commandant. Cela me semblait une question banale, mais elle plongea Valek dans un silence si interminable que je regrettai de l'avoir posée.

— Ma famille, dit-il enfin, est originaire de la province d'Icefaren, aujourd'hui le DM-1. Mon père travaillait le cuir. Un jour, après un hiver particulièrement rigoureux, le toit de son atelier s'est effondré, et tout son outillage a été détruit. Il devait le remplacer pour continuer à travailler, mais les soldats chargés de collecter les impôts n'ont rien voulu savoir.

Valek resserra son bras autour de moi. Pendant un long moment, il ne dit plus rien.

— A l'époque, reprit-il, je n'étais qu'un petit gringalet, mais j'avais trois frères plus âgés. Ils étaient aussi grands qu'Ari, et presque aussi forts. Mon père a expliqué aux soldats que s'il versait tout l'argent qu'on lui réclamait, il ne lui resterait plus de quoi nourrir sa famille.

Il fit une petite pause.

— Les soldats ont tué mes trois frères. En riant, ils nous ont dit : « Le problème est résolu. Trois bouches de moins à nourrir. »

Valek avait serré le poing si fort que tout son bras en tremblait.

— Evidemment, j'ai voulu me venger, mais pas des soldats. Ce n'étaient que des émissaires. Il fallait que je me venge de l'homme qui avait permis à ses soldats de tuer mes frères. Le roi d'Ixia. J'ai appris à me défendre, puis j'ai étudié l'art de l'assassinat jusqu'à devenir imbattable. Pendant un certain temps, j'ai sillonné le pays, gagnant ma vie grâce à mon savoir-faire. Les nobles étaient si corrompus qu'ils m'embauchaient pour s'entretuer les uns les autres.

» Un jour, on m'a demandé de tuer un jeune homme

appelé Ambroise, dont les activités révolutionnaires inquiétaient la noblesse. Il attirait des foules de plus en plus grandes, et ses partisans résistaient à l'ordre établi. En outre, depuis quelque temps, Ambroise avait disparu, et son mouvement était devenu clandestin. Son armée secrète, de plus en plus vaste, menait des opérations de guérilla contre la monarchie.

» On m'avait promis une somme énorme si je réussissais à tuer Ambroise. Je l'ai traqué, et je lui ai tendu une embuscade. Je m'attendais à lui passer ma lame en travers du corps avant qu'il ait eu le temps d'ouvrir la bouche. Mais il a paré mon coup. J'ai dû me battre contre lui, et j'ai perdu.

» Au lieu de me tuer, Ambroise a gravé un C majuscule sur ma poitrine avec la pointe de mon propre couteau. Le même couteau, soit dit en passant, avec lequel j'ai tué le roi, plus tard. Ambroise s'est proclamé mon Commandant, et m'a annoncé que, désormais, j'étais à son service. J'ai accepté, et je lui ai promis que s'il me permettait d'approcher le roi d'assez près pour le tuer, je lui serais fidèle jusqu'à ma mort.

» Au fil des années, j'ai vu le Commandant atteindre les buts qu'il s'était fixés avec une farouche détermination, sans jamais recourir à une violence excessive. Il n'a été corrompu ni par le pouvoir ni par la cupidité. Il est constant et loyal envers son peuple. Personne n'a jamais compté davantage pour moi. Du moins, jusqu'à maintenant. »

Je retins ma respiration. J'avais posé une question simple ; je ne m'étais pas attendue à une réponse aussi intime.

— Elena, tu m'as rendu fou. Tu m'as causé des ennuis considérables et j'ai déjà envisagé à deux reprises de te tuer.

Le souffle de Valek dans mon oreille envoya un frisson le long de mon dos.

— Mais je t'ai dans la peau, dans le sang… Tu as envahi mon cœur.

— On dirait que vous parlez d'un poison.

La confession de Valek m'avait à la fois choquée et transportée.

— Exactement, dit-il. Tu m'as empoisonné.

Il me fit rouler vers lui pour me regarder dans les yeux. Avant que j'aie pu dire un mot, il m'embrassa.

Enflammée par un désir longtemps refoulé, je mis mes bras autour de son cou et lui rendis son baiser avec une ardeur égale à la sienne.

J'étais émerveillée par ma propre réaction. J'avais craint, après Reyad, de me raidir d'horreur au contact de tout homme. Mais à présent, c'était tout le contraire : notre étreinte nous ouvrait l'un à l'autre, corps et âme.

J'entendis, comme de très loin, une envoûtante musique. Bientôt elle résonnait dans nos oreilles et nous emportait tous deux, loin de la paillasse crasseuse et de la cellule obscure. Une blancheur aveuglante nous entoura. Sur ce plan, nous étions égaux, tels des partenaires. Nos âmes s'unirent, son plaisir était le mien, mon sang coulait dans ses veines.

L'extase pure ne dura que quelques instants, mais Valek et moi étions prêts à recommencer. Je m'imprégnais de son essence, m'enivrais du contact de sa peau contre la mienne. Peu à peu, il remplit mon cœur, vide et froid, de joie et de lumière. Etendue sur cette paillasse puante, vouée à un futur plus qu'incertain, je vibrais d'une profonde satisfaction.

31

Bien plus tard, une forte odeur de charogne nous ramena à la réalité. La nuit était tombée.

— Allons-y, dit Valek en me tendant la main.

— Où ? demandai-je en me rhabillant.

— A la chambre du Commandant. Nous allons le ramener au château.

Valek ôtait les brins de paille de ses cheveux et de ses vêtements.

— Ça ne marchera pas, objectai-je.

— Pourquoi ?

— Dès que tu toucheras le Commandant, Mogkan le saura.

Je décrivis à Valek le lien que Mogkan avait forgé, grâce au Criollo, avec le Commandant.

— Comment briser ce lien ? demanda Valek.

Le moment était venu de lui parler de mes pouvoirs magiques. Un instant, je fus prise de vertige, comme si je me tenais au bord d'un précipice. Puis je pris une profonde inspiration et lui racontai tout ce qui s'était passé entre Irys et moi. Je lui expliquai également comment elle pourrait nous aider.

Valek se figea pendant une minute entière. Dans le silence, les battements de mon cœur résonnaient comme des coups de marteaux.

— Est-ce que tu lui fais confiance ? demanda-t-il enfin.

— Oui.

— Y a-t-il autre chose que tu ne m'aies pas dit ?

Je réfléchis à toute vitesse. Tant de choses étaient arrivées, et nous étions sur le point d'affronter un magicien si puissant… La mort était une possibilité menaçante. Je voulais que Valek sache ce que j'éprouvais pour lui.

— Je t'aime, dis-je.

Valek me prit dans ses bras.

— Mon cœur t'appartient depuis la Fête du Feu, dit-il. Ce soir-là, j'ai compris que si tu mourais, je ne serais plus jamais le même. Je n'ai jamais espéré que tout cela arriverait ; je ne le voulais même pas. Mais je n'ai pas pu te résister.

Je plaquai mon corps contre le sien, cherchant à souder nos peaux l'une à l'autre.

Il me prit la main.

— Viens, Elena.

Après avoir enfilé des uniformes trouvés dans la salle de garde, nous nous glissâmes dans le couloir. Nous espérions que les couleurs de Brazell nous permettraient de circuler sans encombre à travers le manoir.

Nous nous dirigeâmes vers les baraquements ; Valek avait besoin de son sac à malices. Pendant que je récupérais ma cape dans les buissons, mon compagnon se faufila à l'intérieur. Le grand hangar de bois était désert. Les soldats étaient tous partis à notre recherche.

J'arpentai l'ombre des baraquements en scandant le nom d'Irys dans ma tête. Nous avions besoin de son aide, d'un plan d'attaque… Il fallait agir cette nuit.

D'un seul coup, des cris et des jurons s'élevèrent du bâtiment. Je me précipitai à l'intérieur, et vis Ari et Janco, qui tenaient Valek en joue.

— Arrêtez ! dis-je.

Lorsqu'ils m'aperçurent, les deux amis baissèrent aussitôt leurs armes. De grands sourires apparurent sur leurs visages.

— Nous croyions que Valek s'était évadé sans toi, dit Ari en m'étouffant presque dans ses bras.

— Vous ne devriez pas être avec les patrouilles de recherche ? demanda Valek.

Tout en parlant, il fouilla sous un lit et en sortit son sac noir. Il s'était changé, et portait à présent une salopette noire avec de nombreuses poches.

— On était trop malades, dit Janco avec son sourire niais.

— Quoi ? dis-je.

— De toute évidence, les accusations contre toi

avaient été inventées de toutes pièces. Alors, nous avons refusé de participer à la poursuite.

— Cela s'appelle de l'insubordination, dit Valek en sortant un long couteau et quelques flèches de son sac.

— Exactement ! répliqua Janco. La discipline laisse à désirer, dans ce coin. On se demande ce qu'il faut faire pour être arrêté et jeté en prison.

Je le dévisageai, ébahie. Pour m'aider, il avait risqué la cour martiale. Il pensait vraiment ce qu'il avait gravé sur le manche de mon couteau.

— Dans quelle direction sont-ils partis ? demanda Valek.

Il fit disparaître plusieurs armes dans ses poches et ceignit son épée et son couteau.

— Surtout vers le sud et l'est. Quelques petits détachements ont été envoyés au nord et à l'ouest.

— Des chiens ?

— Oui.

— Et le manoir ?

— Protection minimale.

— Bien. Vous êtes avec nous, ordonna Valek.

— A vos ordres, répondirent-ils en se mettant au garde-à-vous.

— Préparez-vous pour une opération furtive, mais prenez aussi vos épées. Vous en aurez besoin.

Pendant qu'Ari et Janco rassemblaient leur équipement, Valek finit de s'habiller.

— Attends, dis-je. Je n'ai pas envie qu'il leur arrive quelque chose.

A l'idée de ce que nous nous allions faire, la peur me submergea. Mon cœur fit des ricochets dans ma poitrine, ma gorge se remplit de bile.

Valek mit sa main sur mon épaule.

— Nous avons besoin de leur aide, Elena.

— Mais elle ne suffira pas, dit la voix d'Irys.

Les trois hommes dégainèrent leurs armes en un seul et même geste. Lorsque Irys surgit de la nuit et pénétra dans le halo de la lampe, Valek se détendit, mais Ari et Janco restèrent en garde.

— Repos ! ordonna Valek.

Sentant leur réticence, je déclarai :

— C'est une amie. Elle est là pour nous aider.

Je me tournai vers Irys.

— Nous avons trouvé la source du pouvoir de Mogkan.

— Quelle est-elle ?

Je lui parlai des zombies enchaînés en cercles, puis lui exposai ma théorie selon laquelle Mogkan avait détruit leur conscience pour s'emparer de leur pouvoir. L'épouvante et le dégoût s'affichèrent sur le visage d'Irys ; je la sentis profondément bouleversée. L'instant d'après, elle avait repris son habituelle expression sévère, mais Ari et Janco étaient légèrement verts, comme sur le point de vomir.

— Qu'est-ce qui se passe ? demanda Ari.

— Je vous expliquerai plus tard. Pour l'instant...

D'un coup, un plan d'attaque complet s'était présenté à moi. Seulement, il exigeait la participation d'Ari et de Janco. J'avais espéré les laisser en dehors du danger, mais Valek avait raison. Nous avions besoin de leur aide.

— Quoi qu'il arrive, je vous demande de protéger Irys. C'est très important, dis-je.

— A vos ordres, répliquèrent Ari et Janco.

Je les regardai de nouveau, stupéfaite. Ils s'étaient adressés à moi comme à un supérieur, ce qui signifiait qu'ils m'obéiraient même s'ils devaient y laisser leur vie.

Valek me jeta un regard perçant.

— Tu as une idée ?

— Oui.

— Raconte.

Pourquoi ? me demandai-je tandis que Valek et moi nous glissions à travers les couloirs déserts du manoir. Pourquoi n'avais-je pas tenu ma langue ? Pourquoi m'avait-on écoutée ? Valek, Ari et Janco avaient des années d'expérience dans ce genre de missions effrayantes... et voilà qu'ils risquaient tous leur vie pour suivre *mon* plan.

Avançant dans l'obscurité du couloir, je tentai de me calmer et d'examiner ma stratégie. Devant la porte du Commandant, nous nous arrêtâmes quelques instants afin de laisser aux autres le temps de prendre leurs positions. Ma respiration saccadée semblait résonner à travers le manoir. J'avais l'impression que j'allais soit m'évanouir, soit me mettre à hurler.

Quelques minutes plus tard, Valek crocheta la serrure. Nous entrâmes dans la chambre, refermant la porte derrière nous. Puis Valek alluma une lanterne et s'avança vers le grand lit à baldaquin. Le Commandant était étendu sur la couverture, entièrement habillé. Les yeux grands ouverts, il fixait le plafond d'un regard inexpressif. Il ne semblait absolument pas conscient de notre présence.

Je m'assis au bord du lit et lui pris la main. Suivant les instructions succinctes données par Irys, je visualisai mon mur de briques, puis l'étendit jusqu'à constituer un dôme qui nous entourait tous deux.

Debout contre le mur de l'entrée, Valek attendait Mogkan. Son visage s'était durci en un masque martial. De l'extérieur, il semblait être de marbre, mais je savais qu'une rage meurtrière bouillait en lui.

Il ne fallut pas longtemps pour qu'une clé tourne dans la serrure. Il y eut un silence, puis la porte s'ouvrit d'un coup et quatre gardes entrèrent en trombe. Valek en abattit un avant que celui-ci l'ait aperçu. Les trois autres se jetèrent sur lui ; le choc métallique des lames remplit la pièce.

Une fois Valek retenu par les gardes, Mogkan se glissa furtivement dans la pièce. Il contourna le combat et se fraya un chemin vers moi, un sourire condescendant sur les lèvres.

— Un igloo en brique, dit-il. Comme c'est mignon ! Décidément, Elena, tu me sous-estimes… Une forteresse en pierre ou un mur en acier aurait été plus à mon niveau.

Un coup terrible assaillit mes défenses mentales. Les briques craquèrent. Tout en consolidant mon bouclier à la hâte, je priai pour qu'Ari, Janco et Irys aient réussi à entrer dans la chambre des prisonniers. La présence d'Irys y était indispensable ; elle seule était capable de bloquer l'accès de Mogkan à sa source de pouvoir. Toutefois, à supposer qu'elle y parvînt, je devrais encore tenir tête aux pouvoirs ordinaires de Mogkan.

Celui-ci interrompit un instant son offensive et pencha la tête sur le côté. Son regard sembla se fixer sur un point lointain.

— Bien tenté, dit-il. Des amis à toi, je parie. Ils sont dans le couloir de Reyad, mais ils n'arriveront pas jusqu'à mes enfants — sauf s'ils sont capables de réduire en morceaux dix hommes armés.

Mon cœur se serra. Mogkan attaqua avec une énergie retrouvée. Derrière nous, un dernier garde résistait encore à Valek. « Dépêche-toi, Valek ! » pensai-je. Mes défenses faiblissaient de seconde en seconde. Je rassemblai toutes mes forces et les insufflai dans mon bouclier. L'instant d'après, il s'écroulait dans un nuage de poussière.

Le pouvoir de Mogkan se referma comme une poigne géante autour de ma cage thoracique. Je hurlai de douleur et lâchai la main du Commandant. Pétrifiée, les jambes flageolantes, je vis Valek abattre le dernier garde.

— Un geste de plus, prévint Mogkan, et elle est morte.

Valek se figea. Trois gardes firent irruption dans la pièce, Brazell sur leurs talons. Ils encerclèrent Valek, lui prirent son épée et le mirent à genoux, les mains sur la tête.

— Allez-y, général, dit Mogkan. Tuez-la.

Il recula d'un pas pour laisser passer Brazell.

— J'aurais dû vous laisser l'égorger le jour de son arrivée.

— N'écoutez pas Mogkan, dis-je à Brazell. On ne peut pas lui faire confiance.

Mogkan tourna vers moi son regard brûlant ; une onde de feu parcourut ma colonne vertébrale.

— Qu'est-ce que tu racontes ? dit Brazell.

La main crispée sur son épée, il nous regardait tour à tour, Mogkan et moi, perplexe.

— Elle essaie juste de gagner du temps, dit Mogkan en riant.

— Comme vous l'avez fait lorsque vous avez empoisonné le cognac de la délégation sitienne ?

Etait-ce vraiment pour gagner du temps, Mogkan ? Je me demande si vous ne vouliez pas saboter le traité, tout simplement.

La stupeur qui se peignit sur le visage de Mogkan le trahit. Valek était visiblement surpris, lui aussi, mais il garda le silence. Il était tendu des pieds à la tête, prêt à bondir.

— C'est absurde, dit Brazell.

— Mogkan veut éviter tout contact avec les gens du Sud, dis-je. Ils pourraient être au courant de…

Ma trachée se referma. Je portai mes mains à mon cou, incapable de respirer.

Brazell se tourna vers son conseiller, furieux.

— Qu'est-ce que vous manigancez, Mogkan ?

— Nous n'avons pas besoin d'un traité avec Sitia. Nous n'avons aucun problème d'approvisionnement. Mais cela, vous êtes trop cupide pour le comprendre. Une fois le traité signé, ce ne serait qu'une question de temps avant que les Sitiens ne viennent mettre leur nez dans nos affaires, et tout compromettre.

Mogkan ne montrait aucune peur face à Brazell. Il semblait plutôt irrité de devoir s'expliquer.

— Maintenant, tuez-la, ou c'est moi qui m'en charge.

Des taches noires flottèrent devant mes yeux. Avant que Brazell ait eu le temps de répondre, Mogkan chancela subitement. Son emprise sur moi se relâcha un peu ; ma trachée s'ouvrit, l'air s'engouffra dans mes poumons.

— Mes enfants ! rugit Mogkan. Même sans eux, je suis plus fort que toi !

Comme un poisson accroché à un fil invisible, je décollai du sol et m'écrasai contre le mur. Ma tête heurta durement la pierre. Clouée au mur, les pieds loin du sol, j'étais la cible de Mogkan. « C'est la fin », me dis-je. Reyad avait eu raison, après tout. En acceptant le poste de goûteur, je n'avais fait que retarder l'inévitable.

Du coin de l'œil, j'aperçus Valek, qui se battait contre ses gardes pour arriver jusqu'à Mogkan. Le temps qu'il y parvienne, je serais morte. Puisant dans mes dernières forces, j'envoyai mon esprit au loin. Il se heurta à une barrière infranchissable. L'obscurité recouvrit le monde.

Puis la voix d'Irys résonna en moi, douce et forte à la fois.

— Tiens, dit-elle. Laisse-moi t'aider.

Un immense flux de pouvoir m'envahit. Je rebâtis mes défenses mentales et repoussai l'assaut de Mogkan, l'envoyant à l'autre bout de la pièce. Il s'encastra dans le mur avec un bruit mat qui me procura beaucoup de satisfaction.

A présent, la confusion la plus totale régnait dans la chambre du Commandant. Trop inexpérimentée pour maîtriser ma nouvelle force magique, je ne pus retenir Mogkan. Il se faufila jusqu'à la porte et prit ses jambes à son cou. Valek, pendant ce temps, se battait au couteau contre les épées des trois gardes. Comme je me jetais vers lui pour l'aider, Brazell m'attrapa le bras et me fit tourner sur moi-même.

Il me regarda droit dans les yeux et leva son épée. Je bondis en arrière pour esquiver son premier coup et me cognai contre le lit du Commandant. Je sautai sur le lit pour éviter le deuxième. Je lançai un coup d'œil au Commandant ; son regard vitreux était toujours fixé sur le plafond. Le troisième coup de Brazell trancha une colonne de lit.

En plongeant vers le sol pour éviter une nouvelle attaque, je saisis le morceau de colonne qui gisait sur le sol.

A présent, j'avais une arme. Pas aussi équilibrée que ma canne, mais longue et solide. C'était mieux que rien.

Brazell était un adversaire de taille. Chacun de ses coups découpait un morceau de mon arme. Au début, mes tentatives pour me défendre l'amusèrent.

— Que crois-tu faire, Elena ? railla-t-il. Tu crois qu'une minable comme toi peut me tenir tête ? Je vais t'éventrer en moins de temps qu'il n'en faut pour le dire.

Mais lorsque je trouvai ma zone de concentration, Brazell cessa de gaspiller son souffle. Quant à moi, même si je pressentais les coups de mon opposant, je parvenais tout juste à les devancer. Mon bout de colonne ne faisait pas le poids, face à son épée.

Le fantôme de Reyad apparut au centre de la pièce, acclamant son père et s'efforçant de me déconcentrer. Il y parvint ; sans savoir comment, je me retrouvai dos au mur. D'un puissant coup de lame, Brazell fendit mon arme en deux.

— Tu es morte, Elena.

Avec une joie terrible, Brazell leva son épée puis la fit descendre vers ma gorge. Mais il me restait un morceau de la colonne entre les mains ; je l'utilisai pour parer son coup. La pointe de sa lame érafla ma taille, déchirant mon uniforme et envoyant un éclair de douleur à travers mon ventre. En un instant, les pans de ma chemise furent trempés de sang.

C'est alors que Brazell commit sa première erreur. Me voyant blessée, il baissa sa garde. Mais j'étais encore debout. Je levai mon moignon de colonne et, rassemblant toutes mes forces, portai un coup désespéré à la tempe de Brazell. Nous nous écroulâmes tous les deux.

Je regardai fixement le plafond en essayant de reprendre mon souffle. Valek apparut au-dessus de moi, visiblement inquiet, mais je le chassai d'un geste.

— Retrouve Mogkan, lui intimai-je.

Il disparut aussitôt.

Lorsque je fus capable de bouger de nouveau,

j'examinai ma blessure. Je suivis du doigt l'entaille qui traversait mon ventre. Elle était longue mais peu profonde. Il suffirait d'un peu de colle pour que tout rentre dans l'ordre.

Le fantôme de Reyad flottait au-dessus de moi en ricanant. D'un coup, sa présence me parut insoutenable. Avec force jurons et grognements, je me traînai debout et pointai un doigt ensanglanté vers lui.

— Toi, dis-je d'une voix enragée, disparais de ma vue !

— Essaie de m'y obliger, lança-t-il d'une voix amusée.

Comment combattre un fantôme ? Je me mis en garde. Reyad éclata de rire. Le combat qu'il me proposait n'était pas physique, mais mental.

Je fis le bilan de tout ce que j'avais accompli en un an et demi, depuis que j'avais tué Reyad. J'avais surmonté mes peurs pour me faire des amis, affronté mes ennemis, trouvé l'amour… Je réfléchis à moi-même, à celle que j'étais, à ce que j'en pensais. Je me tournai vers mon reflet dans le grand miroir posé contre le mur. J'avais littéralement l'air d'une folle : cheveux emmêlés, chemise maculée de sang, visage taché de crasse et de larmes. Un reflet très semblable à celui que j'avais aperçu dans les bains, au début de ma carrière de goûteuse… et pourtant, quelque chose avait changé. Les ombres de doute sur mon visage avaient disparu.

Je regardai au fond de moi-même, et trouvai mon âme. Elle était usée, déchirée par endroits, mais elle était là. A mon grand étonnement, je compris qu'elle l'avait toujours été. Reyad et Mogkan n'avaient jamais réussi à la chasser de mon corps. Sinon, à l'heure qu'il était, je serais enchaînée au sol parmi les autres zombies.

J'étais maître de moi-même. Cette nouvelle Elena qui me regardait était libre. Débarrassée de ses démons, lavée de ses poisons. Je regardai Brazell. Il respirait encore, mais il était entièrement à ma merci. C'était moi qui déciderais de son sort et du mien. Je n'étais plus une victime, attendant que les mâchoires du piège se referment sur moi.

— Pars, maintenant, dis-je au fantôme de Reyad.

La stupéfaction qui se peignit sur son visage, tandis qu'il se désintégrait, me procura une joie immense.

Mais, comme un papillon qui se serait posé un instant sur ma main, ma joie s'envola aussitôt.

« Janco est blessé », dit une voix alarmée dans mon esprit.

C'était celle d'Irys.

« Il a besoin d'un médecin. Viens vite. »

Je décrochai des menottes de la ceinture d'un garde et attachai Brazell au lit, puis je bondis hors de la chambre et m'élançai à travers les couloirs.

« Il ne peut pas mourir, pensais-je. Pas Janco. Je ne pourrais pas le supporter. »

Des images terribles défilaient devant mes yeux. J'étais si préoccupée que je fonçai droit dans Valek et Mogkan sans les voir.

Ils se battaient à l'épée. Et s'il me fallut un certain temps pour les reconnaître, c'était parce qu'il y avait quelque chose d'anormal. Mogkan avait le dessus. Valek était blême ; il maniait son épée comme si ç'avait été un poids mort. Sa grâce naturelle avait disparu ; ses mouvements étaient hachés, sporadiques. Mogkan, en comparaison, paraissait souple et rapide, techniquement compétent, même s'il manquait de style.

Mon incrédulité et mon inquiétude croissaient de minute en minute. Qu'arrivait-il à Valek ? Etait-il envoûté par Mogkan ? Impossible, il était imperméable à toute forme de magie. Soudain, je me rappelai ce que Valek m'avait dit : dans les parages d'un magicien, l'air devenait plus épais, et il avait l'impression de patauger dans une flaque de sirop. Or, Valek venait de battre sept gardes, dans la chambre du Commandant, après avoir passé deux jours dans le donjon sans dormir ni manger. L'épuisement l'avait enfin terrassé.

Le sourire de Mogkan s'élargit quand il m'aperçut. Il fit une feinte enlevée, puis se fendit largement. Dans un grand fracas, l'épée de Valek s'écrasa sur le sol, tandis qu'une entaille écarlate fleurissait sur son bras.

— Quelle merveilleuse journée ! s'exclama Mogkan.

Le célèbre Valek et l'infâme Elena vont mourir côte à côte !

J'ouvris mon cran d'arrêt. En riant, Mogkan me donna l'ordre mental de le lâcher.

A l'instant où mon arme chutait vers le sol, une voix s'éleva dans ma tête.

« Elena ! Que se passe-t-il ? As-tu trouvé le médecin ? »

« J'ai besoin d'aide ! m'écriai-je en silence. »

Aussitôt, une vague de pouvoir s'engouffra en moi, bouillonnante et prête à déferler. Je tendis un doigt imaginaire vers Mogkan. Son épée lui tomba des mains. La terreur déforma son visage tandis que la magie l'entourait de sa toile et se resserrait comme un piège. Il resta cloué au sol, paralysé.

— Enfant de rat et de démon ! lança-t-il. Tu es un fléau vivant, une créature de l'enfer ! Comme tous les autres. Toute la lignée des Zaltana, il faudrait la brûler, l'exterminer, l'effacer de la Terre…

Valek ramassa mon cran d'arrêt. A mesure qu'il s'approchait de Mogkan, celui-ci se répandait en invectives de plus en plus hystériques. Je vis un mouvement rapide et flou, entendis un cri perçant, puis Mogkan se tut enfin et son corps s'affaissa sur le sol.

Valek me tendit le couteau ensanglanté et s'inclina devant moi.

— Pour toi, mon amour, dit-il d'une voix lasse.

32

A cet instant, je me rappelai le plus grave.

— Janco ! m'écriai-je.

Attrapant Valek par le bras, je l'entraînai avec moi. Nous courûmes à travers les couloirs ; en haletant, je lui expliquai la situation. Nous réveillâmes le médecin. Au premier abord, notre apparence débraillée et ensanglantée ne lui inspira pas confiance, et il émit des protestations au sujet du protocole et de l'ordre hiérarchique. Mais lorsque Valek eut dégainé son couteau, il se montra beaucoup plus coopératif.

En pénétrant dans l'aile de Reyad, j'eus un haut-le-cœur. Le couloir menant vers la chambre des captifs était le théâtre d'un carnage sans nom. Des hommes gisaient sur le sol, des morceaux de bras et de jambes éparpillés autour d'eux. Les murs étaient barbouillés de sang, le sol n'était qu'une mare écarlate.

Le médecin voulut s'arrêter au premier blessé, mais Valek l'obligea à nous suivre. Nous nous frayâmes un passage vers la porte. Depuis le seuil de la chambre, je vis Janco, étendu sur le flanc, la tête posée sur les genoux d'Ari. Il était inconscient ; une chance pour lui, car une épée lui avait transpercé le ventre pour ressortir de l'autre côté. Le visage d'Ari était livide. Une hache ensanglantée reposait à son côté. Au milieu des prisonniers, Irys était assise en tailleur. Des gouttes perlaient sur son front. Son expression était lointaine. Les hommes et femmes enchaînés observaient la scène, impassibles.

Le voyage jusqu'à l'infirmerie fut un cauchemar flou et terrifiant. Lorsque je repris mes esprits, j'étais allongée à côté de Janco et je serrais sa main.

Le médecin fit son possible pour le sauver, mais il nous prévint que si un organe vital avait été endommagé, ou si une hémorragie interne se déclarait, Janco ne survivrait pas. A deux reprises, au cours de cette nuit, Ari et moi crûmes le perdre.

Quant à moi, mon entaille au ventre avait été nettoyée et refermée avec la colle miraculeuse. Je remarquais à peine la douleur lancinante et continue qu'elle me causait. Toutes mes pensées, toute ma volonté allaient vers Janco, pour l'aider à survivre.

Le lendemain, en fin d'après-midi, je me réveillai d'un petit somme.

— On dort à son poste ? chuchota Janco.

Un faible sourire éclairait son visage blême. Un immense soulagement m'envahit. S'il avait la force de me taquiner, il devait être en voie de guérison.

Hélas, Irys ne pouvait en dire autant du Commandant.

Quatre jours après la mort de Mogkan, il n'avait toujours pas retrouvé ses esprits. Ses conseillers avaient récupéré de leur bref envoûtement, et avaient pris le contrôle du manoir et du DM-5 en attendant que le Commandant revînt à lui. Des messagers étaient partis demander à Tesso, du DM-4, et à Hazal, du DM-6, de rejoindre d'urgence le manoir de Brazell. Il était entendu que les deux généraux prendraient les choses en main au cas où le Commandant ne se réveillerait pas.

Tout aussi curieux était le fait qu'Irys n'avait rien pu tirer des victimes de Mogkan, de Brazell et de Reyad. Elle avait essayé de pénétrer en eux et de trouver l'endroit où leur conscience s'était réfugiée, mais aucun d'eux n'avait réagi. Elle compara leurs esprits à des maisons vides, dans lesquelles toutes les lumières seraient allumées, mais dont les occupants auraient disparu.

Au fil des jours, Irys et moi nous résignâmes à l'idée que les victimes finiraient leurs jours sans jamais se rendre compte qu'ils menaient une vie confortable dans l'aile des invités. Je dus me résoudre à faire le deuil de Carra. Je savais par Irys, qui avait exploré les dortoirs de l'orphelinat, que May était vivante et en bonne santé, mais je n'avais pas eu le temps d'aller la voir, car je veillais Janco jour et nuit.

Un après-midi, Irys me rendit visite à l'infirmerie. Nous nous installâmes près du lit de Janco.

— Il est évident que les enfants de l'orphelinat ont été enlevés en Sitia, dit-elle. Le réseau de ravisseurs a espacé ses coups pour éviter d'être repéré. La magie est généralement plus forte chez les femmes ; c'est pour cela que les filles sont plus nombreuses. Les voleurs ont ciblé des lignées où la magie était présente, même si, dans le cas d'enfants aussi jeunes, ils ne pouvaient être sûrs de rien. Il n'y a aucun moyen de savoir si les pouvoirs se développeront chez un sujet particulier. Il doit y avoir des années que Mogkan et Brazell mijotent tout cela.

Irys passa la main dans ses longs cheveux châtains.

— Ce ne devrait pas être trop difficile de retrouver ta famille, dit-elle.

Je clignai les yeux, stupéfaite.

— Vous plaisantez !

— Je ne plaisante jamais, Elena.

C'était vrai. Je réfléchis un instant en silence.

— Avant de mourir, Mogkan a parlé de la lignée des Zaltana.

— Les Zaltana !

Abandonnant son habituel air sévère, Irys éclata de rire. Ce fut comme une éclaircie subite après des mois de grisaille.

— Il me semble bien qu'ils ont perdu une fille, en effet. Eh bien, si tu fais partie du clan Zaltana, tu vas avoir de grandes surprises ! En tout cas, cela expliquerait pourquoi tu as été la seule à résister au sortilège de Mogkan.

Des questions se bousculaient en moi, mais je n'en posai aucune. J'avais envie d'en savoir plus sur cette famille, mais je ne voulais pas nourrir de faux espoirs. Après tout, je n'étais pas sûre d'être une Zaltana. Sans doute l'apprendrais-je à mon arrivée en Sitia. Irys voulait commencer ma formation dès que possible.

Chaque fois que je pensais à mon départ d'Ixia, mon cœur se serrait. Je changeai de sujet.

— Et le Commandant ?

Irys m'avoua que ses efforts n'avaient rien donné.

— Il est différent des enfants. Leurs esprits sont vides, mais celui du Commandant s'est réfugié dans un endroit blanc et vide. Si j'arrivais à le retrouver, je pourrais le ramener, mais…

Les paroles d'Irys évoquèrent quelque chose. D'un seul coup, je me rappelai le soir où je m'étais endormie dans le salon de guerre.

— Est-ce que je peux essayer ?

— Pourquoi pas ?

Avant de partir, je m'assurai que Janco disposait de tout ce dont il avait besoin. Irys m'accompagna jusqu'à la chambre du Commandant. On avait déblayé les cadavres et tenté de faire le ménage. Je me perchai au bord du lit et pris la main froide du Commandant dans la mienne. Suivant les instructions d'Irys, je fermai les yeux et entrai en lui.

La glace craqua sous mes pieds. Le vent balaya mon visage et emplit mes poumons de minuscules lames givrées. J'étais entourée de blancheur aveuglante — de la neige, peut-être, ou de la poussière de diamant. Je fis quelques pas et perdis immédiatement mes repères. Tout en trébuchant dans cette tempête lumineuse, je m'efforçai de garder mon calme, me répétant que je n'étais pas perdue. Mais, à chaque pas que je faisais, le vent me repoussait en arrière.

J'étais sur le point de m'avouer vaincue lorsque je me rappelai ce qui m'avait donné l'idée de venir ici. Je me concentrai sur l'image d'une jeune femme exaltée au-dessus de la dépouille d'un guépard des neiges. Aussitôt, le vent s'apaisa et le brouillard se dissipa. Ambroise se tenait à côté de moi.

Elle était vêtue de fourrures blanches qui évoquaient le manteau du félin mort.

— Revenez, dis-je.

— Impossible, dit-elle en tendant le doigt vers l'horizon.

De fins traits sombres se dressaient tout autour de nous. J'eus d'abord l'impression de voir les barreaux d'une cage, puis je m'aperçus qu'il s'agissait de soldats armés.

— Chaque fois que j'essaie de partir, ils me repoussent.

La colère embrasa son visage, puis s'estompa, laissant place à une grande lassitude.

— Ils n'ont pas d'ordres à vous donner. Vous êtes le Commandant.

— Pas ici. Ici, je ne suis qu'Ambroisie, enfermée par erreur dans un corps de femme. Les soldats connaissent ma malédiction.

Je réfléchis un instant, ne sachant que répondre. Les gardes n'appartenaient pas à Mogkan ; ils portaient l'uniforme du Commandant. Mon regard s'attarda sur la carcasse du guépard.

— Comment avez-vous réussi à le tuer ?

Son visage s'anima de nouveau tandis qu'elle me racontait sa longue traque. Elle s'était baignée dans le fumet des guépards, avait passée des semaines vêtue de leurs peaux, jusqu'à ce qu'ils l'aient enfin acceptée au sein de leur meute. Ensuite, elle n'avait eu qu'à attendre le moment opportun.

— Il fallait que je prouve que j'étais un homme. Que j'avais le droit d'être un homme.

— Alors soyez-le, suggérai-je. En tout cas, ce déguisement de guépard ne vous sera d'aucune utilité, face aux soldats.

Les yeux dorés de la jeune femme s'écarquillèrent. Elle regarda longtemps le félin mort, puis, d'un coup, prit les traits du Commandant. Ses longs cheveux disparurent, remplacés par une toison tondue à ras. De fines rides creusèrent son visage. Ses fourrures blanches tombèrent à terre, révélant l'uniforme du

Commandant. Il écarta les peaux d'un coup de pied méprisant et s'éloigna de quelques pas.

— Vous ne devriez pas faire cela, dis-je. Elle fait partie de vous. Un jour, vous pourriez avoir besoin d'elle.

— Et vous, Elena, ai-je besoin de vous ? Puis-je vous faire confiance pour garder mon secret ?

— Je suis venue jusqu'ici pour vous ramener. Cela ne vous suffit-il pas ?

— Valek m'a juré fidélité quand j'ai gravé mon initiale sur sa poitrine. Etes-vous prête à en faire autant ?

— Valek connaît-il l'existence d'Ambroisie ?

— Non. Vous n'avez pas répondu à ma question.

Je montrai au Commandant le pendentif de Valek.

— Je suis loyale à Valek, qui vous a juré fidélité.

Le Commandant prit le papillon de mes doigts. Je me raidis tandis qu'il le détachait de sa chaîne d'argent. Puis il dégaina un couteau et s'entailla la paume droite. Serrant le pendentif dans sa main ensanglantée, il me tendit le couteau. Je tressaillis en sentant la morsure de la lame. Nos sangs se mêlèrent tandis que nous nous serrions la main, le papillon de Valek coincé entre nos deux paumes. Quand le Commandant retira sa main, le pendentif resta dans la mienne. Je le remis à sa place, au-dessus de mon cœur.

— Comment rentrons-nous ? demanda Ambroise.

— Le Commandant, c'est vous.

Il regarda une dernière fois le guépard qu'il avait tué, puis leva les yeux vers les soldats qui nous encerclaient.

— Nous nous battons, dit-il.

Je retirai la lance du flanc du félin et essuyai sa pointe ensanglantée dans la neige. Agrippant l'arme, je le soupesai et décrivis quelques mouvements d'entraînement. Elle était plus légère que ma canne, et un peu déséquilibrée par sa pointe, mais elle me suffisait.

Nous chargeâmes les gardes. Le cercle se resserra immédiatement autour de nous ; le Commandant et moi prîmes position dos à dos.

Les soldats ne manquaient pas d'habileté, mais le Commandant était un maître de l'épée. Après tout, il avait vaincu Valek et tué un guépard. J'eus l'impression que cinq hommes se battaient à mes côtés.

Lorsque je plongeai ma lance dans le cœur d'un garde, il explosa en une pluie de cristaux, aussitôt dispersés par le vent.

Le temps passait au ralenti. Les soldats se succédaient devant moi à l'infini. Enfin, je pivotai sur les talons, cherchant un nouvel adversaire, et m'aperçus qu'il ne restait plus que le Commandant et moi. La neige tourbillonnait autour de nous en silence.

— Bon travail, dit le Commandant. Vous m'avez aidé à me retrouver et à tuer mes démons.

Il prit ma main et y pressa ses lèvres.

Le paysage de neige s'estompa. Assise au bord du lit, je soutenais le regard imposant du Commandant.

Cette nuit-là, Valek et moi rapportâmes à Ambroise tous les événements qui s'étaient produits depuis la dégustation de cognac des généraux. Valek avait fait interroger Brazell, qui avait avoué que Mogkan et lui préparaient un coup d'Etat depuis plus de dix ans.

— Brazell m'a dit que Mogkan s'était présenté un jour au manoir avec un groupe d'enfants, expliqua Valek. Il a passé un marché avec Brazell : il se réfugiait au manoir et, en échange, il aidait Brazell à devenir le prochain Commandant. Une fois que Mogkan a rassemblé suffisamment de pouvoir pour contrôler votre esprit à distance, ils ont commencé à vous donner du Criollo.

— Et l'usine ? demanda le Commandant.

— Nous avons arrêté la production.

— Bien. Récupérez le matériel que vous pourrez, puis brûlez l'usine et tout le Criollo qui reste.

— Oui, Commandant.

— Autre chose ?

— Un détail intéressant. Une fois que Brazell et Mogkan auraient pris le contrôle d'Ixia, ils comptaient s'emparer de Sitia.

Le lendemain, le Commandant présida la cour martiale qui jugeait Brazell. Valek se tenait à sa droite.

Comme prévu, le général fut démis de son rang et condamné à passer le reste de sa vie dans le donjon du Commandant.

L'audience terminée, on permit à l'accusé de dire quelques mots.

— Bande d'imbéciles ! tonitrua Brazell. Votre Commandant vous a tous leurrés ! Ça fait des années qu'il vous ment ! Le Commandant est une femme !

Un silence gêné tomba sur l'assistance ; le Commandant ne se départit pas de son expression neutre. Bientôt, des rires fusaient et ricochaient contre les murs. On traîna Brazell hors de la salle sous les applaudissements et les quolibets.

Plus tard, je réfléchis au sens de ces rires moqueurs. Ce que les gens avaient trouvé ridicule, ce n'était pas qu'une femme fût au pouvoir, mais plutôt l'idée que le Commandant ait pu mentir. Ambroise avait une présence tellement imposante, des manières si franches et brutales, que personne ne pouvait croire à une duperie de sa part. Moi-même, qui savais la vérité, je n'arrivais pas à penser autrement, tant les convictions du Commandant au sujet de son identité étaient fortes.

L'après-midi qui suivit le procès, je rendis enfin visite à l'orphelinat. Lorsque je pénétrai dans le dortoir, un flot de souvenirs heureux m'envahit. En m'apercevant, May bondit de son lit et se jeta à mon cou.

— Elena, je croyais que je ne te reverrais jamais…

Je la serrai fort contre moi, puis l'écartai pour la regarder. Comme d'habitude, sa jupe était de travers, ses cheveux en bataille. Pendant que je refaisais sa tresse, May me raconta tout ce qui était arrivé depuis mon départ. Sa joie s'estompa lorsqu'elle en arriva à la disparition de Carra. Alors, seulement, je remarquai à quel point elle avait changé et mûri.

A peine eus-je fini de la coiffer qu'elle se leva et m'annonça :

— Nous t'accompagnons en Sitia !

Elle sauta et tourna sur elle-même, incapable de retenir sa joie. D'un grand geste, elle m'indiqua une valise ouverte.

— Quoi ?

— Cette dame du Sud nous ramène chez nous ! Pour retrouver nos familles !

Mon cœur se serra. Pour moi, la famille avait un tout autre sens. Valek, Ari et Janco étaient ma famille, à présent ; même Maren me semblait être une grande sœur bougonne.

— C'est merveilleux, dis-je à May avec un enthousiasme forcé.

May s'arrêta de danser un instant.

— Il reste si peu d'entre nous, dit-elle d'un ton triste.

— Valek veillera à ce qu'on prenne soin de Carra et des autres.

— Valek ! Il est si beau !

May éclata d'un rire si irrésistible que je la serrai de nouveau dans mes bras.

Janco, en revanche, m'accueillit d'un air maussade lorsque je passai à l'infirmerie pour lui faire mes adieux. Irys était pressée de prendre la route ; nous devions partir le lendemain matin.

Ari, qui m'avait remplacé en tant que garde-malade, était assis à côté du lit.

— Et alors ? « Tempêtes traversées, batailles livrées, amis à jamais », ça ne tient plus ? dis-je en citant à Janco le message gravé sur mon couteau.

Les yeux de Janco s'éclairèrent.

— Petit renard ! Tu l'as déjà déchiffré ?

Je lui décochai un sourire triomphant.

— Dès que Janco ira mieux, nous viendrons te rejoindre au Sud, dit Ari.

— Et que ferez-vous, là-bas ?

— Bronzer, dit Janco. J'ai besoin de vacances.

— Te protéger, dit Ari.

— Là-bas, je n'aurai plus besoin de gardes du corps. Et puis il me semble que j'ai battu deux de mes instructeurs, il n'y a pas si longtemps…

— Quelle arrogance ! soupira Janco. Au fond, il vaut mieux que nous ne t'accompagnions pas. Tu vas passer ton temps à crâner, à te vanter et à te rendre odieuse. J'ai déjà Ari sur les bras, je ne pourrai jamais en supporter deux comme lui.

— En plus, dis-je, vous vous ennuieriez.

Ari prit un air bougon et croisa ses bras colossaux.

— Au moindre petit problème, tu nous fais signe. On viendra. Compris ?

— A vos ordres, répliquai-je. Ne t'inquiète pas pour moi, Ari. Tout va bien se passer. Et je reviendrai bientôt.

— Tu as intérêt, dit Janco. Je veux ma revanche.

Mais rapidement, je m'aperçus que j'avais parlé trop vite. Valek, Irys et moi avions parlé de mon avenir, mais le Commandant avait ses propres idées à ce sujet.

Le soir même, il nous convoqua à une réunion officielle dans l'ancien bureau du Commandant. En présence de Valek, d'Ari et d'Irys, Ambroise accepta d'honorer le traité d'échanges avec Sitia, même s'il avait été signé sous l'influence de Mogkan. Puis il me révéla mon destin.

— Elena, commença-t-il sur un ton cérémonieux, vous m'avez sauvé la vie, et je vous en remercie. Mais vous possédez des capacités magiques qui ne sont pas tolérées en Ixia. Je n'ai d'autre choix que de signer votre ordre d'exécution.

Valek mit sa main sur l'épaule d'Ari pour l'empêcher de se jeter sur le Commandant. Ari resta immobile, mais son indignation et sa fureur étaient évidentes. Le Commandant tendit un papier à Valek. La peur me glaça le corps ; je restai engourdie et terrifiée.

Valek ne bougea pas.

— Commandant, j'ai toujours pensé qu'il serait avantageux d'avoir un magicien à notre service. En l'occurrence, cela aurait pu nous éviter tout ce qui vient d'arriver. Et nous pouvons faire confiance à Elena.

— C'est un argument valable.

Le Commandant retira l'ordre et le posa sur le bureau.

— Cependant, même si nous pouvons lui faire confiance, même si elle m'a sauvé la vie, je dois me conformer au Code de Conduite. Je ne peux me permettre aucun signe de faiblesse, surtout après cette affaire de Mogkan. Par ailleurs, ni mes généraux ni mes conseillers ne lui feraient confiance.

Une fois de plus, le Commandant tendit l'ordre d'exécution à Valek. La voix d'Irys m'intima de m'enfuir. Elle tenterait de retenir Valek. *Non,* lui dis-je. Cette fois, j'étais déterminée à aller jusqu'au bout des choses. Je refusais de fuir.

— Je ne prendrai pas cet ordre, dit Valek.

Il s'était exprimé d'une voix neutre qui ne trahissait aucune émotion.

— Vous refusez d'exécuter un ordre direct ? demanda le Commandant.

— Non. Puisque je ne prends pas l'ordre, je n'ai pas besoin de l'exécuter.

— Et si je vous l'ordonne par la parole ?

— Je vous obéirai. Mais ce sera la toute dernière chose que je ferai pour vous, dit Valek.

Il tira un couteau de sa ceinture.

Ari dégaina son épée.

— Il faudra d'abord me passer sur le corps, dit-il.

Ari avait de meilleures chances que quiconque de l'emporter contre Valek, mais je savais que ce ne serait pas le cas. Et je ne voulais pas qu'il s'y essaie.

— Non, Ari, dis-je.

J'abaissai son bras et m'avançai face à Valek. Nos regards se rencontrèrent. Je compris que sa fidélité au Commandant était absolue. Ses yeux bleus étaient remplis d'une féroce détermination ; j'eus la certitude que, après m'avoir tuée, Valek se donnerait la mort.

Le Commandant nous observa tranquillement. Sous son regard, le temps sembla s'arrêter.

— J'ai signé l'ordre, comme le Code l'indique, dit-il enfin. Je vais charger quelqu'un d'autre de l'exécuter. Il me faudra peut-être quelques jours pour trouver la personne qui convient.

Il posa son regard sur Irys et moi. Nous comprîmes que nous devions prendre la route dès que possible.

— L'ordre n'est valable que dans le territoire d'Ixia. Vous pouvez disposer.

Le bureau se vida à toute vitesse. Je fus envahie

par un soulagement enivrant; Ari me souleva dans ses bras en poussant un cri de joie. Puis mon cœur se serra ; je comprenais que Valek et moi allions être séparés, si peu de temps après nous être unis.

Quand Irys et Ari partirent pour organiser notre « évasion », Valek m'attira à lui. Nous échangeâmes un baiser plein de passion et de désespoir.

Lorsque nous nous séparâmes enfin pour reprendre notre souffle, je lui dis :

— Viens avec moi.

Ce n'était ni une supplication ni un ordre, mais une invitation.

Les yeux bleus de Valek se fermèrent de douleur.

— Je ne peux pas.

Je me détournai avec l'impression de m'être changée en pierre, mais Valek me ramena vers lui.

— Elena, tu as besoin d'apprendre. De retrouver ta famille. D'ouvrir tes ailes et de voir jusqu'où tu peux voler. Mais tu n'as pas besoin de moi. Pas pour l'instant. C'est le Commandant qui a besoin de moi.

Je me cramponnai à lui de toutes mes forces. Il avait raison, je n'avais pas besoin de lui. Mais je voulais qu'il soit avec moi pour toujours.

Nous partîmes dans la nuit. Irys ouvrait la marche. Derrière elle, huit filles et deux garçons de l'orphelinat de Brazell s'enfonçaient dans la forêt en direction de la frontière. Je marchais à l'arrière pour m'assurer que personne ne s'écartait du groupe, et que nous n'étions pas suivis.

Nous marchâmes quelques heures avant de trouver une clairière où passer la nuit. Ari nous avait fourni un équipement plus que suffisant. Avant de partir, mon grand frère adoptif m'avait encore sermonné sur la nécessité de ne pas m'attirer des ennuis, et m'avait encore fait promettre de l'alerter en cas de problème. Lui et Janco allaient terriblement me manquer.

Nous plantâmes six tentes en cercle. Irys éblouit les enfants en allumant le feu d'un grand geste magique. Quand tous furent endormis, au lieu de rejoindre May dans notre tente, je m'attardai devant le feu. J'attisai les braises mourantes ; une dernière flamme crépita et dansa devant moi. Passant le doigt sur mon pendentif, je me demandai, pour la centième fois, pourquoi Valek n'était pas venu me dire au revoir.

Soudain, devinant un mouvement au loin, je me levai d'un bon et empoignai ma canne. Une ombre se détacha des arbres et avança vers le campement. Irys avait créé une barrière magique autour de nos tentes, censée nous abriter des regards… Mais cela ne semblait avoir aucun effet sur l'intrus. Il s'arrêta tout près des tentes et me sourit. C'était Valek.

Il me tendit sa main. Je serrai ses doigts froids dans les miens et me laissai entraîner loin des tentes, dans la forêt.

— Pourquoi n'est-tu pas venu avant notre départ ? lui demandai-je.

Nous nous étions arrêtés au pied d'un grand chêne. Ses racines massives avaient creusé le sol, formant des creux douillets.

— Je voulais m'assurer que le Commandant aurait des difficultés à trouver quelqu'un pour exécuter son ordre.

Valek eut un sourire ravi et pervers.

— C'est fou, tout le ménage que nous a laissé Brazell.

Je réfléchis un instant à ce qu'impliquait ce ménage.

— Qui goûte la nourriture du Commandant ?

— Pour l'instant, c'est moi. Mais il me semble que le capitaine Star ferait un bon candidat. Puisqu'elle connaît déjà tous les assassins, elle pourrait nous être d'une aide précieuse.

Ce fut à mon tour de sourire. Star ferait une excellente goûteuse… si elle survivait à la formation.

— Assez bavardé, dit Valek en m'entraînant dans un creux entre les racines. Je dois te faire des adieux dignes de ce nom.

Je passai ma dernière nuit en Ixia sous cet arbre. Les heures qui restaient avant l'aube s'écoulèrent à toute vitesse. Le soleil levant me tira d'un doux sommeil entre les bras de Valek et me contraignit à affronter notre séparation.

Sentant mon humeur, Valek me sourit.

— Un ordre d'exécution n'a jamais réussi à nous séparer. Il y a des moyens de le contourner. Nous nous retrouverons, Elena.

— C'est une menace ?

— Non, une promesse.

— Nous y voilà, dit Irys.

Je regardai autour de moi. La jungle vibrait de vie. Des buissons touffus envahissaient le sentier, de grosses lianes pendaient des branches, et le babillage strident d'oiseaux tropicaux me perçait les tympans. Dans les arbres, de petites créatures poilues qui nous suivaient depuis des heures nous guettaient, à moitié cachées derrière des feuilles géantes.

— Comment ça ? demandai-je en lançant un regard aux trois autres filles.

Elles haussèrent les épaules ensemble, aussi perplexes que moi. L'air était lourd et humide : leurs fines robes d'été étaient trempées de sueur, mon pantalon noir et ma chemise blanche collaient à ma peau moite. Cela faisait des heures que nous nous frayions un chemin à travers cette jungle oppressante, chargées de gros sacs à dos, continuellement attaquées par des insectes inconnus.

— Nous sommes arrivées au village des Zaltana, répliqua Irys. Sans doute l'endroit où tu es née.

Je balayai du regard la végétation luxuriante ; rien,

ici, ne suggérait l'existence d'un village. Au cours de notre voyage vers le Sud, chaque fois qu'Irys avait annoncé que nous étions arrivées, c'était au beau milieu de maisons de bois, en brique ou en pierre, entourées de prés et de fermes. Chaque fois, des autochtones vêtus de couleurs vives nous avaient entourées, fêtées et forcées à manger de nombreux plats épicés pendant qu'ils écoutaient notre histoire. Suite à quoi, quelqu'un courait prévenir certaines personnes et, dans un tourbillon de voix excitées, un des enfants de notre groupe, issu de l'orphelinat du Nord, retrouvait une famille jadis perdue.

Ainsi notre groupe s'était-il réduit au fil de notre progression vers le Sud, et nous avions bientôt laissé derrière nous l'air frais du Nord, pour cuire dans cette jungle où il n'y avait pas trace de civilisation humaine.

— Un village ? répétai-je d'un ton incrédule.

Irys soupira. Quelques mèches folles s'étaient échappées de son chignon brun, et une étincelle amusée brillant dans ses yeux émeraude contredisait l'expression sévère de son visage.

— Les apparences peuvent être trompeuses, Elena. Regarde avec ton esprit, pas avec tes sens.

Je frottai de mes paumes moites la surface de ma canne et me concentrai sur son grain lisse. Le vide se fit en moi et le bourdonnement incessant de la jungle s'estompa, tandis que j'envoyais ma conscience en éclaireur devant nous. Tel un serpent, elle se glissa à travers la végétation, cherchant un endroit où pénétrait le soleil. En même temps, une autre partie de moi, sorte d'animal aux longues jambes, fila à toute vitesse vers la cime des arbres.

Je me retrouvai soudain au milieu de gens perchés dans les arbres. Leurs esprits étaient ouverts, détendus ; ils se demandaient ce qu'il y aurait pour le dîner, discutaient des nouvelles venues de la ville. L'un d'entre eux, toutefois, n'était pas tranquille. Les bruits de la jungle en dessous l'inquiétaient. Il sentait quelque chose d'inhabituel. Un danger, peut-être. « Qui est entré dans mes pensées ? » demanda-t-il subitement.

Je réintégrai brusquement ma propre conscience. Irys me fixait du regard.

— Ils vivent dans les arbres ? demandai-je.

Elle acquiesça en hochant la tête.

— Mais attention, Elena ; ce n'est pas parce que l'esprit d'autrui t'est accessible que tu as le droit d'espionner ses pensées personnelles. C'est interdit par le Code éthique.

Son ton était dur, c'était celui d'une maîtresse magicienne s'adressant à une élève.

— Désolée, Irys.

Elle secoua la tête.

— J'oublie que tu as encore tout à apprendre. Il

nous faudrait gagner la Citadelle et commencer ton apprentissage de toute urgence, mais je crains que cette visite ne fasse que nous retarder.

— Pourquoi ?

— Je ne peux pas te laisser avec ta famille ; d'un autre côté, il serait cruel de te séparer d'elle trop rapidement.

A cet instant, une voix déchira l'air.

— *Venettaden !*

Mes muscles se figèrent avant que j'aie pu repousser la magie qui nous attaquait. J'étais paralysée. Après quelques instants de panique intense, je réussis à me calmer, et tentai de m'entourer d'un rempart mental. Mais la magie qui me tenait renversait mes briques aussi rapidement que je les empilais.

Irys, toutefois, ne paraissait nullement affectée par le sortilège.

— Nous sommes des amis des Zaltana ! lança-t-elle en direction de la cime des arbres. Je suis Irys, du clan des Jewelrose, Quatrième Magicienne du Conseil.

Un autre mot inconnu résonna dans l'air, levant subitement le sortilège. Mes jambes se mirent à trembler et mes genoux fléchirent. Les jumelles, Gracena et Nickeely, s'effondrèrent l'une sur l'autre. Un peu plus loin, May se frottait les jambes, étourdie.

— Que faites-vous ici, Irys Jewelrose ?

— Je crois avoir retrouvé votre fille disparue.

Une échelle de corde apparut au milieu des branches.

— Allons-y, les filles, dit Irys. Elena, tiens-nous l'échelle, veux-tu ?

« Et moi, pensai-je avec irritation, qui me tiendra l'échelle ? »

Ecoute, dit la voix d'Irys dans ma tête, *tu n'as pas besoin de notre aide pour monter à cette échelle. Je me demande même si je ne devrais pas la relever après notre passage, pour que tu aies le plaisir d'utiliser ta corde et ton grappin.*

Elle avait raison, bien sûr. En Ixia, j'avais plus d'une fois échappé au danger en grimpant aux arbres, sans même l'aide d'une échelle. Et, tout au long de notre voyage, je m'étais régulièrement dégourdi les jambes par de petites « promenades » dans les cimes.

Irys me regardait en souriant.

Tu as peut-être ça dans le sang.

Je me rappelai brusquement les paroles de Mogkan. « La malédiction des Zaltana coule dans tes veines », quelque chose de ce genre. Mais Mogkan était mort, et, de son vivant, je n'avais eu aucune raison de lui faire confiance. Depuis notre départ d'Ixia, j'avais soigneusement évité d'interroger Irys au sujet des Zaltana, n'étant pas du tout sûre d'appartenir à cette famille. Même agonisant, Mogkan avait pu me jouer une dernière mauvaise blague.

Mogkan et Reyad, le fils du général Brazell, nous

avaient enlevés, moi et une trentaine d'autres enfants de Sitia. Pendant une dizaine d'années, ils avaient ravi deux ou trois enfants chaque année, qu'ils ramenaient au Nord, en Ixia, dans le prétendu « orphelinat » de Brazell, pour servir leurs desseins tordus. Tous les enfants enlevés étaient des magiciens potentiels, car issus de familles douées de pouvoirs magiques importants.

Irys m'avait expliqué que ces pouvoirs étaient un don rare, et que l'on ne trouvait qu'une poignée de magiciens au sein de chaque clan.

— Evidemment, plus il y a de magiciens dans une famille, avait-elle dit, plus on a de chances d'en retrouver parmi sa descendance. Mais Mogkan a pris un risque en enlevant des enfants si jeunes. La magie ne se manifeste pas avant la puberté.

— Pourquoi ont-ils enlevé plus de filles que de garçons ? avais-je demandé.

— Seuls trente pour cent des magiciens sont des hommes. Bain Bloodgood est le seul qui soit parvenu au niveau de maître magicien.

A présent, je regardais le haut de l'échelle de corde qui disparaissait dans le feuillage, et je me demandais qui se trouvait à l'autre bout. Y avait-il beaucoup de magiciens parmi les Zaltana ? Près de moi, les trois filles retroussaient leurs jupes et en coinçaient l'ourlet dans leur ceinture. Irys aida May à s'engager sur l'échelle, Gracena et Nickeely suivirent.

Les filles n'avaient pas hésité, dès le passage de la frontière sitienne, à troquer leur uniforme contre les robes imprimées aux teintes vives portées par les femmes du Sud. Les garçons avaient adopté des tuniques et des pantalons tout simples ; pour ma part, j'avais gardé mon uniforme de goûteur jusqu'à ce que la chaleur et l'humidité m'aient contrainte à acheter un pantalon de garçon et une chemise blanche.

Quand Irys eut disparu sous la voûte verdoyante, je posai ma botte sur le premier barreau de l'échelle. Mon pied était lourd comme du plomb, et mes jambes récalcitrantes. A mi-hauteur, je m'arrêtai. Et si ces gens ne voulaient pas de moi ? Et s'ils refusaient de croire que j'étais leur fille disparue ? Et si j'étais déjà trop âgée pour qu'ils s'intéressent à moi ?

Tous les autres orphelins avaient été immédiatement acceptés par leur famille. Agés de sept à treize ans, ils n'en avaient été séparés que pendant quelques années ; leurs parents les avaient reconnus sans l'ombre d'une hésitation. A présent, nous n'étions plus que quatre. Les jumelles, Gracena et Nickeely, avaient treize ans, et May, douze. Moi, j'en avais vingt.

Selon Irys, les Zaltana avaient perdu une fillette de six ans, plus de quatorze années auparavant. C'était une très longue séparation. Je n'étais plus une enfant.

De tous les orphelins, j'étais la plus âgée à avoir survécu aux expériences de Brazell, et à avoir conservé mon esprit. Quand les autres avaient atteint la maturité, ils avaient été torturés jusqu'à livrer leur âme à Mogkan et à Reyad. Mogkan utilisait la magie de ses prisonniers pour renforcer son pouvoir, et les enfants se transformaient en zombies.

Irys assumait la tâche peu enviable d'expliquer aux familles de ces enfants ce qui leur était arrivé, mais, moi, je me sentais coupable d'être la seule à avoir survécu…, même si, pour cela, j'avais enduré de terribles épreuves.

Mes pensées se tournèrent vers Valek. Notre séparation avait creusé un vide douloureux en moi. Pendue à l'échelle par un bras, je caressai le pendentif en forme de papillon qu'il avait sculpté pour moi. Peut-être qu'un jour je trouverais un moyen de retourner en Ixia ? Après tout, la magie qui m'habitait avait cessé ses explosions intempestives, et je préférerais de loin la compagnie de Valek à celle de ces gens bizarres qui vivaient dans les arbres. Même le nom de mon nouveau pays, Sitia, me laissait un goût amer dans la bouche.

— Elena, dit la voix d'Irys, nous t'attendons.

Je déglutis et passai la main sur ma longue tresse, lissant mes cheveux noirs, retirant quelques vrilles de lianes qui s'y étaient accrochées. En dépit de notre longue marche à travers la jungle, je n'étais pas vraiment fatiguée. Je suis plus petite que la moyenne des Ixiens (je mesure à peine un mètre soixante sans chaussures), mais, après cette année passée dans le

Nord, mon corps autrefois maigrelet était aujourd'hui très musclé. Prisonnière mourant de faim dans un donjon, j'étais devenue, du jour au lendemain, le goûteur personnel du commandant Ambroise, et une experte en autodéfense. Un changement extrêmement bénéfique sur le plan physique ; quant à ma santé mentale, c'était une autre affaire…

Secouant la tête, je me concentrai sur la situation présente. Je montai jusqu'en haut de l'échelle, m'attendant à déboucher sur une grosse branche, ou peut-être sur une plate-forme. A ma grande surprise, je me trouvai dans une pièce fermée.

Je regardai autour de moi, ébahie. Les murs et le plafond étaient formés par des branches entre lesquelles étaient tissées des cordes. Des éclats de soleil filtraient par les interstices. Des coussins en feuilles étaient posés sur des chaises de branches. Quatre chaises seulement : la pièce était petite.

— C'est elle ? demanda un homme élancé.

Sa tunique en coton et son pantalon court avaient la couleur des feuilles de l'arbre. Un gel vert recouvrait ses cheveux et toutes les parties exposées de son corps. Il portait un arc et un carquois à l'épaule. C'était sûrement un garde. Mais, si c'était lui dont la magie nous avait figées sur place, qu'avait-il besoin d'une arme ? Après tout, pensai-je, Irys avait aisément détourné son sortilège. Savait-elle aussi dévier les flèches de leur trajectoire ?

— C'est elle, répondit Irys.

— Votre visite ne nous surprend guère, Quatrième Magicienne. Nous avons entendu des rumeurs au marché. Attendez-moi, s'il vous plaît. Je vais chercher l'Ancien.

Irys se laissa tomber sur une chaise tandis que les filles admiraient la vue depuis l'unique fenêtre de la pièce. Moi, je piaffais. J'avais eu l'impression que le garde était passé à travers le mur ; après inspection, je repérai un interstice menant à une passerelle suspendue.

— Assieds-toi, Elena, dit Irys. Détends-toi. Tu es en sécurité, ici.

— On ne peut pas dire qu'il nous ait accueillies à bras ouverts…

— C'est la procédure habituelle. Les visiteurs non accompagnés sont extrêmement rares. Cette jungle est infestée de prédateurs, et la plupart des voyageurs qui la traversent embauchent un guide du clan. De toute façon, depuis que je t'ai dit que nous étions en route pour le village des Zaltana, tu es nerveuse et sur la défensive.

Irys tendit le doigt vers mes jambes.

— Tu es en garde, prête à attaquer. Ces gens font partie de ta famille. Pourquoi voudraient-ils te faire du mal ?

De fait, j'avais décroché l'arme que je portais sur le dos et je la serrais dans ma main, prête à frapper.

Je dus faire un effort pour abandonner cette posture défensive.

— Désolée.

Je raccrochai mon arme — une canne de bois aussi haute que moi — à la lanière de mon sac à dos.

C'était la peur de l'inconnu qui avait crispé mes doigts autour de la canne. D'aussi loin que je me souvienne, on m'avait répété que je n'avais plus de famille, que je ne retrouverais jamais mes proches. Ce qui ne m'avait pas empêchée de rêver d'une famille adoptive qui m'aimerait et prendrait soin de moi. Fantasme tenace, qui n'avait pris fin que lorsque j'étais devenue le cobaye de Mogkan et de Reyad. Et, à présent que j'avais trouvé Valek, je ne ressentais plus le besoin d'avoir une famille.

— Tu te trompes, Elena, dit Irys. Ta famille peut t'aider à découvrir qui tu es, et comment tu l'es devenue. Tu as plus besoin d'eux que tu ne le crois.

— Je croyais que le Code éthique interdisait de fouiner dans les pensées d'autrui !

— Tu es mon élève, et tu es liée à moi. En m'acceptant comme mentor, tu m'as offert l'accès à tes pensées. Il serait plus facile de détourner le cours d'un fleuve que de briser ce lien.

— Je ne me rappelle pas t'avoir offert quoi que ce soit, grommelai-je.

— Si tu en avais été consciente, cela n'aurait pas fonctionné.

Irys me fixa quelques instants en silence.

— Tu m'as accordé ta confiance et ta loyauté. Il n'en fallait pas plus pour forger un lien entre nous. Je ne me permettrais pas de sonder tes pensées et tes souvenirs intimes, mais je suis sensible à tes émotions superficielles.

J'ouvris la bouche pour répondre mais, à cet instant même, le garde aux cheveux verts réapparut.

— Suivez-moi, dit-il.

Nous avançâmes en serpentant de cime en cime. Couloirs, passerelles et habitations se succédaient. Du sol, rien ne laissait deviner ce labyrinthe de constructions suspendues dans les arbres. Nous traversâmes des chambres à coucher, des cuisines, des séjours, sans rencontrer âme qui vive. En passant, je remarquai des ornements fabriqués à partir de matériaux trouvés dans la jungle. Noix et noix de coco, baies, herbes, feuilles et brindilles étaient habilement assemblées pour former des tentures, des couvertures de livres, des boîtes, des statuettes. J'aperçus même une figurine représentant une de ces bêtes à longue queue qui nous avaient suivies tout au long de notre voyage.

— Irys, dis-je en tendant le doigt, comment s'appelle cet animal ?

— C'est un valmur. On en trouve des milliers dans la jungle. Ils sont intelligents, espiègles… et très curieux. Tu as remarqué leur façon de nous épier depuis les arbres ?

J'acquiesçai, revoyant les petites créatures qui ne s'immobilisaient jamais assez longtemps pour que je puisse les observer à loisir. Plus loin, dans d'autres pièces, je vis d'autres figurines, faites elles aussi d'un assemblage de cailloux multicolores. Ma gorge se noua comme je pensais à Valek et aux animaux qu'il sculptait dans l'ébène. Il aurait sans nul doute apprécié l'habileté de ces artisans inconnus, et le soin qu'ils apportaient à ces petits objets. Peut-être pourrais-je lui en envoyer un…

Je doutais de jamais le revoir. Le Commandant m'avait exilée en Sitia dès qu'il avait découvert mes pouvoirs magiques. Si je retournais en Ixia, l'ordre d'exécution à mon encontre serait toujours en vigueur. Toutefois, il ne m'était pas interdit de communiquer avec mes amis.

Je compris bientôt pourquoi les lieux semblaient déserts. En suivant le garde, nous entrâmes dans une vaste salle ronde, où se tenaient environ deux cents personnes, sans doute le village tout entier. Les bancs aménagés contre les murs étaient bondés, et une foule multicolore circulait au centre de la salle.

Lorsque nous pénétrâmes, chacun cessa de parler pour se tourner vers moi. Je frissonnai. Je me sentis dévisagée, toisée. Les regards s'attardaient sur chaque détail de mon visage, de mes vêtements et de mes bottes boueuses. Je réprimai une forte envie de me réfugier derrière Irys. Je regrettais déjà de ne pas lui avoir posé davantage de questions au sujet des Zaltana.

Enfin, un homme âgé s'avança.

— Je suis Bavol Cacao Zaltana, l'aîné des conseillers de la famille Zaltana. Es-tu Elena Liana Zaltana ?

J'hésitai. Ce nom m'était totalement étranger.

— Je m'appelle Elena, dis-je enfin.

A cet instant, un jeune homme d'une trentaine d'années se fraya un chemin à travers la foule et s'arrêta près de l'Ancien. Les yeux plissés, il me jaugea du regard. Un mélange de haine et d'horreur s'afficha alors sur son visage…

Dès le 1er juin,

4 nouveaux romans à découvrir

dans la collection

DARKISS

11.50 €
seulement
le roman

Le poison écarlate

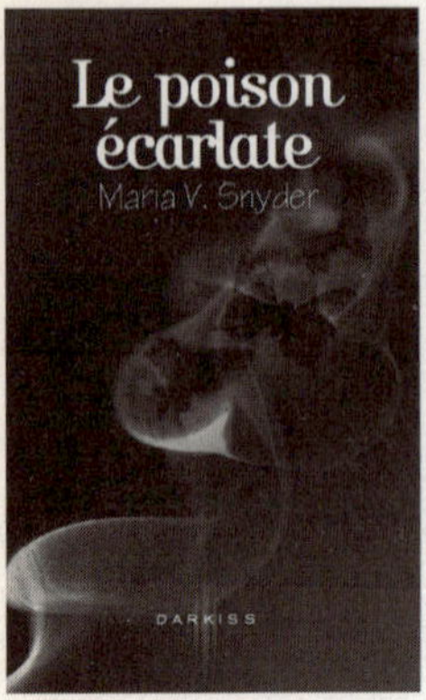

de Maria V. Snyder — 560 pages

Dans les geôles d'Ixia, Elena attend son exécution. Mais, au dernier moment, le fascinant Valek, puissant dignitaire secrètement amoureux d'elle, lui propose un étrange marché : si elle entre à son service, elle aura la vie sauve. Néanmoins, qu'elle ne songe pas à s'enfuir — car pour être certain de la retenir près de lui, Valek lui fera avaler une dose mortelle du poison écarlate, dont il est seul à connaître la formule et surtout l'antidote…

Le Tome 2 : *Le souffle d'émeraude*
à découvrir dès le 1er septembre

De toute mon âme

de Rachel Vincent — 512 pages

Apparemment, Kaylee est une fille comme les autres. Pourtant, depuis quelque temps, elle pressent la mort imminente de jeunes filles de son entourage. Pourquoi ? Et à qui confier ses sombres intuitions sans passer pour folle ? Alors qu'elle se croit désespérément seule, c'est Nash, le garçon qu'elle aime en secret depuis des mois, qui va lui tendre la main — et lui révéler que, comme lui, elle est une *banshee*…

Le Tome 2 : *La voleuse d'âmes*
à découvrir dès le 1er septembre

La prophétie maudite

de P.C. Cast 544 pages

Comme l'amour, le danger a parfois le visage d'un ange — un ange déchu prêt à faire couler le sang de celle qu'il aime…

Pour échapper au destin qui fait d'elle une divinité, Elphame part fonder son propre royaume dans la forêt profonde. Mais elle ignore que, sur les ruines où elle a choisi de vivre libre comme une jeune femme ordinaire, plane une ancienne prophétie qui lui promet la mort : Lochlan le banni, l'ange déchu, doit, pour sauver son peuple, sacrifier une déesse…

La vie (pas) très cool de Carrie Pilby

de Caren Lissner 544 pages

Pas facile de vivre sa vie quand on se sent une fille à part, et qu'on trouve le monde hypocrite. Sans cesse déçue et fatiguée de se poser mille questions, Carrie se réfugierait bien définitivement sous sa couette. Pourtant, une voix secrète lui souffle de se donner une seconde chance… en se lançant quelques défis. Notamment, « Faire une rencontre importante » et « Dire 'Je t'aime' à quelqu'un »…

Composé et édité par les
éditions Harlequin

Achevé d'imprimer en Allemagne
par GGP Media GmbH, Pößneck
en mai 2010

Dépôt légal en juin 2010
N° d'éditeur : 14986